赤脚走过桑那镇

温亚军／著

中国工人出版社

图书在版编目（CIP）数据

赤脚走过桑那镇／温亚军著. —北京：中国工人出版社，2019.10

ISBN 978-7-5008-7291-7

Ⅰ. ①赤…　Ⅱ. ①温…　Ⅲ. ①散文集—中国—当代　Ⅳ. ①I267

中国版本图书馆CIP数据核字（2019）第231376号

洋葱 STUDIO

智识 | 趣味 | 无用之魅

赤脚走过桑那镇

出 版 人	王娇萍
责任编辑	严　春
责任印制	黄　丽
出版发行	中国工人出版社
地　　址	北京市东城区鼓楼外大街45号　邮编：100120
网　　址	http://www.wp-china.com
电　　话	（010）62005043（总编室）
	（010）62005039（印制管理中心）
	（010）62379038（社科文艺分社）
发行热线	（010）62005049　（010）62005042（传真）
经　　销	各地书店
印　　刷	天津中印联印务有限公司
开　　本	880毫米×1230毫米　1/32
印　　张	11.5
字　　数	268千字
版　　次	2019年12月第1版　2019年12月第1次印刷
定　　价	48.00元

目录

赤脚走过桑那镇

聂瓜瓜这阵子不敢去学校，只要他一出现，许多同学就会围住他要自家的狗。他们的狗都叫方大牙当作游狗捕杀了。其实，捕杀狗与聂瓜瓜没一点关系，就因为捕杀狗的方大牙是他舅舅，同学们见到聂瓜瓜，那一腔悲恨与愤怒没法落到方大牙身上，只能找聂瓜瓜出气。谁叫他是方大牙的外甥呢。聂瓜瓜每天早上背着书包出门去上学，其实，他是躲到镇子后面的叶河边，等放学时间一到，像往常一样回家。

夏天结束的时候，镇街上一个捡垃圾的老叫化，与游狗争抢食物，被狗咬伤，不久，得狂犬病死了。老叫化临死前的状态，镇上的人都看见过，狂躁得像一条狗，见人就往上扑，吓得人们不敢靠近他。后来才知道老叫化得了狂犬症，全镇人噤若寒蝉，镇街上的野狗到处都是，谁知道哪条狗身上就有狂犬病症呢，万一被咬，结果就是老叫化的下场。这一来，人们大白天都不敢出门，为防不测，那些必须得出门的工作人员、学生、教师，都结伴而行，个个拿根打狗棍防身，走路不敢昂首挺胸，得眼观六路，耳听八方，担心从哪儿猛然蹿出一条游狗来。一时间，桑那镇像丐帮聚会，个个拄根棍子，似老叫化的弟子。镇长宋大拌面急了，好好的一个镇子，叫狗给搅乱了秩序，说出去还不叫人笑话。宋大拌面可不想变成丐帮帮主，正要想办法解决，那个老叫化的家人，已纠集一帮亲戚到镇政府来闹，他们要求赔偿，开口就是十万元，说是国家规定的赔偿标准，一点没多要。老叫化平时在镇上小饭馆门口讨剩饭剩菜，在垃圾堆翻找吃食时，从没见他家人管过，这人死了，个个倒像孝子似的又哭又闹，好像是镇长、书记咬死的老叫化。镇长、书记很生气，这事闹得太没谱。老叫化的家人却振振有词，在镇长、书记的眼皮底下，人竟然叫疯狗咬死了，不找镇长、书记找谁？镇长和书记经不住这番闹腾，镇上没这笔开支，就是有，哪舍得花在一个老叫化身上。十万元可不是个小数目。镇长、书记只得逃离办公室，躲到镇小学的会议室，几天不敢露面，有人送饭送水，还有酒，两人一边喝酒，一边商量对策。最后，打发信访办处理狗咬死人事件。信访办讨价还价，好说歹说赔了一副棺材，把死者的孙子安置到小学当代课老师，才把事态平息。

不知怎么搞的，县上知道了桑那镇狗咬死人，非常恼火。从中央到地方，到处在共建和谐社会，出这种事，怎么和谐？赶紧捕杀，要下大力，要彻底，不留一点死角。

叫化子家人闹事，镇长、书记对镇街上游荡的狗已经恨之入骨，可没敢轻举妄动，现在的人，动不动就这个权那个权，就算处死一条狗，没准会有人跳出来说虐杀动物违犯某个法呢。这下，有县上的强硬指令，不敢怠慢，立即下令：捕杀镇子所有的狗。

在镇街上杀猪的方大牙，真名方大海，成了捕狗的首要人选。方大牙长着一对大龅牙，把嘴唇顶得向外翻，从小，大家就把他名字后面的“海”变成了“牙”。他长得像电影《巴黎圣母院》里的卡西莫多，小时候镇里放过这个电影后，小孩们都叫他卡西莫多，为这个绰号，方大牙没少和小孩们打架。长大后，没人好意思再叫他这个绰号，但习惯了叫他方大牙，慢慢地，他也习以为常，方大牙就方大牙吧，总比卡西莫多好。方大牙没上几天学，十四五岁就跟屠夫学杀猪翻肠子，有点力气后自己开张做了屠夫，整天干的是与猪打交道的活，离他很远就能闻到一股猪粪味，如果不是请他杀猪，镇上没人搭理他。方大牙却喜欢与人拉呱儿，有人请他杀猪时，他不管猪的叫声有多尖锐，只管嘀嘀咕咕与帮着摁猪的人说话，至于说的什么，没人听得清，也没人在意他说的那些话，除算钱的时候讨价还价，谁都不愿跟他多说一句话。方大牙觉得很空落，他想不通，自己这么热心，怎么就不招人喜欢呢？老叫化被狗咬死，方大牙不以为然，他从来不怕那些狗，狗有什么可怕的？只要他一跺脚，早被吓得“哧溜”一下跑得没了踪影。方大牙龇着龅牙斜眼望着镇街上那些人拿着棍棒的熊样，很不屑地冷笑着。

方大牙没想到，他会被镇长宋大拌面委以重任，叫他捕杀游狗。从来没为公家做过事的方大牙，能被镇长看中，他兴奋得浑身都在颤抖，一副小人得志样，趾高气扬，见到以前不怎么搭理他的那些人，目光高傲地扫过去，做出一副刻意叫人看出，他已经瞧不起别人的神态。为捕狗方便，方大牙骑着一匹高头红马，手握一杆自制的铁链套索，从镇街上倏地跑过去，倏地又跑过来，追得那些流浪狗四处逃窜。他认得那些狗，每次杀猪，狗们远远听到猪的尖叫声或者闻到血腥味，跑来蹲在不远处望着，方大牙有时也会丢给它们一些没用的猪下水，他喜欢看狗们在食物到来之前做好抢夺的准备，不管落在哪个跟前，总是咬得一团糟，嘴角沾满狗毛。就这，狗们对方大牙还是心存感激之情，起初，它们对方大牙不太惧怕，看着他骑马冲过来，还好奇地站在一边，直到被铁套索套中，才知道好奇会害性命的。

聂瓜瓜亲眼见过舅舅捕狗，那时舅舅刚开始捕狗，聂瓜瓜背上书包，又去叶河边熬时间，赤脚跑过一个饭馆门口，因为刚走过一摊水，他回头看自己湿漉漉的脚印，一个个像春天霉坏的大土豆，五根脚趾似发出的苞芽。聂瓜瓜看得正入神，突然，一阵急促的马蹄声从身后传来，聂瓜瓜没发现周围有狗的影子，只看到舅舅骑马奔到饭馆跟前，一提缰绳，红马长嘶一声，前腿直立起来，差点把舅舅掀下马背。舅舅一手抓住马鞍，一手瞄准饭馆后面的垃圾桶，嗖的一声扔出套索。果然，一条灰白色的土狗从垃圾桶里跳出，夹着尾巴一路哀叫着逃走了。聂瓜瓜还没看清舅舅的表情，便听到舅舅发出一声极为夸张的尖叫，像电视里看到的西部牛仔，一阵风似的从聂瓜瓜面前忽闪而过。回头再看时，舅舅骑着大红马的身影，还有那只哀嚎的狗已被马蹄踏起的尘土隔在另一头，看不清了。到晚上回来，聂瓜瓜看见外婆家的墙头上，新搭了一条灰白色的狗皮，他用手轻轻摸了摸，狗皮冰凉，狗毛却依然软和。

镇长宋大拌面答应，每捕杀一条狗，给方大牙五十块钱，还能落张狗皮。狗肉是上好的下酒菜，还壮阳，镇上的林书记想享用，又担心沾染上狂犬病，便叫方大牙将肉埋掉，绝不能叫人食用。每次埋死狗，方大牙都要浇上汽油烧一阵子，免得有人挖出来当羊肉卖。有时，他也会偷偷留一条狗后腿带回家，扔到案板上，叫妹妹方小妮给他做。方小妮不敢有怨言，默默地给哥哥煮熟，等凉透切片，再浇上蒜泥醋汁供他下酒。切过狗肉，方小妮给案板洒上水洗衣服，用刷子刷洗，刷完还用开水烫。她闻不惯狗肉的腥味，也怕狂犬病。她这样做，方大牙并不知道，他掂着酒壶就着狗肉吃得正高兴呢，懒得理会别的。有时，方大牙也会叫母亲、妹妹、外甥一起吃狗肉，可他们全摇头拒绝。方大牙往嘴里扔一大片凉拌狗肉，丢进去一盅酒，气恨恨地骂道："吃不死人，看把你们吓的，好坏都分不清，我是干啥的？还不知道这肉能不能吃！"

话是这么说，却没人同他一起享受美味。起初，聂瓜瓜经不住肉香诱惑，有点嘴馋，慢慢往舅舅跟前挪，方小妮手脚比儿子快，一把拽紧，不让他靠近。聂瓜瓜不敢忤逆妈妈的意思，只能咽口水。后来，同学们开始追着聂瓜瓜要自家的狗，再看到舅舅吃狗肉，他的身子就不由自主地晃动起来，好像仍在学校被同学推来搡去，他痛恨起狗肉，更痛恨每天把狗肉带回家，把狗皮晾晒在墙头的舅舅。如果不是舅舅捕杀狗，他也不至于连学校都不敢去。

方大牙才不管外甥看他的眼神里带着怎样的仇恨，他当屠夫杀猪时间长了，心狠，能下去手，这阵捕狗捕得多，也上了瘾，这可比杀猪有趣。猪太笨，等着被杀，没多大意思，狗就不一样了，见同类被杀，再看方大牙时，既仇恨又恐惧，只要听到他的声音，拼命奔逃。不管是游狗还是家养的狗，这阵子，只要被方大牙发现，统统不放过，他穷追猛打，就算追到别人家里，也不理会这家人求情，平时这些人见着他就像眼睛长到后脑勺，现在该知道点他的厉害了吧。他得给这些人一点颜色看看。反正他有镇长的"尚方宝剑"，不屑跟人啰唆，任对方跟在他后面求情，啥都听不进去，他跳狗窝钻猪圈，直到将铁索套上狗脖子，才打了胜仗一般满脸得意地笑。这时，狗的主人会撕破脸皮，骂方大牙是镇长宋大拌面的一条狗。方大牙也不还嘴，骂就骂吧，又不疼，只管拖着狗走。狗被勒得透不过气，拼命挣扎，含混不清地哀嚎，哀怨的眼神努力朝着主人的方向。主人不忍，当着方大牙的面眼泪流得稀里哗啦，方大牙视而不见，别人的眼泪不值钱，他只认准多捕条狗，就能多挣五十块钱。

养狗的人家，大多是孩子与狗最亲近，他们天生对动物有一种亲近感，何况狗又比其他动物更有灵性，几乎是孩子们的另类朋友。眼瞅着镇街上的狗一只一只消灭在方大牙的套索之下，方大牙的套索已经毫不留情地伸向自己家的狗，对方大牙的绝情残忍，孩子们愤慨到极点，只要方大牙的马蹄声传来，他们不顾上着课，从教室里争相奔出来，在镇街上到处奔跑，一边喊叫着“方大牙来了”，一边翻墙踹门，给狗通风报信。不管遇见谁家的狗，他们都异乎寻常地团结起来保护。桑那镇还活着的狗，只要听到“方大牙”三个字，吓得早飞奔逃命。有些狗被方大牙吓得永远离开了桑那镇，云游四方，不敢再回来。桑那镇的狗吠声越来越少，还活着的狗也不敢大声吠叫。孩子们恨死了方大牙，甚至恨死方大牙骑的那匹红马，它为虎作伥使桑那镇的狗惨遭毒手。但孩子们对付不了凶神恶煞的方大牙，也不能把他的那匹马怎么样，唯一解气的，就是欺负聂瓜瓜。起初，给聂瓜瓜的书包里放死老鼠，课桌上抹屎，后来，围住他推推搡搡要他赔狗，推搡中还有人趁机踢他一两脚，就像那一脚踢到聂瓜瓜的舅舅方大牙身上，不解恨，但能解气。

聂瓜瓜胆子小，不敢去学校，可外婆盯得很紧，吃过早饭，他稍稍磨蹭一下，外婆就会催促他快去学校，不能误了上课，交那么多学费呢。他每天背着书包在外婆的目光中出门，一人钻进叶河边的柳树丛，等待学校那面的下课铃声。河边时不时有人经过，为了不被人发现，聂瓜瓜爬到柳枝浓密的树上躲藏，滋味很不好受。其实，不用上学也不用训练田径，倒省了磨破球鞋，少听些母亲和外婆的唠叨，可在河边的时间很难熬，聂瓜瓜每天都是数着数熬过来的。柳树下面是安静的叶河，河水呈微黄色，有点像洗过脚的脏水。聂瓜瓜骑在歪脖树杈上，看到不远处的几只鸟在水面上盘旋，微微荡起涟漪，太阳温暖而均匀地落在河面、涟漪上，像一群鱼在跳跃，鳞光闪闪。聂瓜瓜看着这个美丽的图景，有时会发好长时间呆，但这种时候并不多，他心里一直惦记着，远处传来的上课、下课铃声，还有隐隐的朗读声，他更感孤独寂寞，怀念上学的情景，很想和同学们一起坐在教室里上课，下课后在操场上打闹。可舅舅和他手里的铁套索破坏了这一切，他回不去了，不知得等到什么时候，才能结束这种寂寞难熬的日子。望着缓缓流过的河水，聂瓜瓜流泪了，心里头突然冒出一个念头：为啥那个与游狗争食的老叫化不掉进河里淹死，非要被狗咬死呢。

叶河像个弯曲的手臂，环抱着桑那镇。全镇的庄稼树木，还有人畜依赖的都是叶河水。聂瓜瓜不知道叶河从哪儿来，又流向哪里，每年夏天，他和村里大大小小的孩子到河里洗澡，男孩在叶河的胳膊这边，女孩在胳膊的那头，尽管河水并不清澈，但一点也不影响温凉的河水冲洗掉夏天的炎热。而且很奇怪，常在叶河里洗澡的人们，身上从不长痱子，也不会得皮肤病。有不信这个邪的，偏偏不去河里洗澡，结果，这个夏天准会生一身的痱子，够他受的。有人说，叶河的水里含有什么矿物质，河上游和下游的人听了，也去河里洗澡，但没用，该长痱子的照样长，该有皮肤病的也照样有。只有流经桑那镇的这一段河水洗了才起作用。可是，叶河也有令桑那镇人痛心的一面：每年不多不少都会淹死两个人。多少年了一直是这样，可能是巧合，人们捉摸不透，只相信这是叶河的规律。今年初夏叶河涨水时，一个外地人行路走热了，在河边洗手，脚下一滑，掉进河里。河边水并不深，才齐胸深，但外地的路人活生生淹死了。那次淹死的是外地人，桑那镇的人明显松了口气，想着还余下一个名额，谁也不能预料下一个被河水吞没的会不会是自己或者家人。于是，都叮嘱自家孩子，不要到河边去，等今年叶河的淹亡名额完成了再去。

聂瓜瓜当然知道叶河的这个规律，他趴在树杈上，凝望着河水。叶河看上去那么平静，如窈窕温婉的淑女，让人忍不住沉下心来，可是，那温婉的背后，却是狰狞的。聂瓜瓜不怕这种狰狞，他不能去学校，整天东躲西藏，遮遮掩掩，活着没一点意思，真想一头栽下河，完成叶河的另一个名额算了。可一想到妈妈，他死了，妈妈肯定没法活了。他是妈妈唯一的依靠，不能做傻事。

老师几天不见聂瓜瓜的人，问其他同学，都说不知道，老师来到聂瓜瓜家询问，逃学的事露馅了。晚上回到家，聂瓜瓜装出上一天学很紧张，要给妈妈叫累时，外婆已将巴掌举起等着他呢。聂瓜瓜看出气氛不对，没敢说假话，在外婆的逼视下，抹着眼泪一五一十地诉说了原委。这次，外婆的巴掌没落到聂瓜瓜头上，她气呼呼地返身赶到学校，老师已下班回家，她又追到老师家里，恶狠狠地丢下一句话：谁再敢打我外孙，问他要狗，我就叫我儿子方大牙把谁家的龟儿子像狗一样捕杀掉！

聂瓜瓜又去上学了，虽说老师盯得紧，在学校没人敢欺负他，但出了校门，还是有一些失去狗的同学在外面等候他，只要看到聂瓜瓜出校门，跟着走一段，估计老师看不到，一哄而上照样围攻聂瓜瓜。为了不受攻击，放学后，聂瓜瓜只好最后一个回家，他等老师下班，跟着他们一起走。

在外婆家，聂瓜瓜其实很害怕舅舅。不光是他，还有妈妈方小妮。可方小妮害怕她哥，是她心里有愧。多年前，因为方大牙长得太丑，干的职业又不好，三十多岁了还娶不上媳妇，镇子西头的剃头匠袁大头，见方家迟迟不把顺眉顺眼的方小妮嫁出去，心里痒，托媒人上门提亲，想把方小妮娶给自己的大儿子袁建新。袁建新小时候得过小儿麻痹，成了瘸子，长得倒挺英俊，没念几天书，知道书念得再好也不顶用，不能走南闯北，就早早收心，在父亲的剃头铺子学手艺。给人剃头虽不能大富大贵，可混个温饱还是没问题的。袁大头自知方小妮不会看上自家儿子，把主意打在自己的二闺女身上，他托媒人带给方家的条件是，不但聘礼照给，还愿意将自己的二闺女换给方大牙为妻。这个条件可是太诱人了，要知道袁家二闺女虽不如方小妮长得水灵，可在桑那镇，也算顺眉顺眼，尤其是手巧，女红活样样拿得起放得下，可羡煞了不少想做公婆的人呢。方大牙一听心里直痒痒，恨不得立马把妹妹送到袁家，给自己换回这个能干的媳妇。那时候，方小妮心高气傲，哪里看得上瘸子袁建新，她的心里早有了人，是一起念过书的同学聂社生，他长得白净英俊，当时在镇磷肥厂当出纳，两人一见倾心，早就私订终身，发誓海枯石烂不变心。为了不嫁给瘸子袁建新，方小妮还投过一次叶河，被人救起。袁大头想不到方小妮如此刚烈，担心换亲不成，会弄出人命，后半辈子落个良心不安，就收了这份心思，重新寻新的亲家，给瘸腿儿子换亲。方大牙错过了娶妻的机会，至今还打着光棍。最富戏剧性的是，方小妮后来嫁给了聂社生，没过几年好日子，聂社生在磷肥厂倒闭前，不知怎么被镇上的林书记看中，当时要组建基金会，把聂社生调到基金会，成了镇政府工作人员。不久，基金会撤销，聂社生自然而然成了镇财政所会计。地位变了，聂社生的品行随之大变，到财政所没几天，就和镇小学离婚的女教师高美慧勾搭上了。聂社生嫌方小妮与他有差距，摔摔打打半年，把方小妮甩了。高美慧带着个儿子，不想再多出个儿子。离婚后，方小妮没处去，还拖着儿子，只好回了娘家。自从方小妮嫁给聂社生，方大牙就不和妹妹来往，一想起方小妮使他失去媳妇，就恨得牙根痒痒，哪容得下被男人抛弃的方小妮，要不是母亲还活着，要死要活把方小妮和聂瓜瓜留下，早叫方大牙赶出了家门。

离婚前，方小妮在镇磷肥厂上过几年班，磷肥厂的效益一直不太好。后来，有专家研究后确定，桑那镇生产的磷肥含其他物质太高，而周围的土地大多是碱性土壤，不适合施用这种磷肥，只能销往有更多酸性土壤的地区。这样一来，生产成本加上运费，每吨磷肥的实际销售价居然高出别的磷肥产品几倍。没人愿意买这种产品，磷肥厂只好关门。乡镇办厂没下岗一说，厂子倒闭，那些工人直接走人，根本没一分钱补助费。离婚时，聂社生没给方小妮一分钱，这也是方大牙生妹妹气的另一方面。别的女人离婚，要从男方那里弄些东西或钱，方小妮倒好，除带个拖累，什么也没有，还把一段本来可以给他换个媳妇的大好年华白白浪费，亏血本了。旧伤加新怨，方大牙哪会有好脸色给方小妮。带着儿子在娘家的方小妮谨小慎微，事事处处都看哥哥的脸色行事，不敢大声说话，低眉顺眼。这阵子聂瓜瓜受哥哥连累，不敢去上学，方小妮也只能急在心里，趁哥哥不在家时，悄悄教训儿子不懂事，受不得委屈，净惹麻烦。聂瓜瓜不吭声，任由妈妈指责，他不愿惹妈妈生气。方小妮在娘家很尴尬，没具体事做，挣不来钱，娘俩只混口饭吃倒也罢了，可聂瓜瓜要上学，每到开学，就得找聂社生讨学费。聂社生有了新家后顾头不顾尾，按协议付给儿子每个学期的学费、书本费、杂费，再多一分钱都不给。现在学校收费名目很多，看场电影、秋游春游，最可恨的是开运动会，很早就开始训练田径，还要统一着装，说是整齐划一，跑起来好看。跑步要好看干什么？人家学校都是看谁跑得快，能争第一，可桑那镇小学要跑得快还要好看。小学的操场是沙子铺的，摩擦大，费鞋，开次运动会聂瓜瓜能穿烂三双球鞋，一个学期得穿五双鞋。方小妮没一分钱来源，聂瓜瓜的花费靠外婆偷偷资助。一双最普通的球鞋也得二十多块钱，每次从学校回来，外婆总盯着聂瓜瓜脚上的球鞋，看它裂帮、磨烂底子没有。一旦新鞋没穿多久，有点破损的痕迹，外婆顺手会给聂瓜瓜一巴掌，打得聂瓜瓜眼冒金星。方小妮看见了连大气都不敢出，生怕惹母亲生气。聂瓜瓜很固执，眼里含着泪，就是不哭，其实外婆不知道，聂瓜瓜为省鞋，每次从学校回家，到镇街的水泥马路上，为少磨鞋底，只要天气不冷，他就脱下鞋打赤脚。脚是磨不坏的，除非踩上玻璃碴或者荆刺，那没办法，自认倒霉。在学校操场练田径没法省鞋子，那些沙子太硌脚，再说，老师也不允许学生赤脚训练，学校就是培养学生讲文明的地方，怎么能容赤脚这样不文明的行为。

聂瓜瓜跟母亲住到外婆家后，舅舅方大牙不再给家里一分钱，他在外面喝酒赌博，把自己杀猪挣的钱花得精光，动不动还伸手向外婆讨钱。外婆在自家临街的门面开了间杂货店，靠小本买卖养家糊口，日子过得很艰难，半年前，桑那镇突然来了一个外地人，与瘸子袁建新打得火热，他们合伙在镇子西头开了家"中心超市"，从针头线脑，到油盐酱醋，样样齐全，人还可以进去自选。外婆的杂货店受到冲击，几乎无人问津，靠墙的货架落满灰尘，上面堆满过期的方便面、火腿肠，还有各种油炸的膨化食品。过期的东西更卖不出去，外婆又舍不得给自家人吃，越积压越陈旧，偶尔从外面走进杂货店，能闻到那些积压货物散发出变质的味道。外婆闻习惯了那种味，她像个古董商似的，整天守着那堆过期食品，天黑透也不关门，一只蝇迹斑斑的十五瓦灯泡，用昏暗的光线罩住外婆，她看上去更像个古董。外婆眼光呆滞地望着透到门外的昏暗灯光，偶尔看到一个人影匆匆走过，以为人家是去中心超市购物，她嘴里嘟囔着些什么，脸阴得像要下雨。聂瓜瓜一般不去杂货店，夜里更不敢去，昏暗的灯光下，又瘦又小的外婆没一点神采的眼神，使他想起童话里的老巫婆。

杂货店卖不出东西，送货上门的小商贩倒不少，各种货物会及时送来，根本不用你到处去进货，就是说，杂货店外婆一人经营着，都显多余。方小妮无所事事，只能养几只鸡贴补家用。聂瓜瓜心里清楚，妈妈为给他买双球鞋，得卖上百个鸡蛋才能凑够钱。方小妮曾有心养几头猪，可镇上的几家餐馆剩余饭菜都有人包了的，她弄不到比饲料更便宜的东西来喂猪，再说，养猪成本高，她连基本生活都保证不了，哪来本钱？也曾想多养些鸡，卖鸡蛋供儿子上学，可鸡得吃食，那几只鸡可以用剩饭、菜叶喂，养多了，拿什么喂？能拔来野草，没饲料拌，鸡也不吃呀。

方小妮更想找个事情做，可桑那镇巴掌大点地方，流动人员极少，那些经营农具、粮油、食品的店铺，还有卖饺子面条的小饭馆，生意全靠四邻八村来镇上赶集的农民消费，收入基本上够贴补家用，根本不收留外人。方小妮想寻个多少能赚点钱的地方，还真不容易。

这天，方小妮睡午觉醒来，心里不痛快。她睡午觉起来心里从没痛快过，每天除过做一日三餐外，她无事可干，尤其是午饭后这段时间，最难打发。她不愿出门，怕碰到人，待在家里又犯困，其实她不想睡午觉，可不睡觉又能干什么？睡觉也是打发时间的最好方式。方小妮起床后手里拿着一把破塑料梳子梳着头，萎靡不振地到前面的杂货店，她倒有心替母亲看管这个杂货店，可怕哥哥有想法，便迟迟不曾开口。走到门口，见母亲垂头丧气地抽烟，她没敢打扰，悄悄地转身要走，母亲却叫住了她。

不到最困扰时，母亲是不抽烟的。方小妮站住，心里忐忑不安，不知母亲又因什么事苦恼。前几天，母亲无意中看到斜对面给马钉掌的老田从街西头买了一瓶醋回家，心里老大不高兴。老田是老街坊，他家人很能吃醋，两天就得一斤，一直在母亲的店里买散装醋，照顾她的生意。老田突然间去西头超市买醋，对母亲刺激很大，抽了好几天闷烟。昨天，老田又到母亲的杂货店来买醋，还夸母亲进的散装醋好，不像超市瓶装的，包装好看，却淡得水一样。母亲心里很妥帖，心里的不快也烟消云散，可是今天，她又碰上什么不高兴的事了呢？

母亲抽了一大口烟，呛得咳嗽不止，边咳边唠叨，她刚听说老田家的马掌店要关门。如今养马的人越来越少，没什么人来给马钉掌，开马掌店养不住家，老田把店盘给了那个开超市的外地人，每月能净收三十块钱房租。

方小妮全身的神经都绷紧了，那个外地人……又想干什么？

不是外地人，是那个袁瘸子，他在借机报复，能干什么？肯定要开超市分店。母亲恶狠狠地说，你看清楚了，他哪儿是开店，分明是想把我这个老太婆彻底挤垮！

方小妮不敢吭气，都是自己造的孽，不然，母亲也不会被袁瘸子逼到这种地步。方小妮以为自己早就苦到了底，这下才知道苦是漫长的，根本没有底。望着母亲的小杂货店落满灰尘的货架和商品，她的心沉甸甸的。该是自己出去的时候了，她想着，得赶快找个事做，不然，母亲的杂货店垮了，这个家就失去了经济来源，以后可怎么过啊！再说，她是成过家的女人，还死守在娘家混吃喝，别人不知怎么在背后指戳她呢。方小妮被母亲的茫然无助挑起了斗志，她不再睡午觉，逼着自己走出去找活干。

镇上最好的饭店，就是野味酒家，经常有镇政府照顾着，生意还说得过去，可人家招服务员，十七八岁的小姑娘多得是，挑选余地很大，像方小妮这个年龄，想都别想。但方小妮还是鼓足勇气上门找野味酒家老板娘，想谋份洗碗拖地的活，每月给个百八十块就行。老板娘反讽道，你要是有这种好事，通知一声，我家一大堆闲人呢。

镇街上还有一家生意好的，就是西头袁建新开的“迷你发廊”。前些年，外面的时尚传到桑那镇时，袁建新与父亲袁大头吵了一架，固执地收拾起剃头家什，把隔壁的豆腐店盘下来，两间打通装修一新，变成了“迷你发廊”。袁瘸子不知从哪儿招来两个外地女孩，头发染成黄色，眼圈涂得乌青，露着肚脐眼和后背，成天站在发廊门口，一边嗑瓜子儿，一边往过路男人身上吐瓜子皮，只要男人回头，就咯咯地浪笑，风骚胜过电视剧里的妓女。发廊里倒冷清，没见什么人进去，但袁建新好像挣了不少钱，比原来阔气得多，早就不摸别人的头给人理发了，还赶时尚地把自己的花白头发染成纯白，远远看上去像顶了一头化不掉的雪。桑那镇的人不知道，原来纯纯的白发还能使人变得年轻，看袁建新现在的样子，倒比以前精神多了。袁建新整天穿着西装，打着领带，嘴角时常叼根黑雪茄，在发廊里跷着二郎腿，看熟人时眼神里带着不屑，对两个妖里妖气的姑娘指手画脚，俨然一副老板的派头。

方小妮从“迷你发廊”门前经过，试了几次，每次的勇气都叫那两个姑娘风骚的眼神打败。不说当初自己抗婚叫袁瘸子心存怨恨，单说她这把年纪，三十出头的女人了，连给人洗头都不会（何况发廊里根本就没要理发的客人），凭什么袁瘸子要养她这个铁定了吃闲饭的女人？

方小妮的心彻底凉了，在桑那镇找份事做，谈何容易！她只得蔫蔫地息了这份心思。在娘家过了一年多，方小妮想法最多的，就是再嫁。除过这条路，她没第二条路可走。凭方小妮的长相、年龄，再嫁没一点问题，就看嫁个什么样的男人了。方圆几个村子里，在一群光棍鳏夫里，有几个顺眼的男人，曾委托媒人上门探过口风。方小妮想挑个家境说得过去的嫁掉算了，可她母亲不同意，说还没到那份儿上吧，镇上的男人还没死光，怎么能嫁到乡下去！其实，说起来大家都是农民，跟乡下种地的农民有距离的，只是在镇政府和一些企事业单位的工作人员而已。可住在镇街上的人，总想不到自己跟农民有什么联系，认为自己比乡村的人高一等。镇街上，有娶方圆村庄女人的，几乎没有把闺女下嫁到村子的。方小妮的母亲也是顾脸面的人，把女儿往村子嫁，她丢不起这人。可要在镇子里择偶，哪有合适的呀，单身的倒有几个：对面给马钉掌的老田，老婆去年跟贩西瓜的男人跑了再没回来，他一人拉扯着两个孩子，负担很重。去年，母亲曾托媒人上门给方小妮提过亲，老田一个月钉不了一次马掌，整天在家闲得团团转，一听提的是方小妮，心动了，他何尝不想搂个女人度漫漫长夜呢，何况又是年轻、风韵犹存的方小妮。可一想到方小妮身后还有个拖油瓶聂瓜瓜，那可是个花钱的主，供个读书的，何时是个头啊，他自己还有两个快要上学的孩子呢。这要是答应了，一个家里五张嘴，三个就是扔钱的无底洞，要他的老命哩，老田一边痛惜一边摇头，却对媒人遮掩道，还是算了吧，孩子娘跑了，我也没啥心思，就一心想拉扯大孩子，这一辈子就算这样打发了。

话是这么说，老田的心却没死，他身体里的死灰被点燃，一时半会灭不掉，总想着和方小妮套套近乎。说白了，就是想占方小妮的便宜，动不动跑过来找方小妮，又躲不过守在店铺门口的老太太，凑上去给老太太递烟。老太太不接老田递来的烟，他就自个儿抽，边抽烟边东拉西扯些家长里短。老太太闻不惯老田身上臭烘烘的马蹄味，嗅出了他真正的用心，她毫不客气地对老田说，收起你的这套把戏，我家小妮是正经人家女儿，你要打歪主意，趁早去西头袁瘸子的发廊，他那里就等你这种不要脸的男人上门呢，别挡在这影响我做生意。

老田灰溜溜地走了，从此不敢再来方家，却倚在自家门口，盯着对面望着，偶尔看到方小妮的身影，他会停下手中的活计，发阵子呆，晚上准得失眠。

再就是粮店门口修鞋的蒋连省了，他的负担倒不太重，老婆得病死了有好多年，只有一个儿子，在城里打工，每年回来一次，能给老蒋几个零花钱。加上他自己摆修鞋摊，挣不了大钱，但比等着鸡下蛋卖钱要强一些，不然，他早收摊不干了，坐在那儿风吹日晒，何苦呢。老蒋唯一的不足，就是他家房子又小又破，还不临街，开不了店铺。不然，他就不用在粮店门口摆摊了。还有，蒋连省看上去显老，长年累月弯腰弓背，四十多岁年纪，看上去像六十岁的糟老头。方小妮倒不太嫌弃蒋连省面相老，她嫁的是能养活她和儿子聂瓜瓜，对她好而且顾家的男人。经历了与聂社生的婚姻后，方小妮明白了这世间是没有真正爱情的，生活的需要才是最实际最牢靠的。只是，方小妮对蒋连省了解得不多，蒋连省的内心会不会与他外表的憨厚朴实一致呢？这次，母亲不表态，叫方小妮自己拿主意。方小妮的主意还没定呢，方大牙觉察到了，给方小妮泼冷水，他生气地说，老蒋都能给你当爹了，他儿子比你才小几岁呀？嫁给他，还不如当年嫁给袁建新呢，如今可不就自自在在当着你的老板娘？蒋连省是什么，一个半老不死的糟糠老头，我说小妮，你是不是想男人想疯了！

小妮气得用被子捂住头，压抑地痛哭了一场。

哭过没几天，小妮去了蒋连省的鞋摊。因为聂瓜瓜的球鞋帮开裂了，这双球鞋买来还不到半月，图便宜一块钱，可质量太次，聂瓜瓜已经够小心了，深秋季节，水泥地上的凉气一点不含糊地直往脚心蹿，但他还是在上学放学的路上，把鞋脱掉，赤着脚走。在他的意识里，脚是自己的，不费钱，而鞋子是要用钱买的，花钱的东西值得珍惜。即使这么小心，聂瓜瓜的鞋还是像成熟的豆荚，咧开嘴，露出了半个脚掌，走起路来，鞋底“啪嗒啪嗒”乱响。聂瓜瓜怕外婆听到了自己会挨打，每次放学快到家门口非得穿上鞋子时，聂瓜瓜就用透明胶带粘住裂口，蹑手蹑脚像练轻功，生怕弄掉胶带暴露鞋子的裂口。方小妮趁母亲还没看到儿子的超常举动，把他拉到僻静处，问清原委，心又酸又痛，为一双鞋，儿子受了多少罪啊。她还不知道儿子赤脚的事呢，不然，她心里更难受。为帮儿子掩饰过去，使儿子少挨顿打，方小妮包起裂帮的球鞋去修补。以前，都是儿子自己去鞋摊修补，可每次修补的总是不牢实，方小妮想帮儿子修一次，也顺带看看蒋连省这个人。她和他以前没接触过，一点都不了解。

方小妮去粮店门口老蒋的鞋摊。

见方小妮过来修鞋，蒋连省连忙递过来一直压在腿下的小板凳，那是给来修鞋的人脱鞋子坐的。天气凉，板凳暴露在外，容易浸了凉气，老蒋把给客人坐的小板凳一直压在腿下暖着，待有客来时，坐上去不凉。方小妮不用脱鞋子，她把聂瓜瓜的鞋递给蒋连省后，原是不想坐的。蒋连省把板凳一直举着，方小妮拗不过，只好接过来放到离老蒋稍远些的地方，坐了上去。板凳温热，那是老蒋留在小板凳上的体温，方小妮的心不由自主地颤动了一下，一瞬间，她有些恍惚，以为是几年前，自己的手被聂社生握在掌心一样。她喜欢那种温暖的感觉。马上要进入冬天了，桑那镇的冬天很漫长，动不动就下雪，漫天漫地，白得没有一点边际，清冷而寂静，叫人看不到一点希望。方小妮最怕过冬天，离婚后的第一个冬天，加上情绪不好，她感到了彻骨的寒冷，好几个月身心都是僵硬的，到了晚上盼天亮，白天又盼着天黑，简直是度日如年，去年的一个冬天熬下来，方小妮都快虚脱了。

现在，又是深秋季节，树枝光秃秃的，风从桑那镇外面吹来，穿过镇街，把早已凋落在角落里的枯叶，或被人丢弃的塑料袋、碎纸片，吹得满街飞舞。空气是干燥的，带着冷冷的寒气，不经意间，蹿入人的身体，像刀片似的，锐利地划割一下，割出冬天的痕迹。因为对寒冷的恐惧，方小妮早早地就穿上厚厚的棉衣，倒像是在期待冬天似的。小板凳带着蒋连省的体温，温热了方小妮的心，那一刻，方小妮忽然觉得眼前不是秋风肆虐的季节，而是春暖花开的日子。这种感觉出来，她的心跳莫名加速了。

老蒋并没在意方小妮的变化，他的注意力全在鞋子上。他对鞋子的感觉是亲近的，尤其是那些历经过沧桑的鞋，满面尘垢、满身伤痕地到他手上，只需他修剪缝补几下，便能还原鞋子的本来面目。看到来修鞋的人的满意笑容，他的心花在那一刻也就盛开了。聂瓜瓜的球鞋实在破得不像样。老蒋缝好裂口，往缝里又挤进去一些粘胶，想了想，又抽出线来多缝了一圈，边缝边对方小妮说，男孩子都这样，费鞋，我儿子很调皮，小时候一个学期能穿烂两双球鞋，我还经常给他缝缝补补呢。

方小妮说，我的瓜瓜一个学期得三四双鞋呢，他不是个调皮的孩子，都怪学校，不好好学习文化，整天给学生搞啥田径训练，说是增强体质，要求经常穿球鞋，球鞋那么贵，哪有钱不断地买？害得孩子整天提心吊胆，生怕弄坏球鞋，回家挨他外婆的打骂……

方小妮突然觉得自己说多了，赶紧打住，心里直懊悔，跟老蒋说这些干啥？但她的话还是引起了老蒋的注意，他停下手里的活，看看方小妮，叹口气说，回去告诉瓜瓜他外婆，不要光打骂孩子，怪不得他，是现在的球鞋质量太差，材料里不搭天然橡胶，用的全是人工胶，一点都不结实。

方小妮不敢再接话茬，只点点头。

说着话，老蒋手里的活并没耽搁，他几下就弄好一只鞋，在手里掂着，欣赏一件珍贵物品似的，过了阵，才对方小妮说道，这样吧，我给球鞋再加个底子，免费的，是拖拉机废旧轮胎，有天然橡胶，耐磨，也不会脱胶，孩子能多穿一阵。

那太谢谢你了。方小妮心里又热了一下，比刚才坐上小板凳更叫她有抚慰感。这次，她盯着老蒋一双手的目光移到了他的头上，看到他的头发黑白掺杂，乱糟糟的像个鸡窝。方小妮心想，蒋连省看上去是挺老，主要是他不收拾自己，看他的一双手多粗糙，槐树皮似的，但很有劲，他用锥子在鞋底子捅个洞，再穿过引线，没相当大的手劲，根本干不了这活。方小妮从来没这么近距离看过蒋连省，这下，她心里有点谱了，蒋连省是个能叫人产生踏实感的男人。要是有个人帮他收拾一下，以他的外表，看上去不会显太老，会像他的实际年龄，是个精壮的男人。

过日子嘛，还是这种男人可靠。不像聂社生，看上去白白净净，肚子里净是花花肠子，他们在一起生活这么些年，直到闹离婚那阵，方小妮还不相信，聂社生怎么会无缘无故抛弃她。在她心里，一直以为聂社生就是她最坚实的墙，从来没想过这墙会倒塌，而且塌得猝不及防，叫她无所适从。其实，聂社生早就起了歪心眼，只是她被聂社生的外表蒙蔽着，一直没看清他而已。

球鞋加好底子，看上去结实多了，方小妮接过来，觉得沉甸甸的，心里很踏实，这下，鞋底再不会轻易被儿子穿烂了。可是，当方小妮站起身，从口袋掏钱时才猛然想起，自己身上没钱。她身上很少装钱，她也没钱可装。这可怎么办？方小妮心里很紧张，不知道怎么给蒋连省说。

想了想，方小妮还是如实说了她没带钱。

蒋连省说，不急，没带就下次给吧。

如果老蒋当时说，没带就算了，不就补双鞋吗。方小妮可能会忍受不了这样的同情，但蒋连省并没做顺水人情，修鞋是他唯一的收入来源，若轻易就允诺谁可以不付钱，这样的男人还怎么养家？方小妮为老蒋这样一句既给人台阶下，又不轻易否定自己劳动的表达方式心生敬意。她也不是那种喜欢占人便宜的女人，也不是动不动就装豪爽却不顾现实的女人。

方小妮心里有了主意，她要与这个憨厚朴实的蒋连省发展下去。当然，哥哥方大牙会跳出来反对，但她不在乎，和聂社生结婚让哥哥失去了结婚的机会，她心里总觉得亏欠他的，可是，自离婚后回娘家住，哥哥对她和瓜瓜的态度使她很伤感，她亏欠的心早填满了。再说以前，方小妮是唯爱情至上，所以最终被爱情伤害，现在，她要寻个踏踏实实的男人，如果因为这个哥哥对她不满，那就叫他不满去吧。婚姻是她的，幸福也是她的，需要什么样的男人过日子，她心里应该有数了。当然，当年嫁给聂社生，而没嫁袁建新，事实证明是错的。当时的情况，不论从哪方面，聂社生都比袁建新强。可是，谁能预测到以后？方大牙不能，她方小妮也不能。

方小妮坚定了要和蒋连省交往的决心。为自己，也为儿子聂瓜瓜，她得走这条道，娘家毕竟不是长久之地。方小妮把自己的想法给母亲说了，那一刻，母亲多皱的脸上竟然很平静，不见一点波澜。

想清楚了，你后半辈子还长着呢。过了好久，母亲才说道。

方小妮说，我想清楚了，这条道迟早得走，蒋连省是个厚道男人，他不是聂社生。何况，不走这条道，我和瓜瓜会把你拖累得太苦，也使你在哥哥那里难为情。

母亲叹口气道，总归，你亏欠着你哥的，看到他，我都不知道过几年到那边见到你爸，怎么给他交代呢。

爸爸不会怪你的，方小妮挽住母亲的胳膊说，爸爸要怪，就怪我好了。不过，我哥的情况……他的性格要再不改，今后还很难说。

怎么改？这个烂摊子，他看不到希望，才破罐子破摔哩。咳，不说这些了，没一样叫我省心的。妮子，你可得想好了，蒋连省要什么没什么，就他那个破窝，你嫁过去屈得慌，如果图他这人，将来，就叫他搬过来吧，我把这间店铺交给你们。你也看到了，对面老田家那间小超市一开张，咱们的杂货店就得关门，我指望不上了，还能活几年呐，你们经营吧，做不成这个生意，就叫蒋连省在里面开个修鞋铺，比他大冷天坐在粮店门口强，修修补补也能养家糊口。妮子，但你要想好，如果你觉得行，我就托媒人上蒋家的门了。

托吧，叫媒人转告老蒋，如果他没啥意见，立冬前就把事办了。

媒人很快传过来话，蒋连省高兴糊涂了，不敢相信是真的，搓着手直转圈圈，差点要跟着媒人过来问个明白。

母亲还没说什么，方小妮说，那叫他过来好了，刚好可以与他合计一下办事的时间。

媒人看看这个，又看看那个，不明就里地说，什么条件都还没谈呢，就定办事时间，是不是快了点？

方小妮说，我就要快……

小妮！母亲打断女儿，对媒人说，还是要谈谈的，虽说是二婚头，但规矩不能破，该说的都得说到当面，不然，以后还得怪我这个当妈的。

媒人要见面的具体时间。

母亲掐着手指算了算，定了一个时间。媒人一走，母亲不高兴地对女儿说，小妮，我可警告你，在外人面前，说话得注意分寸，别把话说得那么急，叫人家看着好像咱等不及，是个男人就要送上门似的。

方小妮没与母亲争执，她觉得母亲说得有道理，自己刚才的说话方式是过了，桑那镇地儿小，是是非非传得快。刚才自己急猴猴的话，媒人不定在外面怎么胡说呢。

母亲却自言自语又道，可不是等不及了？实际上就是啊，咳，这日子过得！

果然，蒋连省上门的前一天，母亲叫方小妮到东街去买豆腐，路过镇政府门口时，碰上了现任小学校长周媚娜，抱着她的宠物狗正在亲嘴，看到方小妮，她喊住她，一脸兴奋地问，听说你等不及了，要嫁给修鞋子的蒋连省？

媒人的话传得这么快，连周媚娜这种女人都知道了，看来，这个媒人做事很扎实，不放过一丝角落。

方小妮对周媚娜本来就没什么好感，学校经常乱收费，使她更加厌恶这个女人。她没好气地说，是啊，我们这种人，还不是早办事早过日子。

周媚娜坏笑道，恐怕是你熬不住了吧，早就想男人压你吧，嘻嘻。不过，小妮，我不明白，凭你的长相，怎么会看上蒋连省那种人?

蒋连省是哪种人? 他怎么了?

急眼了吧，我没别的意思，只觉得你嫁给他亏得慌，他多大，你多大? 不过，这种事永远也说不清楚。哎，小妮，我倒想给你提个醒，你上老蒋的床之前，一定要把他的老底弄清楚，看他这些年到底存了多少钱，而且，他有多少就搞过来多少，攥到自己手里才踏实，可别再糊里糊涂了，像你和聂社生离婚那样，一分钱没拿到，至今还不知道他有多少钱，这两年吃着钱的亏了吧。女人嘛，图不了男人别的，就图钱吧，钱才是女人最亲的。记住，一定要在睡到一张床上前，就把他的钱搞到手……

周校长! 方小妮打断周媚娜，严厉地说道，怪不得学生天天回家要钱呢，原来，你们就是这样办学校的。

周媚娜把嘴一撇，这是咱女人之间的话，跟学校没关系，你要不爱听，就当是我放个屁。你执意嫁给老蒋，我恭喜你，到时可别忘给我喜糖吃。

说完，从嗓子眼发出一声冷笑，转身扭着腰肢进了镇政府院子。

方小妮将周媚娜的那声冷笑听了，她的心猛地一紧，感受到一种深切的疼痛，那疼痛像锉刀一样，在身体的每个部位摩擦、蔓延。从周媚娜不屑的神情里，方小妮看到了自己的败落和惨淡，所以，她也只能找蒋连省这样的男人。方小妮无法遣散那些疼痛，她的情绪受到极大影响，恍惚得没了时间概念。直到蒋连省上门这天，她心里还是雾蒙蒙的一片。母亲把蒋连省让进屋子坐下，拉女儿到厨房，小声问道，你怎么了？要变卦还来得及。

方小妮一激灵，现实一下子堆到她跟前。她说，谁说我要变卦了？我这就去给老蒋说具体事情。

方小妮把母亲丢在厨房，到屋子给蒋连省把自己的想法全倒了出来，连母亲说的那些话也讲给他听。

老蒋高兴坏了，一个劲答，好，好，你说了算。一切都由你。他好像已经做了上门女婿似的。

俩人谈得挺好，一点都不尴尬。连方小妮自己都觉得奇怪，自己飘忽了一天，怎么说起这些事来居然还这么顺畅，几句话就把终身大事说定了。

不过，正经事说完后，再没啥话说，开始冷场了。蒋连省一脸兴奋，不时看看低垂着眼睑的方小妮，想说点什么，又放不开的样子，他突然想起一件事，跟方小妮说，他经常看到聂瓜瓜赤脚从他面前走过，把鞋子提在手里，不知孩子是怎么回事。

方小妮也觉得奇怪，每次看到儿子回到家，鞋都好好穿在脚上呢。她问老蒋是不是看错了。

老蒋保证，绝对没看错，他有职业习惯，没什么活干时，爱盯着行人的脚，他要从面前经过的每一双脚上，看出鞋的质量、穿鞋人的身份，主要的，还是那双鞋是否需要修补。起初，聂瓜瓜赤脚经过老蒋面前时，他还没太在意。修鞋人只喜欢看鞋，对赤脚没太大兴趣。但聂瓜瓜那双赤脚从他眼前经过的次数多了，他就注意到了，一直想问，却经常忘记。年纪大了，他记性不好，又跟自己没关系，问与不问都一样。现在不一样了，他和聂瓜瓜很快就要扯上关系，他得表示出对聂瓜瓜的关心。

正说着，聂瓜瓜放学回来了，他脚上的球鞋穿得很齐整，老蒋给加的鞋底很厚实，聂瓜瓜看上去身高增加了不少。

方小妮正要问聂瓜瓜打赤脚的事，这时，方大牙突然回来了。这天，他一条狗都没捕获到，眼瞅着一条灰狗从他面前跑掉，硬是没逮住。其实他本可以逮住的，却被一帮小孩又叫又吼地挡住路，眼睁睁地看着那条狗在孩子们身后站住，转过头还仇恨地看了他一眼，然后飞奔而去，眨眼没了踪影。方大牙心里窝火，五十块钱转眼成了泡影，脸色自然不好看。一到家，又看到修鞋的蒋连省端坐在自己家堂屋，火腾地蹿了上来，冲方小妮他们吼道，好啊，真搞到一起了。我还以为说着玩呢。好啊！很好！方小妮，你真能闹腾，被自己男人甩了，跑回娘家吃我的喝我的，还把我的话当成屁，什么男人都敢往家里带。蒋连省，你想得倒美，勾引我妹妹不算，还想做上门女婿，占我的地盘，看我怎么收拾你这个老王八犊子！

方大牙边吼叫边向蒋连省冲去。老蒋知道斗不过这个二百五，跳起来往屋外跑。方小妮护住老蒋，当年的牛脾气又上来了，冲方大牙叫道，我的事不要你管！方大牙黑着脸，想拨开妹妹，边拨边骂道，不要脸的东西，想男人想疯了，老子今天管定了！

聂瓜瓜看到妈妈今天穿了件稍微有点鲜艳的外套，她的脸上也有了非常少见的红晕。可这一切都叫舅舅给破坏了。舅舅一把拨开妈妈，顺手撕烂了她外套的前襟。聂瓜瓜从撕烂的外套里看到，妈妈里面依然穿着那件经常穿在身的灰黑色旧毛衣。

外婆闻声从厨房扑过来，插进儿子与闺女中间，抱住方大牙，喊女儿带蒋连省快跑。老蒋惊慌失措，在方小妮的帮助下，钻出屋子跑了。

放开，放开！你背着我想把这个家拱手让给外人，门都没有！方大牙甩着自己母亲的手，想挣脱开，去追逃走的蒋连省。

母亲死死抱住儿子不松手，喘着粗气哭道，我——不——放，难道你还能对我动手不成！

方大牙的手举起来，半天没有落下去，他终归还有理智，明白这是自己母亲。这手要落下去，就永远收不回来了。他怒气冲冲地一脚踹倒蒋连省刚坐过的椅子。母亲没劲了，这才放开儿子，任他把那个椅子砸碎。

聂瓜瓜惊恐地看着这一切，舅舅的举动吓坏了他。没人给聂瓜瓜说，妈妈在给他找后爸，但他已经从妈妈的神态上看出来了。聂瓜瓜害怕舅舅的粗鲁，但对赶走修鞋的蒋连省，他一点都不怪舅舅。聂瓜瓜对蒋连省没什么好感，整天盯着过路人脚上的鞋子，一副不怀好意的样，一个只看别人脚的人能叫妈妈过上好日子吗？再说，蒋连省面相也太老了，他要来给自己当后爸，不知道的人会以为他们是爷孙俩呢。聂瓜瓜不是不愿意妈妈再找男人，他是个懂事的孩子，知道他和妈妈住在外婆家的不易，他只是不想老蒋当自己的后爸，妈妈年轻漂亮，嫁给老蒋太亏了。但他没有发言权，大人的世界不是孩子的想法能左右得了的，但舅舅的行为等于帮了他的忙。

当天晚上，聂瓜瓜刚睡下，发现妈妈悄悄地起来出了家门。聂瓜瓜想知道妈妈是不是去了蒋连省家，他爬起来偷偷跟在后面。桑那镇的夜静谧而安详，因为有月光，天黑得不透彻，这使聂瓜瓜能清楚地听到母亲碎而轻的脚步声，看到她急促的身影。镇街上全是水泥地，聂瓜瓜走了几步，犹豫了一下，还是脱掉了球鞋，赤脚跟着母亲来到蒋连省家外。至于母亲和老蒋说了些什么，聂瓜瓜不知道，他只知道，桑那镇的夜晚比白天冷，水泥地像饱蘸墨水的毛笔，浸透着彻骨的寒气，赤脚走在上面，寒气就像落到纸面上的墨水，浸染到他的脚底板，再轰轰隆隆地蹿进他全身。他抵抗不了寒气，没等母亲从老蒋家出来，就跑回家。

躺在床上，聂瓜瓜一直睁着眼睛，他睡不着。为了省电，除过做作业，一般他和妈妈睡的这个屋是不开灯的。屋里的黑暗要比外面的黑暗深沉得多，聂瓜瓜在这样的黑暗里，苦苦地等待妈妈回来。

蒋连省给聂瓜瓜精心缝补的球鞋很结实，让他如鱼得水，在学校的田径场上，不像以前那样担心磨破鞋底，可以放得开，他如同一匹不知疲倦的儿马，训练很卖力。聂瓜瓜这才对老蒋有了些许好感，想着如果老蒋做自己的后爸也不错，起码不用发愁鞋穿破了没人补。聂瓜瓜的梦想是拿下次校运动会五千米长跑冠军。因为学校规定，五千米长跑冠军，会奖励一个双肩背的书包，那可是聂瓜瓜梦寐以求的。他至今还背着外婆给他缝制的布书包，是用舅舅的旧牛仔裤改制的，上面永远都有股猪粪味，聂瓜瓜早就想丢掉不背了，可外婆和妈妈没钱给他买新书包，最便宜的双肩书包得三四十块钱，为一个书包花那么多钱，妈妈舍不得。其实，舅舅抓条狗的钱，就能买一个很好的书包，但舅舅不可能给他买书包的。

方大牙经常当妹妹和外甥的面说，我白养你们两张嘴，已经够意思了，别想着叫我可怜谁，我四十多岁的人了，连房老婆都讨不上，我算是看透了，你们都是白眼狼，连母亲都要把房子交给外人老蒋，那就叫她等着看方家断香火吧。

这些年，老母亲为儿子婚事，求尽了桑那镇能说会道的人，要求不高，只要是个蹲下尿尿的，不论年龄、相貌，都行。可是，没女人愿嫁给方大牙，凭方大牙的德行，又穷得叮当响，连家境不好的寡妇，宁愿扯着子女艰难地过活，也不愿进方家的门。

前阵子，镇长宋大拌面却对方大牙说，只要把捕狗的事做好、做彻底，到时，他出面给方大牙搞个媳妇。宋大拌面的话不知能不能兑现，反正，方大牙捕狗这活做得很带劲，他想，镇长不会说话不算数吧。

狗捕得差不多了，桑那镇已经听不到狗吠声，方大牙却像猎犬似的，把镇子所属的几个村子过筛子似的过了无数遍，连狗毛都见不到，他以为大功告成，得意地去找镇长要钱要老婆。

宋大拌面却吊着脸，用眯缝眼望着方大牙，不耐烦地说，真的连狗毛都没了？

没了，不信，镇长可以到各村去找找。

宋大拌面睁大他的眯缝眼，说，还用到村子去看？镇街上就有活狗呢，不知是你方大牙眼睛有毛病，还是脑子有问题。

不可能，方大牙很有把握地说，镇街上别说活狗，就是狗毛——当然都在我家里呢。

话别说得这么绝对，宋大拌面脸上堆起笑容，拍拍方大牙的肩说，就在镇政府院子里，你敢说没狗了？

这个……方大牙语塞了。

这个什么？你工作做得不够彻底啊！做不彻底你凭什么问我

要钱要老婆？宋大拌面冷笑道。

镇政府院子里，还真有条狗，是周媚娜养的宠物狗。打狗看主人，方大牙以前捕杀的那些狗，都是普通人家养的，捕杀了，最多挨顿骂，谁也拿他没办法。狗有狂犬病，咬死人啦，县长都生气了，镇政府下的捕狗令，谁也抵挡不住。可周媚娜的狗，借方大牙十个胆子，他也不敢轻易动。再说，也只是宠物狗，大家都知道是条公狗，可胆子比老鼠还小，见了人就往周媚娜怀里钻，平时还像人一样穿着衣服和鞋呢。那也能叫狗？！方大牙曾想过，自己还不如周媚娜的哈巴狗，它还有个女人怀抱可以钻呢。桑那镇的人都知道，周媚娜视这条哈巴狗为情人，整天不离左右，当着别人的面，抱住就亲嘴，晚上睡觉都和狗拱在一个被窝里。周媚娜曾当众说过，狗比人好得多，比男人对她都要体贴。也不知一条狗，能对她怎么体贴？并且，周媚娜还有种预感，说不定哪天，她的卡尔会开口对她说人话呢。

说到底，还是狗的主人周媚娜不敢惹。她以前是镇计生办主任，也就她一个人，每年计划生育工作紧起来，都是镇政府雇人去各村抓超生婆，周媚娜从不操这份闲心，她平时很少来上班，办公室门常年锁着。上面发下来的避孕工具，她从不下发，也不知那么多安全套都弄到哪儿去了。从镇政府传出消息说，避孕工具全叫周媚娜一个人用了。不会吧，上面发给一个镇人用的量，她怎么用得完？听到这消息的人都笑，反正没见过周媚娜发给别人。

周媚娜年轻时颇有几分姿色，虽说现在已上三十岁，过了诱惑男人的年龄，但她从小死了母亲，父亲对她教养少，她大大咧咧，很放得开，敢说也敢做，有股不管不顾的劲头。现在的领导也奇怪，就喜欢没教养的女人，无论是市长县长，来过一次桑那镇，对这个地方没什么感觉，却对周媚娜印象非常好，动不动找借口再来一趟。周媚娜的主要工作，就变成了陪上面来的领导吃饭唱歌跳舞。反正，周媚娜嫁的是石油工人，长期两地分居，一年才能见一次面，她闲着也是闲着。后来，她的石油丈夫不知从哪儿听到风言风语，借机把她蹬掉了。变成单身的周媚娜更无所顾忌，杀伤力比以前更大。林书记考虑到上面领导来一次不容易，干脆带上周媚娜上县城或者市里，给领导送“货”上门。林书记这么做，深得领导赏识，林书记以前是镇长，很快被提成书记，不久，还补进县委常委，也就是说，再过不久，他就是副县长了。

在桑那镇，流传着林书记的一句歌词：左手一只鸡，右手一只鸭。鸭指的是财政所的聂社生，脸白得像鸭屁股，这几年发达了，走路左摇右晃，越来越不像男人。他是林书记一手栽培的，只听林书记一人的，连宋大拌面这个镇长签字报账，他有时都会挑毛病。左手的这只鸡，当然就是周媚娜了。

周媚娜成天跟领导搅在一起，紧跟着林书记屁股后头，除过上厕所，俩人几乎形影不离。林书记的夫人听到风言风语，不敢在县城闹，怕影响老公的前程，跑到镇上，把周媚娜的脸抓破了。林书记非常恼火，当着周媚娜的面给自己的夫人说，你要再闹，我就休了你，看你到哪儿闹去！夫人被这话吓得灰溜溜走了。这下等于给周媚娜撑了腰，她捂着脸上的伤疤，当着众人的面，笑说她与某某领导之间的逸闻趣事，影响相当不好。林书记考虑到这样下去对自己不利，便把周媚娜调离镇政府，放到镇中心小学去当校长。周媚娜说在学校整天听那帮小屁孩吵嚷，能把人烦死。她不到学校去上班，整天带着她的宠物狗，在镇政府院子里，哪儿热闹往哪儿凑，没人敢说她，说了也没用，周媚娜谁都不怕。

这么个主，方大牙怎敢动她的狗！

方大牙支支吾吾道，那只是宠物狗，根本不会……

宋大拌面打断方大牙，断然道，什么叫根本不会？就算穿着衣服，可那也是狗，你方大牙敢担保它不是狗？凡是狗，都带有狂犬病毒的可能。漏捕了，以后要出了问题你负得起这个责任？

方大牙很为难。

宋大拌面看出来了，他又强硬地说了句，反正你工作不彻底，休想领走捕狗的钱！

方大牙听出来了，宋大拌面对承诺只字不提，看来，他不干彻底，是绝对不行的。

桑那镇的人都知道，宋大拌面和林书记是一条心，一条道上的，俩人好得只差穿一条裤子了。这也难怪，当年宋大拌面从部队转业回来，县上没办法安置，要他自己找接收单位，是林书记——当时的林镇长把他要到桑那镇，当了自己的副手。宋大拌面转业前是营长，能当个副镇长，算是安置得相当不错了，他对林书记感激不尽，上班后非要到镇上最好的野味楼请吃顿饭。当然，林书记是带着周媚娜一起去的。三人喝完三瓶茅台，宋大拌面再要来一瓶，周媚娜不想喝了，她的话一般代表着林书记。酒不开了，宋大拌面要主食，是四大盘拌面，也就是新疆最普通的拉条子。在当地饭店都叫拌面，是那种抻出来的面，筷子粗细，很筋道，拌面的关键是调味的浇头菜，必须是新鲜的羊后腿肉，切成碎丁，加上红绿辣椒、芹菜、洋葱，还有西红柿酱，翻炒到七成熟时，一定要放孜然，才能把味拨出来。

喝过酒，一般吃不下主食，服务员猛然端上来四大盘拌面，周媚娜当即给服务员发火，宋大拌面解围说是自己叫上的。但周媚娜不明白，三个人怎么上了四大盘。宋大拌面看上去一点都不胖，还有点瘦，不像能吃的身坯。但他很有信心地说，他一人吃两大盘。林书记象征性地吃了几口，周媚娜基本没动筷子，她见宋镇长吃了两大盘不动声色，便逗他，要他吃掉自己的这份。宋大拌面二话没说，端过来几口就吃完了。周媚娜瞪圆眼珠，赐了他这个外号。他当时还说，这个外号他早就有了，在部队上下流传甚广。周媚娜的嘴上没门，她根本夹不住话，全镇乃至全县把从部队差点失传的外号，又捡回来，还给了宋大拌面。

现在，大家早忘记镇长叫什么名字，只知道姓宋，叫宋大拌面。连小学生都这么叫，聂瓜瓜被同学们逼得逃学那几天，背地里没少骂宋大拌面，都是他把捕杀狗的烂差事派给舅舅方大牙，害得他替舅舅受过，在同学面前抬不起头。聂瓜瓜不敢恨舅舅，是宋大拌面要舅舅捕杀狗，他是镇长，舅舅不敢不听。聂瓜瓜想着怎么报复一下这个能吃却撑不死的宋大拌面。他想不出好法子，打又打不过，下毒又买不到毒药，就是能买到他也没买毒药的钱，怎么办呢，他的脑子一直没闲着。

舅舅偶尔在家的夜晚，会一个人喝闷酒，喝多了倒头便睡，就怕他没喝多，脑子半糊涂半清醒，搁下酒瓶就乱骂，唾沫四溅。有时候也不知他骂的是谁，反正就是个骂，骂差不多了，起身出门，摇摇晃晃地边骂边从镇街走过，一直走到西头，钻进“迷你发廊”半天不见出来。

天气暖和的夜晚，出于好奇，聂瓜瓜赤脚跟踪过舅舅，见他进了“迷你发廊”，好半天才出来，像在发廊里吃了什么安慰的药，嘴里不骂了，接下来好几天都不乱骂。那是过去，现在可不是这样，自从接上捕狗的活计，猪不杀了，他看上去很兴奋，几乎天天骂人。聂瓜瓜算是看清楚了，舅舅高兴和不高兴都一样骂人，就是说，骂人已成为舅舅生活中必不可少的内容。他已经习惯了骂人。

方大牙还不知道聂瓜瓜不敢去学校的事，没人告诉他，就是他知道了，也不会管。方大牙对妹妹和这个外甥，放不到心里去，当年方小妮执意不肯换亲，已使他伤透了心，后来妹妹被聂社生抛弃，跟他更没关系。只是，母亲与妹妹串通，想把蒋连省弄到家里来，他得阻止，不能叫那个破补鞋匠占了便宜。除此之外，方大牙最关心的，就是尽快把狗捕杀完，从宋大拌面那儿领到钱。他已经听出来了，宋大拌面不会实践诺言给他找媳妇了，他只能把该要的钱要回来。

可是，要捕杀周媚娜的哈巴狗卡尔，难度非常大。难，也得上啊，辛苦了一个秋天，还背负了那么多咒骂，总不能因这个哈巴狗，拿不上所有的钱吧。方大牙得想对策，从哪儿下手呢？周媚娜不管去哪儿，怀里总是不离她的卡尔。卡尔大概也知道主人的怀抱就是它最安全的避风港，只要在外面，卡尔绝不离开主人，即使周媚娜把它放到地上，它也不离左右，像一个高贵的王子，那双圆润的大眼睛淡漠地看着四围，迈着它优雅的步子，陪伴在主人身边。方大牙根本无从下手，他不敢来硬的，对别人横他不怕，对周媚娜，他狠不起来，惹怒这个女人，等于惹怒了林书记，林书记可是桑那镇的一号人物，方大牙得罪不起，他还想在桑那镇混日子呢。

见方大牙迟迟没有动静，宋大拌面很不高兴，他已经给县政府报了捕杀狗的材料，上面写着桑那镇已全部捕尽游狗，坚持宁错杀一百也不漏过一个的原则，对有狂犬迹象的狗主人进行说服教育，动之以情，晓之以理，在没发生任何矛盾冲突的情况下，成功地消除了狂犬病源头。这么好的材料报上去，却还留下卡尔这点隐患，万一发生什么问题，县长追查下来，不是他镇长的责任还能是谁？宋大拌面心里越想越不踏实，招来方大牙质问。

方大牙一脸无奈，说他急得上火好几天了，不信，可以看他的龅牙，牙龈肿得快超过大龅牙了。

宋大拌面才不看他的大龅牙呢，他口臭那么浓，谁受得了。

你杀猪时间长，脑子也变成了猪脑子。捕杀三十多条狗，竟然被一条没猫大的哈巴狗难住了。宋大拌面生气地说。

方大牙听着这话，心里很不高兴，他最恨别人骂他是猪脑子。可现在骂他的是镇长宋大拌面，他拿人家没法子，只能装哑巴。

过了会儿，宋大拌面又说，动动脑子，总会有办法的。

方大牙呆呆地望着宋大拌面。宋大拌面不耐烦了，说你是猪脑子你还不乐意，就不会想点别的招？

方大牙心说我要有招，还至于被你骂？就一条哈巴狗，他总不能老烦扰镇长。镇长得考虑全镇人的吃喝拉撒，怎么能把心思放在一条狗身上。宋大拌面见方大牙依旧傻愣愣的样子，想自己逼得太急也不好，便缓下口气，说道，其实养狗也不是什么坏事，宠物狗嘛，本来就是给人养着玩的，要说会有狂犬病，我还真不信。不过县上追得紧，咱们的任务还得完成彻底才是。唉，大牙，如果不是为了对全镇人民负责，我自己都想养一条宠物狗给孩子当个玩伴呢。

方大牙没答腔，他摸不透宋大拌面说这话的意思，他到底是想要他捕杀周媚娜的那条狗对县长负责呢，还是想留着自己养？他自己养显然不可能，养熟了的狗不会跟别的主人，何况周媚娜把卡尔看得比亲爹还要亲，卡尔不会另投新主的。方大牙看着宋大拌面，想弄明白镇长是不是要给他支个什么招。

宋大拌面却不说捕杀狗的事了，顺着刚才的话题扯别的，他说，城市现在养宠物狗成风，什么样的狗都有，连藏獒都当宠物养，那么凶猛的狗养在家里，你说安全不安全？不过，城里养狗要办户口的，一条狗得交五六千块钱的管理费，一年下来，养一条狗的成本就得一万多块钱。

方大牙惊得大张开嘴，养条狗就得用一万多块钱，这城里人真是钱多烧的。这样想着，心里叹息，要是自己生在城里就好了，一年一万多块钱，他不养狗光养自己，也是滋滋润润的了。

宋大拌面不看方大牙丑陋的傻样，继续说道，还有更奇怪的呢，城里还时兴给宠物狗攀亲，也就是给狗配对结亲家，还有给狗办酒席举行婚礼的，比人结婚还热闹。

方大牙更是惊奇，他还是第一次听说有这种事。

周媚娜一直都是城里人的做派，她怀里的宠物狗就是她的至爱，城里的狗有什么动静，她跟着会行动起来。一听城里时兴给狗结婚，她也到处给她的卡尔相亲找对象。桑那镇养的基本是土狗，体形硕大彪悍，可都一副土蠢相，周媚娜哪能看得上！有次，县财政局的江局长来桑那镇，大家一起吃饭，江局长被周媚娜陪喝得高兴，不断抚摩着她的卡尔，一副舍不得的样子。镇财政所的聂社生看在眼里，知道江局长心里想的是什么，赶紧套这个财神爷，说周校长正到处给卡尔找对象呢，不如由他做媒，把卡尔与江局长家的狗配成对，叫周校长和江局长结成亲家。周媚娜求之不得。可是江局长家里没养宠物狗，一时语塞。聂社生精明过人，给江局长使个眼色，说他早就打听好了，一直没机会，周媚娜的卡尔是条男狗，江局长家的京巴正好是女狗，天造地设的一对儿。说过这话之后，聂社生借机给江局长买条女京巴送了过去。

方大牙听得口水流了一下巴，见宋大拌面突然不说了，才擦把口水，问道，后来呢，怎么样了？

宋大拌面皱皱眉头，什么后来？你是来听故事的呀？我只不过随便说说狗的趣事。听说现在城里又给狗搞美容了。哎呀，你说周媚娜要听说这事，会不会把她的卡尔也送进美容院去美美容？

方大牙若有所思，但他不知道周媚娜会不会送她的卡尔去。

宋大拌面又说，这话要是叫聂社生去说，周媚娜肯定会动心，他是媒人嘛，他的话肯定代表着江局长的意思。

方大牙心想，聂社生又怎么会知道城里的狗要做美容呢？但方大牙还是渐渐明白了宋大拌面的意思，可聂社生是财政所的会计，以前又是自己的妹夫，他一个破杀猪的，人家哪会理他？

见方大牙一副懵懂未开样，宋大拌面不说狗事了，他走到窗前，猛地把窗扇推开。从窗口往外看去，正是桑那镇最繁华热闹的街市，街西头最花哨的那个门面，就是袁建新的“迷你发廊”。说是镇上最热闹的地方，人却不多，倒是沿街两边，三三两两摆着一些摊位，卖什么的都有。宋大拌面看到袁瘸子的发廊门口，那两个染一头黄发的女孩，照例倚着门框在嗑瓜子儿，与面前经过的男人搭讪逗趣，恁冷的天，她们也不怕冷，还穿着紧身衣裤，曲线毕露，表现出对这个气候的藐视。

这两个黄毛，本事大着呢，连聂社生这个白鸭子都是她们的常客，经常去那里剪个发，按个摩什么的。宋大拌面对方大牙说，大牙，你不是经常去迷你发廊吗？时间不短了，和那两个黄毛有感情了吧？

方大牙讪讪笑着。

从宋大拌面办公室出来，方大牙一直想着如何对付周媚娜的卡尔。周媚娜人不离狗，狗不离人，如何才能将他们暂时分开，叫他有机可乘呢？方大牙脑子里翻来覆去地想，始终理不出头绪来。不知不觉走到迷你发廊门前，两个倚门而立的黄毛抛媚眼吐瓜子皮挑逗，方大牙没心思，他忽然想到，刚才宋大拌面说过，聂社生也是这里的常客，他何不求助于这两个黄毛？她们不就是搞美容美发的吗，叫她们把城里的狗要美容透露给聂社生，当然得有说服力，就说现在城里的狗配对前都得进美容院，让聂社生觉得给狗美容也是一件大事，为了和江局长套关系，他一定会给周媚娜说的。周媚娜把狗看得比人重要，绝对会掏这笔钱的，反正她也能找到领导报销。只要把狗哄离周媚娜身边，一条小哈巴狗还不好对付！只要周媚娜没看到是他方大牙抓的卡尔，也记恨不到他头上。方大牙越想越得意，几乎笑出声来，他似乎已经看到那条叫卡尔的狗在他的手中挣扎，看到宋大拌面递给他一沓捕狗的钱在面前飞舞，那可是好几千块啊，有了这么多钱，还愁娶不到媳妇?！

但怎么样说服两个黄毛，方大牙还得下些狠功夫，他既不能直白地把前因后果告诉她们，怕她们不干；还要说动她们对狗美容有兴趣，这种兴趣自然来自价钱，那可是比给人剪几十个头都要昂贵的价钱，具有一定的诱惑力。

果然，一切按照方大牙想的运行起来。周媚娜也不懂狗和人生理不一样，这个季节不是发情期，一听聂社生说江局长家的“千金”急等着入洞房呢，给卡尔做个美容准备做新郎吧，她就把卡尔送到迷你发廊，叫那两个黄毛精心打扮她的狗新郎。

两个黄毛看起来风骚，却没给狗做过美容，她们的老板袁建新更是土老帽。卡尔也不配合，三个人想着法子折腾卡尔，各种化妆品抹了它一身，这个需要多久，那种需要做几个疗程才能见效。两个小时过去，周媚娜在一边等得心焦，又不能抱走花里胡哨的卡尔，她留下狗，说过一个小时再来，自顾走了。

周媚娜一走，两个黄毛没了劲，本来就是糊弄人的，没了监督，便丢下狗，嗑着瓜子看电视。谁也没注意，卡尔在电视的吵闹声中，趁机跑出门，追它的妈妈——周媚娜去了。

天气又冷又硬，大中午街上也没人影。早埋伏在发廊外面的方大牙，冲过去抱起卡尔就往家里跑。

但是，方大牙疏忽了坐在粮店门口的蒋连省，这阵子，他每天中午坐在那里不回家，翘首盼着方小妮给他送午餐呢。方小妮问过儿子，聂瓜瓜已经不反对蒋连省做他的后爸，方小妮便铁了心要和老蒋过日子，有方大牙在，老蒋可以不上她娘家，但她可以嫁到老蒋家，虽然房破点，但她心里踏实。她与老蒋商议，找人把他的旧屋粉刷一下，过阵子领上结婚证，她就搬过去。

这天，蒋连省亲眼看到，方大牙慌里慌张从迷你发廊门口抱起卡尔跑走的。

等周媚娜带着一帮精壮男人赶到方大牙家，她的卡尔已经到另一个世界做它的新郎去了。

方大牙没想到会这么快，他还没来得及销赃，叫人家抓个正着。他怎斗得过周媚娜，她带人冲进他家的那一刻，他知道大祸临头，跳上鸡窝，翻墙跑得没影了。从此之后，桑那镇再没见到过方大牙。

周媚娜大哭大闹，踢翻方家的凳子、桌子，吓得方小妮不知怎么办才好。但她母亲不是好欺负的，她这一年多打外孙聂瓜瓜，都能下去手，从女儿手中抓过炒菜的铁铲冲上去，要不是周媚娜带的那帮男人拦住，周媚娜那天非得吃大亏不可。

周媚娜哭着去找林书记，要他抓捕方大牙。方大牙也是奉命行事，他已经捕杀了桑那镇所有的狗，虽然卡尔是条宠物狗，但当时也没说宠物狗不能捕杀，既然别人的狗能杀，周媚娜的狗就不能杀？林书记考虑到真要找方大牙的事，恐怕会惹来更多非议，他很快就要到县里去任职，不想再弄出事端来。林书记劝周媚娜别闹了，再闹，也只是一条狗。而像方大牙那种人，处理了他，还是个杀猪的，能把他怎样？林书记答应赔条同样品种的狗给周媚娜。但周媚娜不干，居然哭得死去活来，除过她的卡尔，再好的狗都不要。这有些无理了，卡尔已死，人死都不能复生，何况是条狗。

林书记气得只能大骂聂社生多事，给狗搞什么美容，简直是瞎闹。

周媚娜恨死了方大牙，林书记这次居然不帮她，她失落之余更加愤怒，发誓一定要找到方大牙，活要见人，死要见尸，一命抵一命。周媚娜派去的那几个男人一时找不到方大牙，这口恶气出不来，她便摆起小学校长的架子，把方大牙的罪降到聂瓜瓜头上。她以聂瓜瓜旷课太多为由，将他赶出校门。

这回，聂瓜瓜不知怎么给妈妈和外婆交代。

下雪了，这是今冬的第一场雪，比往年来的要早一些。雪不太大，却把天地统一成一个颜色。这个颜色是聂瓜瓜最喜欢的，因为这是冬天的颜色。冬天太冷，不易再打赤脚，可冬天有雪，白色柔软的雪能够覆盖住水泥路面，减少鞋底的摩擦，照样能省鞋。

聂瓜瓜来到镇街上，踩在铺了雪花的水泥路面，脚底发出咯吱咯吱的叫声，聂瓜瓜看着身后落在雪地上的球鞋印，心里一点都不畅快。他心事重重地走到外婆家门口站住，突然想起，今天忘记数走多少步了。以往，他赤脚走过水泥路，都有数步子的习惯。从学校门口到外婆家，从外婆家到粮店门口蒋连省的修鞋摊子，还有老蒋家、镇政府门口、袁建新的迷你发廊、有来家的豆腐店，当然还有喜庆家的鞋店，甚至亲生父亲聂社生所在的财政所，聂瓜瓜都能说得上，去每个地方要走多少步。

聂瓜瓜没进外婆家，转过身走了。他走出镇街，共走了一千二百三十四步，从外婆家门口走到了叶河边。冬季的叶河，寂寞消瘦，河边的柳树光秃秃的很难看，没有树叶的遮掩，藏不住人了。不能去学校的日子，聂瓜瓜怎么办呢，他仰起头，看着细碎的雪花从高空坠落，掉在他脸上，沁凉沁凉，很快，雪在他脸上化成水，顺着脸颊淌下来。像眼泪一样冰凉。

还有一个多月时间，就是新的一年了，聂瓜瓜忽然想起，叶河今年的淹亡名额还没完成呢。这样想时，他忧伤的目光落到河面。河面结了一层薄冰，中间一些地方的冰破了，能看到缓缓流动的河水。在河水与冰面的连接处，聂瓜瓜发现了一个黑乎乎的东西，一半被雪埋在冰上，一半漂浮在河水里。

聂瓜瓜越看越觉得那个东西是人。

花开的声音

一

马备是无意中发现这个秘密的。

那是春天的一个夜晚，马备家那只发情的花母猫，挣脱拴它的绳索，从窗口跑了。马备的母亲发现后，气得大骂起来。这只母猫去年春天失踪了好长一段时间，回来后不明不白地肚子就大了，不久生下一大窝猫崽，喵喵的叫声简直能把房顶掀翻。这还不算，小猫崽们毫无顾忌到处拉屎，马备家就像一个生机勃勃的动物园，又像一个臭气熏天的厕所。第二年春天，马备的母亲早早起了防备之心，把花猫用绳索拴起来，免得它又出去不分是非地弄个大肚子回来，惹人心烦。可它还是跑了。马备的母亲把全家人从被窝里叫起来，四面出击，去找花母猫。

遇到这样的事，马备很兴奋，他自告奋勇，爬上房顶去找。房顶在淡青色的月光中沉沉地寂静着，在这样的寂静中，马备仔细搜索了一遍他家的房顶，没有找到猫的影子。马备不甘心，到邻居家房顶去找。反正，大家住的都是平房，全挨在一起，只是卧房与厨房高低上稍微有点差别，对于马备来说，在房顶上行走，与平地上没多大差别。马备跳跃着，上了一个又一个房顶，寻找他家的花母猫。当马备来到岳美芬家的房顶时，她家的天窗透出一缕灯光，好奇心使马备走近天窗，往里面看了一眼。这一眼，他的目光像被胶水粘住一样，再也挪不动了。

马备看到岳美芬坐在床上，正在换身上的内衣。旁边躺着岳美芬的丈夫贺长明，还有他们的儿子贺宝来。岳美芬已脱掉上身的内衣，像得了什么病似的，一边用手轻轻地抚摩着自己白皙的身体，一边用嘴舔着能舔到的肩、胸……

岳美芬的这种做法，使马备差点失声，他知道自己行为有多可怕，赶紧用手捂住嘴，却瞪大双眼，继续看半裸的岳美芬。只能看到岳美芬乌黑的头发，圆润的肩膀和突起的胸部，使懵懂青春期的马备口干舌燥。

如果不是马备的母亲在自家院子里喊他，马备真不知该怎么移开自己的双眼。他在母亲的召唤声中依依不舍地离开。他是爬着离开的，月光把他的影子缩得又瘦又小，倒像他家的花母猫发现老鼠似的，轻手轻脚，生怕自己一不小心弄出声音，惊动下面正在欣赏自己身体的岳美芬。

自那以后，马备的心里像揣了一个东西似的，睁眼闭眼都是岳美芬对她自己身体的那种依恋，连马备自己都弄不明白，他心里咋会像那晚岳美芬依恋自己身体那样依恋着这种行为，他想控制都没办法控制，而且，他总有种没看够的渴望感。白天还好点，可当黄昏慢慢来临时，他心里揣着的那个东西开始活动起来，使他心神不宁，盼着夜色快点到来。一旦夜幕降临，他匆匆吃几口饭，给母亲说声去玩，虚晃一圈，从自己家的柴房，偷偷爬到岳美芬家屋顶，急不可待地伏在天窗往下看。一段时间下来，这几乎成了马备每个晚上的必修课。有时候，马备做作业耽搁时间，去得晚了，岳美芬已熄了灯，他只能看到个黑洞洞的屋子，什么也看不清，他又不敢打手电筒去照，遗憾地坐在房顶上要发好久的呆。第二天马备会拼命做作业，因为他写不完作业，母亲绝不允许他出去，有时，他连饭都顾不上吃，只要一写完作业，赶紧爬上房顶，去弥补前一晚上缺的这堂课。

偷看岳美芬睡觉，已经成为马备每天最紧要的一件事，他的生活中已经不能忍受看不着岳美芬在床上的情形了。

二

塔尔拉的女人，大多是上级为解决军垦战士婚姻问题，从全国各地招来的支边青年。岳美芬不是直接分到塔尔拉来的，因为她长得颇有几分姿色，当时被留在团场总部，做了一名打字员。团场总部在喀什城里，岳美芬自然就属于城里的人了，因为她长得出众，很招人眼，吸引了不少男人的目光。不久，听说她勾引领导，犯了男女作风问题，就被处理下放到塔尔拉来了。

不管是以什么方式来塔尔拉的，岳美芬的姿色是不变的，她像一棵挺拔的小白杨树，在灰头土脸的塔尔拉亭亭玉立，又像是一片无际的沙漠里的一汪淡蓝色湖泊，分外诱人。塔尔拉的男人们看得眼馋，心里痒痒得厉害，个个都恨不得要到这汪湖泊里滋润一下自己干涸的身躯。尤其是那些没老婆的光棍们，眼睛都快蹦出火花来，都想把这个漂亮女人搂进自己怀里，为此，他们争风吃醋，丑态百出。队长担心为个女人闹出事来，不好向上级交代，就以组织的名义，迅速把岳美芬许配给队里养猪的贺长明。

贺长明个子矮小，身体有点发胖，还爱喝酒，经常喝得醉醺醺的，摇晃着身子走到哪儿就跌倒在哪儿，咋看咋像一堆牛粪。半年前，他因喝多酒，晚上睡得死猪似的，没有爬起来去照顾一头晚上生产的母猪。这头母猪是第一次生产，没有经验，结果硬给憋死了，肚子里的十二头猪崽全部因为母猪的遇难而跟着遭殃。队长看着一堆死猪崽，越看越生气，指着贺长明的鼻子大骂，说年底完不成上级规定的养猪任务，就叫贺长明顶替老母猪生猪崽。贺长明当然生不出猪崽，但为弥补自己犯的严重错误，卷起铺盖搬到养猪场，和猪住到一起，整天除过围着猪转，就是饭后挑一对泔水桶，到各家各户去收泔水。住到养猪场后，贺长明染了一身猪粪味，走到哪儿人还没走近，臭味就先到了，人们远远见是他来，捂住鼻子赶紧躲开，好像他也变成了猪，臭得在全队人面前抬不起头来。就是这个大家不正眼看一下的贺长明，却捡了大便宜，娶上鲜花一般的岳美芬。塔尔拉的男人女人们心里都不平衡，但队长的解释是，贺长明和岳美芬都是犯过错误的人，他们俩是同一种类型的人，在一起过日子正合适。不然，岳美芬犯过错误，嫁给谁，谁都得背一辈子黑锅。

贺长明两手空空，突然娶了个漂亮老婆，激动得全身有使不完的劲，他又把铺盖从养猪场搬回来，并且在自己家唯一的一间房子边上，搭了半间厨房，用石灰粉把房子里外刷得雪一样白。他还彻底洗了个澡，虽然他身上的猪粪味没完全洗掉，但他换了一身干净衣服，像模像样地把岳美芬迎娶进门，准备好好过一番日子呢。

但好日子哪能轻易让随便什么人就过上。

队长把岳美芬分配给贺长明后，他不但给大家解释的有一定道理，做的更有道理。时不时地，队长还要到贺长明家去一趟，因为他不放心这两个犯过错误的人，得给他们做思想工作，教育他们重新做人。时间一长，可能是贺长明认识错误认识得好，队长对他渐渐放心了，把他调出养猪场，叫他去赶马车。赶马车可是全队最风光最轻松的活儿，一般人都轮不上。可是犯过错误的贺长明，不但捡个大便宜娶了个如花似玉的女人，还轮上很多人求之不得的风光活儿，这两个大便宜捡得全队人心里都失衡了。大家有意见，纷纷找队长论理。队长理直气壮地对大伙说，人家贺长明都养了七八年猪，你们谁养过七八年猪？想想能养这么长时间猪的人，该不该给他换换工作？如果你们当中有谁也愿意去养七八年猪，我也保证叫他以后赶马车。论理的人一听夹着尾巴灰溜溜走了。赶马车活是轻松，可谁都不愿养七八年猪，弄得人不像人，猪不像猪。这样一想，大家似乎对贺长明有了同情心，毕竟养七八年猪的人不容易，让他赶赶马车也是应该的。

贺长明赶上马车后，队长还偏向他，尽给他分配去场部或者更远的县城拉化肥、种子的活，一去就是两三天，不但可以捞上吃几顿公家的饭，还可以在外面住招待所，除过报销住宿费外，每天有五毛钱的补助。大家很眼馋，可谁也没办法。时间不长，贺长明还人模狗样抖起来，在人们面前昂首挺胸，连走路的姿势都变了。

可是，贺长明的老婆岳美芬的思想工作却不好做，队长费功夫不少，可岳美芬就是不见长进，害得队长不得不经常上门做工作。尤其是贺长明去场部或者县城拉货时，队长基本上不叫岳美芬下地干活，整天待在她家，给岳美芬做思想工作。队长也真够辛苦的，要忙着全队的事，还得忙着像岳美芬这种个别人的思想工作。到了后来，慢慢风言风语传出来，说队长和岳美芬有了一腿。并且说队长早就看出岳美芬风骚，他把岳美芬分配给贺长明这样牛粪一样的人，就是为好赚岳美芬的便宜。岳美芬是犯过错误的人，而队长也有老婆，并且他老婆长得也不赖，在岳美芬来之前，他老婆是塔尔拉的一枝花，队长经常人前人后地夸他老婆的好，他不可能会和犯过男女作风问题的岳美芬有一腿，他还要他的政治生命呢。可这些风言风语传得有板有眼，说队长叫贺长明赶上马车，还打发贺长明去远处拉货，一去就是两三天回不来，他自己却打着给岳美芬做思想工作的名义，其实就是为和岳美芬一起鬼混。

大家对这个传闻持有不同态度。大多数男人坚信队长和岳美芬有一腿，队长当初这么做，就是有预谋的，谁不知道他把岳美芬许配给贺长明，是把一朵鲜花插在牛粪上？可队长不顾这样的事实，硬要把鲜花往牛粪上插，显然是把岳美芬给自己预备下的。不管怎么说，队长也是男人，只要是男人，看见岳美芬这种风骚女人不可能不动心。无风不起浪，队长做岳美芬的思想工作传出这种说法，搁谁都不会觉得奇怪。

可女人们却不这么认为。女人嘛，话总是尖刻的。她们说，如果队长和岳美芬这个骚货真有风吹草动，也是岳美芬把队长拉下水的，像岳美芬这种女人，原来犯过作风问题，就算是到塔尔拉，她还能狗改了吃屎？

传言到了队长那里，却是一脸的问心无愧，坦坦然然的样子，对这种传言他不做任何解释，别人爱怎么说就怎么说去，只要他的老婆，还有贺长明不这样认为，别人咋说都没用。

贺长明果然没说一句队长和他老婆长长短短的话。

三

岳美芬刚到塔尔拉时，马备还是一个七岁的小孩子，并且对岳美芬到塔尔拉的来龙去脉，还有后来的传闻，根本搞不清楚是怎么回事，他还不懂大人们之间的事情，只是在马备心底里，来自喀什城里的岳美芬，不但人长得漂亮动人，而且还懂得梳妆打扮，不像塔尔拉的这些女人，总是随随便便啥衣服都往身上穿，也不管这衣服穿着好不好看，合不合适。岳美芬就不一样了，她太知道怎样来展示自己，即使一件不起眼的衣服，经过她的搭配，穿上身就有了气质，这在塔尔拉，其他女人身上没有。仅这一点，岳美芬在马备的心目中，不同于其他女人。

不管在什么时候，岳美芬都穿得干干净净，把头发梳得一丝不苟，编成一个长长的大辫子，在屁股后面一甩一甩的，男人看着心里痒痒，梦想着做人家那根辫子呢。但岳美芬是冷傲的，自来到塔尔拉，她脸上永远都是一副嘲讽什么的表情，似乎把任何人没放在眼里，包括小孩。

马备只是一个小孩。

岳美芬一点都不喜欢小孩。到塔尔拉一年后，岳美芬生下了儿子宝来，可人们从来没见岳美芬抱过儿子，什么时候见到这一家人，都是贺长明抱着儿子，跟在岳美芬的后面，好像儿子跟岳美芬没关系似的。岳美芬像姑娘似的，穿一身尽展苗条身材的衣服，梳着长长的姑娘辫子，扔在屁股后面，一甩一甩地惹人眼。一直到儿子宝来长到四五岁时，岳美芬才不梳这样的姑娘辫子，把头发挽起来，在后脑勺上盘起，用一个绿色的塑料发卡别着，特别醒目。在塔尔拉，很少有人盘这样的头发，更不用说用一个别致的发卡了。

生过孩子的岳美芬，比姑娘更耐看，更具有少妇成熟诱人的丰腴身材。大家背地里骂岳美芬还骚呢，四五岁孩子的妈了，还想与众不同，看来骚货啥时都是骚货，像狗改不了吃屎。

马备从不这样认为，他认为岳美芬没错，女人嘛，应该把自己打扮漂亮点，才能叫人赏心悦目，就像花儿一样，只有开放得最灿烂，才是最动人的。这个时候的马备，已经是一个小学三年级的学生，刚开始学习写作文，会用形容词了。

自春天那个夜晚，马备为寻找自家的猫，爬上岳美芬家屋顶，偶然从天窗里看到半裸的岳美芬后，再见到她，马备不敢正眼看她，尽管他很想看她，可一想到她坐在床上换内衣的情景，他就心跳加速，怕得要命。为此，他开始躲着岳美芬走，但是只要岳美芬走过去了，他却要远远跟在后面，像个小偷似的，一直盯着她婀娜的背影，直到看不见影。马备知道这样不好，可是没办法，他控制不了自己的行为。

直到有一天晚上，马备伏在岳美芬家天窗上，看到岳美芬在她家床上，和男人搂抱在一起，正干叫他脸红心跳的事情，他还听到岳美芬的呻吟，是那种压抑的令人忍不住心跳的声音。男人和女人的这种游戏看得马备惊心动魄，心差点蹦出胸腔，他在心里告诫自己不敢再看了，这是大人们的事情。可他管不住自己的眼睛，他无法让眼睛挪开，反而紧紧地贴在天窗上，盯着下面床上两个人的动作。突然间，马备感觉自己的身体有了反应，他不太懂男女之事，但在塔尔拉，男人和女人间常开的一些玩笑，使马备朦朦胧胧懂得了一些夫妻们玩的游戏，他明白这是夫妻间很正常的事情。可是再正常，还是隐秘点好，贺长明也不关灯，就不怕别人看到？马备心想，他们可能不会想到晚上有人趴在屋顶上偷看。这么想着，马备在心里责怪自己，这么小年纪，就偷看人家两口子睡觉，要是叫别人知道了，还不知道咋说呢。

马备是个实际意义上的好孩子，他也是按好孩子的标准来要求自己的，可他却干了一个好孩子不应该干的事情，他心里很懊悔。

马备准备强行收回目光，要撤退时，他看到爬在岳美芬身上的贺长明翻身下来了，他看上去很疲累，仰身往床上一躺，把什么都暴露了出来。这一暴露，使马备停住要撤退的身子，他看到从岳美芬身上下来的不是贺长明，而是大家纷纷传言的队长。

一看到队长，马备非常吃惊，心里又有点害怕，同时，他也很愤怒。队长凭什么爬在岳美芬的肚子上？他又不是岳美芬的男人。怪不得呢，刚才听到岳美芬用那种异样的声音喊叫哩，原来是队长强逼她，她在队长身下偷偷地哭呢。马备这样理解着，生气地一拳头砸在屋顶上。他劲太小，没有把屋顶砸塌，他砸出的响声像放了一个闷屁，没有起一点震荡作用。下面床上的那两个人，也没被这声闷响惊动，依然平静而疲累地躺着。

马备在心里恨上了队长。

马备开始迷上弹弓，他以前不喜欢玩这种东西，更不愿像别的同学那样拿着弹弓去打鸟，自打从书本中知道鸟是人类的朋友，他就讨厌起弹弓。可现在，马备却用两本他最喜欢的小人书，从他们班的陈志强那里换来一个钢丝制成的弹弓，这种弹弓弹性比别的要好。当然，马备的这两本小人书也是最好的，全是马备的舅舅从内地给他带来的，是他人没有的《孙悟空三打白骨精》和《武松打虎》，喀什的书店里都没有卖的，可能整个新疆都没有呢。为得到这个弹弓，马备只好忍痛割爱。陈志强以为马备看他们打鸟有趣，心里也痒痒要打鸟呢，热心地教马备怎么瞄准，怎么打才能不惊动鸟。马备一点都没听不进去，放学后，他拿上弹弓，一个人躲在杨树林里，练习打树叶。练习几天下来，马备的准确度有了不小提高，虽然每次不一定能打下一片树叶，可不会偏得太远。

马备对自己还算满意，不再练习打树叶，下午放学后，一个人偷偷钻进靠近大路边的玉米地，找个相对隐蔽的地方，把准备好的石子在地上摆成一行，像布置好战场。然后，他蹲伏在地，紧紧盯着外面的公路。刚开始，马备听到自己的心跳像擂鼓似的咚咚直响，腿不停地哆嗦，可等着等着，他镇静下来，像有了经验的战士似的，在守株待兔中战胜了自己的怯懦。

马备终于等来了一阵马蹄声，他从玉米棵间隙里看到，队长骑着大黑马从大路一头跑过来了。马备很兴奋，抓起一颗坚硬的石子，放到弹弓的皮筋上，瞄准队长的大黑马。

队长骑着大黑马跑得越来越近，马备紧张得喘不过气来，一直到他射出这颗石子，全身出了一身汗。

石子准确地打在队长的大黑马头上。突然遭到袭击，大黑马受惊，它嘶鸣了一声，猛地跳起来，把背上没有防备的队长掀离马背，扔到地上。

队长被摔下马的情景，跟马备的想象虽然没有多大出入，可一旦看到这鲜活的画面，他还是被事实惊得动弹不了。等他反应过来，他害怕了，赶紧把地上剩余的石子拨拉开，猫着腰，往玉米地深处跑去。

队长摔得不轻，腰部受了重伤，送到场部医院治疗好长时间，治好后，背明显地驼了，听说他的内脏也受了损伤，可能再干不动体力活了。今后，别说叫他再去爬女人肚子，就是爬个梯子上到房顶，恐怕都有难度。

队长摔伤后，马备心里害怕极了，他没想到会把队长摔得这么严重，他以为最多就是磕碰一下，蹭破点皮流点血而已，可是队长摔得背都驼了。马备很内疚，同时又怕别人查出是他干的，他把弹弓投进炉灶里烧了，看着弹弓在炉灶里烧得扭曲变形，他一点都不心疼，也不心疼自己最喜欢的两本小人书，他的心里只有懊悔。

此后，马备不敢再从那条大路上走，每次上学放学，他都绕道走一条狭窄的小路，绕来绕去得费不少时间，可马备愿意这样绕着走，他无法让自己面对那条大路。这个时期，马备提心吊胆过着每一天，甚至晚上睡觉都胆战心惊，噩梦不断，有几次还被噩梦惊醒，大喊大叫着跳下床，吓得他母亲不敢睡觉，陪在儿子身边。

三个月后，队长从场部医院出院了，听说他还没好利索，拄着一根沙枣棍到处转悠，逢人便说自己倒了八辈子霉，骑这么多年大黑马，以为和大黑马之间很默契，没想到叫最信任的大黑马把他掀下来了，等他好利索，一定要好好教训一下大黑马，出这口恶气。

有人劝队长，马是牲畜，你不能和牲畜一般计较，有可能它受了惊，不然咋会把队长摔下来呢，它还不知道它的命就在队长的手里掌握着……

队长听着这话很受用，心满意足地说，我就是不打它一顿，以后也不再骑它，它以为它是谁呀？还不是一匹破马！我要换掉这个老黑鬼，叫它去犁地、拉磨、套车，干重活，让它尝尝失前蹄带来的后果。哼，谁叫它不知天高地厚呢。

队长说完这话，还没等他把大黑马安排去犁地、拉磨、套车，干重活，上面把他的队长职务给免了。上面认为队长现在弓腰驼背的，一点不像干部，连走路都不稳当，哪里还能有干部的威信呢？他不再适合当队长。

队长当不成队长了，等于是雪上加霜，身体上的疼痛他可以忍受，现在不让他当队长，这比杀了他还难受，那些荣耀随着职务的消失而消失，他什么也没有了。气得他弓着腰，拄着那根沙枣棍，到处乱骂。他不骂具体哪个人，更多的时候，他只骂把他掀下马背的大黑马。只要看到那匹大黑马，他的怒气就像膨胀的气球，越鼓越大，他一边骂着一边用沙枣棍乱抽乱打，只是他的棍子没敢打到大黑马身上，他怕别人给他扣个破坏集体财产的罪名，他已经连打大黑马的权力都没了，他只敢打流动着的无形空气。

队长把自己的被摔，完全怪罪到大黑马身上。这样，提心吊胆过了三个多月的马备，才从惊魂不定中缓过来，把心放回肚子里，过起正常人生活。

一过上正常生活，马备的心里又蠢蠢欲动起来，那种煎熬已浸入他的身体，实在忍不住，晚上又爬上岳美芬家的房顶，偷看岳美芬睡觉。

岳美芬还是老样子，一点变化都没有，还是那么耐看。马备觉得没有看够的时候，他几乎天天晚上都想去看。到了秋天，天有点冷，岳美芬严严实实地盖着被子，马备只能看到盖着被子的岳美芬，啥风景都看不到，但他还是乐此不疲。在他眼里，盖着被子的岳美芬都有美感，粉红色的缎面被子把岳美芬身体的轮廓勾勒出一道一坎，起伏处，像一道道的波峰浪谷，能勾起马备丰富的联想。

这个时候的岳美芬，相当落寞，她的丈夫贺长明经常在家。队长被免职后，上级给塔尔拉另派来一个队长，这个队长年龄比较大，是原来老部队的第一代军垦战士，人很厚道，办事一点都不偏向。所以，贺长明不再去远处拉货，他每晚可以守在家里，也没别的事干，偶尔也会和老婆做些夫妻间的事，但很勉强。他们把被子上的波浪弄得乱晃，晃得马备眼珠子疼，但马备一点不像讨厌队长那样厌恶贺长明，他觉得贺长明这么做是应该的，人家是夫妻嘛，夫妻天生就应该在一张床上睡，像他的爸妈一样。

可是，马备心里一直有个疑团，岳美芬晚上在床上干那事时，为什么不关灯？马备以前看到岳美芬和队长在床上动作，是因为他们不关灯，现在看到她和自己的丈夫在一起也不关灯。马备弄不明白岳美芬，心想是岳美芬喜欢在这种时候开着灯，可能是她的习惯，也可能是她要与众不同。马备也暗自庆幸，幸好岳美芬有这个习惯，不然，要是关了灯，黑咕隆咚的，他马备辛辛苦苦趴在屋顶上，还看啥呀？

四

丈夫在家的日子，是岳美芬最无法忍受的日子，只要一看到贺长明，她就忍不住恶心。贺长明以前是养猪的，身上全是猪粪味，任他怎么洗，猪粪味也清除不了，好像那味道已经浸入他的肉里骨子里。现在，贺长明不养猪了，可他身上还是有股臭味，他烟抽得凶，整天卷劣质莫合烟抽，全身上下散发着一股烟臭味，两三个月也洗不了一次澡，他的身体像一堆沤烂的牛粪，要多臭就有多臭。还有，贺长明满口被烟熏得焦黄的牙，吃面条不喝汤，把他吃过的面条汤再倒回锅里，一想到要吃这种人吃过的面条汤，岳美芬恶心得每吃一次面条都遭一次罪，有时她宁愿饿肚子，也不肯和贺长明同吃一锅面条。想到自己也算是人见人爱、曾是花骨朵一般的女人，竟嫁给贺长明这样恶心的男人，岳美芬恨死了原来的队长。这个王八蛋太不是东西，他为占有岳美芬，为泄自己私欲，一点也不顾岳美芬的感受，竟把她分配给贺长明这样的臭男人，让她受尽委屈，吃尽了苦头。她以前把自己的身子给那个王八蛋，叫他快活，是她没办法，谁叫人家是队长，手里握着她的命运呢？岳美芬是个十足的仰慕权贵的女人，她对有点权力的男人都很看重。当初，那个把她留在团场总部的领导，看着岳美芬漂亮、风骚，动起心思，只是他家里还有一个黄脸婆，为了自己的政治生命，他又不敢离婚再娶岳美芬，利用手中权力把岳美芬留在下，想据为己有。岳美芬何等聪明，她怎么能看不出这位领导的意图呢，为背靠大树好乘凉，便顺势倒在他的怀抱，只是在最关键时候，她提出要他娶自己的要求，她要用自己的身体换来领导太太的位置。这时的领导欲火中烧，为达到自己目的，哄着骗着上手后再说。领导快乐过了，考虑到政治前途还是很重要，他哪会为一个女人牺牲自己的前途。岳美芬看出了他骗人的把戏，便要去告发他，他很害怕，干脆先发制人，告岳美芬作风败坏，拉他下水。岳美芬哪里斗得过有权有势的领导，赔了身子，又败坏了名声，最后还被处理到塔尔拉。虎落平川被犬欺，欺就欺吧，欺负她的队长，现在不也落得摔断了腰、丢掉官的下场么，这不是报应是什么！

得到报应的队长却不这么想，他认为自己以前对岳美芬有恩，被免去队长职务后，他瞅贺长明不在家时，拖着伤残的身体来找岳美芬，还想和岳美芬叙叙旧情，重温旧梦呢。当时，岳美芬正给儿子宝来洗脚，听到队长叫她的声音，岳美芬站起身，故意微笑着柔声问队长，是你在叫我吗？

队长为这一份温柔，心里灌了蜜一样。

岳美芬倏地收回脸上的柔意，冷笑道，你也不拿镜子照照，你以为你还是以前的队长呀？就凭你现在这副样子，也配叫我的名字？

队长愣怔一下，脸上的肌肉不自然地抽搐起来，结巴道，美芬，我是真心喜欢你的……

队长的话没说完，岳美芬端起给儿子洗脚的盆子，把一盆洗脚水泼在队长头上。

队长惊叫一声，拧转身撒腿跑了。

岳美芬看着狼狈逃走的队长一瘸一拐的样子，像一条被打断脊梁的狗，她哈哈大笑起来。笑过，岳美芬脸上挂满了泪珠，她索性大哭一场，心里舒畅了一些。

可是，面对自己的丈夫，岳美芬连哭的眼泪都没有。她和贺长明根本不是一个种类，她漂亮美丽，心高气傲，贺长明算什么东西？不说长相，就那副龌龊、猥琐样，他们之间的差距太大，说一个是天鹅一个是癞蛤蟆，还贬低她岳美芬，抬高贺长明呢。但她是个犯过作风问题的女人，不管她如何心高气傲，她的命运永远掌握在别人手里，她无法改变，根本不可能和贺长明离婚，她的生活中，除了忍受，还是忍受。

五

马备没想到，自己会和岳美芬的儿子玩在一起。因为贺长明这个爹，贺宝来在塔尔拉是个孤独的孩子。生儿子的爹没用（不一定是他的亲生儿子），儿子自然被别人看不起，在小孩们中间，有一个大家都瞧不上的爹，别想有人理你。所以，宝来六岁了，也没人和他一起玩。

马备没想着会和宝来一起玩，他像其他孩子一样，看不起宝来。况且，马备比宝来大一半，从年龄层次上也玩不到一起，马备从来没有正眼看过宝来。

可这一天，马备刚从学校回来，路过岳美芬家门口时，不由自主地往院里看了一眼，看到岳美芬正往外轰儿子宝来。岳美芬骂道，缺心眼儿的，就不能滚到外边找人玩会，整天围着我，烦都叫你烦死了。

岳美芬看到门口探头探脑的马备，她正眼看着马备。

遇到岳美芬的眼神，马备冲岳美芬笑了一下。

岳美芬像看到一丝希望，随即向马备招招手，用命令的口气对马备说，你进来！

马备愣了一下，还是听话地走进岳美芬家院子。

你叫——马备，是吧？

马备脑子里轰的一声，蒙了。他做梦都没想到，冷傲、目空一切的美丽女人岳美芬，还能叫出他马备的名字来。她正眼看过谁呀，马备多少次和她正面碰上，还有无数次为看她，有意跟着她，甚至绕道跑到她前面，为了与她多打一次照面，可是，不论马备怎样努力，都没引起她的注意。在塔尔拉，从来没有岳美芬看得上的人，不论大人小孩，她从来没正视过，她走路、下地干活，都是目不斜视，她的眼睛从来都是抬得很高，把别人当成流动的空气。马备经常在心里悲哀地想，岳美芬根本就不知道他马备是谁，不知道她家隔壁，还住着一个叫马备的男孩。

可现在，岳美芬却叫出了他的名字，他听得清清楚楚，岳美芬叫的是“马备”这两个字，而不是同学们故意叫的“马背”。虽然“备”和“背”是同音字，可马备能从这两个字相同的发音中，听出这两个字音的不同来。他在心里肯定，岳美芬叫他的名字，是准确无误的。这叫马备感到无上光荣，还有深深的幸福。这种幸福使马备昏了头，连话都说不清，他结结巴巴地回答道，是……我……我是马备……

岳美芬对马备微微笑了一下，依然用命令的口气说，你和宝来去玩玩吧。今后——你带宝来玩吧！

马备受宠若惊，岳美芬对他只笑了一下，还是微微地一笑，够塔尔拉人羡慕了。自从来到塔尔拉，岳美芬什么时候对别人笑过？可现在，她却对马备微笑，她放下她的高傲，对偷窥他的马备微笑了。

马备还有什么理由不听她的！

马备使劲地点头，拉上岳美芬的儿子宝来，满心幸福地玩去了。

从此，宝来有了比他年龄大一半的玩伴，告别了孤独。

马备陪着宝来玩，宝来想玩什么，马备都依他，从不扫他的兴。慢慢地，宝来像黏在马备身后的尾巴，除过上学，马备走到哪儿，宝来就跟到哪。时间一长，那些和马备经常玩的伙伴有了意见，他们年龄大些，经常玩一些打仗抓坏蛋，或者扮演新郎新娘的游戏，宝来屁大点，玩什么都跟不上趟，是个多余的累赘，他又是贺长明的儿子，大家不愿和他玩，要马备赶走他，马备不肯，小孩们结盟不和马备玩了。马备失去这么多玩伴，一点也不感到失落，相反，他心里还美滋滋的，更加尽心陪宝来玩。宝来很开心，越发离不开马备。但是，马备要去上学的，一旦去了学校，剩下宝来一个人没一点意思，跑到大路口望着学校方向，等马备回来。这样的等待是难熬的，六岁的宝来早早尝到了等待的滋味。于是，宝来也要去上学，只有这样，他才能和马备天天在一起。

宝来离上学年龄还差一岁，他缠着他妈要上学。岳美芬烦了，对宝来说，你想上学就上去，我又没拦你，年龄不够，找你爹去，叫你爹带你去学校想办法。

宝来缠他爹去了一趟学校。贺长明当然没能力办成儿子上学的事，这是明摆着的，学校有学校的规定，而且，现在又不是招收新生的时候。

贺长明父子俩灰溜溜回到家里。岳美芬看到这对父子的狼狈相，气不打一处来，骂一声贺长明没用的东西，自己拉上儿子去了学校。岳美芬亲自出面，也不知道她用的什么办法，反正，学校同意宝来上学，把他插到一年级。一年级已经上到了第二个学期，宝来这个时候插进来，能不能跟上大家，岳美芬懒得管，她只管把儿子送进校门，不整天烦着她就行。

宝来上学了，他兴冲冲地每天早上来马备家，和马备一起去学校。一年级放学早，每天放学后，宝来又候在马备的班门口等马备下课，然后一起回家。没几天，马备以前的那些伙伴，把宝来叫成了马备的跟屁虫。

宝来听到了一点都不在意，也不生气，跟屁虫就跟屁虫，他依然跟着马备。当然，宝来的学习肯定跟不上，别的同学都看不起他，更没人理他，也只有跟着马备才能感受到朋友的快乐，晚上睡觉前，他都要待在马备家，直到马备要睡觉了，他才回家。这样，耽搁了马备爬到房顶去看岳美芬。有时马备心里很焦急，但他又没法赶走宝来，毕竟宝来是他妈交代给他的。

发展到后来，宝来得寸进尺，晚上还要在马备家睡觉。

这下，马备不干了，他家房子大，有他的一间小卧室，床也不小，可他不想和宝来一起睡，他习惯了一个人睡。主要还是他有好多秘密不想叫别人知道。但宝来说是他妈叫他来的，马备不好拒绝。只要是岳美芬说的，不管是什么事，行与不行，马备都不会拒绝。不但不拒绝，还因为岳美芬有这份信任，马备感到兴奋，因为岳美芬没有把他当外人。

宝来不是天天晚上都到马备家来睡觉的，尽管他很想这样，可他妈不让，啥时候叫他到马备家睡觉，他才能去。

时间一长，马备发现这里面有别的讲究，宝来到他家睡觉的晚上，都是贺长明去远处拉货，不在家的时候。只要贺长明在家，岳美芬绝不打发宝来到马备家，一定要宝来睡在自己家里。宝来对马备说过好多次，他想每晚到马备家来睡觉，他们家房子太小，床也不大，他爹在家时，一家三口挤在一起，一点也睡不踏实。而且，他妈和他爹在家根本不说话，一旦说起话，就是吵架。宝来还说，一到晚上，等他睡着了，他们还打架呢，经常会把他从睡梦中惊醒，吓得他连大气都不敢出，还不如来马备家睡呢。但他妈有时坚决不让他来，非要他在家睡。

马备趁宝来不过来时，爬到他家房顶去看过，确实像宝来说的，他们一家三口挤在一张床上，很拥挤。但马备没看到宝来爹妈打架的情形，他还真想知道，岳美芬和贺长明打架，到底谁打得过谁。马备问过宝来，宝来想了想说，他妈厉害，他爹打不过他妈。马备心里这才坦然了。但马备一直弄不明白，为什么贺长明不在家时，岳美芬要打发宝来到他家来睡觉呢？

马备套过宝来的话，宝来回答不上来，这更增加了马备的好奇心。

宝来再到马备家睡觉时，他趁宝来睡熟后，悄悄穿衣溜出屋子，爬上房顶去看个究竟。

这一看，见岳美芬的床上多出一个男人来。起初，马备还以为爬在岳美芬身上的男人是贺长明呢，他突然提前回来了。过了一会儿，那个男人从岳美芬身上翻下来，仰面躺着时，马备这才看清楚，男人根本不是贺长明，而是小学的现任校长苏子山。

苏校长是两年前从喀什派到塔尔拉来的知识分子，语文课讲得非常好，塔尔拉的教师没有一个人比得上他的。他人也长得高大英俊，为人和善，和别人一说话就脸红，做事很有分寸，从来没有和谁发生过争执，很受塔尔拉人的尊敬。在马备心目中，苏校长一直是他崇拜的偶像。

可现在，这个偶像却躺在岳美芬的床上，刚刚从岳美芬的肚子上爬下来。

马备受不了这个刺激，他呆愣在天窗上边，无法接受这个事实，一个他崇拜的男人，偷偷摸摸和他喜欢的女人做夫妻间的事情，他真想从天窗跳下去，把苏子山痛打上一顿。可他没这么做。他没这个勇气，也没这样的能耐。

后来，马备想，他还是采取别的办法，出出这口气吧。

六

苏子山和岳美芬偷偷摸摸有半年多了，自从队长伤残免职后，岳美芬再不理会他，她把目光盯在从喀什派来的苏子山身上。岳美芬认为，在塔尔拉，只有这个年轻英俊的苏校长比较顺眼，也只有他能配得上自己。于是，她多看了苏校长几眼，苦于没机会和苏校长接触。后来她儿子闹着要上学，贺长明没办成，岳美芬去了，她一去，苏校长满口答应。她儿子宝来成了她和苏校长沟通的桥梁。

他们上了这座桥梁，还没走上几步，两人迫不及待跑步前进了。在桥梁中间，他们彼此像等待了很久，终于走到一起的有情人，一拍即合。

从此，苏校长借故经常来搞家访，和宝来的家长谈学生的学习情况。岳美芬给苏校长谈的全是自己，谈自己的经历，还谈她内心那无边无际的寂寞和痛苦。当然，岳美芬是身体力行的，她更多地用行动来向苏校长倾诉她的寂寞她的渴望。苏校长对这种家长非常满意，对岳美芬称赞道，美芬，你真是个好家长，有你这样的好家长，我还有什么理由不在塔尔拉做个好校长呢？

岳美芬气喘吁吁地说，苏……校长，你……已经是……个好校长了！

苏校长一边用劲，一边说，是吗？只要你满意，说我好，那我就好，也叫你好！

苏子山（马备已不把他当作苏校长了）有一辆半新旧的自行

车，是他从喀什带来的。除场部的领导有几辆自行车外，塔尔拉还没有自行车，队长出门都骑马。苏子山把他的这辆半新旧的自行车当宝贝一样，每天要擦好几遍，叫人看着眼馋。塔尔拉没有几个人会骑自行车，有一些老师忍不住想试试，去借，苏子山来者不拒，谁借都给，但是他一定要跟上，一边扶车子，一边给人家讲动作要领，显得很有涵养和耐心。其实他是心疼自己的自行车，怕别人摔坏。

马备报复苏子山，是从这辆自行车开始的。

马备不懂自行车构造，起初，他还想着用石头把车头或者车梁砸坏，叫苏子山骑上去就摔下来，像那个队长似的，摔死他才活该。马备把砸自行车的石头都找好了，准备在上课时，没人看着，他就下手。但是，马备一直没敢动手，因为砸车声音太大，会惊动人。

后来，马备还是从宝来的爹那里，拐弯抹角套问出搞破坏的办法。宝来的爹是赶马车的，马车轮子和自行车轮是一样的构造，都是钢圈轮子外面套着橡胶胎，他可以用铁钉刺破橡胶胎。

从此，苏子山的自行车轮胎就没好过，他修补好了，一转眼，又会泄漏气。那一阵，苏子山很快学会了一门手艺：补胎。他的补胎技术提高得很快。同时，他也非常恼火，想查找一下轮胎被刺坏的原因，他已经想到是有人故意搞破坏，他想逮住这个搞破坏的人。

马备见苏子山防备上了，就不敢再下手。再说，马备把自行车轮胎刺破，苏子山可以不骑，没伤着苏子山的一根毛。马备突然觉得这样做没一点意思，他得想其他办法治治苏子山才能解恨。

马备又想了个办法，贺长明不在家时，阻止贺宝来晚上到他家睡觉。只要宝来在家，苏子山不好当着自己学生的面，和学生的母亲睡在一个床上吧。于是，到下次贺长明不在家，宝来在放学路上告诉马备，晚上要去他家住时，马备对宝来说，今晚你不能住我家。

为啥呀？

我姐夫病了，我姐要照顾他，顾不上他们的儿子小臭子，这几天小臭子来我家跟我一起住。马备把早已编好的谎话说出来。

没想到宝来一点也不在意，反倒很高兴地说，这样更好，咱们和小臭子三个人睡一起，要多热闹有多热闹。

马备瞪宝来一眼，你光想着热闹，我们不好好睡觉，第二天咋上课呢？再说了，小臭子吃得多，晚上睡觉光放屁，臭得人喘不过气来，你受得了啊？

宝来坚持不懈地说，你咋受得了？你能受得了我就能受得了！

马备不高兴，说，谁叫我是小臭子的舅舅呢，受不了也得受啊。你别说了，就我那张床，三个人睡下也太挤，你还是在你家睡吧！

宝来眨了眨眼睛，不好再说什么，耷拉脑袋回家了。

马备知道宝来回家后，一定会把这事告诉他妈。为了不使岳美芬起疑心，以后不至于对他反感，马备回到家放下书包，死缠硬磨，叫他妈答应，把小臭子接过来玩，他妈觉得奇怪，马备一向反感小臭子来他家，嫌小臭子到处乱翻他的东西，今天太阳打从西边出来了，竟主动提出要接小臭子过来住？要问马备一个原因，马备支吾半天，找了个想教小臭子认字的理由，他妈这才勉强同意。马备连饭都顾不上吃，跑了一趟姐家，把小臭子接过来。五岁的小臭子早已习惯这个舅舅的责骂，突然间舅舅对他这么好，一下子高兴过了头，晚上睡不着觉，缠着马备一个接一个给他讲故事，把马备快烦死了。

好不容易哄小臭子睡着，马备悄悄爬上房顶，去看岳美芬家的情形。岳美芬家里早已漆黑一片，想必是儿子在家睡，岳美芬什么事也搞不成，早早睡觉了。不然，岳美芬不会这么早就闭灯的，她和男人睡觉，是习惯开着灯的。

马备想着，苏子山这天晚上不知来过没有，就是来了，宝来在家，他也搞不成事，只好再回去。一想到苏子山离开岳美芬家时灰头丧气的样子，马备就很高兴。第二天在校园见到苏子山时，马备忍不住想笑，心里得意地想，我就不信，还治不了你！

整个冬天，马备都用这个办法，阻止苏子山到岳美芬家里去睡觉。他这样做，看不到岳美芬和苏子山有啥动静，宝来却对他有了意见。宝来好久没到马备家睡觉了，他认为是马备故意不要他去，找各种借口，宝来在心里气恨马备，最近还不和马备一起走了，自从上学后，不像以前那么孤单，也有了几个玩伴，经常和他们一起打打闹闹，慢慢地不来找马备了，弄得马备心里还有点放不下呢，因为岳美芬曾给他说过，要他带宝来玩。

冬天就这样过去了。沙枣花要开的时候，塔尔拉春天的风沙先刮了起来。一有风沙，各家各户把自家的窗户钉上，免得被风吹开，把沙子灌进房子里。塔尔拉的春天都是在风沙中度过的。

春天的一个下午，马备从学校回来，还没进家门，听到他妈大喊小叫追那只花母猫，肯定又要把它拴起来，怕它去外面干偷偷摸摸的勾当。

马备推开门，想帮他妈一把，没想到猫早早做好逃跑的准备，“嗖”地一下从门缝冲了出去，马备没反应过来，母猫已跳上柴房，上到墙头，向岳美芬家方向，一闪就不见了。

马备在他母亲的责骂声中，扔下书包，去追母猫。

天还这么亮，马备不可能上到房顶去追猫，况且他心里有鬼，怕别人知道他偷窥过岳美芬这个秘密，于是，马备只好绕到岳美芬家院子里，去找猫。

岳美芬家的院门没关严实，马备推开门进去时，见岳美芬正撅着屁股往菜窖盖子上搬大石头。那石头太大，岳美芬一个人的劲不能把石头挪动，她只好用滚动的办法，可菜窖盖子高出地面许多，她没法把石头滚上去，累得满头大汗。

马备突然出现，使岳美芬明显慌乱了一下。马备看到，这时的岳美芬脸上的傲气没有了，她的神情有些柔弱，让马备心里竟“呼”地生出一种男子汉的气概来，他想上去帮岳美芬一把。但岳美芬看了一眼马备，想说什么，又没说，只是抬手抹了一把额头上的汗。

马备对岳美芬笑了一下，低着头小声说，我来找我家花猫，它跑到你家——这面来了。

岳美芬没吭声，她似乎不想和他说话，埋头继续使劲推石头。马备忘记是来找猫的，上去帮岳美芬推石头。两人的力量合在一起，终于把石头推到菜窖盖子上。像完成一件大事似的，两人相互对看了一眼，岳美芬用拳头捶着自己的腰眼，对马备说，死风太大，不用石头压着，会把盖子掀开，菜窖里会灌进沙子。多亏你来帮我，不然，我还真推不上去这个大石头呢。

马备当时还心想，风再大，也不至于用这么大的石头压菜窖盖呀。但他没多想，只要是岳美芬做的，马备认为就是对的，能为她做点事，马备心里特别高兴，尤其是岳美芬额外与他说了那么多话，这可是她第一次给他说这么多话。马备沉浸在喜悦里，轻声说道，今后，你要是有什么事需要我做的，就叫宝来喊我……

岳美芬打断马备的话，看着他说，你还说呢，宝来喜欢和你在一起，晚上到你家睡了几次，你就嫌烦，不要他了。

马备脸红了，支吾道，我……不是我，是我姐家的小臭子经常过来，他住下不走，我……那个床睡不下……才……

岳美芬见马备憋得通红的脸，扑哧一声笑了，姨是跟你开玩笑呢，看把你紧张的，你不想想，像姨这样的人，还能跟你这个小孩子计较呀？

马备心里轻松了些，又不知说啥好，把头低着。

岳美芬笑了一下，说，我知道，在塔尔拉，没有人把我当好女人看，没有！没有一个人！可是，我为什么要在乎他们把我当不当好女人看呢？不过，我确实不是啥好女人……

不是！马备打断岳美芬，抬起头来，断然说道，你不是坏女人！

岳美芬哈哈大笑起来。直到笑够了，才用一副玩世不恭的口气对马备说，谁说我不是坏女人？

我说的，我说你不是就不是！马备说道。

岳美芬收住笑，认真地打量一下马备，又笑起来，道，就你？小公鸡，是不是也像那些臭男人一样，想用这种话来讨好我呀？

不是！马备坚决地说。

不是？那你叫我一声姨呀，我可从来没听到你叫过我一声姨哩。

我……马备语塞了。他不想把岳美芬叫成姨。岳美芬在他心目中，早已经不是一个姨的概念了。

岳美芬用嘲弄的眼神盯着马备，突然哈哈大笑起来。

在岳美芬的笑声中，马备不知从哪里来的勇气，冲着她说，我……我会用行动来证明，我说的话是真的。

说完，马备转身跑走了。

过了一天，马备在放学的路上，主动找宝来说，你还想不想去我家睡？

宝来不以为然地对马备说，你叫我去，我就去呀？你当是我啥人呀？

马备狠狠瞪了宝来一眼，这话可是你说的，宝来，到时你可别后悔。

第二天，马备找到最近和宝来经常玩的那几个小伙伴，警告他们不要再和宝来玩，否则，别怪他不客气。

有这样的威胁，那几个小孩果然不敢和宝来玩，他们告诉宝来，是马备不叫他们和他玩的。宝来一听恨死了马备，可又没办法，把这件事告诉他妈，没想到他妈却对他说，那是马备想和你一起玩，才这么做的，你去找他吧。

宝来只好放弃自己小小的自尊，主动来找马备。马备什么话没说，又像以前那样带着宝来玩。宝来觉得，马备比以前对他更好，他小小的虚荣心得到满足，像以前一样，又来马备家睡觉了。

七

宝来的爹死了。

宝来的爹死在自家的菜窖里。他钻到菜窖里偷偷喝酒，醉酒后走不动，被菜窖的沼气熏死的。到春天后，地气热了，捂了一个冬天的菜窖被地气蒸腾出大量沼气，贺长明死在这种有毒的沼气里。

马上要春播了，新队长安排贺长明去场部拉化肥，却不见他来上工，新队长去问岳美芬，她说不知道。新队长等了半天，也没等来贺长明，春播不能耽搁，只好另安排人赶马车去场部拉化肥。

过了几天，还不见贺长明上工，新队长很生气，到他家来找人。

家里就岳美芬一个人，她请了假说身体不舒服在家休息。她经常请假说身体不舒服，现在的新队长拿她没一点办法，他又不会像以前的队长那样会做思想工作，只好睁一只眼闭一只眼。新队长问岳美芬，她好像身体真的不舒服，连眼皮都懒得抬一下，有气无力地告诉新队长，贺长明不在家。

新队长不用看，也知道贺长明不在家里，就这么大点地方，躲也没地方躲。可岳美芬是贺长明的老婆，他只能找她问贺长明的下落。新队长问岳美芬，贺长明到底去哪了？

岳美芬慢慢撩起眼皮，对新队长说，你是队长，你都不知道，我咋会知道！

看着岳美芬那副爱理不理的样子，新队长气得说不出话来，只好掉头就走。在院子里，新队长闻到一股浓浓的腐臭味，他知道贺长明以前是养猪的，有臭味很正常，对这种臭味没当一回事。

过了几天，岳美芬家院子里突然涌来十几条狗，还有成群的苍蝇像轰炸机似的，围着她家的菜窖口吵闹个不停。岳美芬拿根棍子，怎么也赶不走这群狗。狗的叫声引来了好多人，人们觉得奇怪，闻到菜窖散发出的腐臭味，有人猜测菜窖里有什么动物尸体腐烂了。

新队长也来了，他觉得这种气味有点不正常，让人打开菜窖，一股浓浓的臭味从菜窖里蒸腾出来，熏得打开菜窖的那几个人忍不住要吐。新队长捂着鼻子，叫人找来手电筒查看菜窖，才发现贺长明死在里面，散发出来的臭味是他的尸体腐烂所致。这种尸臭味可比贺长明在养猪场养猪时那种味道要难闻得多。

在新队长的领导下，几个人用湿毛巾捂住鼻子和嘴下到菜窖里，想把贺长明的尸体抬上来，可尸体腐烂时间太长，一抓一把腐肉，谁也不肯再动手。最后，只好找来两条席子，把尸体滚到席子卷起，用绳子捆住拖了上来。臭味太大，尸体已经不能存放，队长招呼着，叫人去打墓坑，找木板钉做了一个简易棺材。一天之内，把贺长明埋了。

这个过程中，成了寡妇的岳美芬显得一点都不悲伤，她冷着脸看新队长带人忙碌着，她连一句话都没说，她的冷漠像一块冰，让所有抱着不同心态想要看一眼她的人，都忍不住打了个寒战。

贺长明死了，岳美芬不悲伤，大家知道岳美芬这个骚货这下彻底解脱了，她高兴还来不及呢，没有了这么一个牛粪丈夫，她这朵还在妖娆的鲜花怎么会悲伤呢。

埋葬了贺长明后，有半个多月时间，岳美芬家的院子还飘荡着一股腐臭味。岳美芬也不想办法除臭，最后，还是新队长顾及岳美芬孤儿寡母不容易，带人来给岳美芬又另挖了一个菜窖，把挖出的土填了原来的那个菜窖，那股腐臭味才慢慢消失了。

宝来不愿再回自己家去睡，自从在菜窖发现他爹死了，宝来吓愣了，不知道没有了爹会是什么结果，只是受不了那股臭味，他一直住在马备家。马备对宝来的照顾，也比以前更加尽心。

宝来不愿回家住，给岳美芬和苏校长提供了极大方便，他们俩又可以在一起胡搞。贺长明一死，过去偷偷摸摸的日子完全结束了。岳美芬觉得随着贺长明的死，自己的好日子也正式开始了。她去麦地边拔来一大抱艾蒿，用干麦草引着火，在屋子院子铺了一层，把家里彻底熏了一遍，熏跑了贺长明的腐臭味，还有零星的苍蝇，让艾蒿淡淡的苦香味填充了新的生活。远远闻着岳美芬家，像佛堂似的，充满了香火味。岳美芬还叫苏子山把床移了个方向，这样睡上去，有了全新的感觉。

可“全新”的感觉只是岳美芬一个人的，苏子山并不这么想，他心里还是不踏实，总觉得贺长明躲在哪个角落里，用恶狠狠的眼神盯着他呢。以前贺长明活着时，他和岳美芬偷情，都没有出现过这种感觉，现在却有了。他把这种感觉告诉岳美芬，想要岳美芬到他那里去过夜，岳美芬总是不肯。以前，苏子山就提出叫岳美芬到他那里去，岳美芬不愿意去的原因，是苏子山住在学校的单身宿舍，虽然他是校长，住的宿舍比别人的大点，可那房子没有院子，一开门外面的人能看到屋子里的全部内容，岳美芬才不愿到那里展览自己呢。现在，苏子山心里有障碍，又提出叫岳美芬过去，岳美芬只好对他说，等你找上一个带院子的房子，我再搬过去住吧。

八

岳美芬家屋子里的摆设，马备这次只是大致看了一下。其实，他对岳美芬家的情形，说不上了如指掌，可也算心里有底。因为，趁岳美芬不在家时，马备不止一次翻墙进到她家院子，从厨房窗户钻进去，实地勘察过好几回，他对屋子的一切并不陌生。

可是，前几天马备发现岳美芬家有了些变化，岳美芬把床挪移了位置。床原来是顺着窗户放的，现在横过来，转了个方向，变化不是太大，可对马备来说，变化太大，床一顺过来，睡在床上的人会跟着变位置，马备再顺着天窗往下看时，这个角度只能看到岳美芬的两条腿，无法看到她的脸和上半身。这对马备来说，非常残酷。

马备等待时机，想再溜进岳美芬家，把她的床移回原来的位置。可是，等了一个多星期，总是没这个机会，岳美芬每天都在家里。

这天，马备上课时，没精打采地看着窗户外面，正好看到岳美芬急匆匆穿过学校跟前的大路，向场部方向走去。马备看着岳美芬的穿着打扮，想着她是去场部闲逛，一时半会回不来，他知道机会来了，于是举手请假，说是闹肚子，憋不住了。老师准了假，马备捂着肚子离开教室，一转过墙头，撒腿跑回家，顾不得进自家屋门，急不可待地爬上柴房，翻墙潜入岳美芬家。

马备只想把岳美芬的床移回原处。以前，马备从来不随便动岳美芬家的东西，他曾在心里告诫自己，绝对不动她的东西，可这次，他顾不了这么多，得保证他的窥视不受损失。

十一岁的马备使出吃奶的劲，累得满头大汗，一点一点地，终于把岳美芬家笨重的木床，移回原来的位置。他抹了把额头的汗，望着恢复原样的床，脸上露出兴奋的笑容。马备已累得手脚都软了，真想躺在床上歇息一会，可想到这个床是岳美芬要睡的，他没敢躺上去。岳美芬是个爱干净的女人，自己一身尘土怎么能躺她的床呢?

马备坐在地上，一边喘息，一边想象岳美芬在这张床上扭动的样子。

这种想象长着翅膀，飞起来没完没了，使少年马备如痴如醉。远处传来学校的钟声，把马备惊醒，他回到现实中，从厨房的窗户钻出来，拍打自己身上的土时，突然觉得不大对劲，自己把床移回原来的位置，岳美芬回来后看到会怎么想?她一定会起警觉，说不定会发现他偷窥的秘密呢。这个念头冒出来，把马备吓了一大跳，额头刚干的汗又冒了出来。

马备傻站了一阵，又从厨房窗子钻回屋子，把床移回来横在窗口跟前。这回费的劲更大，累得他眼冒金星，站不稳脚，他还是坚持把移动床时摩擦出的印迹用鞋子蹭掉，才失去魂魄一般，跌跌撞撞从窗户钻出来。

马备不能再偷窥了，他把这笔账算在苏子山的头上。马备还没想好用什么方法报复苏子山呢，听说苏子山在想办法找房子，把岳美芬连同她儿子一起接过去住，要正式过日子。马备不想让岳美芬离开，但他又没能力阻止岳美芬，只好给宝来施加压力，利用宝来拖住岳美芬。

九

很快，苏子山找到了房子，他以校长的名义向新队长要了两间堆杂物的仓库，房子虽然破点，但有小院落，收拾一下不比岳美芬的家差。岳美芬跟苏子山去看过一次房子，那里也很清净，她很满意。岳美芬盼着尽快搬到那里去住，结束他们偷偷摸摸的日子，和苏子山做个堂堂正正的夫妻。

房子有了眉目，岳美芬要做的第一件事，是和苏子山到场部扯上结婚证，堵上别人的嘴。岳美芬这次很看重合法婚姻这档子事，她打扮得像个新媳妇，花红柳绿地跟着苏子山去了场部。一路上，岳美芬的艳丽惹得地里干活的女人们停下手头的活，看着她，心里骂她这个骚货，男人死了不满三个月，她的骚劲上来了，死了个牛粪一样臭烘烘的男人，却靠上个英俊又有文化的校长，也不知这个骚女人上辈子修来的什么福！

领上了结婚证，苏子山心里也踏实，他来岳美芬家，准备把她的被窝抱过去时，儿子宝来死活不愿搬出这个家。岳美芬总不能把七岁大的儿子一人留在家，自己去嫁人吧。岳美芬给宝来咋说都说不通，气极打了一顿宝来，但宝来说死也不搬。

岳美芬把这个情况说给苏子山，一副家里人的眼神无奈地看着他。只要苏子山到岳美芬家来，宝来用凶狠的目光扫描他一下，转身就走。苏子山斜了一眼宝来的背影，恨不得冲上去踢宝来几脚。他没这么做。他早看出贺长明留下的这个杂种不是个好东西，以前，他和岳美芬偷偷摸摸时，总觉得有一双眼睛在背后盯着他，这双眼睛并不是贺长明，而是宝来。偶尔在学校或者路上碰到宝来，宝来看他的目光很凶，不像一个七岁孩子的目光。

再凶狠的目光也伤不了人，可苏子山心里还是发虚，想着今后要是做宝来的继父，他非得把宝来的目光调教好，屁大点人目光就这么凶，长大了还得了？说不定会拿上刀子去杀人！

苏子山的心像坠块大石头似的往下沉，那个臭男人死了，阻止岳美芬再嫁的，有了新人选。

望着宝来消失的背影，苏子山心里很不舒服，像有东西堵在他心口，说话的口气都变了，他对岳美芬说，那你的意思，就由着这个小屁孩子？

岳美芬听出了苏子山话里的火药味，没好气地回了一句，那你说怎么办，总不能扔下不管吧，他也是我身上掉下的肉呢！

苏子山瞪了岳美芬一眼，说，我没说不管呀？早给你说过，我会像对待自己的儿子一样对待他的。

可宝来他……和我扭着劲呢。岳美芬为难地说，那个死鬼的魂缠上宝来了，他才敢这样，不然……

苏子山掏出烟，像个老农民似的在床前蹲下，一边准备抽烟，一边打断岳美芬说，都这时候了，不说别的，就说咱们现在咋办吧！

岳美芬拿来火柴，给苏子山递过来。苏子山没接，却从身上掏出火柴，给自己点上烟，狠狠抽了一口。

这是他们第一次发生分歧。岳美芬生气地把火柴扔回床上，往床沿上一坐，说，啥意思嘛？还没开始呢，你就用这种态度对待我，今后还不知道会咋样呢！

苏子山呼地站起来，生气道，哎，美芬，你说这话是啥意思？我的态度咋了？儿子是你的，我又没说不养活他呀，到这地步了，一个小屁孩为难你，你倒怪到我的头上，还扯上以后，你成心要和我闹，是不是？

岳美芬的眼泪涌出来，呜呜地哭出了声。

苏子山见岳美芬哭了，更烦躁，一边抽烟，一边在屋子里转圈子。岳美芬停住哭，抹把泪，走过来贴在苏子山身上说，要不——你先搬过来住吧，宝来这头，我会慢慢开导他的……

苏子山一拧身，甩开岳美芬说，你咋说这话呢，我搬过来，我那房子咋办？岳美芬，那房子可是你叫我要的，现在却说这种话，你要反悔啊？

不是我要反悔。岳美芬眼圈又红了，我没想到宝来会这样，是我太忽视他。子山，你是个男人，要大度一点，得为我想想啊。

苏子山说，你还知道我是男人啊，你知道我每次到你这，心里总有那个……那个感觉，那种好像被人监视被人窥视的感觉，你以为我轻松啊？你要我为你想想，那你能不能也为我想想，我图个啥呢……

苏子山！岳美芬吼叫一声，打断他话，说，亏你说得出口，连这种话都说了出来，我就知道，你心里一直嫌我是寡妇，你以前给我说的那些话全是假的。我现在算是看清你了，你走，你走吧！今后，谁也不认识谁，你走啊！

岳美芬伤心地又哭起来，她边哭边往外推苏子山。苏子山张了几次口想解释，可岳美芬不给他解释的机会，只管往门外推他。

以前，苏子山被宝来的目光搞得心虚，现在，岳美芬又往门外推他，心里更不是滋味，脾气上来，一生气干脆顺势走了。

这一走，苏子山赌气好长时间没进岳美芬家的门。这下，轮到岳美芬心里发虚，她和苏子山可是领了结婚证的，虽然没举行仪式，却是正式夫妻，如今苏子山不管不顾拖着，这算啥事呢？岳美芬这么想着，忍不住去找苏子山，想问个明白。

苏子山的态度很明朗，只要岳美芬搬过来，什么都好说，但要他搬过去，绝对不可能。苏子山对岳美芬说，你那房子我不能再去，去了只会提心吊胆，像个入侵者一样，啥事也干不成，你总不能叫我过去当太监吧？

岳美芬强忍着愤怒，轻声细语地说，你以前偷偷摸摸去，该干的都干了，也没见你有啥干不成的，这会儿名正言顺，你倒不敢去了，还把话说得这么难听，你是不是心里有鬼啊？

苏子山再次被激怒，指着岳美芬说，你说这话啥意思？我心里有啥鬼？是你自己无能，连个小屁孩子都管教不了，听凭他摆布，却说我心里有鬼。岳美芬，今天我对你说清楚，你要是不搬过来，咱们的事只好先这么搁着了。

岳美芬一听，气得全身发抖，嘴里却说不出反驳的话来。

苏子山见岳美芬说不出话来，一副得理不饶人的样，他看着岳美芬，又说，怎么，你没话说了吧？你要还想我们关系正常，就回去想办法，怎么说服你那个宝贝儿子，让他乖乖听你的吧。

岳美芬无话可说，只好回到家，再和宝来说搬走的事。

宝来早叫马备调教得坚硬如铁，岳美芬说死说活，宝来从嘴里只蹦一个字：不！

这还不算，七岁的宝来出乎意料地给他妈一个与他的年龄特别不相符的态度，他说，如果要他搬出这个家，除非叫他死，像他爹一样，被人抬出去。不然，他是不会走出去的！

一提到贺长明，岳美芬像是特别理亏，再没话可说。面对态度如此坚决的宝来，岳美芬突然想到了马备，这样的想法，这样的语言，七岁的宝来无论如何是不会有的，只有马备，只有他才会把宝来调教成这样。因为现在的宝来只听马备的。

岳美芬想，她得找一下马备。可找到马备，咋说这事？岳美芬还得再考虑考虑。这个时候她才知道，马备不简单，他不是一般的孩子。

十

岳美芬还没想好咋给马备说这事，苏子山却来找她了。

这次，苏子山对岳美芬说，岳美芬，有件事我一直没告诉你，是这样，今年恢复了高考，我想考学，已经报了名，过阵子，我到喀什去考试，你得抓紧点，不然……

岳美芬心里咯噔一下，她愣愣地看着苏子山好一会儿，才艰涩地问苏子山，不然咋了？你是不是要离开塔尔拉？

苏子山点点头，说，要是我考上，那也说不定。

岳美芬急了，抓住苏子山胳膊，声音很尖锐，那我咋办？你这是不想要我了？你可是和我领过结婚证的……

苏子山冷笑一声，不在意地说，领过结婚证又怎么了？我又没说不娶你，是你自己拖着搬不过去，咱们这事，还没成事实呢。

听着苏子山的这话，击中了岳美芬的软肋，她站立不稳，松开抓苏子山胳膊的手，跌坐在床上，脸白得似一张纸。

到这种时候，苏子山要是就此打住，不再往下说，也许就不会发生后面的事情了。可是苏子山没想这么多，他还是按自己的想法把话说绝了。

苏子山说，岳美芬，到时，你可别怪我，要怪，只能怪你自己！是你错过了这次机会！

话说到这份上，岳美芬心里已经凉透，她抬起惨白的脸，望着苏子山，咬着牙，一字一顿地说，苏子山，只怪我自己瞎了眼，没看清你这个人面兽心的东西！

苏子山报名参加高考，他心里知道自己的能力，要考上大学的可能性不是太大，放下书本这么多年，虽说他是教师，整天还跟书本打交道，可这是小学课程，简单得让他闭着眼都能应付。而真正要考的课文他根本就没复习过，他的心思全放在岳美芬身上，整天想着能和岳美芬在一起，哪有心思复习功课。说句心里话，苏子山对岳美芬的感情还是很深的，自从他到塔尔拉结识岳美芬后，多少寂寞难熬的日子，因为有岳美芬，陪着他把这些日子一天天熬了下来。他不是那种寻花问柳、玩弄女人的男人，他只是想尽快和岳美芬一起名正言顺地生活。但是，岳美芬的犹豫不决使他平添不少烦躁，为能把这个家安下来，他只有用考学这种方式给岳美芬施加压力。可他没想到话说得太过，深深伤害了岳美芬。

岳美芬认为，苏子山是要抛弃她，她对苏子山抱的希望太大，失望也很大。苏子山这几句话勾起她以前的痛楚，她一直处在被男人玩弄的位置，在喀什，在塔尔拉，一次又一次。

岳美芬不想再被男人玩弄，她也不想叫玩弄她的人好过。于是，岳美芬到场部保卫科自首，说了她丈夫贺长明的真实死因。

岳美芬说，贺长明喝醉酒后，她把他骗到菜窖，说是要清理菜窖的烂菜叶。贺长明下去后，岳美芬盖上了菜窖盖子，并且在盖子上压了一块大石头，贺长明酒醒后没办法从菜窖爬上来。菜窖里很多腐烂的菜叶，随着气温的升高，沤成沼气，成了置贺长明于死地的帮凶。

岳美芬还说，压在菜窖盖子上的那块大石头，不是她一个人搬上去的，她一个人搬不动。和她一起搬大石头的，还有小学校长苏子山。

场部保卫科的人一听大惊，把这个谋杀亲夫案报告给场长。场长一听跳了起来，一边叫人快去抓苏子山，自己亲自带一帮人抓着岳美芬，到她家现场勘查。

整个场都震惊了，塔尔拉凡是能走动的人，全到岳美芬家来看究竟。一时间，岳美芬家像集市一样热闹。

马备也跑来了，他带着宝来从人堆里钻到前面，看到场长和保卫科的人围着岳美芬，指指点点说着什么。

这个时候的马备，还没往别处想，他只顾把吓坏的宝来紧紧搂在怀里，不让他瘫软在地。

苏子山被保卫科的人用麻绳捆着押来，他一路跳着，一边挣扎，一边大喊冤枉。苏子山被推到岳美芬跟前，看到岳美芬后，苏子山不挣扎，也不叫了，他只问岳美芬一句，她为什么要这样做？

岳美芬淡淡地冷笑一声，当着众人的面，对苏子山说，为啥？你心里还不清楚？

苏子山气红了眼，要质问岳美芬，被保卫科的人甩手打了一巴掌，他的嘴角立马流下一串血丝，但他依然喊叫冤枉。

场长吩咐保卫科的人，把岳美芬也绑上，一起押走。

岳美芬很配合，几下被捆绑起来。

宝来看到他妈给绑住了，大哭起来，他挣脱马备，冲向他妈。

马备想拉住宝来，已来不及。宝来跑到岳美芬跟前，哭着抱住岳美芬的腿，不让那些人带走他妈。

岳美芬冷漠地看了看哭泣的儿子，却把目光对准马备。

马备不敢看岳美芬的目光，赶紧低下头。

岳美芬笑了一下，对马备说，马备，你该看到了吧，那个大石头，就是菜窖跟前的那个，我一人能把它滚到菜窖盖子上去吗？

岳美芬的话像子弹一样，击中马备心里的最深处，他望着岳美芬，从她脸上的笑容里，马备看到了冬天冰凉的阳光，他的心不由自主地抖了一下，想起几个月前的那个黄昏，他来找他家的花猫，是他帮着岳美芬把大石头滚到菜窖盖子上去的。难道，当时贺长明就在菜窖里？

马备的心里紧了一下，脑子轰的一声木了，他呆呆地看着保卫科的人，把五花大绑的岳美芬和苏子山带走了。马备身体僵硬，全身无力，心却抽得像个小拳头，狠狠地击打着他的体内，打得他的身体渐渐变大，像气球似的慢慢膨胀起来。在这个过程中，马备隐隐听到一种奇怪的声音，是那种新鲜诱人，却能磨损人灵魂的声音，就像花开的声音。

塔尔拉这个地方，除过沙枣树能开花外，没别的花儿。沙枣花很小，比米粒还要小，而且开起来很缓慢，从花蕾到开出花朵，至少要一个半月时间。沙枣花开放时，塔尔拉往往要经历一个漫长的风沙期。沙枣花在风沙的折磨下艰难地开放了，等风沙停止时，花已经残败不堪，没过几天，就凋谢了。

彩色故事

一

星期六下午，党团活动，这是惯例。每个星期六上午政治处还是要在办公楼大厅的黑板上出个党团活动的通知。一般的通知内容区别于各部门以单位组织活动，还是统一党团活动两种，这个取决于政治处领导是否有事才出不同的通知。

这个星期六下午，政治处高主任要去会老战友，上午让组织股出通知，下午各部门以单位组织活动。

宣传股在三楼，苏干事踏进办公室的时候，上班号正好响了。已先到的戴干事偏过头说了句“真准时”。

苏干事脱帽放在自己桌上，说：“时间就是效率嘛。”

这时，麦干事和志愿兵纪文超刚好进屋，麦干事接上苏干事的话说：“时间应该是金钱了。”

戴干事说：“刚才梁副主任说，各股自由活动。”

暂时被指定负责宣传股工作的苏干事说：“那就自由活动吧。”

于是，各干各的事。喝茶或者抽烟，看报纸或者看自己写的稿子。

看报纸的志愿兵纪文超说："苏干事的消息越写越精了，发在省报的三版头条，'老红军连发扬革命老传统，学雷锋树榜样再结新硕果'，题目很押韵，别的更不用说了。"

麦干事放下茶杯，说："老苏一支笔，放到哪儿都响当当的，三版头条，光稿费就高别人一头，老苏的时间就是金钱嘛，偏还要说个效率。"

戴干事说："老苏看中的不是钱，而是效率，不然每年咱们的新闻报道咋能评上总队第一？"

苏干事呵呵一笑："这全靠小纪的文学作品在总队略胜一筹所得。"

纪文超说："哪里，哪里，我是胡编乱造，怎么能跟新闻的真实性相提并论。"

戴干事说："快别这么说，小纪的文学创作填补着空白，绝对占有一席之地，稿费也丰厚，一来就是上百上千。不过老苏也不次，细水长流，有时拿上砖头厚的三块、五块钱汇款单，邮局汇兑员得忙大半天。你们名利双丰收呵。"

麦干事说："就是就是，老苏和小纪今后写稿也把我的名字挂上，在你们后头就行。不过首先申明，不与你们分稿费。"

戴干事笑了："老麦光捞名不图利，不像现在某些人有了钱，就买名，听说还出书，写的尽是小学生作文，一本也卖不出去。"

苏干事当过排长，后迷上写新闻报道，从排长进到机关在政治处当宣传干事，三年晋升一级，如今扛上了上尉正连。

戴干事和麦干事属于同行同列的兵龄，只是比苏干事晚一年兵。这次在普调军衔时，他们也都晋升成上尉，戴干事是老机关，正连时间比在基层当过副指导员的麦干事晚半年，两人均是同所军校毕业的，可两人从没写过一篇像样的新闻报道之类的东西，只是戴干事还能操练公文材料，且排在苏干事之下。

宣传股重要不重要，主要看领导对宣传工作重视不重视了。现在的宣传股属于重视与不重视之间，三个干事加一个能写小说、诗歌的志愿兵，阵容庞大，实力是相当雄厚的。就拿苏干事来说，上级宣传处长挖了几回，要把苏干事招至麾下，可这边就是不放人，苏干事本人也不想去宣传处，他正连已扛了两年，就算当个宣传股负责人当不上股长，到了年底，三年正连满也该调副营了，这样，他老婆可以随军走出农村。调到上面，省城规定不到正营，家属不可随军。苏干事有他的打算，政治处领导让他负责宣传股，等于股长非他莫属，况且在军龄和提正连年限上也胜他人一筹。

这个星期六下午的组织活动像往常一样，以五点钟机关洗澡堂开放而告终。

苏干事每次离开办公室要晚些，他除了勤奋写新闻，还爱研究各种报纸的每一篇消息通讯，从结构措辞到标题都要细嚼慢咽，按纪文超的话说，这叫摸透各家报纸编辑的胃口，以便抓住编辑不断变化的口味，及时准确地投进“食物”，这也是苏干事投稿命中率高的主要原因。

这个星期六下午，苏干事却没坚持到最后，没到五点澡堂开放时间，他声明要走了，提前准备一下，好好洗个澡。

戴干事取笑苏干事洗澡时间不能太长，浪费了体力，周末晚上绝对要让嫂子满意。

苏干事一笑：“没个正经，都老夫老妻了。”

纪文超接过说：“久别胜新婚，不同一般，但要发扬革命老传统，厉行节约为本。”

苏干事老婆星期二带儿子从陕西老家来部队探亲，今年还没探家的苏干事这几天精神了不少，夜挑明灯写报道暂停了。

大家嘻嘻哈哈笑着，收拾东西，锁门，去洗澡。

分管电影工作的纪文超走在最后，到电影组吩咐放映员晚上放场电影，挑个枪战的打个热火朝天的周末。纪文超吩咐完后来到澡堂，一看里面赤条条地站了一地洗澡的人，他悄悄退了出来。

吃罢晚饭，志愿兵史正杰来找纪文超闲聊。史正杰比纪文超早当两年兵，已跨入大龄青年偏高档次，还是独身一人，虽然支队同意报上级批准，史正杰可以破例在驻地找对象结婚，可史正杰的个人问题还一直悬在空中。史正杰是小车班驾驶员，他这会儿给纪文超说后勤处副处长老婆给他介绍了一个女的，是纺织厂的化验员，只看了照片，人长得还不错，就等见面沟通联络感情了。

纪文超递给史正杰一支烟，说：“老史，咱们虽是志愿兵，可也要眼光高些，不能太迁就，世上长相好的女人多得是，但关键在一个心字。”两人正说着，敲门声响。纪文超知道是谁来了，赶紧过去开门。

进来的果然是闻柳。闻柳往屋里一站，单身宿舍显得亮堂了许多。

闻柳每到周末都要来看纪文超。

“你们在试制新式烟雾弹还是咋的，一屋子的烟。”闻柳笑着说。

“烟雾弹已经落后了，我俩在研制一种更高级的弹，叫作‘爱情磁迷弹’，专门给年轻人找对象用的，不然，像我这样得打一辈子光棍。”史正杰开玩笑说。

史正杰知道闻柳和纪文超的关系，并且聊过几次，说话无拘无束。

闻柳说：“到时如果研制成功了，你俩可真成名人了。”

一直没说话的纪文超这会儿说：“要是成了那样的名人，老史也有一群闭月羞花们随他挑了。”

闻柳把头一挑，微笑着问纪文超：“那么你呢？”

纪文超看了看窗外，说：“我也会挑花眼，不知道哪个好了。”

史正杰话中有话地说：“小纪不会挑花眼的，他心中有数，闻柳你说是不是？”

闻柳一笑：“谁知道呢，人出名了，听说心和肠都会花的。”

三人侃了一阵，闻柳说要纪文超明天去她家改善伙食，不能老过苦行僧的日子。纪文超说，不当苦行僧咋办，不写东西比干什么都难受，写东西写不顺比什么都痛苦。

闻柳认识纪文超是从他的作品开始的，纪文超的小说称霸边城的文学界，在地区群艺馆工作的闻柳拿着自己写的东西找纪文超请教，一来二去，两人熟悉交往起来。

纪文超推托说这几天要抓紧修改一篇小说，抄完后寄出，不然今年就很难发表出来。

闻柳知道纪文超的脾性，谁也说不动他，他把星期天一向看成大块时间利用，她便不再多说，刚来时的那份喜悦悄悄地溜走了。

坐了一会儿，三人有一句没一句地说了些无关紧要的话。史正杰说还要开车去接参谋长，借口走了。

纪文超和闻柳说着最近的苦闷和创作上的一些问题，闻柳的内心才渐渐舒畅一些。

这时，苏干事突然推门进来："小纪，咋不看电影？"看到闻柳，又补了一句："小闻来了。"

闻柳起身让座。苏干事老婆没来之前，他和纪文超住一个宿舍，老婆来后搬走了。

纪文超说："电影看不看就那么回事，我准备修改一篇东西。苏干事，你怎么不看电影？"

苏干事说："还看什么电影，想把省报上今天发的那篇稿子再仔细嚼嚼，啥地方编辑改动了，今后好注意，看你屋里灯亮着就来了。"

纪文超笑道："不是这么简单吧？嫂子刚来，还会放过你？不陪着看电影才怪呢。"

苏干事看了看闻柳，笑了笑，有些不自在。

闻柳站起来说要走，问纪文超有没有要洗的衣服，好带回去用洗衣机洗。纪文超说，下午没洗上澡，还洗什么衣服，再说自己会洗的。

闻柳有些失神，说那我走了。纪文超趁机说："那我送送你。"

闻柳说："送啥？你改东西吧，晚上别熬夜太久。"闻柳说完，径自走了。

苏干事对纪文超说了自己的苦衷，他下午让老婆去洗澡，老婆去了，可一看满屋脱光的女人转身跑出来，坚持自己烧盆水擦擦算了。

两人说了一阵子话，苏干事说该回去了。出了门却又回来说：“小纪，不是我多嘴，你可要注意些，别到时叫某些人用志愿兵的一些规定整你。闻柳可以作为朋友，但不要过深，咱们是农村出来的，不要一时糊涂。”苏干事说到这，想了想又说：“按说这规定也不公平，志愿兵要干十三年，不让人家在驻地找对象，坑害人嘛，咋说也不是个理，可也没办法。小纪，我没别的意思，站在哥们儿的立场上才说这话的。”

苏干事走了。

纪文超骂了句“去你妈的”，往床上一躺，随即又起身，点上一支烟，冲过去拉灭灯，屋里顿时黑成一片，只有他嘴上的烟头在黑暗里一闪一闪。

二

星期一上班，办公桌上落了一层尘土，虽然窗户关得挺严，可每年春季都要刮好长时间的风，把大漠深处积淀了一个冬季的沙尘卷向天空，往春色迟到的边塞古城上空洒。办公室窗台上的几盆花草上染上了沙尘的颜色，苦苦地活着。

先来办公室的戴干事和纪文超一人抹桌，一人拖地，把沙尘打扫完后，按时上班的苏干事端盆清水仔细地洗那几盆花草上的灰尘。

刚坐到办公桌前点上烟的戴干事说：“老苏比以前爱干净多了，老婆一来，调教调教就是不一样。”

纪文超故意说：“苏干事快当股长了，当然得管办公室的一切，甚至一草一木。”

苏干事笑了笑，一脸的满足，却说：“哪里的话，能不能当上股长得另说。”

戴干事说：“非你老苏莫属，现在已经负责上了，还不是定局？”说到这里，戴干事突然想起什么似的，又说，“老苏，听说司令部的江参谋转业要搬走了，那套两室一厅的平房空了，你得赶快去排个号，刚好嫂夫人来了，先住进去再说。”苏干事家属来队，住在临时来队家属房里。

苏干事说：“我也听说了，可我家属还没随军，不知房子能不能轮到咱头上？”

纪文超说：“你提副营是年底的事，等江参谋搬走，也就年底了，现在就戴干事说的，挂号要紧。”

“不过，”纪文超又说，“现在的事说不来，想办成事儿的人本事大着哩。”

苏干事说：“我哪天去管理股挂个号，当十三年兵，也该轮到我了。”

麦干事上班来得晚了，他今年三十八岁，还没结婚。他曾说过非要找一个好老丈人，现在有个好老丈人比有个好媳妇强。听说他最近联络上了行署副专员的二千金，每个星期天忙得团团转。

麦干事进门，说要报告大家一个好消息，说他昨天听那位“上面”说，市上给支队地皮了，支队要盖一幢家属楼，到时在驻地成家的连级干部也可以分到楼房。哪像现在，几间破土平房，还非得营级才有资格住呢。

麦干事是河南农村人，他所说的“上面”是他找的那位千金小姐的老爹行署副专员。

麦干事说："老苏，不用为那破平房去挂号，到时你当上了股长，楼房也盖好了，弄套楼房，让嫂子孩子住上，也不枉当回城里人。"

苏干事说："有套平房已不错了，哪像现在住临时来队房，除老婆孩子是自己的，其他的都不属于咱。"苏干事心里想着有楼房住更好，可嘴上不说。

戴干事说："要真盖楼房，到时我也可以搬到支队住了，平房也行，免得住老丈人家，和小舅子闹摩擦。"戴干事是团场人，妻子是土产公司管库房的，结婚已三年了，住老丈人家，小舅子要结婚了没房子，动不动闹情绪。

纪文超这时说："依我看，一切都会有的，面包会有的。"

戴干事看了看纪文超，想说什么，又止住了。

苏干事却问麦干事："你那位'上面'对你怎样？"

其实，苏干事想问麦干事副专员说的给支队地皮可靠不可靠，他听说支队已要上了盖家属楼的钱，可现在城市地皮不好弄。

麦干事说："怎么说呢，有点儿居高临下，但他丫头对我绝对的好，一心要嫁给我。"

戴干事说："老麦你算逮着了。"

麦干事笑笑，不是太满足的笑。

纪文超说："有目的就有结果嘛。"

苏干事望着纪文超，半天才醒悟过来的样子收回目光，他把目光往窗外一投，天空昏黄一片，但春天要来的样子却很明显。

三

这天上午，天上恩赐似的从西边飘过来一团乌云，像赶时间似的匆匆给小城下了些春雨。虽然雨云急急忙忙走了，但把开春以来一直蒙在天空的黄沙尘洗干净了，不一会儿，太阳出来，红艳艳地恢复了初春该有的鲜活面孔，叫人清爽了许多。

下过春雨的这天下午，梁副主任来到宣传股，身后跟着一位年轻的中尉。

梁副主任原是宣传股长，去年才坐上副主任的宝座。他还没到发福的职务，扛个正营少校却像个少将似的很官相。梁副主任高且胖，往刚进门的空地上一站，屋内显得窄小了不少。

梁副主任介绍："这是新调来宣传股工作的苟义仁苟干事，大家认识认识。"

大家都说："认识认识，早都认识的。"苟义仁是九中队刚从志愿兵司务长转成干部的。

纪文超说："我们是同年兵，一个火车拉来的，在新兵连一个通铺上滚过六十四天。"

苟义仁说："纪文超，八年后，我们又在一起了，请多关照。"苟义仁和大家一一握手，不停地说"请多关照"的话，边说边从衔位高的梁副主任开始，给大家敬"红塔山"烟。

梁副主任把烟接过夹在耳朵后，吸着手中燃着的大半截烟，指着苏干事对苟义仁说："苏干事是宣传股负责人，以后听他的。"

苏干事马上说："有你老股长在，还是听你领导的。"苏干事脸上的笑容硬往一起挤，足够堆起一座生动的笑山。梁副主任说有事，走了，办公室一下子显得空旷了许多。

苏干事和纪文超把放在靠右边墙根的闲桌子拉来，算是苟义仁的办公桌。

宣传股有两间房子大，苏干事和麦干事那对桌子占据窗前显要位置，纪文超和戴干事那对桌子横在左边墙根，苟义仁只好一人对着右边墙壁了。

苟义仁和纪文超叙了一些话题，比如今年探家的事，最后话题还是落到了个人问题上。纪文超知道苟义仁还没结婚，但听说他在九中队所在地谈了个对象，问他怎么样了？苟义仁说那个地方你知道是高原地区，巴掌大地方就那么几个没出嫁的女孩，脸蛋还红得像太阳似的，长得像样的都自产自销了，容不得外来户插杠子，难呵。苟义仁说，虽然他现在转成干部，不受那些规定的气了，可山上那些女孩是肥水不流外人田的。

戴干事听他们聊到这，插话说："小苟，不要把我们当兵的看成外来户，把自己看重些，不信肥水流不到你的田里，现在虽然想嫁部队的女孩没以前多了，可还是有个把傻丫头愿嫁当兵的。"

苟义仁说："今后还请戴干事多多指教。"

戴干事用嘴努了努坐在窗户边的麦干事说："这样的事绝对要请教麦干事，他是专家，已经将自己隆重推出了。"

苟义仁说："请麦干事指教一二。"

麦干事笑了笑："谈不上指教，我说一句：关键要自信。"

苟义仁在高原上待了八年，依然白净，没被强紫外线吸去多少颜色，仪表显然模糊些，但不算太赖。

纪文超说："凭苟义仁的一表人才，魅力不减当年，问题不大。”

苏干事安排苟义仁和纪文超住一个宿舍，俩人老乡同年兵也亲切些。至于工作，苏干事说先熟悉熟悉再说吧。

纪文超帮苟义仁安顿好床铺，俩老乡一见面今后又要在一起工作，纪文超得尽地主之谊，拒绝了机关食堂的白菜帮子两馒头的晚饭，两人去饭馆里要了几样菜，一瓶酒醉了一顿。

尔后，两人半夜天上地下一顿神侃免不了，直至第二天上班时苟义仁打着呵欠说这样熬夜受不了时，纪文超说你还没熬惯，惯了就受得了。

麦干事这几天可忙坏了，他弟弟从河南老家投奔他来新疆找活干。他弟弟先写来一封信，可麦干事回信不让来。新疆到处都是从内地来卖苦力的，哪有好挣的钱？但麦干事的弟弟还是来了，并且带来一个同村老乡。人既然来了，麦干事只好找熟人在招待所住下，然后四处托人帮忙。麦干事平时和地方上交往多些，但一提出给他弟弟找活干，都说难办，推不过去的也只是给找些建筑工地上搬砖头的苦力活，工钱也少，连吃饭住宿都不够。

麦干事急了，弟弟找不到活干每天还要住招待所吃饭，气得骂弟弟净给他出难题，叫他弟弟回去。他弟弟哭着坚决不回去。弟弟一哭，麦干事心软了，从河南到这里，坐了八天的火车汽车，也不易。戴干事给麦干事出主意让他去找那位“上面”，还不是小菜一碟。麦干事不去，他知道那位“上面”绝对会给他上堂政治课把这事当作小事别在耳朵后面的。

“你们不知道，‘上面’给我说话像对上万人做政府工作报告，并且常用高人一等的目光看我，有次电视上报道古城市场上假冒商品泛滥时，他对我说就是这些闲散的农村人涌到新疆才把社会市场搞乱的。”麦干事这样说时很气愤，平时的风光全被他弟弟的到来冲得不见了踪影。

麦干事上班下班几乎都在忙他弟弟的事，很少待在办公室。这天来个电话找他，是纪文超接的电话，打电话的是个女的，对纪文超回答麦干事不在非要问个明白，纪文超如实地说了麦干事的苦衷和急待解决的问题。

没承想打电话找麦干事的是副专员的二千金，第二天给麦干事解决了大问题，把麦干事的弟弟和同村老乡介绍到一家装修公司去贴壁纸，除过吃住还能落下一些钱。

麦干事长出口气，精神十足地正常上班了。

苏干事说那位二千金还是很不错的。麦干事满脸风光，说，那是那是，她对我真是没说的。

副专员的二千金是二轻处的财务科长，麦干事算是找了个好对象。麦干事脸上有了先前的光亮，并且还不时透露一些他和二千金之间的进展情况，当然只拣能说的才说。

新调到宣传股的苟义仁有事没事，总是和麦干事聊聊联络大干部女儿的秘诀。麦干事说，关键在于你能否吸引她们向你靠拢。你去黏人家，门都没有，那架势叫作。你想想有个好老爹撑着她们的小天地，公子哥儿们和有钱的大款一大堆，她哪儿还会有余光瞧你个口袋空空的傻兵？

苟义仁受益匪浅，问怎样才能具有吸引力？

麦干事接过苟义仁递来已降格的“红梅”烟，点上吸了一大口后，才说：“与众不同！”

“咋样才能显出与众不同？”苟义仁不解地问过后，又说，“我们根本没有接触的机会。”

“机会有的是，你先要盯准目标，然后观察她出入的社会场所，在她面前展示你的与众不同。其实与众不同关键在于你自己，当然这需要时间和足够的朋友提供各种情报。当然，要因人而异。比如像我，盯上副专员二千金后，据情报透露她爱去舞厅跳舞，围着她转的男人足够一个正规排的兵力。可我最终把她的目光吸引到我身上，用的就是与众不同。我隔三岔五地也去舞厅跳舞，除跳霹雳舞别的不跳，我在舞姿上有所创新，把咱们当兵的倒功训练内容几乎全用上了。我每次去穿的都是军装，在舞厅显得一尘不染。她吃多了鸡鸭鱼肉，我这样不油腻的白菜萝卜显得与众不同，她换了口味吃我了，并且吃出了味道。”

苟义仁听得一惊一乍，眼珠子瞪圆了。

大家原来都不知道麦干事是怎么认识副专员二千金的，现在听他这么一说，都觉得的确与众不同，才发现他并不像某些干部那么俗，很有一些独到的地方。

戴干事说：“还真看不出来，老麦还真有些耐人寻味的性格。佩服。”

苏干事笑着说：“我大小也算个军官，可真不如麦干事活着有劲。”苏干事大概想到了连光屁股澡堂都没勇气进的农村老婆，才这么说。

纪文超说：“苏干事你也去试试，凭你的长相，吕良伟似的硬派影星力度，这个小城市里一级‘高干’的千金们不为你打架才怪哩。”

戴干事看着纪文超说："小纪，你别光顾看书，写你的小说，也得挖挖自身潜力，发挥发挥与众不同的优势。"

纪文超笑笑，说："我可没那本事，确实麦干事那才叫本事。"

麦干事连连摆手，说："小纪这样说，羞煞我了，比起你小纪来，你才真正地叫有本事。"说到这，麦干事环顾四周，看了看其他几人后，又说，"你们还不知道吧，咱小纪的小说、诗歌发表，轰动这座小城，不费丁点儿劲，千金小姐主动送上门来。那个经常找小纪的闻柳，长相够标致吧，大家可能还不知道，这个闻柳有来头，她老爹是堂堂正正的地委委员、组织部长，算得上这个城市的高干了吧，这才叫够格。"

众人皆惊，除了麦干事，别人都不知道经常来找小纪，叫小纪星期天改善伙食的，竟是堂堂地委组织部长的千金。

苏干事惊诧之后说："咱这小小的宣传股，藏龙卧虎啊。"

戴干事说："老苏你才说呢，小纪可真是不鸣则已，一鸣惊人。都有本事，大家都有本事。"

一直静听的苟义仁，瞪瞪这个又瞪瞪那个，最后把目光定到纪文超脸上："纪文超，你可真够老乡的，那天晚上还说你没情况，谁知道你的情况够大的。"

纪文超说："你们不要把事情复杂化，闻柳跟我只是一般朋友，在某种意义上是不同于他人的朋友。"

麦干事说："行了吧，小纪，说那么酸干吗，闻柳大家又不是不知道，她不但没一点高干子女的架子，而且模样评委会也会给满分的，你还要咋的？"

麦干事说这话时，脸上少了很多光亮，有些不自然的表情在脸上闪来闪去。

纪文超说："麦干事，你误会了，不是那么回事，当然，闻柳从各个方面来说，是很不错的。"

麦干事说："闻柳的确不错，你俩才真叫郎才女貌。"

苟义仁有些沮丧，胖脸上清清楚楚地写着失意，他在别人说得热闹的时候，说了句"这人真他妈的也叫活着"。可别人都没在意他说的话，他一个人闷头抽烟。

苏干事这时候说："小纪很有福气。"苏干事说这话时有点不太自在。苟义仁从苏干事的表情上看到知音一般，说："其实苏干事也可以有这种福气的。"

戴干事又开玩笑说："老苏有贼心可没贼胆。"

麦干事接过说："老苏是富贵不忘糟糠妻，属于发扬国情传统的良民，不要胡说他。"

苏干事笑笑："人总得讲良心。"

这时，门被推开，高主任进屋，问："说什么呢？这么热闹。"

麦干事起身让座："我们正在讨论上次苏干事发在省报三版头条的那篇稿子。"

纪文超接过说："是稿子质量问题。"

高主任与梁副主任正好相反，矮且瘦，没有领导的身架，却有领导样子，他说："讨论稿子是好事，看来你们宣传股工作作风不错，就要这样，才能做好宣传工作。"

戴干事笑着说："领导光临，有何指示？"

高主任笑笑，拍了拍比他高一头的戴干事肩膀："油嘴滑舌。"高主任说到这把目光对到苏干事脸上说，"老苏，你安排一下，别的单位都搞申办奥运会举办权活动，我们也搞个旗子，干部战士签上名，直接寄到瑞士洛桑国际奥委会给萨马兰奇主席，给国家申办奥运增添些力量。”

苏干事说：“我们马上就办。”

高主任说：“到时别忘了上篇报道，现在全国都在整这事呢。”

麦干事说：“领导尽管放心。”

高主任听后很满意，说了句“你们继续讨论稿子”便走了，并且还拉上了门。苏干事吩咐一直没事干的苟义仁马上去买布做旗子，戴干事负责打电话通知各部门和基层单位，做好组织签名准备工作。

布置完，苏干事对纪文超说：“小纪，咱俩哪天抽个空聊聊。”

四

聊聊是在三天后的晚上进行的，苏干事和他老婆孩子晚饭后一同来到了纪文超的宿舍。

纪文超正和苟义仁在宿舍里无聊地下军棋。

苏干事的老婆看上去要比苏干事老，典型的农村妇女发型——短头发，留刘海的那种，身上的衣着比刚来时新鲜了许多，可掩不住农村妇女的本来面目，初看起来有点别扭，总体上看些时候会觉得她细心恰到好处地打扮一下，还是挺标致的，但属于贤惠型，绝对过日子的人。苏干事的儿子看不出生长在农村，长相打扮能玩新潮了，就是年纪不够，他一进屋就爬上桌子把军棋拨乱，不时还用家乡话夹杂刚从小朋友那儿学的普通话，提些小孩子稀奇古怪的问题。

纪文超和苟义仁慌忙给苏干事老婆让座、倒茶，不同于往常的客气。人就是这样，在家里宿舍绝对不同于办公室。

苏干事还没开口，纪文超说，苏干事你不用说我也知道，我心里会有数的。

苏干事不好意思地笑笑，说有数就好，怕你一时冲动处理不好一些问题。苟义仁不解地看着他们，不知道他们在说些什么。

纪文超说："苏干事，我会把握好自己的，请你放心，该咋样选择我绝对不会含糊的。"纪文超一脸的认真。

苏干事忙说："小纪，你想到别处去了，我没其他意思，完全是站在哥们儿的角度和你随便谈的。我也不是股长，就是股长也不会以股长的身份和你聊这事，咱们农村出来的人，以前都过苦日子，混到今天这地步也不易。"

纪文超递给苏干事烟，自己也点上烟后，才说："我知道。"纪文超的目光有些乱，投到窗外，黑色的外面一片苍茫，看不到白天能看到的一切。

苏干事说："小纪，你城府深，又有才气，好好混，现在志愿兵转干部的机会多，好好努力，能转了干，什么问题都解决了。你看苟义仁，如今扛上了中尉，就不存在那么多问题了。"

纪文超不说话，只是闷头抽烟。一直迷糊的苟义仁这才明白他们说的是什么，愤愤地说："这真他妈的不公，志愿兵也是人，可就是得不到公平待遇，岗位工资比干部的少，各种福利也只拿干部的三分之一，要干上十三年，到时都是三十好几的人了，这是什么理？"

纪文超却说："志愿兵总归是兵，怎能和军官比？"纪文超说这话时，看到愤愤不平的苟义仁有明显的得意写在脸上。

苏干事观察到了，说："小纪，反正你要想通。"

纪文超不言语。

这时，苏干事的老婆却问："你们说啥呢，还怪神秘的。"

苟义仁抢着回答，是志愿兵找对象的事。苏干部老婆问："找对象咋了？"

苟义仁说："规定志愿兵不让在部队驻地找对象结婚。"

苏干事老婆觉得好奇，说："这就怪了，还有不叫人寻对象结婚的事，从来没听说过，还有这样的法律？"

苟义仁说："这是部队规定，不然就乱套了。"

苏干事老婆说："你们刚说志愿兵要干够十三年，这让人家都打光棍呀，部队又不是寺庙。"苏干事气恨恨地对他老婆说："你懂啥？部队是要志愿兵在原籍找对象结婚，怎能打光棍？"

苏干事老婆极不服气地说："这和打光棍有啥差别？"苏干事老婆说完眼圈就红了。

五

苟义仁把旗做好后，为了签名能够鲜艳一些，买来了七彩笔。苟义仁根据高主任安排买了白绸布做的旗子，足有一间房子大，几个人把苏干事桌子上东西收拾掉，摊平旗子，准备先签上各人的名字。

苏干事把彩笔往桌子上一放，说都挑一支自己喜爱的颜色，签吧。苏干事自己先抓了一支红彩笔在旗子最上边写上自己的名字，他写的字不太大，但红颜色醒目。戴干事拿了绿彩笔，说绿色平静，富有象征性。

麦干事取了黄彩笔写上大名，黄色不太显眼，他又用紫色描了一遍。

苟义仁说还是红色明显，也激烈些，可苏干事已经用过了，不想重复，选了支粉红色的签上了名。

最后剩下纪文超，他说随便签签，萨马兰奇主席不一定能看到这旗，但也不偷懒，中国办奥运会的心是热的。他选了支黑彩笔，把白旗扯了半天，最后在右下角写了大大的“纪文超”三个字。

签完后，大家围着旗子端详了半天，都说还是小纪选的颜色好，白旗黑字最庄重了。

苟义仁说：“我们都很认真地签，说不定萨主席都不看的。”

麦干事说：“那么多旗子老萨肯定看不过来，说不定他只看看咱们旗子的最后边，那小纪就让老萨看上了。听说好多领导看东西喜欢先看后面。”苏干事说那也说不定，他又扯过旗子看了看自己的签名，心想自己先签的字写得比别人小了。苏干事签名时想着这旗上要签上千号人的名字怕写不下，这时有点后悔。

过后，苏干事把签旗的事写了篇消息，用快件发往了各家报社。

这阵子，苟义仁简直把麦干事当成了知音，原因是他经常请麦干事给他传授搞对象的经验。

苟义仁在麦干事的带动下，终于盯上了副市长的千金小姐。副市长的千金虽然年龄小，长相气质上也差些，但毕竟是这个小城高干的女儿。麦干事对苟义仁说不要在乎别的，只要是个权威的老丈人比啥都重要，况且副市长的丫头比副专员的丫头年龄小，单纯一些，肯定能成功。

苟义仁经常出去，布了些线索，监视副市长的千金。但还是麦干事给苟义仁提供了大量情报，说副市长的丫头是独生子女，再好不过，哪像副专员家哆来咪发唆拉西一大堆，副专员懒得管谁的事。并且，麦干事说据可靠情报，副市长的丫头也爱去舞厅跳舞，但前呼后拥的奶油小生有一大帮。就看你苟义仁的本事了。

麦干事拍着苟义仁的肩膀说："师傅引进门，修行靠个人。"

苟义仁立志要学会麦干事自创的像霍元甲独创的迷踪拳一样的"倒功霹雳舞"。麦干事却懒得教他，说关键在于独创。苟义仁脑子聪明，一经点化，时间不长，他的霹雳舞在古城几个大舞厅得到了许多人的注目。当然，是在副市长丫头常出没的几个舞厅，别的舞厅苟义仁不去，白费功夫不说，跳那玩意儿还费体力。苟义仁每次跳舞时，多在副市长丫头身边蹭，但那丫头连正眼都没看过他。每次都有几个留分头的小伙儿簇拥着副市长丫头，上场捧着围着，下场啤酒喝着聊着，况且每晚的舞会只有两三场霹雳舞迪斯科的曲子，别的都是两人搂腰搭肩的三步四步，什么十二步之类的集体舞古城人不喜欢，哪有男男女女搂着搭着有温情。

副市长的丫头去舞厅不太频繁，她的舞姿也不是多么娴熟迷人，有时去了上场的时候也不太多。这样，给苟义仁的机会少得可怜，但苟义仁有恒心，他也到了非找对象不可的年龄，没恒心不行。这期间苏干事半开玩笑地劝过苟义仁别追求得太偏差，要尊重自己的感情。戴干事也说，如果愿意可以在他老婆的单位物色一个，土产公司虽然听起来土些，但产出来的丫头、媳妇还不土。

戴干事老婆来过，的确长得标致，一点都不土。

荀义仁说，过阵子再说吧，等有结果了再说。

苏干事说，等啥等，如今年轻人就是心花，等着挑着年龄大了，培养感情都来不及了。

麦干事接过说，老苏你已经落伍，现在改革大潮一日盛似一日，我们当兵的挣不上钱，可以原谅，都把良心和感情保卫了祖国，但没有权没有多少社会地位就等于空了，咱自己也到不了有权的那一天，可找个有权的丈人不为过吧？小纪，你说说，一直不见你发言。

纪文超笑笑说，麦干事的话是至理名言，是道理中的道理。你们当干部的体会不到，没有社会地位的苦咱尝多了，转成了志愿兵，当个拿工资的兵，这样那样的规定不说，光社会上的目光够你自卑一辈子的了。

苏干事说，小纪怎么这样说，人不在于干什么是什么，关键是脑子里装的是脑汁还是稻草，干出事业有真本事。

戴干事也说，小纪你别那样说，我们都一直把你当作很有前途的作家看的。

麦干事说，没救了，老苏和老戴真是没救了。

荀义仁说，我是曾经自卑过的，现在既然转了干，就不能再让自卑残害我的灵魂了。

六

进入夏季的一天下午，一个打扮入时的女人来到宣传股。苏干事见这个女人探头探脑，便问她找谁。她说她找麦克，她是麦克的女朋友。苏干事说麦克刚还在，这会儿不知到哪个办公室去了，你坐下等等。苟义仁听说是麦干事的女朋友，扭过头细看了一阵，副专员的二千金还不如副市长的女儿有气质，他的心里舒服多了。

副专员的二千金在麦干事的办公桌前坐下，掏出一个手掌大的手帕说了句“真热”轻轻地往脸上扇风。不一会儿，屋子里有了女人化妆品的香味。

苟义仁显得特别勤快，要给副专员的二千金倒茶水，副专员的二千金推辞，苟义仁放下开水瓶说去找麦干事，副专员的二千金客气地道了声谢谢。

苏干事觉得副专员的二千金没多大的架子，他坐在副专员的二千金对面自然了许多。一直埋头看书的纪文超这时抬起头来看副专员的二千金，副专员的二千金也正好打量他，他又低下头看书。他上班时间一般都在看书，写小说都在晚上，晚上安静。

纪文超只一眼，便看到副专员的二千金脸上部件搭配还恰当，只是眼睛小些，细细的，眼角却突然大了，像毛笔写的逗号，眉毛又拔，与逗号眼睛比例有些失调。纪文超心想真是人无完人，但闻柳是个例外，在她老爹的地位和她的长相上都够完美的。

苏干事觉得房子有点闷，戴干事说下午有事早走了，小纪又不说话，屋子里的三人都不自在。苏干事掂量了好长久，对副专员的二千金说麦克这人不错，有独创精神。苏干事这样说时想到了麦干事追求副专员二千金的别具一格。

副专员的二千金说："麦克这人，还可以吧。"

苏干事说:“我们当兵的可靠，现在社会上坏青年多。”

副专员的二千金说:“我不这样看，哪里都有好的，也有坏的。”

苏干事不好再说什么，一笑。

副专员的二千金打量埋头看书的纪文超。

苏干事奇怪，也看纪文超，不知有什么特别的。

副专员的二千金收回目光后，看着苏干事说:“你们宣传股几个人还有辆车?”

“没有啊?”苏干事莫名其妙。

副专员的二千金朝纪文超撇撇嘴:“那他是干什么的?”

苏干事说:“你是说小纪?他是报道员。小纪的东西写得不错，他的小说诗歌称霸着这个城市的文坛。”

副专员的二千金满脸的不相信，过了阵子才说:“我从电视上看到像他这样肩上扛红牌子的兵都是开车做饭的，没想到他是个作家。”

纪文超抬起头说:“作什么家?胡编乱造唬人的。”

副专员的二千金说:“可别这么说，我一进来，就发现你的眼睛和别人的不一样。”

纪文超说:“有啥吓人的地方?”他又看了看副专员的二千金的逗号眼睛。

副专员的二千金说:“你的眼睛很亮，有一种光。”

这时，麦干事和苟义仁进了门，麦干事接上说:“那当然啦，不然我们小纪怎么会写小说呢?”纪文超说:“麦干事别那样说，谁都会写的，小说算什么东西?”

副专员的二千金抢过说:“我就不会写，有些事不一定人人都会干的。”大家都笑笑。

麦干事笑过后，问副专员的二千金有什么事亲自来了。

副专员的二千金说，你弟弟不想在朋友处干贴壁纸的活了。

麦干事脸阴了，也不问为什么，拉上副专员的二千金就走。副专员的二千金走时，专门跟纪文超道了个别。纪文超觉得很特别，这个逗号眼睛。

麦干事的弟弟嫌给别人贴壁纸赚钱太少，贴一平方米的壁纸才一块五毛钱，包工头不干活就赚一块钱，而他们干活的人只得五角，他自己想包活干，可承包不到活路，他说他也挣了一些钱想开个扒鸡店，连街上铺面都联系好了。

麦干事这次没骂他弟弟，并且大加赞许，说这才叫有性格，又问他弟弟不会做扒鸡咋办？

他弟弟说他早都想到了，配料操作已从一个河南老乡那儿得到了真传。麦干事跟他弟弟去会了会那位老乡，验证后，拍板开扒鸡店。不久，麦干事的弟弟开了个“胜德”扒鸡店，大有一胜德州扒鸡的威风。麦干事过后在办公室说，哪天请大家吃他弟弟的胜德扒鸡。

七

苟义仁的耐心有限，跟副市长的丫头三个多月进了不下三十次舞厅，可政委的丫头就是不把目光落在他身上。苟义仁有些气馁，冷了几天。几天后，苟义仁想心血不能白费，光进舞厅的费用已花了六百多块，如果干别的事送上六百多块钱的礼，别人不会立即办成事可也会心动的，可他的六百多块钱连个心动都没买上。苟义仁又得了麦干事的经验传授，说该改变进攻方式的时候也要改变的，他想了好久，终于想要正面直接进攻，看能是什么结果，不然花了六百多块钱进舞厅没达到目的，太亏了，六百多块钱给老爹寄回去买化肥可以用三年的。

这天，苟义仁到舞厅先跳了一曲霹雳舞后，下一个慢四步曲子刚起，他鼓足勇气走到副市长的千金面前，做了个优美的邀请姿势，很礼貌地说请小姐跳一曲，行吗？

副市长千金抬眼看了看他，这回算是正眼看了，也对他还笑了笑。苟义仁热血沸腾了。副市长千金却用嘴撇身旁的几个男子，苟义仁的血立马凉了。

苟义仁想不能这样算完，他坐下等了两个舞曲后，起身又径直走到副市长的千金面前，再次邀请她跳舞。

副市长千金用眼斜了一下苟义仁，她的眼窝像谁打了两拳一样乌青，眼线像界线一样划清了她与别人的距离。

“我这儿有人，你没看见？”副市长的千金口红很重的薄嘴唇一张一合，说出了令苟义仁火冒三丈的话。

苟义仁一身军装，中尉肩章上的两颗星在舞厅多彩的灯光下闪着银光，他想他已不是先前的志愿兵了，何必让那样乌青的目光斜他，他火了：“哎，丫头，我们（他说的是我们，而不是我）是有身份的人。”

千金“呼”地站起，她比苟义仁更火：“我们（她说的也是我们，肯定代表很多人）见得多了，管你有没身份呢！”

几个好儿男立即围住千金小姐。

苟义仁大败而归，一个人掂瓶酒喝了半夜。

苟义仁后来给麦干事原原本本讲了他的经过，麦干事听后忍不住笑了，随即骂了句“他妈的”深表同情。过后，麦干事又忍不住把这事在办公室给大家讲了，时间一长，有时也会冒出一句“我们是有身份的人”。

苟义仁听多了也不在意，有时还会自嘲地加上一句“我们见得多了”。

从此以后，苟义仁不再怎么信麦干事。

闻柳照例每个星期六下午会来看望纪文超。纪文超星期天也去过闻柳家改善伙食，可次数不多。闻柳的父母从没另眼看待过纪文超，纪文超很受感动。

走在星期天人山人海的街上，纪文超和闻柳认识以来为数不多。纪文超常闷在房子里看书写字，对外面精彩的世界感想颇多，他说边远的古城人民也开始玩新潮了，不光是穿戴，街上大小门面的装潢设计上能看到开放地区的影子了。

纪文超一通感慨引出了闻柳一句话，闻柳说：“你的小说也该玩下新潮了，别光玩深沉，深沉的已经改革开放了。”

纪文超静静地看着闻柳一阵子后，才说：“闻柳一语值千金，我一下子醒悟似的。”

闻柳惊讶：“怎么了？你这么说。”

纪文超满脸辉煌：“这就是我最近的苦闷，一下子让你给点破了。”闻柳顿悟，喜悦挂了满脸。

俩人刚好走到一个新建筑物前，楼体别具一格，豪华大方艺术感特强。纪文超一看楼前挂一大牌子，上写“国债服务部”几个字，有些傻眼，问闻柳：“这是国债服务大楼？”

闻柳仔细看了看纪文超，说：“怎么你又不对劲了，上面明明写着‘国债服务部’几个大字，你不认识了？”

纪文超连说："不是，不是。我是说这么豪华的大楼竟是国债服务部。"

闻柳说："这有什么奇怪？二建司连工资都发不下去，领导还不照样给自己修了一批独家独院的二层家属楼。"

纪文超说："今天没白出来，明白的太多了。"

闻柳说："叫你出来，你还不想出来呢？好像谁沾了你的光似的。"

纪文超说："收获不小，我们该庆祝一下。"

闻柳说："去我家。我爸的红烧鱼越做越好了。"

纪文超说："就我们俩人，去饭馆吧。"

八

戴干事和他小舅子大吵了一架，原因是他小舅子已到非结婚不可的地步，未婚妻肚子里的孩子都四个多月了，可没房子住。戴干事两口子虽然住在他老婆的半间闺房，可他老婆毕竟已出阁，他小舅子是主人。他小舅子这次有些急躁，直接和戴干事吵上了，戴干事老婆气哭得眼睛红了两天。可没房住，还得暂时住着。虽然他丈人丈母娘没说啥，可看得出来那份无奈。戴干事老婆限他一月之内解决住房问题，否则，戴干事老婆没说否则就离婚的话，说的却是否则就分开住各自的单位，他老婆去住库房，和土产睡在一起。

戴干事上班时愁眉苦脸，不多说一句话。纪文超说再打份报告给组织。戴干事说他打的报告能写一部中篇小说了。

纪文超说，好好去跟高主任说一下，让主任给支队领导反映反映实际情况。戴干事说："肯定要去说，不然我老婆得去和土产睡了。”

最近，苏干事心情好，他的一篇新闻稿在省报“军营内外”版又上了个头条，并且评上了“边陲卫士杯”好新闻稿，报社给他寄来了红缎面的荣誉证书，

苏干事捧着证书看了又看。后来高主任知道苏干事获了奖，当即在政治处的会议上宣布给苏干事一个嘉奖，奖了一支二十三块钱的“书法美工”笔。苏干事精神了不少，不顾妻子来部队，又开始夜挑明灯“嚼”新闻了。纪文超催几次苏干事该休息了，苏干事总说再嚼嚼，越嚼越有味道。

纪文超也静下心写一个中篇小说，他一改往常的苦闷主题玩起了轻松的日常对话式叙述，刚开始他这样写起来很难，觉得很涩很苦，但他认为他是在创新，坚持写完了。闻柳是他的第一个读者，看完后首先肯定了这个中篇上了新台阶，可在有些地方像在人物个性的把握上有点小矛盾。按闻柳的意思，纪文超精心修改后寄出，才舒了一口气，轻松许多。

苟义仁追求副市长的丫头失败后，安分了许多，但他一直不甘于现状，总说出一些叫人不可思议的话来。与纪文超住在一起，纪文超常开导他，有一次苟义仁冒出了一句话叫纪文超又沉闷起来。苟义仁说纪文超有组织部长的千金小姐追着当然开导不如意的他了。

纪文超刚轻松下来的心又沉重起来，家里老爹常来信催他的婚姻大事，他一直推托着没法交底。刚好半年时，上面通知给了三个志愿兵转干名额，纪文超的条件完全够格，他的档案已提交到党委。但最后的结果使纪文超非常吃惊，有人告到党委说纪文超在驻地找了对象，破坏了部队的纪律，只这一条，纪文超失去

了转干的机会。

纪文超恨那个告他的人，又怨自己命不好，心如坠谷底，星期六见到闻柳，心里什么滋味都有。

闻柳安慰他说，既然规定志愿兵跨入大龄后可以在驻地结婚，就再等吧，反正还有两年时间了。

纪文超听闻柳这么说很感动，但现实问题不是等两年再说那么容易。

这天，小车班的史正杰来找纪文超说，后勤处长给他介绍的那个女孩黄了。纪文超不信，前一阵子史正杰和那个女孩谈得正火热，怎么突然会黄了呢？

史正杰苦着脸说："那丫头心好，人长得也可以，可她爸说死了也不同意。我们一直坚持着，她爸上个星期找到部队来了，说她丫头要是嫁给我，他就活不成了，他只身一人过日子，全靠他丫头养老送终。"

纪文超说："他丫头嫁给你照样可以送终呀？"

史正杰说："他说他丫头嫁给当兵的以后会走的。"

纪文超说："到时可以接他一起走呀。"

史正杰说："我看她爸主要嫌我是个志愿兵，我要是干部，今后少校、上校的能往上升，他肯定会将他女儿送上门的。"

纪文超说："老史，你别这样想，她爸不是这么想的，你再努力努力，和她爸联络联络感情。"

史正杰哭丧着脸说："没用！参谋长找过我了，说有了新规定，不再照顾什么志愿兵大龄问题。"几句话勾起了纪文超的心酸，他的心情一下子糟透了顶，便和史正杰去外面饭馆，要了几个菜，一人抱一瓶酒，谁也不说话，一瓶酒喝到多半时两人都醉了，史正杰趴在饭桌上哭了。最后，纪文超把史正杰扶回了宿舍。

纪文超昏睡了一天，上班后，他脸色不太好，刚好闻柳打来电话，纪文超拿着话筒不知说什么好。

闻柳从电话中听出有些不对头，急忙跑来看纪文超，他苦着脸说不出多少话。

在宿舍里，闻柳好不容易才问出原委，她哭了，但她劝纪文超要注意身体。末了，闻柳要纪文超打报告按战士复员算了，她可以找她爸想办法，凭纪文超的文才不信找不到工作的地方。

纪文超说他不会那样做，转个志愿兵脱离了农村是他自己努力的结果，如果现在这样做，想想以后心里是什么滋味？精神上永远有压力。

闻柳不再劝，擦了眼泪走了。

最终，纪文超新写的那个中篇小说有了消息，一个内地的大刊物编辑部寄来了通知单，他的小说发下个月头题。这对纪文超是个慰藉，他的心情好了不少。

九

戴干事终于分到了房子，是司令部那个转业的江参谋房子。苏干事去挂过号，可他老婆还没随军，房子先分给了有实际困难的戴干事。苏干事不是太生气，他老婆毕竟还没随军，戴干事的情况他是清楚的。

戴干事说：“老苏，你别记恨我，房子分给我，我的实际情况是没办法，等你老婆随军了，说不定家属楼盖好了，你可以搬进楼房的。”

苏干事说：“我怎么会记恨你呢？”

戴干事说，这我就安心了。“不过，”戴干事又问麦干事，“都过去半年时间了，咋还不见盖家属楼的动静？”

麦干事说：“我好久不和‘上面’说话了，谁知道是啥情况。”

苏干事嘴上说没事，其实心里很失落，打不起精神，也不挑灯“嚼”稿子了。见到纪文超的小说用稿通知单，说这个刊物可是个大刊物，又是头题，小纪你他妈行啊。

麦干事趁机说：“小纪，今后写东西挂上我的名字，让我也出出风头。”

纪文超笑笑，不自然地说：“可以呀。”

麦干事最近出去的少了，可还是忙忙乎乎的样子，不知他整天都忙些啥。

荀义仁故意说，麦干事你曾说过要请我们吃你弟弟的胜德扒鸡的，不会忘了吧？

麦干事说，要吃，肯定要吃的。

还没来得及吃上麦干事他弟弟的胜德扒鸡，他弟弟就出事了。

有一家人孩子过生日买了麦干事他弟弟的扒鸡，没想到吃后全家人住进了医院，医院查明是扒鸡有问题，鸡是中毒的死鸡。麦干事弟弟的扒鸡店刚开张生意还红火，挣钱轻松又快，他找了个新的生财之道，专门到养鸡场和乡村里几毛钱收购病死的鸡做扒鸡，赚钱更轻松更快了，这下却出了事。胜德扒鸡店被工商局查封，麦干事的弟弟和那个老乡还被公安局拘留了。

麦干事得到消息后，脸当时就白了，赶紧四处去活动，想把他弟弟和老乡从拘留所先领出来。可活动来活动去也没弄出来。麦干事实在没办法硬头皮找副专员的二千金，千金小姐去求她爹。副专员一听火了，骂社会上的假冒伪劣商品又骂他丫头找了这么个丢人现眼的男朋友。骂归骂，副专员还是打了几个电话，麦干事的弟弟和那位老乡拘留了三天放出来了，没出人命，赔了人家全家人的医疗费和各种损失费八千块钱，还罚了三千块钱，扒鸡店不让再开。麦干事叫他弟弟和老乡回了老家，麦干事的弟弟哭着走了。

经过这事之后，麦干事和副专员的二千金来往少了，麦干事说其实二千金对他还是很好的，但他不好意思再见到二千金，更不想见副专员。

到了秋季，天气不冷不热的时候，麦干事心里才平静许多，但他和副专员的二千金已到不来往的地步。有次在办公室大家议论纪文超的婚姻大事时，麦干事对纪文超说，闻柳她爸对你小纪那么好，小纪你应该选择闻柳，一辈子的事可不能错过机遇呵，大树底下还是比别的地方凉快。

纪文超说："那你为什么不和副专员的二千金来往了？"

麦干事摇了摇头，痛苦地说："我算什么东西？小纪，你说句良心话，我图个什么呢？"

苟义仁说："麦干事，副专员的二千金还是喜欢你的呀。"

麦干事苦笑了一下："你们不知道，她那个臭小姐架子一摆，什么都不顾，我何必在她的眼色下过日子呢？她爸又看不起我。再说，我本来不怎么爱她，何必呢？"

苏干事说："麦克你还是要从感情出发，接触那么长时间，怎么能说不爱呢？"

麦干事摆摆手："老苏，你不知道，我原来也是个自尊心很强的人，后来还想强下去，可她要是有小纪那个闻柳的一半品德就行了，就一半！我要求不高。"

戴干事说："麦克，别那副样子，天下心肠好的女人多的是，何必在一棵树上吊死，想通了就不要再欺骗自己。"

麦干事说："这话我听着，有人情味。不过，我说小纪，"麦干事转向小纪说，"你要好好想想，人一生关键性的问题还是要把握好自己，该得到的还是要争取。"

纪文超说："我不想失去自我，虽然我是个志愿兵，可这是我自己奋斗出来的，我不想依靠什么，那样活着没多大意义。"

"有个性。"麦干事说，"但小纪你要记住，真正的东西在人一生中很少，谁不想升官发财？谁不想有个好的生存环境呢？为了这些，都在竞争，都在想办法。我承认，我没有你小纪有思想人格什么的。"

纪文超不再说话。

这时，电话铃响了，麦干事拿起话筒接听，赶紧捂上话筒叫纪文超："小纪，找你的。"

纪文超过去接过话筒一听，是个女的，不熟悉，待对方报上名，才知是副专员的二千金，他把话筒递给麦干事。麦干事连连摆手。

纪文超只好对话筒说："麦干事不在，噢，我——是纪文超。"

对方说："我就是找你的！麦克真不是个东西，弄得我前后不是人，他在不在有什么关系？"

"找我？"纪文超奇怪地问。

对方说："还记得吧，我曾说过你眼睛很亮，有一种光，有这种光的人一定能帮我。我现在很痛苦……"

"好了！"纪文超打断对方电视剧里背台词一般，说，"我先请你帮个忙，别再给我背这些台词了。"说完，他扣了电话。

麦干事问怎么了，纪文超没说。

苟义仁对纪文超说，他爹来信又催他，要在农村，他爹说，他的孙子都背着书包上学前班了。

这天，办公室就纪文超和苟义仁两人时，纪文超对苟义仁说，叫别人帮忙介绍一个女孩行了，别人介绍的女孩还能从侧面了解一下。

苟义仁说："难啊。"

"难什么？"纪文超说，"我可以想办法给你介绍一个。"

苟义仁说："得了吧，你还能把你的那位闻柳介绍给我？假如是那样，她也不会对我像对你那么好吧？"

纪文超顿了顿，才说："这说不定，人只要了解得深，会产生共鸣的，当然我也不会用这种方式伤害闻柳的，我成了什么？不过，我可以给你介绍个关系不错的，我了解的女孩。"

苟义仁说："得了吧，关系不错的，你还不摸过了……"纪文超"呼"地站起，满脸的愤怒。苟义仁还说："闻柳对你那么好，谁知道你把人家咋样了，她……"

没等苟义仁说完，纪文超抓起椅子砸向苟义仁。

苟义仁躲得快，椅子砸在桌子，掉到地上，折了一条腿。椅子和桌子发出的声音之大，把隔壁的保卫股长惊得跑了过来问怎么了？

纪文超怒气冲冲地说："打人！"

"先打个报告。哎，不是，怎么能在这打人呢？"保卫股长问。

纪文超说："他嘴里吐出的话，不是人吐出来的。"

苟义仁脸上的表情很丰富，在保卫股长的劝解下，苟义仁出去了。

过后，苟义仁给纪文超赔不是，纪文超想了想两人是同乡又住在一个宿舍里，说了句"以后说话时，先把牙刷刷再说"也就罢了。

后来，戴干事的老婆给苟义仁介绍了一个土产公司的丫头，长得还可以。苟义仁说先接触一下再说，苏干事却说如果觉得可以，年底先领上"通行证"，都老大不小了。

苟义仁点了点头。事情发展怎样，他给谁也没说过，也没和谁商量过，连介绍人也问不出什么。戴干事老婆去问那个女孩，女孩说人家要等等再说。

十

十一月，一年一度的干部调职命令下来，没有股长的股都配备了股长，可宣传股还是没配股长。在这之前，政治处高主任有一次开会时说了宣传股工作今年没多大起色，政治教育工作重点抓得不大好，新闻报道上稿率不太高，今年能拿上第一吗？是不是改革进一步深化，搞文化的人都下海挣钱了，干起工作没劲了？高主任这样说。

苏干事没当上股长，心情不好，他老婆一听随军的事要泡汤，又听说干部安置制度要改革，不包分配了不说，还要按战士复员什么的。苏干事老婆说干脆不干了，以后要真复员不安排工作还有啥干头？

苏干事不语。

这阵子，苏干事最怕下班回家，老婆的唠叨让他心烦，没当上股长也没心思挑灯写新闻稿，下班后回家吃个饭就出去转转。苏干事原来是从不到处乱转的。

这天是个星期六，闻柳有好几个星期没来找纪文超，这个周末来了。

猛一见纪文超，发现他瘦了一圈，烟抽得更厉害了，闻柳想起原来和纪文超所说的话，眼圈红了。同宿舍的苟义仁自上次惹怒纪文超后，一般不待在宿舍，晚上只回来睡个觉，也不知他每天休息时间是否去找土产公司的那个女孩了，没见他说，纪文超不过问，两人关系淡得凉水一般，不是必要的时候，纪文超不再与他主动搭话。

闻柳一流泪，纪文超心里酸酸的，两人都不说话，任闻柳的泪无声地在脸上往下爬，纪文超的泪只能往心里流。

这天，苏干事的儿子发烧，上午打了一针烧退了，下午卫生队医生说不用再打针，苏干事想刚入冬感冒发烧属正常现象，没当回事，吃过晚饭后出来转悠，转着没意思想来和纪文超聊聊。苏干事推开门见闻柳来了，又在流泪。苏干事想退出来，又觉得这样走了不妥，坐下有一句没一句地聊。没承想一开口，闻柳更伤心，竟哭出了声。苏干事唉声叹气地发开了牢骚，话题自然扯到他老婆身上。

苏干事正说着他老婆的无理取闹，没想到他老婆推门进来了。苏干事的老婆天快黑时见儿子烧还没退，想带儿子去卫生队再打一针，免得晚上折腾人，苏干事不在，她带儿子去了卫生队。卫生队几个卫生员正在打牌，说医生都回家了，下班了也不是打针的时间，不理苏干事老婆继续打牌。苏干事老婆一肚子气，到处找苏干事。 找遍了没找到，她想起纪文超这，没想到她一来就听到苏干事背着她，在说她的不是，气上加火，一进门不开骂而是哭，然后才边哭边骂唱戏一般。

这下可好，两个女人哭上了，不要三个女人一台戏，苏干事老婆一人可以挑大梁，足够一台戏，闻柳只算个配角。苏干事被老婆在别人面前一通哭骂，来了火气，一直憋在心里的怨气呼呼地往出涌，冲上去打了老婆一巴掌。这下变得复杂了，他老婆在气头上，扑上来和苏干事打了起来。纪文超和闻柳上去拉架。费了好大劲拉开两人，苏干事的脸上已经被他老婆抓去了一块皮，血往外渗。苏干事喘着粗气，顾不上擦脸上的血，一边骂老婆一边骂自己。

纪文超和闻柳劝住苏干事老婆不再哭，拉上她和儿子去卫生队打针。卫生员还在打扑克，见是纪文超，说现在下班了，打针得先找医生开处方。

苏干事跟着来了，一手捂着脸上的伤口，一手掀翻了四个卫生员的牌桌。一个老兵卫生员说，苏干事怎么不讲理，连干部也不讲理了吗?

苏干事更来气，和老兵吵了起来。

最后，还是后勤处副处长来卫生队，训老兵卫生员不像话，喝住了老兵，副处长叫卫生员马上给苏干事儿子打针。

卫生员这才取药、打针。一支退烧针打了有半个小时，苏干事的儿子也哭了半个小时。

打完针，纪文超问卫生员要了个“创可贴”，给气得说不出话来的苏干事贴在右脸的伤口上。

苏干事伤透了心，和老婆闹一场过一夜气也消了，他伤心的是那些卫生员对他的态度和对副处长的不同态度。苏干事越想越气，星期一上班后，直接去找高主任问为啥不让他当股长。

高生任满脸的疑惑，还有人用这样的口气给他说话？看了好一阵，高主任看到了苏干事脸上的“创可贴”，在心里原谅了苏干事的莽撞。苏干事毕竟是政治处的一员干将。

但高主任还是问苏干事：“老苏，你咋了？还问我要官？”

苏干事一听高主任这样说，猛然意识到自己的唐突，话说得过分了，但苏干事一听高主任说他要官，气消不下来。

苏干事说：“别的股都报股长了，为啥没我？”

高主任说：“特殊情况应特殊对待嘛，况且这事是党委会上决定的。”

苏干事一听党委会决定，烦躁到了极点，不知不觉说了一句违背良心的话，这句话很重要。

苏干事说，那我就不干了！反正以后不给安排工作了，干部也没了保障，现在粮食价放开了，以后城市和农村户口都没啥区别，老婆随不随军没啥关系。

苏干事这么一说，主管干部工作的高主任火了。高主任是搞政治工作的领导，哪容得苏干事这样看待政治和社会问题，开始时的那份谅解消散了，高主任拍了桌子说，不干就不干，你打报告马上给你转业名额。

苏干事见高主任发火，有些后悔，但主任已拍了桌子，他在气头上只能一错再错，当即写了转业报告交给高主任。

又到年初，转业名额下来，苏干事第一个被确定转业对象。苏干事后悔极了，他一没思想准备，二没联系过转业后的工作，但生米已做成了熟饭，后悔也没用。

年初干部调职命令下来，麦干事当上了宣传股长。

苏干事转业走时，纪文超去帮他收拾东西，他告诉纪文超一个很关键的消息：那次纪文超志愿兵转干时，告纪文超违反规定在驻地找对象的那个人，是苟义仁。

苏干事说，苟义仁已转成了干部，纪文超转干并不妨碍他什么，可他却告了纪文超关键性的一状，使纪文超的命运错开了一步，他为了什么呢？

苏干事说这事是梁副主任给他说的，他一直没说，怕影响大家的团结和宣传股的工作。

纪文超听到这消息时愣了愣，脸上的表情很丰富，过了会儿，他说："这都是命中注定"，随即一副平平淡淡的样子。

苏干事走了。

苏干事走之前，麦股长叫大家掏钱凑份子去饭店送行，加上苏干事老婆儿子，宣传股一帮七个人，除苏干事儿子没醉，其余六人全喝醉了。

大家醉酒的程度有所不同，苏干事的老婆醉得比谁都厉害，她趴在饭桌上，哭了。

扬花时节

一

沙枣花一开，连长雷小草的老婆黄佳秀就得用毛毯把自己包裹得像个粽子，钻进自家的菜窖里，整个春天都不敢在外露面。因为她对花粉过敏。沙枣花是个特别煽情的花儿，在大西北静静的春天里像个羞涩的女人，她的花粉能够刺破春天黏稠的空气，把浓烈而芬芳的馨香投射到塔尔拉的角角落落，所以这个时候的黄佳秀只好选择了菜窖作为藏身之地。

这个时候的雷小草很烦躁，在春光融融的春夜独守着空房，他就悔恨自己当初只顾黄佳秀长得漂亮，没想到她是个中看不怎么中用的花瓶。

说起来，雷小草当年能把黄佳秀骗上手，纯属偶然。那年夏末在喀什的东湖公园里，雷小草硬亮出自己的这个连长身份，却没给黄佳秀说他是团场的连长，说白了其实就是种地的农工，黄佳秀还以为他这个连长是部队上带衔有职务的那种连长呢，离开部队穿的是便服，信了他，还一心想着能嫁给一个部队的连长，今后就有机会随军做个军官太太，解决个城镇户口啥的。那时候黄佳秀也是眼红村上有的姐妹在新疆打工挣了钱回家炫耀，于是就跟上同村的几个姐妹也从湖南到新疆喀什来闯世界，没想到到了喀什，世界却并不是她们这些女孩们想象的到处都是挣钱的机会。一些姐妹们就去了酒吧做了小姐，黄佳秀可不想游戏人生，她不愿让自己清白的一生因为轻信的失误而从此堕落下去。她选择了给人家当保姆，带孩子做饭，饭做好了却不能坐到一个桌子上吃饭，她受不了城里人家的白眼，早不想干了。那天她心情不好，向主人请了假一个人去东湖公园散心，碰上了几个小青年调戏她，刚好被连长雷小草遇上了。雷小草到喀什给连队买种子，那时他刚失去了自己的恋人汪多娜，失去汪多娜的同时，团里又把他提升为四连连长，他第一次作为一个连长到喀什出差，他那时候的心情没有因为当了连长就好起来。因为，原来的连长叶世先抢走了他的恋人汪多娜，用的是先斩后奏的方式，先把汪多娜给睡了，团里接到的是雷小草告叶世先强奸了小学教师汪多娜的状，正要准备处分叶世先。但叶世先却用最快的速度娶了汪多娜做老婆，汪多娜没有给雷小草留下一点余地，毅然嫁给了连长叶世先。这事在整个团里影响极坏，团部便做出决定，撤销了叶世先的连长职务，却把处在消极失落状态中的雷小草提升为四连连长，接替了叶世先。

雷小草哭笑不得，失去相恋了四年的汪多娜，得到的却是一个连长的职务，他说什么也不愿干这个连长，还是想当他的小学老师，虽然这个小学老师的位置并不是固定的。团长找他谈话，说像你现在的心态，已经不适合做教师了，团里念你有文化，才把你安排到更重要的位置，这个位置有更大的能让你尽情发挥才能的机会。雷小草就这样当上了连长。

黄佳秀第一次见了雷小草，除过连长这个职位的诱惑外，她也看上了雷小草这个人。雷小草长得不赖，除了脸长得黑点，要个头有个头，要身材有身材，也具有吸引女人的男人味。那天雷小草英雄救美之后，黄佳秀就三天两头按着连长雷小草留给她的四十三团四连的地址写信，向雷小草述说着独自在外的寂寞，同时倾吐着爱慕雷小草的心声。雷小草觉得黄佳秀比他以前的恋人汪多娜要长得好看，心里多少也平衡了点，到了那年冬天，雷小草就到喀什把黄佳秀接上，中午从喀什出发，坐了大半天的汽车，直到天黑透了，才回到四十三团四连。当晚，两人迫不及待地成了夫妻。第二天早上一醒来，黄佳秀兴致极为高昂地跑到外面去看连长雷小草带的那群兵，但她没有看到那片让她想起来都觉得精神抖擞的绿色的队伍，却只看到在冬天苍白的阳光中懒懒散散的几堆人，慢腾腾地赶着牛马，驮着农具去地里催肥的景象。黄佳秀放远了目光，将目光能及的地方都一一找寻了一遍，还是没有找到一个穿绿色军装的兵，也没有看到兵营，只有杂乱无序的村庄一副很颓废的样子，铺散在逐渐喧嚣起来的早晨。黄佳秀心往下一沉，立马感觉到了不对劲，急匆匆跑进屋子把连长雷小草的被子一把掀开，问雷小草这究竟是怎么一回事。雷小草累了一夜，还正犯着困，含含糊糊地对黄佳秀说，这里是团场，哪会有兵呢，兵都在部队上待着呢。黄佳秀眼睛一下子瞪圆了，眼泪像关不住闸的河水，不失时机地涌了出来，她一边流泪一边骂雷小草是骗子，用个假身份把她给骗到这个鬼地方来。雷小草说，我没有骗你，我是连长一点都没有错，但我不是部队上的那种连长，虽然我很想是。可不幸的是我只是种地的连长雷小草，就像农村里的村主任，跟现在的部队一点关系也没有。我以为你在新疆打工，至少会对新疆兵团的含义了解一些，对什么几团几连的概念不会像内地的人一样模糊得只有部队呢。

黄佳秀没等到听完雷小草的话，就一屁股坐在了地上，差点没有晕过去。她大哭了一场，恨自己头脑简单得分不清部队的“连长”与团场的“连长”。但后悔已经来不及了，黄花闺女已变成了少妇，哭过之后，她只好认了命，在心里安慰自己，这辈子城里人是做不成了，能嫁个团场的连长也算不错了，好歹跟家里的村主任一样，大小也是个干部呢。老家人又弄不清除了部队穿军装的连长还会有这种地的连长，就冲着连长这个称呼，传回老家去，还争了个脸面呢。

黄佳秀睡了一整天，第二天像个新娘子似的，该干什么就干什么去了。

雷小草对黄佳秀说不上喜欢，因为他心里一直忘不了汪多娜。但黄佳秀长得漂亮，又不是那种争强好胜的女人，对糊里糊涂地嫁了个种地的连长也认了命，又能吃苦，不比汪多娜差到哪里去，找这么个老婆，他也不亏。有时候他心里也常安慰自己，汪多娜再好，他心里再怎么舍不下她，可她毕竟已是叶世先炕上的老婆了，她不念他对她的感情，连个声都没吭，就嫁给了强奸她的人，他何必还要这样痛心扯肺地想着她呢，再说黄佳秀也不是个多么差的女人。这种心态维持到了第二年开春，沙枣花一开，黄佳秀的病犯了，雷小草才发觉上当受骗的是自己而不是黄佳秀。黄佳秀花粉过敏，一犯病，全身起一层红斑，还肿着，他根本不敢碰，一碰她就喊疼。雷小草苦恼极了，既没钱治老婆的病，又没法不让沙枣树开花，他又不能把塔尔拉的沙枣树全砍伐了，砍了树别说这个有着怪毛病的老婆的病不见得就能好，他这个连长也当不成了，而且说不定因乱砍树木，还得进监狱蹲上几年。连长雷小草虽然不喜欢这个种地的“连长”头衔，但他还是很看重自己的这个连长职位，当初，叶世先就是因为有个连长的头衔，才把本来该属于他的汪多娜勾引到手的，不然，汪多娜早已经是他怀中的人了。有了连长这个职位，就是比别人高了一筹，像他的漂亮老婆黄佳秀，如果他不说他是个“连长”，她能嫁给他吗？连长雷小草还是知道轻重的。最后，雷小草只好把老婆像冬菜似的送进了菜窖。

第一年春天，雷小草还忍着菜窖里的味道，时不时地到菜窖里陪着老婆去睡觉，第二年他就不去了，他晚上有了新的去处，就是寡妇白玉兰的炕上。白玉兰把别的男人赶走，主动接纳了连长雷小草。这就是当连长的好处。雷小草没娶黄佳秀时，寡妇白玉兰也曾暗示过要他去她家里睡觉的，那时候白玉兰还不胡来，只想着雷小草一个人。但雷小草心里还想着已经是别人老婆的汪多娜，同时也怕白玉兰黏上他，最后脱不了身，所以一直坚持着不去理睬白玉兰的暗示。雷小草的坚持很是伤透了白玉兰的心，她一赌气，开始破罐子破摔起来，一改以前的傲慢，她的炕头上三天两头的换男人。

寡妇白玉兰的丈夫是得了痨病死的，他还没死的时候，在他家周围就已经可以闻到尸体腐朽的味道了，所以雷小草对腐朽的味道很敏感，才不愿去菜窖陪老婆睡觉的。雷小草想着你黄佳秀对花粉过敏，我就不能对腐朽过敏了？第一年去菜窖陪她，主要还是新婚不久，那种热情和新鲜劲还没过去。当时，黄佳秀还以为雷小草是个好男人，是真心实意地爱她呢，感动得在雷小草的怀里经常哭。没想到，等第二年沙枣花开的时候，雷小草不来了，他去了寡妇白玉兰家里，黄佳秀只有气愤而且伤心地在菜窖里哭着，她没办法阻止雷小草，也不敢管雷小草，说得多了，她怕雷小草一生气和她离婚了，她得的这个病可怎么办呀。在这样一个季节里，沙枣花铺天盖地地芳香着，在这种芳香之外，留下黄佳秀一个人在冬菜腐朽的气息里，在孤寂清冷的菜窖里苦度着春天。黄佳秀像在地牢里一样，有希望，有期待，但也很悲观，很厌世。

雷小草心里也没有不要老婆的想法，黄佳秀除了春天沙枣花开时，病犯得厉害点，平时还是很正常的。农场不像城市，除沙枣花外，就很少有别的花，那些开花的农作物花香清淡，花粉并没有沙枣花那样的猛烈，黄佳秀还受得了。黄佳秀一年里躲在菜窖里的时候并不是很多，所以，除那一段非常时期外，雷小草还是很恋黄佳秀的，黄佳秀长得漂亮，皮肤细腻白皙，容貌在农场也是能挂得上号的，一点也不比汪多娜差，能给他雷小草挣不少面子呢。虽然雷小草和黄佳秀在一起的时候，脑子里还会想着汪多娜，但汪多娜已经不把他当一回事了，有几次在路上他碰上了汪多娜，她还躲着他，实在躲不过去了，对他主动上前的问话，竟像没有听见似的，若无其事地把头别到一边去，绕过他走开，好像强奸她的是他雷小草，而不是叶世先，弄得雷小草倒像个强奸犯似的，被别人用另外一种眼神看着。雷小草有时气得在心里骂，要是知道汪多娜今天会这样对待他，还不如当初自己先把她办了，绝不留给叶世先这个王八蛋。

二

团场虽然也是种地的，但还是和真正的农村是有所区别的。

所以说，连长还是有连长权威的。

原来的连长叶世先从农行贷款，把东边芳草湖边的六十亩地用来栽种了苹果树，建了一个大果园，如今苹果树都挂果三年了，芳草湖这边的土质水质都不错，苹果长势喜人，可是种苹果的人多了，市场行情又不好。每年到了秋天，大家都对满树的苹果发愁。

那年冬天，当上连长的雷小草到喀什市场去做了调查，回来分析了一下，认为四连的苹果树还是栽的太多，到了收获的季节，到处都是苹果，卖不完，总不能放在那里等着腐烂吧？雷小草将市场分析和自己的一些想法，写了一个报告给团里。团长很快看了雷小草的报告，把他叫去感慨地对他说，改革开放都好些年了，就我们建设兵团的事不好搞，兵团为什么就不能像农村那样自家各种各的地呢？人家北疆的团场早都不管这些了，我们还坚守着整齐划一干什么。你干你的，只要有利于大家利益的事我都支持。

雷小草有了团长的这句话，利用冬天农闲时间，动员大家挖掉苹果树，栽种梨树、葡萄和别的果树，搞交叉种植，打一张真正的市场牌，这样才能充分利用土地，才能获得经济效益。

让雷小草没有想到的是，他的想法遭到全连群众的反对，有人说，苹果树长得好好的，果子刚结得像模像样了，却要挖掉，这是胡整，都不愿挖。雷小草做不通大伙的工作，只好把果树划分给了各户，先挖掉了自家的苹果树。晚上到了寡妇白玉兰家里，温存一番后，又动员白玉兰挖掉苹果树。这时候的白玉兰就像一只温顺的猫，什么都听雷小草的，她伏在雷小草的怀里，温柔地说，别说挖掉那几亩苹果树，种什么葡萄梨子了，就是你要在我身上种下一个小雷小草，我都愿意。雷小草拍了一下白玉兰说，这话可是你说的，那我就不客气了。白玉兰笑得咯咯的，像个刚下完蛋的母鸡，笑毕了，全身像充上了电似的，又来劲了，一边用手摸着雷小草，一边说，我什么时候要你客气了，只是你舍不得把种子给我罢了，你还要留给你的那个花痴老婆呢。

雷小草一听白玉兰的话，身子一下子像被石头击中了一般软了下来，想着老婆黄佳秀的怪病，心里就乱糟糟的，结婚两年了，他都不敢叫黄佳秀怀孕，怕她生下一个和她一样有怪病的孩子，可结婚两年没有动静，雷小草抱孙子心切的父母像个催命鬼似的，把他催得没地方躲，他就搬出家来，自己盖了两间屋子，也给黄佳秀挖了一个春天躲藏的菜窖，和父母分开过了，气得父母骂他没良心，娶了媳妇就忘了爹娘。雷小草默默忍受着父母，也忍受着黄佳秀。有时候他想，总归还是自己无能，如果和汪多娜在小学校里来个先斩后奏，也不至于叫叶世先夺走了汪多娜。和汪多娜相处了四年，他知道她不但没有什么病，而且她还是个内心很要强的女人。汪多娜是另一个团场的人，初中毕业后考取的是一个县上的师范学校，被分配到四十三团小学当教师，她一直不甘心，与同样不甘心留在团场小学的雷小草一起，互相鼓励，两人发誓一定要好好复习，争取考上喀什师范学院成人进修班，毕业了说不定还会留在城里，不回塔尔拉这个地方了。可雷小草做梦也没有想到，半路上杀出了一个叶世先，把他们的梦想全打破了。雷小草在破碎的梦想里，痛苦不堪地当着他的连长。

但雷小草的做法还是得到了验证，过了两年，他家栽种的葡萄和白玉兰家的梨树都结果了，这数量并不算多的葡萄和梨子在一大群苹果堆里，显得格外的耀眼和诱人，因为梨子和葡萄相对比较稀罕，拉到团部的市场上很快就被销售一空，收入比苹果要高出许多，这时，大家才知道连长雷小草的做法是对的，都争相效仿，许多人家都要挖掉苹果树。雷小草却阻止大家说，如果大家还是一窝蜂地去种一种东西，到最后的结果肯定又会是梨子和葡萄卖不出去，这样的结果你们从种苹果中都已经看到了，若是大家非要重蹈覆辙的话，我也没办法。但真要有那么一天，我希望大家别怪我，我可是给大家提过醒的。

大家一听这分析，都觉得雷小草说的有道理，最后，保留了一些苹果树，各种水果收获的数量也不大了，分散开运出去销售，压力明显减少了，销售状况也还不错，总算把这个果园的问题摆平了。

这事刚完，快过春节的时候，雷小草提出要陪着老婆黄佳秀回一趟她的老家。黄佳秀的老家在湖南吉首，她嫁给雷小草后一直没有回去过，每年到过春节的时候，她都吵吵着要回去，雷小草都没有同意，路途太远，主要还是没有钱，他不想把钱花在路费上。这回他主动提出来，是有想法的，雷小草想着这次回去可以把路费在连里的账上报了。到时就说是到内地考察农业生产情况，团部里的那些人每年都是用这个借口，到全国各地去考察的，实际是公费旅游。

黄佳秀当然高兴回家了，俩人一起上了路。雷小草长这么大，除了喀什，还没有去过更远的地方，虽然在电视里看过内地的一些自然风光，但那毕竟是电视上的，没有真实地看过，走了一路都觉得很新鲜，尤其是到了湖南吉首，山清水秀的自然景色自不必说了，更重要的是他看到了内地农村人的不一般，他们头脑很灵活，都在想尽一切办法致富，根本不像他们团场的人那样，整天就知道围着那些算不上肥沃的土地，在种什么上做文章，一年到头，累死累活的挣不上几个钱，还特容易满足，根本就不知道动脑筋想办法改善自己的生存和生活条件。回到了娘家，黄佳秀怕别人知道她嫁的是一个种地的连长，便不愿在家多逗留，一个劲要出去转，这一转，叫雷小草见识了不少内地农村人挣钱的方法。比如到一个叫德夯的农村，人家就把自己的寨子开发成了旅游区，叫外面的人来免费参观、游览，却用当地颇有风味的农家饮食、纪念品挣足了钱。就动了这么一个小小的脑子，德夯村的人就脱贫致了富，这给雷小草触动很大，他人在湖南，心却回到塔尔拉了，他想着塔尔拉的角角落落，哪个地方蕴含着可以开发的资源呢?

三

从湖南一回来，雷小草把包往家里一放，就急不可待地跑到芳草湖这边来了。在火车上，雷小草就想着这个湖边的那道沙丘了。在塔尔拉，除这个还有点本地特色的黄沙梁外，雷小草还没有想到哪个地方能够有开发的价值。报纸电视上不是一直在说因地制宜吗，雷小草早就听说吐鲁番建了不少沙疗场所，用新疆多得不能再多的沙子来赚钱，而且收入颇丰，他也想把这个闲置在芳草湖边上的沙丘充分利用起来，搞个沙疗场所，吸引外面的人来做沙疗或者旅游观光。但他一到这个湖边，还没有仔细去看沙丘，就失望了。

芳草湖太煞这里的风景了，这算个什么湖呀，只是一个积水潭而已，在冰冷的硬碱滩上，依着沙丘，湖里及岸上长着一些已经干枯了的芦苇，面积不小，但水却很浅，像一个不规则的蓄水用的涝坝，如果不是时不时地从叶尔羌河里引些水过来，这个水潭早就干了。塔尔拉这个地方的地下水位很深，以前不知道有没有地下水渗出来，现在却是凭着引来的河水，沤在这个积水潭里，几天就臭不可闻了，更何况叶世先还在湖里养着鱼，腐水的臭气味里又加上鱼腥味，熏得人不敢靠近。这还是冬天，要是夏天，根本不能到湖边来，这与以前寡妇白玉兰的丈夫在等待死亡时的那种气息极为相似，雷小草害怕这种甩都甩不掉的腐臭味。

他在心里也谋划着，如果真要在这里建一个沙疗中心，就必须得先把这个湖清理出来，挖掉上面一层陈年腐烂的淤泥，把湖底打成水泥的，以后换水勤点，放入鱼苗，做成休闲垂钓的场所，湖边上栽些柳树，把那些硬碱壳挖走，铺上草坪，叫芳草湖变成真正的芳草湖。那时候，沙疗中心和芳草湖连在一起，要沙有沙，要水有水，风景旖旎，不比吐鲁番的那些沙疗场所差到哪里去，经济效益肯定不错呢。

雷小草心里有了底，把自己的想法和这次到湖南去看到的一些情况，先给连里的几个干部说了说。他们对他的这个想法都很漠然，没有一点热情。雷小草把开发利用本地资源的大好前程又纸上谈兵了一番，见大家还是没有热情，他便一个一个地征求意见。指导员是个老头，他虽然不是第一批进疆的老军垦，可也算是塔尔拉的老辈了，他说，现在的社会是经济社会，一切想法和做法都是为了挣点钱回来，你的想法当然是好的，但也要考虑到咱们塔尔拉的现实状况，我们这个地方偏僻，与外界联系少，又没有好的公路，这个地方，究竟能不能把游人引来？

副连长是个年轻人，倒有几份朝气，叶世先被撤职后，本想着可以提升当连长的，没想到雷小草却来了个捷足先登，把位置占了，心里一直不畅快。这次雷小草又要以到内地考察的借口报销他陪着老婆回湖南探家的路费，心里一直不舒服，见雷小草提出这种方案，心想着这是他雷小草为给自己报销路费找理由呢，便没好气地说，我看这事办不成，就算是有傻瓜愿意大老远地跑来塔尔拉游玩，咱这是什么地方？山清还是水秀？就凭那堆沙子和一个臭水潭，想要建成吐鲁番那样的沙疗场所？趁早别动这个念头了！

雷小草用眼角瞄了瞄副连长，用一副见过世面的口气说，咱还没试，怎么就知道不行？按你们的说法，咱们什么事也别干了，就这样混一天算一天，平平庸庸、不咸不淡的？什么事还没干就先打了退堂鼓，你们说要我们干什么？难道就是为了占上几个位置，让集体替我们养个老啊？

指导员和副连长都不说话了。

雷小草见他们不再反对了，就写了个汇报材料，他直接去找了团长汇报。团长一听雷小草的想法，连材料看都没有看，就说，你们这些年轻人，头脑就是灵活，想法也多，这个设想不错，这件事我很支持的，能不能真正把咱塔尔拉的沙子开发成旅游项目，开发出经济效益来，这还需要实践来证明，但在我看来，这并不是最重要的，重要的是把塔尔拉的环境改变一下，让我们塔尔拉人也能有一个赏心悦目的去处，也很不错呀。咱们这个团场也万把人呢，除过团部这么一条街道，一个农贸市场，还真没有个去处。你这样美化环境，我不支持都不行啊。不过，我得提前给你打个预防针，在这件事上团里是没有资金投入的，这就要全靠你们自己干了。

雷小草听着团长的话，心想着自己的一番宏伟构想，到了团长这里却只成了为团里美化环境，心里有点失落，但团长能支持他，他还是很感激的。他对团长说，只要有团长这句话，我心里就有底了，我们一定不给团里增添负担，靠自己的能力干。

团长笑容可掬地拍着雷小草的肩膀，说，好好干吧，现在是你们年轻人的天下，有这个劲头，我们这些老头子心里就很高兴了。

过完春节，雷小草召集起全连百十号人，其中也堵住了一些过完春节又要准备到外面去打工的年轻人，在芳草湖拉开了大干一番的激情场面。团场许多老人小孩都跑来看热闹，第一天，团长也亲自到现场为开工祝词，讲了一番鼓励的话。

到真正动手了，实质问题也接着就出来了。

芳草湖承包给叶世先养鱼，签订了十年合同，现在才七年时间，合同还没有到期，叶世先拿着合同，挡住了开发者们的路。

雷小草早就想到了这一点，他叫副连长先带着人去清理沙丘，然后叫会计拿来连里的那份合同书，要和叶世先理论。

雷小草早就想和叶世先理论一番了，但一直没有机会，叶世先当年利用自己当着连长的方便，承包了芳草湖养鱼，把承包费压得很低不说，还一直赖着不交承包费，原来他自己是一连之长，他不说交承包费的话，别人不敢催他交钱，也就是说他承包后三年里没有交过一分钱。他被撤了连长职务后，对叶世先心怀愤懑的雷小草当上连长后，第一件要干的事，就是叫会计拿着承包合同书去催叶世先的款，叶世先开始还想再赖着不交，后来一看雷小草的架势，是要借机公报私仇绝对不可能放过他的，只好交了八千块钱，后来再去催，他总是用养鱼没有赚到钱的借口拖着。雷小草想狠狠治治叶世先，但他是个有头脑的人，知道在汪多娜的事情上，他和叶世先之间的矛盾是众人皆知的，所以即使他心里一直窝着一肚子气，却也不敢把叶世先逼得太狠，怕事做得太绝，明眼人一眼就看出这是他在公报私仇，就看出他的狭隘来，尤其是汪多娜更会从心底里看不起他。他以前还是很注重汪多娜的态度，后来，看到汪多娜对他冷漠得让他难堪的那副德行，慢慢地就淡化了她在自己心目中的位置，可对叶世先的仇恨却没法淡化，他只是慢慢等待和寻找机会，他要在不动声色之中整倒叶世先。这次，开发芳草湖，也是雷小草向叶世先开始发起进攻了。

雷小草拿着会计给他的芳草湖承包合同，故意对叶世先说，你的这个合同是真的吗？

叶世先讥笑了一下，对雷小草说，雷连长，你不会愚钝到了连字都不认识的地步吧。

我当然不会连上面的字都不认识，你忘了？我以前可是教师呢。雷小草也轻轻地笑了一下，是冷冷地笑。

哦？我还真忘了你以前是个教师呢。那你就更清楚你自己的行为了，难道你真的认为这合同还能有假的吗？

我当然清楚这份合同的真实性。问题是，你既然知道这份合同是真的，可这几年里你为什么不按合同上写的，每年给连里缴纳承包费呢？上面清清楚楚写着每年三千块钱，年底付清当年的费用。可你一共才交了八千块钱，连三年的承包费都没有交够，至今，你承包芳草湖已经有七年时间了吧！

叶世先听着雷小草不急不缓的语气，知道自己的对手是有备而来的，但他一点也不示弱，他强硬地说道，我没有钱！

这就对了。雷小草说，你没有钱，可以不依照合同办事，也没关系，连里只当你这是单方面毁约，既然你已经毁约了，也就是说，这个合同已经不生效了。我这样说不会错吧？那你说我清楚不清楚我的行为？

叶世先愣了一下，以为自己会赢的，却不想一下子就让对方打在了他的七寸上，让他无理可辩。他口气一下子软了，说我没有挣上钱，你叫我怎么交？

雷小草的口气这下却硬了，你有没有挣上钱，那不是我要管的事，我只要求你按合同办事，不能按照合同办事，这个合同就无效，你就不能……

雷小草说到这里，突然停下了，这时，他看到了汪多娜，她正面迎着向他走来了。四年了，雷小草还是第一次看到汪多娜正面走向他，他的话说了半截，就断了。

汪多娜走到了雷小草的跟前，站在了叶世先身边，却连个正眼都没有看一下雷小草，她扯了一下叶世先的袖子，对叶世先说，世先，走，我把饭做好了，你吃完饭该去场部送鱼了。

叶世先甩开了汪多娜的手，却对雷小草说，你想把合同怎样？

雷小草目光落到了别处，他本想如果汪多娜哪怕只用眼神扫他一眼，他都会心软下来，但他看着汪多娜对他雷小草一副很藐视却对叶世先那副温柔贤惠的样子，心里很不舒服，硬着心还是将他的话说完，连里可以终止这份合同！

雷小草，你这是公报私仇！叶世先一把打掉了汪多娜扯着自己的手，气愤地说。

雷小草一听叶世先这样的叫嚣，气不打一处来，但在汪多娜面前，他还是尽量装出心平气和、十分有涵养的样子对叶世先说，叶世先，你说话可要负责任的，什么叫公报私仇？你可要当着大伙的面，给我说清楚。

叶世先望了一眼汪多娜，故意不往那个话题上扯了，忙说，反正，你终止合同是不可能的，合同是受法律保护的。

法律？雷小草哼了一声，说，你叶世先还知道法律呀，懂法律还不遵守合同？明知故犯！

这时，汪多娜大吼了一声，叶世先，你走不走？不走就死在这里别回去了！吼完，汪多娜扭过阴郁的脸，走了。

叶世先瞪了雷小草一眼，跟着汪多娜走了。

留下雷小草一干人，却傻傻地站在了湖边，看着叶世先和汪多娜就这样走了。

有风吹来，硬硬的，是大漠特有的风里裹着沙子的那种，打到人脸上眯得睁不开眼睛。他们都闭上了眼睛，听到风在脸上踢踏着的声音，脸是生生地痛。

大漠的春天开始了，这种风就是春天的预兆。

过了一阵，会计才想起什么似的，对雷小草说，怎么办呢，这事？

雷小草说，怎么办，你去告诉叶世先，叫他三天之内交齐这七年的承包费，不然，三天后，我们就终止合同。当然，七年的承包费一分都不能少。

四

风一刮起来，沙尘弥漫了整个天空，将近一个月的时间，整个天地间一片昏黄，这期间，别说干活了，就是到外面走一趟，头上身上全是沙土，眼睛都睁不开，所以，人们都窝在家里，关闭着门，躲在屋里听屋外风沙怒吼的声音，看日子迟缓地在面前静静地流淌，就这样一边数着时间流动的声音，一边耐心地等待着风沙过去，盼望着温暖明媚的春天到来。

塔尔拉的春天，是一夜间突然降临的。风沙一停，天空立刻变得晴朗了起来，随之是气候变得暖和了，风是柔柔的，整个塔尔拉像被太阳仔仔细细地烤过一遍一样，每一个角落都呈现出一副温暖祥和的气息来。春天一到，最先能够展示春天的，就是沙枣花了，沙枣花一开，塔尔拉又沉浸到了沙枣花那浓烈的香气之中。

这个时候，连长雷小草的老婆黄佳秀又该住到菜窖里去了。菜窖里已经叫黄佳秀收拾干净了，但雷小草送黄佳秀进去时，还是闻到了一股弥漫不开的冬菜腐烂的味道，他抽着鼻子，把灯打开，给老婆匆匆弄好被褥，就要出去。这时，黄佳秀拉住他说，今年能不能不叫你妈给我来送饭了？

怎么了，每年不都是她来送的吗？

你妈她不高兴呢，黄佳秀说，原来还给我说上一两句话，去年整个春天给我连一句话都没有说，还使脸色给我看呢。

你胡说些什么，我妈可不是那种人。你得这种怪病，她能不嫌你侍候着你，你就别鸡蛋里挑骨头了。

黄佳秀气愤地说，我挑什么骨头了？我哪敢啊！只是你妈看我一直没有生育，她有气呢，可我真想生个孩子呢……

怎么生？雷小草说，你生下一个和你一样有怪病的，叫我还活不活了？

黄佳秀眼里汪着一眼眶的泪，低下头不吭气了。雷小草装作没看见，急急地就往外走。看着雷小草已经往外走了，黄佳秀才迟迟疑疑地轻声问道，今年，你能不能给我送几天饭？

几天饭？一个多月呢，雷小草回过头来，对老婆说，我今年忙着搞开发的事呢，你又不是不知道。这段时间，你就好好在这待着吧，别给我添乱了。回头我对我妈说清楚，你一直没有怀上孩子，是我的事，不怪你。

黄佳秀这时就哭出声来了。她边哭边说，我就知道你心思早不在我这里了，你盼望着每年春天时间长点呢，长了，你可以去找别的女人……

雷小草已经走了，后面的话他就当作没有听见。这天晚上，雷小草就迫不及待地躺在了寡妇白玉兰的炕上。白玉兰对雷小草的到来兴奋不已，可嘴上还是要埋怨几句的。雷小草已经习惯了这个寡妇的埋怨，也不吭声，上了炕只顾做该做的事情，用行动堵住了她的嘴。可这次雷小草做得一点也不用心。

事毕，没有尽兴的白玉兰伏在雷小草的身上，又捏又掐地发泄了一通，才对雷小草说，你们男人真是贱，只要是女人一出面，你们都会低下头的。

雷小草没有听明白白玉兰话里的意思，问她说这话是什么意思。

白玉兰说，什么意思？你是真不明白呀还是装糊涂？收回芳草湖的事，你态度那么强硬，定了三天的期限要叶世先把钱交齐，不交你就要废了他的合同呢，可汪多娜那个骚女人一出现，人家钱照样不交，几个三天都过去了，你把人家的合同废了？

雷小草心里也正为这事犯愁，所以这一阵子干什么都不专心，他拍了拍白玉兰光溜溜的背说，这不，风沙期到了，一刮就是一个多月，出门都不方便，这事就拖下来了。

这个理由不行，大家可不这么看，白玉兰说，叶世先明摆着是要赖，七年了，要说真没有挣着钱拖着承包费不交倒也说得过去，可咱连里的人谁不知道他养鱼挣下钱了？前年，汪多娜给他生了个丫头，你看他把丫头的满月做的，连团长的孙子过满月也没有那么排场。那还只是个丫头呢，如果要生个儿子，还不到喀什去办满月了。

雷小草说，管他到哪里做满月去，反正他这次不把承包费交齐，是不行的。

白玉兰鼻子哼了一声说，就你呀，只能到我这里来硬的，一见到那个汪多娜，人家还没怎么瞄你呢，你首先就软蛋了，你不知道，全连上下都说你骨头贱呢，那个妖精汪多娜一出头，你就……

闭上你的嘴！这事跟她没有关系。雷小草突然愤怒了。

我知道我一说那个女人是妖精，你就会生气。白玉兰才不怕雷小草呢，已经上到她炕上的男人，有什么可怕的，她依然说道，跟她汪多娜没关系，你怎么不把她家的合同终止呢？

雷小草烦躁地说，如果叶世先再不交承包费，这个合同肯定是要终止的。但终不终止叶世先的合同是连里决定的事，这不关你的事，你也不要拿这个来激我。

怎么不关我的事？白玉兰不依不饶道，我也是四连的人呀，不公平的事，我也有权参与，我和大家一样，就不容许叶世先靠那个女妖精赖着不交钱，不交钱还不交还芳草湖！

够了！雷小草生气地从炕上爬起来，怒道，什么你也是四连的人，你有权参与，还不就是吃醋吃出来的吗，你知道什么？真是妇人心。

白玉兰刚才本来就没有得到满足，见雷小草不但不体谅她，对她发这样的火，还爬起身一副生气想走的样子，她一肚子的怨气就全发泄出来了：我是妇人心，不知道什么，你是君子行了吧，你别以为我不知道你的心事，全连的人都知道！有本事你就到那个妖精炕上睡去，别再来找我！

雷小草赌气地穿上衣服，撇下白玉兰，走了。

五

要把一个废置不用的地方变成一个有用的场所，不是说的那么容易。沙疗中心光靠一堆沙子还不行，还得有相应的一些配套设施，比如沙疗后要有冲洗的地方，沙地上一些用来遮凉的小亭子，还要购买一些躺椅，像电视上看到的海滩一样，能尽量让人舒服惬意，更重要的，还是得把宣传做出去，不然，建好了没人知道有什么用？

因为从一开始，这件事就是雷小草一手在操办，所以连里其他人都不操这份心，什么事都得雷小草一个人跑前跑后去落实。虽然忙前忙后闲不下来，雷小草却并没有因此忘记叶世先的事，他又打发会计去催了一次叶世先，叶世先说他正在考虑。雷小草生气拖了这么长时间，从自己说过的三天期限到现在都过去快两个月了，他叶世先还在考虑，考虑他妈个 × ！雷小草亲自去了一次叶世先的家，这次也不顾汪多娜在不在场了，他气冲冲地问叶世先要考虑到什么时候？叶世先却不紧不慢地说，他正在考虑着借钱交承包费，他不想终止合同。雷小草知道这是叶世先用的缓兵之计，但他不逼他，他要做到让叶世先无话可说时自动缴械投降，这样汪多娜也不会认为他是在借这个机会整叶世先了。雷小草想了想，给叶世先说了个最后期限，限他半个月内交清这几年的承包费，不然，到时候就别怪他不客气。

眼看快到夏天了，沙疗中心得赶在夏天到来之前建好，雷小草想沙疗就是靠夏天的阳光晒热沙子，让沙子吸收阳光的热量来医疗人体里的某种疾病。所以天气一热就有人会来治病的，不然，这个夏天就白白浪费了。雷小草去找了团里，打着团长的幌子，办了一套贷款的手续，到喀什的师部农行去贷了五万元的款。从银行提出钱后，雷小草留下一万元用来做广告宣传，到喀什的新闻媒体登了广告，没想到一万元登广告根本不够用，只播了几天就停下了，他又拿出五千块钱，找印刷厂印制了几万份传单，晚上带着他带来的几个人出去到处张贴，同时还散发了一些，最后只剩下三万五千块钱，购买设施，就显得紧巴巴的了，只好先买了必需的一些设施拉回塔尔拉。

在贷款用钱这件事上，雷小草多长了个心眼，一直带着副连长，免得以后别人说他的闲话。

但闲话是避免不了的。流言还是影响了雷小草收回芳草湖，叶世先一口一个连里贷的五万块钱用在哪里了为借口，如果他雷小草不说清楚，他叶世先就有权利拒绝交齐承包费。谁知道你雷小草还会用这笔承包费去干些什么不地道的事。叶世先甚至冷笑着说，雷小草，你别当了几天的破连长，就不知道你有多大权力了，你敢终止合同，我就去告你，先告你贪污公款，再告你蔑视法律，随意终止合同。

雷小草哈哈一笑说，告我蔑视法律？行，你去告吧，我等着。

这事僵持着，地里的麦子开始黄了，又到了夏季该收割的时候了。

每年的夏收工作，才是团场的重点工作。今年，师长亲自带着一帮人到四十三团来检查夏收工作。师长到团里听取了汇报，到田地里去看了看夏收的情况后，提出要到芳草湖看一下四连建的沙疗中心。师长脸上表情很平淡，团长弄不清师长怎么知道了这事，也不知他对这件事是什么意见，就对师长说，这件事还没有成形，所以也没有给师长汇报。师长说，汇报什么，你们都把广告打到喀什各大新闻媒体了，现在还说没成形？团长心想这事没有给上面汇报，师长是不是生气了，赶紧打发人去告诉了雷小草，让他先到芳草湖等着。然后，团长带着一帮人陪着师长来到了芳草湖。

雷小草诚惶诚恐地站在一个草亭子的阴凉下等着，见师长团长都来了，赶紧迎了上去。团长把雷小草介绍给师长。师长握了握雷小草的手，打量了一下有了点规模的沙丘说，这个主意是谁先出的？

雷小草心往下一沉，看了一眼团长，团长赶紧转过头把目光投向了远处。雷小草便紧张地对师长说，师长，这个主意最初是我出的。

投资了多少钱？

贷了五万块钱。

做广告花了多少钱？

雷小草心想这下坏了，师长问到实质问题，肯定要发火批评自己胡闹了。他咽了口唾沫说，师长，我没有经验，光做广告就花了——一万五千块钱，我……

师长瞪了雷小草一眼说，你是没有经验，毛头小伙子，能有什么经验，干这种大事，做一万五千块钱的广告，就想把局面打开？太少了！

形势急速转变，在场的人都半天反应不过来，团长也没想到师长原来持的是赞成的态度。

师长又看了看雷小草说，你这个小伙子倒精明，看来你们团长叫你当连长，没有选错人啊。

团长赶紧接过师长的话说，小雷原先是小学的教师，有文化，头脑灵，我们就把他放到连里挑重担了。

师长这才哈哈笑道，有文化有脑子就是财富啊，开发这个沙疗中心就是一个很好的举措，填补了我们师的空白，我很支持你们的这个项目，只是你们搞得还不够，一是规模不够大，二是设施太简陋，三是广告宣传还远远不够。要想把事干成，绝对不能轻视广告效应，尤其是在塔尔拉这个比较偏僻的地方，一定要加大广告宣传力度，这样吧，我叫师部的宣传科帮你们弄弄，但主要还是靠你们自己做广告宣传。

团长说，那是，那是，只要师长有这个指示，我们心里有底了，这下可以大刀阔斧地干了。

师长看了团长一眼说，把这件事做完善。你们看，这么好的一个沙梁，下面却守着一个臭水塘，怎么不利用呢？也可以开发嘛，把水塘里的泥挖一挖，换些干净的水，放些鱼进去，也可以钓钓鱼嘛，边上再整一整，我看也不比敦煌的那个什么鸣沙山月牙泉差到哪里去。

雷小草凑上去说，我们已经有了整治这个湖的方案，只是……

只是什么？

雷小草看了一眼团长，说，只是这个湖承包给别人养鱼了，合同还没有到期，承包人也没有按时交过承包费，我们正向团长汇报这事，想终止这个合同。

我看行，师长说，你们团长会处理好这件事的吧。

团长说，那是那是。

还有，师长说，你们的工作才做了一小半，一旦这个沙疗中心有了游人来，他们要吃要住，在沙子里埋上一阵，还得冲澡，你们想到这个问题没有？

这回，团长连忙接上说，我们想到了，师长，只是这资金是个大问题呀。

师长哈哈大笑道，我说了这么多，你现在才提这个问题，我这么说，能是纸上谈兵吗，资金可以到师部农行再去贷，我给他们打招呼。

六

夏收一结束，因为有师长的支持，雷小草从叶世先手里强行收回了芳草湖，终止了合同。叶世先不服，因为团里出了面，他就到喀什地方的法院去告雷小草单方面毁约，违犯了合同法。雷小草没有理睬叶世先，组织大家把夏收工作收尾后，劳力全用到挖湖泥上。因为有师长的话垫底，雷小草一下子觉得腰杆子硬邦邦的，说话的嗓门都比以前大了，在挖湖泥的工地上只吆喝了一天，就把工地交给指导员和副连长，自己去喀什师部农行跑贷款的事。

这次，雷小草只带着会计一个人，到了喀什还住进了“长城宾馆”，不再像第一次出来贷款时那样缩手缩脚，只住那种一晚上十几块钱的破招待所了。干大事就得有干大事的气派。雷小草从电视上看到的那些干大事的人都是住的宾馆酒店，他现在觉得自己也算是干大事的了，连师长都夸赞他干的是一件有利于兵团的大事，这下，他还怕别人说什么闲话？

在宾馆里住了一个多星期，跑来跑去地办手续，贷款终于到了，这次一下子贷了五十万元，只是钱太多，银行不给现金，把钱打到了团里的账号上，因为还要在喀什谈做广告的事，但提钱还得回塔尔拉去取，雷小草叫会计一个人回去提上五万块钱，他留下来先到报社电视台去谈宣传的事。

这天晚上，雷小草一个人躺在宾馆里，脑子里盘算着下一步怎么办。这时，传来了轻轻的敲门声，雷小草走过去打开门一看，是个打扮很时髦的丫头。雷小草一时还没有弄明白这个丫头究竟想干什么，这个丫头已经把上身的衣服扣子解开了，露出了一对雪白饱满的大乳房，贴在了他的身上，并且抓住他的双手及时地按在了她的双乳上。雷小草像触了电似的全身抽动了一下，想抽回手却不可能了，丫头把他的手抓得很紧，并且，他的双手像是完全脱离了他大脑的控制，已经不听他的指挥了。他在丫头的引导下，双手摸捏到了他今生今世没有摸到的美妙无比的大乳房。他老婆黄佳秀没有！寡妇白玉兰更没有！他在似梦似幻的迷醉中，脑子里突然想到了汪多娜，他此刻想着汪多娜到底有没有这么丰满、绵软的乳房。他想象不出来，因为他和汪多娜相恋了四年，从来没有摸过她的乳房，她的胸部看上去挺高的，可她从来不让他摸，就那样诱惑着他的目光和他的心，他对汪多娜提出过好几次，她都拒绝了，他当时想她是要留到做他妻子的那一刻。可是她终究没有成为他妻子，他想来想去她留来留去的东西最后却都给了叶世先，给了那个强奸犯。雷小草一想到嫁给叶世先时汪多娜的丰满、娇艳，他的心颤抖了。丫头感觉到了他的颤抖，还以为他已经忍不住了，腾出一只手来去掏雷小草的裆部，她摸到的是一堆瘫痪的肉，掏出了一手冰凉滑腻的液体。丫头气愤了，把那只脏了的手在雷小草的身上狠劲地擦了一下，打掉了还沉醉在她乳房上的那双手，骂了一句粗话，冲出去摔上门走了。

这个夜晚，雷小草失眠了。他知道自己碰上什么人了，可他还像做梦似的，一边回味着那个丫头的大乳房，一边在心里想着汪多娜。这样想着，雷小草突然很想见到汪多娜，自从汪多娜嫁给叶世先后，四年了，说句实话，他只在心里怪汪多娜，对她冷漠的态度不能原谅，却从来没有替汪多娜想过，她嫁给一个强奸过她的人，她的心里是什么感受？一旦想到了这个问题，雷小草心里更是对汪多娜充满了想念。他被这个想法折磨着，一夜翻来覆去，辗转难眠。

第二天中午，雷小草和取钱回来的会计办完事，回到塔尔拉时，天快黑了，雷小草顾不上回家，先去芳草湖看了看挖湖泥的情况，心不在焉地听副连长说了些沙疗中心的事，等天黑透了，他就去了叶世先的家。

叶世先不在家。雷小草知道这时候的叶世先不在家，他对愣在那里的汪多娜笑笑说，你还没有吃饭吧。

汪多娜没有理雷小草的话茬儿，却说，你找叶世先，他不在。

我知道他不在，他现在在喀什，到法院去告我了，让他告好了，他告不倒我的，谁会理叶世先这种不干好事的坏人！雷小草说得很直接，也很狂妄。他这样说时，一直盯着汪多娜，先盯着她的脸，在昏黄的灯光下，汪多娜还是那样的动人，只是从那张动人的脸上，他看不到一点从前的柔情了，他知道就算这张脸上有着万般柔情，她也不会和以前一样再给他了，雷小草在心里轻轻地叹了口气。他的目光忍不住又慢慢往下挪，盯到她的胸部时，他的目光走不动了。在汪多娜起伏不定的胸部上，他发现，那挺起的峰顶还是挺高的，只是他猜不透，她已经生过一个孩子了，她的乳房会不会……

汪多娜发觉了雷小草的异常，她脸红了一下，气愤地对雷小草骂道，你和叶世先都不是什么好东西！

这句话像刀子一样将痴迷状态中的雷小草狠狠地刺了一下，雷小草心里疼了一下，把目光收回到汪多娜的脸上，看了一阵，才倍感伤感地对她说，我知道我不是个好东西，可我心里一直是有你的……

滚！雷小草，你给我滚出去！汪多娜愤怒了，你当我是什么人了？是那个白寡妇呀，想到我这里来白吃一口。

多娜……

你滚不滚？再不滚蛋，我可要喊人了。

被叶世先强奸了都没有喊人的汪多娜，却把真心爱着她的雷小草给吓走了。

但雷小草总算是证实了，汪多娜其实到现在还是恨着叶世先的，有了这个结论，雷小草被汪多娜赶出来，一点都不觉得沮丧，至少他明白了，汪多娜嫁给叶世先是迫不得已的。

七

芳草湖里的臭泥挖完后，还没有把湖修好，到沙疗中心来的游人已经开始增多了，看来，是做的那些广告宣传起了作用。

有了游人，窝在团部那一带卖水果小吃的生意人也闻风而动，有一部分人就将摊子转到这边来了，芳草湖边上摆上了不少小摊子，像个真正的旅游景点似的，一下子热闹了起来。

团长很关心沙疗中心的事，几乎每天都要过来看一下，雷小草不敢怠慢，陪着团长到处指指点点的，一副劳苦功高，准备大干一番事业的样子。

在团长的精心策划下，“芳草湖沙疗中心”组建起了一个班子，董事长由团长亲自担任，一帮副董事长都挂着团里的副职和各科的科长，连总经理都由一个管经营的副团长担任着，雷小草只挂了一个副总经理的职务。这下，团里除了团长，什么副董事长、总经理们也都名正言顺地来芳草湖指导工作了，虽然这面的事还是雷小草说了算，可他心里还是很不舒服，劲头减了不少，贷款资金都到位了，可工程进展却慢了。原先计划临时要建的饭馆、商店，以及住宿的蒙古包都拖着没有动工，这给那些小商小贩提供了机会，有些商贩都到喀什买来了简易帐篷，搭在了周围，租给一些说不清关系的男女用了。

雷小草也叫人从喀什买了几顶帐篷在工地上撑开，还设了个指挥部，用来接待那些挂名的董事长，他留了一个帐篷自己专用，有时晚上吃过饭后，一个人转到这面来，看着那些商贩们的帐篷里发出快活的声音，他心里就烦，心里烦了有时还住在帐篷里不回家了。有一次，寡妇白玉兰还窜到了雷小草的帐篷里，送货上门来了，可把他吓坏了，为了哄住白玉兰，他只好时不时地晚上去白玉兰那里过夜。自从那次在喀什碰上那个大乳房的丫头后，雷小草对白玉兰越来越不感兴趣了，可又怕她冷不丁地再窜到帐篷里来，叫别人看见了影响不好，就应付着白玉兰。

工地上的混乱，给一些有头脑的人提供了可乘之机。叶世先到喀什告雷小草，却被告知，他几年没交承包费，首先是他违约，也可以说是单方面毁约，雷小草完全可以终止这份没有生效的合同。叶世先如果还想要承包芳草湖，只有把这几年的承包费用交齐了再说。叶世先灰溜溜地跑了回来。回来后发现了芳草湖的变化，同时也看到了芳草湖发展的潜力，有一天，他不动声色地找来了工匠，在湖边挖了地基，垒上砖墙，准备盖一个牢固点的饭馆。

雷小草得到叶世先要盖饭馆的消息，一下子来了劲，不顾天热，叫了一帮年轻力壮的小伙子，冲过去就把叶世先垒的墙给推倒了。叶世先大叫着雷小草的名字大骂了起来，雷小草任由着叶世先呼天喊地地骂，也不多说，只道了句，这个地方是公家的，私人谁也没有乱挖乱盖的权利。就不再和叶世先说了，气得叶世先骂得口干舌燥，也没有把饭馆盖成。叶世先难咽下这口气，在家躺了两天，第三天晚上半夜起来，跑到沙疗中心，放了一把火，把雷小草住的那个帐篷，还有那些草房子、草亭子给点着了。那天晚上雷小草去了寡妇白玉兰家住了，不在帐篷里睡，也没有伤着他。叶世先因为心里对雷小草的怨恨实在太深，想把那些草房子、草亭子全点着火，让雷小草办不成什么沙疗中心。没想到火还没有点完，就被住在帐篷里的游人发现了，他们大喊起来，叶世先没有来得及跑掉，给闻讯赶来的人们当场抓住了。叶世先当夜被扭送到了团部，保卫科把叶世先给关了起来，听候处理。

叶世先放的大火，幸亏没有烧着人，那些受了惊吓的游人，围着雷小草要求赔偿损失。雷小草不知怎么办才好，团里保卫科来人处理，因为那些游人住的是私人的帐篷，与沙疗中心无关，那些人才去找商贩的麻烦了。雷小草被解了围，他看着这个他苦心建造着的开发项目，被火烧得不成样子了，还有那个没有完工的芳草湖，心里一下子凉了半截，同时，他恨死了叶世先，他心想着，这几天组织人把残局收拾完了，工地上一开工，他一定要去找一回团长，要求团里严惩叶世先这个狗东西，最起码得判叶世先几年刑，不然，难解他的心头之恨。

雷小草又叫人另搭了一个帐篷，他要守在工地上了。

这天夜里，由于帐篷里太热，雷小草躺在床上一直睡不着觉，正翻来覆去煎熬着，汪多娜挑开帐篷的帘子进来了。起初雷小草在黑暗里以为是寡妇白玉兰又来了，正要发火，没想到汪多娜开口出了声。他听出是汪多娜，忙跳起来，抓了衣服胡乱穿在身上，去点帐篷顶上的汽灯。他的手却叫汪多娜抓住了。

汪多娜说，不要点了，这样黑着更好。

你来干什么？半天，雷小草才问了这么一句。

我来干什么，你难道不知道吗？

我……不知道！

哼，你们男人没一个好东西。

多娜，你……我……

你什么？我什么？来吧，雷小草，你不是一直为没有得到我，恨我么，我现在给你送上门来了，现在是叶世先的妻子，这样不是更让你解气解恨吗？你还迟疑什么？说着，汪多娜就把自己脱得光溜溜的，扑到了雷小草的身上。

多娜。雷小草轻轻地叫了一声，抱住了汪多娜柔软的身子，同时，他也感觉到了汪多娜那两个高挺着的乳房正挤压在他的胸口，他没有敢动手摸它，只是感觉着它，它一点也不比喀什的那个丫头的差。

多娜，雷小草又叫了一声，我心里一直有你的位置呢，你还以为我是为了你这个……

哈哈哈……雷小草你心里真的是这么想的？

雷小草感觉到了汪多娜全身的颤动。八年了，相恋相爱了四年的一对恋人，硬被叶世先这个杂种用暴力拆散了，并且铸下了四年的仇恨和恩怨，这四年来，他对她的误解是那么深，他看似表面上轻视她，但他在心里还是真正放不下她，心里时常想着她，尤其是上次在喀什的“长城饭店”里，碰上卖淫的那个丫头的夜晚里，他的心才苏醒了，原来自己一直是爱着她的，所以他才在乎她的一举一动，他甚至理解了她当时的艰难处境。现在，她来了，她是心里愧疚来向他重叙旧情的？还是想得到他的谅解的？他都不管了，觉得这些都不重要了，重要的是她主动来找他了。他一阵激动，用双臂把她抱紧了，嘴贴在她耳边，轻轻地说，多娜，你笑了，你终于对我笑了，这四年来，你一直不理睬我，我就没有见你笑过，我知道你心里的苦衷，我的心里真是有你，一直是这么想的呀，难道你没有感觉到吗？

哼哼，汪多娜这回冷笑了两声：你想着我，叫我感动死了。

多娜，你……

我怎么了？我还不知道你的心里有多阴暗，到这时候了还逗我玩是吧，你把我家害得还不够吗，叶世先再坏，也没有你雷小草心里狠啊！

多娜，你说什么呢？你刚才不是很正常地对我笑了吗，怎么现在就变脸了？

雷小草，睁开你的眼睛看看，我对你笑？你做梦去吧！我是来给你我的身体的，如果你还是个人的话，你得到了我，过了今夜，今后就别再来害我们家了！好吗？

流过岁月的河

一

温特沃夫来到桑那镇之前，桑那镇还是一个古朴而又落后的小镇。

说桑那镇古朴，是有好多朴素的民风一直还沿袭着。比如像叶尔羌河边的渡口，摆渡的木船是不收费的。至于船工姚栓栓摆渡的工钱，是谁给的，没有人问过，也没有听姚栓栓自己说过。从姚栓栓的上辈，再到上上辈，一直都是这样传下来的。叶尔羌河到了开春，冰雪一融化，水渐渐就多了，这时候需要过河，就得有人摆渡，不然，是没法从河床里涉水过去的，倒不是河水有多深，主要是淤泥深，水淹不死人，淤泥却能把人吸进水里呛死。

叶尔羌河像一条弯曲着的手臂，不经意地就把桑那镇搂在了怀抱里，桑那镇像一个懵懂无知的婴儿躺在温暖的河湾里，甜甜地沉睡着。

每到了开河的季节，只要你过河去，来到河边，姚栓栓准守在船旁，默默地抽着旱烟，露出焦黄的大门牙，冲你笑呢。如果你这时候心情不是太好，没有好脸色给姚栓栓，他也不生气，对冷着脸的你还得说声，坐稳，开……开……船喽！好像不是你免费坐着他的船，而是他在这之前欠着你的钱或者一笔人情似的，一脸的讨好相。

桑那镇的人们对姚栓栓的这副讨好的嘴脸习以为常，一点都不觉得奇怪。有时候，如果赶时间碰上渡口的船上没人，你还可以尽着嗓门，满肚子怨气地吼上几声，姚栓栓会像受惊的兔子似的，从河边的一簇红柳丛中冲出来，手里提着裤子边跑边系裤带，嘴里边答应着，不好意思地冲你笑笑，跳上船麻利地拿起撑竿，然后再喊上一嗓子：开船喽。

说到桑那镇的落后，桑那镇的人们是不承认的，他们没有见识过外面的世界，他们认为宁静安详的桑那镇是最好的，是适合人生活和繁衍的一块土地，落后是什么？外面的世界也无非是这样，所以，他们也不承认这样的平和安详就是落后的。

那一年冬天，传教士温特沃夫来到了桑那镇。温特沃夫经过七天时间的车上马下的折腾，终于到达了目的地，为了表示自己的虔诚，在远处刚能看到海市蜃楼一般的桑那镇，他就从马背上跳了下来，从包袱里取出教服，像模像样地穿上，做一副传教士的派头。他要步行进入桑那镇。这样，才能体现出温特沃夫更像一个能给桑那镇带来福音的神的使者。

温特沃夫是从叶尔羌河的河床上走过去的。这时候的叶尔羌河已经结成了冰，坚实的冰连接了叶尔羌河的两岸，河没有了或者说暂时消失了。因为桑那镇正好下过一场雪，这条像平地一样宽敞的河流被雪严严实实地覆盖着，茫无边际的雪使河流与戈壁滩连成了一体。雪把一切都掩盖得没有痕迹，温特沃夫根本没有注意到，桑那镇还会有这么一条河存在着。温特沃夫从这条河上走过时，他根本没有去想，这里有没有河流，就是有河流，又与他能有什么关系呢。他的目光早已投向了桑那镇上那座尖顶的教堂，脸上露出兴奋的笑容，心里寻思着，这个偏远闭塞的小镇，会不会变成他理想中的容身之地呢？

桑那镇的确是一个愚昧闭塞的落后小镇，生活水平不高倒不要紧，要紧的是桑那镇人相互通婚，他们生育的后代，大都或多或少有点毛病。温特沃夫到了这个小镇上后，小镇上的人没有显得多么热情，但也没有排斥他，只是用有些好奇的目光看着这个穿着有些与众不同的人，温和地笑笑。大家都很容忍地让温特沃夫在那座空荡的、在镇子里显得十分孤单的教堂里住下来。

温特沃夫发现桑那镇的落后，就是从叶尔羌河边摆渡的姚栓栓身上开始的。这年开春，积雪融化后，温特沃夫穿着一身黑色的教服像神灵似的，从老毛子修建起来的尖顶教堂里走了出来，他才突然发现，桑那镇边上还有条河的。温特沃夫信步来到叶尔羌河边，看到了姚栓栓摆渡的一幕。当温特沃夫知道了姚栓栓是无偿摆渡的事后，非常吃惊，他没有想到在这么一个荒僻的地方，竟然还有这么愚昧的行为。温特沃夫知道自己的机会来了，他先要从姚栓栓身上下手，他要以神的名义超度他。

做通姚栓栓的工作，温特沃夫费了很大的劲。姚栓栓脑子不好使，他除能摆渡，态度还好之外，别的事他都做不来。他只记着从他爹手里接过撑船的篙子，义不容辞地在叶尔羌河上摆渡，从来没有想过别的事情。温特沃夫把姚栓栓带到教堂，借助神的力量，为姚栓栓超度他身上的罪恶。

温特沃夫耐心细致地劝诫着姚栓栓，他说，世上没有免费的午餐，他姚栓栓既然付出了自己的时间和劳动，就应该得到报酬，没有报酬的劳动是不存在的。再说了，报酬的高低是自己劳动价值的真正体现，只有你这个人失去价值了，才会被人免费使用，才会被人吆来喝去，没有人的尊严。姚栓栓虽然听不懂温特沃夫说的什么价值、尊严之类的词，但经过温特沃夫毫不气馁的每日的孜孜教诲，姚栓栓终于有所醒悟，懂得了自己这么多年来无偿替人摆渡是多么亏欠的一件事，何况他的劳动还没有人对他有过一句善言。明白过来的姚栓栓终于接受了温特沃夫的点化，干起了收取财物摆渡的营生。桑那镇的人们起初还不能容忍姚栓栓的这种摆渡方式，但仔细一想，姚栓栓常年守候在河边，为行人提供过河的便利，他图个啥呢？如果不是他为大家撑船摆渡，又怎么能过到河那面去呢？姚栓栓又不欠谁的，他凭啥要为大家提供这个便利呢？只有大家欠他的。再说了，姚栓栓也要吃饭啊，多少年了，大家心安理得地坐着姚栓栓的渡船，有谁为姚栓栓的生活考虑过？桑那镇的人，从来不干欺负人的营生，但他们的确一直在欺负着姚栓栓，这么一想，人们很惭愧，是该给姚栓栓一点报酬的，于是他们对姚栓栓的摆渡收取财物，给予了默许和支持。

从此，姚栓栓也告别了半温半饱的生活状态。

这还不算什么，时隔不久，温特沃夫还张罗着要给姚栓栓介绍一个媳妇。温特沃夫连人都给选好了，就是镇子皮匠铺里高二瘸子的那个老闺女。温特沃夫到桑那镇的第一天，见到的第一个人就是高二瘸子的老闺女了。那天，他踏着积雪从寂静的镇街上走过，直接来到教堂跟前，当他推开教堂虚掩的门，一股阴冷腐败的气流从教堂里冲了出来，差点把他掀倒，他憋住气硬着头皮还是走进了教堂。

温特沃夫第一眼看到的不是教堂里神圣的画像，而是一个惊慌失措的女人。这个女人就是高二瘸子的老闺女，她提着裤子从地上慌乱地站了起来，惊慌地看着突然而至的身穿黑色教服的温特沃夫。她可能认为他是魔鬼，所以吓得不轻。温特沃夫愤怒地瞪着这个女人，还有她站立的地上，那里有一个很大的湿印。温特沃夫不能容忍愚昧的人们对神的亵渎，他怒气冲冲地冲了上去，还没有容他动怒，眼前的女人已经吓得两手松开了裤子，任凭裤子滑到了脚腕上，露出了女人不该露的地方，她还慢慢地倒在了有她尿迹的湿地上，全身抽动，口里吐着白沫。那一刻，温特沃夫被突如其来的变化吓住了，他看了看四周的地上全是秽物，他的胃里好一阵翻动，他呕吐了。吐过，他抱起了地上不省人事的女人，女人的体温通过手的途径传达到了他的身上，他忍不住抚摩了他不该抚摩的地方，这种抚摩叫他全身颤抖，脸热心跳，他本来还想做点什么的，但他想到自己是初来乍到，以后还要在这个镇子里站稳脚跟的，最后还是控制住了自己，为女人穿好了裤子，掐着她的人中，把她抢救了过来，放她走了。但这个女人身上最隐秘的部位，却已经刻在了他的脑子里，叫他没法抹去。

高二瘸子的老闺女人长得还算周正，就是患有羊角风，动不动就抽风，所以一直嫁不出去，这已经成了高二瘸子的一大心病。温特沃夫出面给姚栓栓撮合，高二瘸子的老婆死得早，给他留下这么一个老闺女，他总想把这个可怜的闺女嫁个好人家，但一直嫁不出去，这下有人上门提亲了，他高兴是高兴，可就是嫌姚栓栓的脑子不够用，虽然现在摆渡也开始收些钱物了，但总还不是个会生活的男人，心里有点不大情愿。那几天，他放下手头的活，一瘸一拐地往教堂和姚栓栓家跑了无数次，温特沃夫耐心地给他讲着道理，他又到姚栓栓家实地观察和确证了无数次，毕竟，自己的闺女不是个正常人，是自己的一块心病，总不能把她留在身边一辈子吧，高二瘸子咬咬牙，最后还是同意了。为了感谢温特沃夫做的这个媒，高二瘸子还给他做了一双耐穿的牛皮靴子，连防盐碱的靴套都给准备了两副，就是盐碱烧坏了一副，还有一副预备着。可见高二瘸子对自己老闺女的事多么用心。

姚栓栓这就有了媳妇。这个媳妇配姚栓栓还是够的，她就那么点抽风的毛病，除此之外，她下地、做饭，样样拿得起放得下，还不影响姚栓栓晚上在炕上使用。唯一的缺点就是犯病的时候有点吓人，刚开始姚栓栓还不太适应媳妇口吐白沫，全身抽动的样子，动不动就吓得跑到教堂里来叫温特沃夫，去给他媳妇瞧病。这正是温特沃夫所希望做的事，他是传教士，就是伟大的主派到人间来普度众生的，又是姚栓栓家的有病，更是义不容辞，随叫随到。他跑到姚栓栓家，把姚栓栓打发出去，然后关上门上到姚栓栓家的炕上，给姚栓栓家的治病。他嘴里念念有词，手里也没有停，把姚栓栓家的身上衣服一件一件地脱光，用他的双手慢慢地抚摩得姚栓栓家的平静下来，恢复了正常。温特沃夫还告诉姚栓栓，他媳妇之所以会不时地犯病，主要是她有原罪还存在体内，为了使姚栓栓家的一直正常下去，温特沃夫还定期地叫姚栓栓家的到他的教堂里去接受治疗，姚栓栓亲眼看着温特沃夫把他家里的衣服解开，代表神灵给她驱逐原罪，但姚栓栓一点都不生气，他看着温特沃夫卖力的动作，还傻傻地赔着笑呢。有时，这样的治疗过程得延缓一天一夜，姚栓栓还得到河边去摆渡，就把媳妇留在教堂里，叫温特沃夫慢慢地为他家里的治病。温特沃夫每次给姚栓栓家的治完病后，总是要给她一些药片，交代她，要她和姚栓栓行房事的时候服用，这样有利于治她的病。姚栓栓家的半信半疑地手里捏着药片，曾经当面问过温特沃夫，为啥他给她治病的时候，也是做的房事，咋不吃这药片呢？温特沃夫说，我这不是在给你治病嘛，我跟姚栓栓是不一样的，我是代表的神灵，而姚栓栓只是凡夫俗子。姚栓栓家的想想也对，就点了点头，不再问了，只是按温特沃夫说的去做。一年下来，姚栓栓家里的不但犯病的次数明显地少了，并且还为姚栓栓生下了一个大胖小子，姚栓栓很感激这个神奇的传教士，他认为正是这个传教士的到来，不但使他的日子好过了，还给他娶了一房媳妇，并且叫他家里的像常人一样生活，给他生下了一个可以传宗接代的儿子。

温特沃夫以神灵使者的身份，给桑那镇贫苦的人带来了福音，姚栓栓无疑是受益最大的一个。人们看到姚栓栓过上了老婆孩子热炕头的幸福生活，这一切又是上天的恩赐，通过温特沃夫传达给了姚栓栓。在事实面前，人们才意识到了神灵的伟大，以前他们真是太不像话了，一点都不尊重神灵，在教堂里拉屎撒尿，简直是愚蠢透顶。人们醒悟过来，这才愧疚地来到教堂，帮着温特沃夫清理、修补好残破的教堂。这座教堂是很久以前由一帮子老毛子洋人修建的，洋人还没有在桑那镇发展信徒，不知为啥突然又走了，把这座教堂留给了桑那镇。桑那镇的人还真不知道这么难看的尖顶房子是干什么用的，见洋人扔下都不要了，想着这样的房子肯定是有某种不祥的，就没有当一回事，谁也不愿到里面去，除了有人经过的时候内急了，才把那里当一个能挡一挡丑的茅坑。这下，温特沃夫来管理这座教堂了，人们才知道这原来是一个神圣的，并且能给人们降临福音的地方。于是，当教堂修复好后，传教士温特沃夫就像一个救世主，在他的游说下，人们开始来教堂听他讲经布道了。

温特沃夫除过讲经布道，还给人们讲桑那镇以外的世界，他的话就像一盏神灯，点亮了桑那镇的人们一直黑暗的心灵，给他们补上了很重要的一课，把没有一点生气的桑那镇的气氛给调理了起来，桑那镇的人们这才相信外面的世界确实很不一样，桑那镇真的是很落后的一个地方。于是，在温特沃夫的言传身教下，桑那镇沿袭了许多年的风俗习惯都慢慢地在改变着。一时间，温特沃夫成了桑那镇人们灵魂上不可缺少的抚慰者。

二

这一年刚入秋的时候，镇子东头的寡妇白兰兰的公公死了。公公入殓后，白兰兰看着躺在正屋里的黑漆棺材，心里才真正踏实了。在公公停尸的这三天里，白兰兰一直处于恍惚之中，总觉得公公只是睡着了，他才不会那么容易就死呢，说不定他睡着睡着就会爬起来在屋子里转悠。黑漆棺材一抬到正屋，白兰兰似乎才回到事实之中，这个事实使她的心中像是开启了一道门，透过这道门，一片灿烂的阳光毫无遮拦地照了进来，突然之间让她感觉到了什么是快乐，她想为这种快乐大笑一场，可眼下的情形不允许她这么做，她只好把这份快乐压在心里，让它在心里偷偷地绽放着。这个时候，她绝对没有理由伤心的。像一张弓似的驼背公公死了，白兰兰知道自己今后的日子就要直着过了，心情一下子好了起来，她现在看什么都觉得有了新的意义，看着一屋子出出进进的人都在为公公的丧事忙碌着，她觉得这些人的忙碌都是替她打开心中那曾经的郁郁之门，放进来阳光的手。由于心情好，她变得对什么都感兴趣，就觉得自己这样坐视一旁，什么也不做实在是有愧于心中的快乐，于是她总想插手去帮那些忙碌的人干点什么，可屋里屋外的活只要她一拿起来，马上就有人不由分说地从她手中抢夺过去，并且还用那种悲天悯人的口吻对她说，你还是省点心去顾大事吧，这个家现在就靠你撑着了。

丧葬的事确实是大事，可没有人来找白兰兰商议，早有本族里喜欢出头露面的人，到处张罗着，一切都按丧事的程式有条不紊地进行着。搭灵棚、挖坟坑，就连给亲戚去报丧这种事，都没有人找她来问她一下，他们都去人给亲戚报过丧了，根本没有一个地方需要她操心的。死的是自己的公公，现在当家做了主人的白兰兰却无所事事，清闲得连她自己都觉得不好意思了。自从丈夫八年前病死后，活着的公公为了把做了寡妇的白兰兰收拢住，没少动用族人的力量，摆一家之主的谱。在公公面前，白兰兰的神经就像公公永远弓着的驼背，时刻都那么紧绷着，心里稍稍想有一点松懈，哪怕是无意中多看别的男人几眼（除过到教堂拜见温特沃夫），公公就会利用各种方式把她的心往紧里箍，比如给她讲古今贞女烈妇的经典故事，如果讲故事不行，就纠集起一帮族人，轮番说教，并且时不时地请来温特沃夫，给狂躁不安的白兰兰以神的旨意施加压力。在每年春天和秋天的时候，只要温特沃夫传教士在镇街上走过，人们就知道他是去白兰兰家，为不安分守己的寡妇白兰兰摩顶受戒去了。温特沃夫在桑那镇去得最多的地方，除过姚栓栓的家外，就是寡妇白兰兰的家了。随着姚栓栓家里的像母猪一样，生了一大串孩娃之后，温特沃夫去姚栓栓家里的次数就明显少了，但去白兰兰家里的次数却越来越多了。这倒不是温特沃夫喜新厌旧，也不是他嫌姚栓栓家的生那么多孩娃，身上的肉都松了，摸上去没有弹性，而是姚栓栓家的那个羊角风病，每次行事时，他总是小心翼翼的，怕把动静弄大了，她会犯病，总是不能尽兴。可白兰兰就不同了，白兰兰是主动的，每次都像一锅烧开的沸水，要把他融化了似的，倒叫他有点力不从心。可他喜欢这样的力不从心。

刚开始，每次去了白兰兰家里，温特沃夫都用低缓平静的口吻，传达着神的旨意，但大多数时候，神的旨意也没法控制住白兰兰快要爆炸的身体，温特沃夫就叫白兰兰的公公带上孙子找个地方避开，他把白兰兰和自己关在屋子里，只好牺牲自己，用他自己的身体帮助白兰兰渡过难关。白兰兰和姚栓栓家的不同，姚栓栓家的是真有病，而白兰兰是清醒的，她的狂躁不安是心理和身体上的，是多年来没有得到过滋润，又被家族礼规紧紧压抑着的对欲望赤裸裸的渴求。而温特沃夫是个把自己的声誉看得很重的神父，他代表着神，他当然知道白兰兰的病来自哪里，但他不能像对待姚栓栓家的那样毫无顾忌地对白兰兰，所以开始时他的心里总有点障碍，和白兰兰上炕后，白兰兰几把扯掉自己身上的衣服，像条鱼似的在炕上全身扭动着“嗷嗷”浪叫着时，虽然温特沃夫全身激动地也在发抖，但他总要板着个脸，一本正经地摆个只是来替白兰兰超度的神父的样子，行事就少了一份兴致，不能让身体干涸得太久的白兰兰尽兴，也因为太匆忙，只能蜻蜓点水似的匆匆帮白兰兰渡过一时的难关，没法解决白兰兰深层次的身体需求，反而让白兰兰更加不甘身体的焦渴。没有几天，白兰兰就还得和老公公闹上一次，实在闹得不可开交的时候，老公公还会采取各种自杀的方式，威逼白兰兰就范，目的只有一个，就是阻止白兰兰改嫁，要她安心抚养关家唯一的后代，延续关家的香火。

长得年轻且还有几分姿色的白兰兰，在丈夫活着的时候，因为丈夫患的是痨病，等于已经守了几年的活寡，虽然有时候可以得到温特沃夫的一些滋润，但对她都是一丝毛毛雨，浅浅地湿一下，根本抗不了她严重的旱情。好不容易挨到丈夫病死，她想她终于摆脱了那暗无天日的日子，该有个出头之日了，公公又像一把锁链紧紧地锁死了她。无奈，一个年轻还美丽着的女人，就只好在清冷、艰难的日子里，侍候着老公公，拉扯着五岁的儿子，白天累死累活忙着地里家里，晚上连个知冷知热的人都没有，儿子睡着后，白兰兰一个人睁着美丽的眼睛，独守着漫漫长夜，在那种难挨的寂寞里，一点一点磨平自己心中的欲望和激情，也一点一点消耗她的青春和美丽。白兰兰心里恨死了监护神一样的公公，可公公就像门前的那棵老槐树，虽然躬腰驼背，却健健康康，一点毛病都没有，怎么也死不了。并且，白兰兰稍微有点风吹草动，公公神卜子似的，总能洞察出来，而且不论用什么方式，都会把儿媳妇荡漾的春心消灭在萌芽状态。这还不算，要是有哪个男人敢表现出一点对白兰兰的好感来，那更是不得了了，公公根本不顾自己的老脸，也不会考虑白兰兰的感受，到处去游说，去诉苦，最后非得把这个男人不但弄得断了心思，而且看见白兰兰就像看见瘟神似的远远地就躲开不可。

这个时候的白兰兰，唯一可以诉说自己心里苦衷的地方，就是教堂了。她可以向仁慈善良的温特沃夫诉说自己内心的苦痛，并且向主忏悔自己的非分之想。主委托温特沃夫给白兰兰能解决一些实质性的问题，但是过后，白兰兰还是忍不住内心的寂寞，按捺不住身体里的欲望，会往男人身上最重要的部位多瞧上几眼。白兰兰的眼神是很能勾人的，她经常能把一些意志差些的男人勾得神魂颠倒。

最厉害的一次，是镇西头顾家的那个老光棍顾明娃，也真是打光棍打怕了，想女人快想疯了，被白兰兰的眼睛早就勾去了魂，想着自己和白兰兰都一直闲着，就动了先把生米做成熟饭的念头，在秋天的一个午后，他把白兰兰堵在玉米地里想做了好事。白兰兰倒有心与顾明娃成全了这种好事，所以也没有拒绝，只象征性地与顾明娃撕扯了几下，然后就兴奋地闭上眼睛任凭顾明娃脱她的衣服。干柴遇到了烈火，两人都烧着了，谁知事情还没有真正进入实质阶段，白兰兰的公公早盯梢上了，在最关键的时候突然出现在玉米地里了，人还没到，他手中的拐棍像从他身体形成的弯弓上射出的箭，早先一步击中了顾明娃的头部，这突然的袭击，似给火烧火燎的顾明娃兜头浇了一盆凉水，别说是那快要熊熊燃烧的欲火熄了，就连整个身子都软得像个布袋，连裤子都提不起来了，就那样狼狈不堪地让裤子绊住脚腕一瘸一拐地逃跑了。从此，顾明娃还害下了浑身发冷的病，大夏天里都穿着棉袄，见了女人除了用软茸茸的眼神扫一扫，连细看的想法都没有，就更冲动不起来了。白兰兰更不用说了，贼胆早吓得不见了影子，内心的羞辱感压得她只能把自己的渴望更深地埋藏起来，时间一长，别人看着白兰兰的目光里静静的如一潭死水，再也没有一点让男人看了会忍不住心动的引诱力，没有了一个守寡女人从内心迸发出来的令人渴望的东西，都还以为她已经断了想男人的念头，真正的清心寡欲了呢。

三

温特沃夫就像是从烟雾中走出的神灵似的，在桑那镇人们的眼目里，咋看都看不透，根本弄不清他的真实内心，他来桑那镇，好像什么也不图，就是为了给桑那镇的人们带来另一种生活形式似的，他在改变桑那镇人们生活习惯的同时，还给人们讲清了一个有关生与死的道理。

温特沃夫说，一个人死了，不等于他的灵魂也就死了，死的只是人的躯体，灵魂却是永生的。死人的灵魂得到超度后，就能安然地进入天堂。这是死者最好的归宿。

从此，桑那镇的人，生与死的观念改变了。谁家里死了人，在家里正屋停尸三天，入殓四天，等着灵魂和躯体分离了，才把尸体抬到墓地里埋葬。然后，经过温特沃夫的测算，过上三天，在某一个测出来的时辰，再把死者的灵魂送走，才算把这个人的一生送完。送灵魂和送躯体不同，躯体是物质的，所以有重量，需要几个壮劳力抬着棺材，亲属在后面恸哭着，表示对死者生前的躯体的留恋或者感谢，这才完成仪式。但送灵魂就不一样了，灵魂看不见摸不着，温特沃夫根据死者的生辰八字和咽气的时辰推算的那个时间段里，死者的灵魂才会恋恋不舍地离开家，去另一个生者谁都无法感触到的极乐世界。因为灵魂去的是最好的天堂，但天堂也是一个寂寞的地方，生者又总是不愿意死者的灵魂在孤寂中而去，总想让死者的灵魂带点儿阳间里的什么陪伴着。所以送灵魂时，死者的家人就会准备点东西，给亲人带去。一般都是活物，要灵敏又机智的，又不能送个活人，只有送家里养的鸡了。

原来，桑那镇生活还很困难的时候，镇西头的老顾头死了，办完丧事后是实实在在的一穷二白，家里既没有能飞会跑的活物，也实在拿不出钱来买鸡了，他的儿子顾明娃就想着反正他已经尽了孝，将他爹的尸骨埋了，活着的他现在连下一顿的吃食都还没有着落呢，干脆不给他爹的灵魂准备什么东西了，到那时辰，他只要躲出去忍耐一下算了。没想到在躲过他爹的灵魂要走的那一段时辰后，顾明娃回到家里一看，院子里的那棵枣树被折腾得不像个样子了，半青不熟的枣落了一地，树枝就跟经历了一场大风暴似的，七枝八杈，断的断，折的折，没过几天枣树就死了，他这才明白，果真是他爹的灵魂见儿子没有给他备下陪伴他的活物，可能生气了，只好把院子里唯一有生命的枣树魂魄带走了。顾明娃也因此没有得到好报，一直打着光棍。

顾明娃还落下了心神不定的毛病，一到晚上总是做噩梦，整夜不敢闭眼，最后折腾得实在受不了了，就去了教堂，求得温特沃夫的帮助。温特沃夫把手放在顾明娃的头上，仰天长叹着，给顾明娃做了一番祈祷。然后温特沃夫才告诫顾明娃，还有桑那镇的其他人。亡者的灵魂在进入天堂之前，有一个过程的，这个过程是孤寂的，所以灵魂在离开时，是得带个活物的灵魂陪伴他。

从此以后，桑那镇的人们，在死者的灵魂离开的那个时辰，死者的亲人可以将一只大公鸡绑在自己家的门口，很醒目，意思是告诉死者灵魂，他们已经给他备下了陪他上路的伴，让死者灵魂安安静静地带走就行了。在这个时辰，连死者的邻居都离开家躲得远远的，那是生怕有些灵魂不小心会带走人的魂魄，若是把自己的魂魄带去那么一个寂寞地方，只留下躯体生存在这个世间，对人而言，那是一件很痛苦的事情。

死人的灵魂也是很奇怪的东西，因为它自己没有了躯体，所以大公鸡的躯体它也不带走，只带走鸡的魂魄就行了，鸡的躯体还活活地留在那里，家人等死者的灵魂走了后，便把那只没有了魂魄已经变得木木呆呆的鸡杀了，用鸡血淋了院子，然后把死鸡埋掉。这样的鸡是没有人敢吃的，怕吃了会沾上鸡的晦气，一生不得安宁。

四

这下，公公死了，白兰兰算是彻底解脱，该有出头之日了，公公躺在棺材里的那几天，白兰兰就像被人用绳子紧紧捆绑了数日而终于被释放了一般，全身心都是轻松。她把腰板挺得笔直，浑身都好像充足了气，说话精神了，走路的脚步轻盈了起来，看人的目光也变得比以前更加诱人了。但慢慢地，她变得很有神采的目光却暗淡了下来。因为，她还有一个已经长到十三岁的儿子关小小，这几天，儿子像个尾巴似的跟在她后面，赶都赶不走。以前，儿子关小小是他爷爷的掌上明珠，整天围绕在爷爷的膝前，要吃这个那个的，连晚上睡觉都在爷爷的炕上，有他爷爷宠爱和呵护着。在爷爷去世之前，关小小的意识里像从来没有过妈妈似的，从不在他的智力范围内用他的交谈方式去和妈妈交流，甚至根本不和妈妈多说一句话，因为妈妈会教他很多以他的智力无法接受的东西，会对他大声呵斥，还会控制着他的饭量，不让他多吃饭，怕他逐渐变形的身体会因此更加疯狂地发展下去。而爷爷则任由他随心所欲，从来不干涉他，也不逼迫他去学一些莫名其妙的东西，而且，对他说出的话，爷爷也总是笑眯眯地摸着他的头表扬他，因此，关小小对爷爷的依赖更深，有什么需要都是找他的爷爷要。可现在，关小小再也找不着那个每时每刻都在呵护着他的人，他知道家里发生了什么事，不然家里怎么会有那么多人。但是什么事却是他的那点智力无法猜测到的。好在眼前还有一个让他比较熟悉也觉得较为安全的人，那就是他的妈妈，妈妈虽然没有爷爷那样对他好，可关小小还是懂得，这个时候，妈妈才是他唯一的依靠，所以，无论白兰兰走到哪里，关小小都像是尾巴一样黏在白兰兰的身边。

其实，在这守寡的几年里，白兰兰最头疼的还不只是驼背公公，还有自己的这个儿子，儿子在三岁以前，看不出有什么毛病，她还梦想着等儿子长大了就让他去好好上学，日后说不定他还能做个教书先生啥的，她还能捞上个先生的母亲，风光一世的。可儿子三岁之后，白兰兰慢慢地发现，儿子的脑子反应有点迟钝，除过对吃的食物有种天生的灵敏度外，其他的都不像个正常的孩子，拉屎拉尿根本就没有感觉，随时都可以拉在裤子里。这还不算，三岁的人了，连一句完整的话都说不全，白兰兰心里才有点慌了，想着带儿子去镇里的王医师那里检查一下，看儿子是不是有什么毛病。丈夫和公公都不以为然，认为她是神经过敏，哪个孩子小时候不在裤裆里拉屎拉尿呢，你白兰兰敢说没有过？再说小孩说话有早有晚嘛，也不是没听说过有些说话晚的小孩最后智力反比一般小孩的智力更超常的例子。她无力反驳。后来，丈夫没日没夜地咳嗽，一检查患的是痨病，有时候咳嗽得连气都喘不上来，看病吃药，一个家就这样叫痨病给拖垮了，儿子暂时放在了一边，由公公照料着。直到有一天，丈夫终于不咳嗽了，他的一辈子也算了结了。那几年白兰兰没黑没明地陷在丈夫的痨病里，累得没有了一点多余的精力，等把丈夫送到坟墓里后，她再看自己的儿子，才发现儿子已经胖得变形了。白兰兰刚刚从丈夫的痨病里解放出来的心，一下子又落到儿子的事情上来了。意识到这几年没有顾上儿子，心里忍不住一阵愧疚，赶紧带着儿子又到王医师那里去检查。检查结果是儿子脑子发育不全，智力低下，但肠胃却有惊人的收缩能力，吃什么都能吸收养分，要治好，恐怕没有相当的资金是不行的。白兰兰没有这个能力，丈夫的病把这个家差点拖进坟墓里去，她现在哪里还有剩余的钱接着替儿子看病呢。她也曾带着儿子去过教堂，求过温特沃夫，神通广大的温特沃夫却束手无力，没法把白兰兰儿子的病治好，但他告诉白兰兰，她的儿子其实没有什么病，只是他身上还有原罪这个恶魔潜伏着，她是孩子的母亲，他要她听从神灵的忠告，就从她身上着手，把这个魔怔驱逐出去。当时，白兰兰还没有反应过来，她没有完全明白温特沃夫的意思，心想着还是缓缓再说吧，就带上儿子回家了。儿子到了上学的年龄，送到小学校里去上学，一连上了三年，关小小硬是没有升到二年级，末了，还是连自己的名字都不会写，就回到了家中，在爷爷的呵护下，整天说得最多的话，就是吃了。一个时期以来，儿子只要见到白兰兰唯一的语言内容就是他的要求，这种要求在关小小的口中也只剩下了三个字：妈——饿——吃。再没有别的要求，除过这三个不连贯的字外，儿子没有能力说出一句完整的话来，才十三岁的人，已经吃成了快一百斤重的壮汉体重了，白兰兰能不头疼吗？直到这时，白兰兰才知道事情是多么严重，她带着儿子再去找温特沃夫时，温特沃夫嘴里说着已经迟了，如果她能早些明白他的话的意思，早早地帮她儿子驱除身体里的原罪的话，说不定她儿子的病早就好了。白兰兰急了，忙问温特沃夫还有没有别的办法，温特沃夫摇摇头，见白兰兰很失望的样子，又说但他会祈求神灵，尽他所能，为白兰兰驱逐她身上的魔怔。白兰兰的目光这时是灼灼发光的，她很温驯地听从温特沃夫的话，躺到了教堂里昏暗的床上，任凭他的摆布。别说温特沃夫此时是代表着神灵的，他在白兰兰身上做什么事，白兰兰都不敢有半点不恭，就算温特沃夫什么也不是，她也会对他感恩戴德，因为她饥渴的身体得到了她想得到的安慰。至于儿子的情形能不能好转，白兰兰根本就顾不上了，她在温特沃夫身下激动地扭着、叫着，让自己的欲望尽情地得到释放。身体得到满足之后，她再看到自己的儿子，还是那副傻样，她一点都不愧疚。

只是看着影子一样地贴着她的肥胖儿子，白兰兰以为再也没有人可以阻止她重新追求美好的新生活而刚刚好起来的心情，被傻憨憨跟在身后一个劲要东西吃的儿子给破坏了，就像一个绮丽的梦，在它正要腾飞时，却被人不小心地击碎了，白兰兰看到灿烂的阳光轻而易举地让一片阴影挡住了，她的心在瞬间被烦躁和无奈取代了快乐。当着那么多人的面，白兰兰一手指着一旁闪着幽黑亮光的棺材，对儿子吼道，吃吃吃，你爷爷就在这里面，你就跟着你爷爷到棺材里面去吃吧。

儿子冬瓜似的胖脸上，连一点愣怔都没有，很听话地向爷爷的棺材走去。白兰兰望着像个大油桶一样的儿子，圆鼓鼓地挪到了那个黑漆棺跟前，很奇怪地打量着寂寂地停放在那里的棺材，他明白了，爷爷就在这个黑漆漆的木箱子里，可他不知怎么才能见到自己的爷爷，他脸上带着一种茫然的笑容围着棺材转，一边转一边“爷，爷”地叫着。白兰兰的眼泪再也止不住了，忽地涌了出来，她为她有这么一个宝贝儿子感到痛心，想着自己的一生怎么如此的苦命，先是丈夫得了痨病，丈夫死了，公公为不让她改嫁，把她看得死紧，而今，公公去了，本该是自己舒舒心心地寻找好日子的时候，却还有一个痴傻至此的儿子，恐怕她的今后还得叫儿子拖着了。她越想越恼，越恼越伤心，想着恼着伤心着就忍不住号啕大哭了起来，这是公公死后，她第一次放声大哭，一时间竟感动了在场的不少人。一些专门来帮忙劝孝子的妇女，都涌了过来用千篇一律的语言劝白兰兰想开点，人死不能复生，活着的人不要太悲伤，还有好多日子等着要过呢。不劝还好，这一劝，白兰兰心里更是有苦难言，难受至极，倒哭得更凶了。她想还有好多日子过又能怎样，反正她以后的日子恐怕也不会比现在好到哪里去，有这么一个傻儿子跟着，她能利利索索地找个好男人嫁了，过几天像样的日子吗?

驼背公公没死的时候，不让白兰兰改嫁，不就是怕关小小没了母亲，或者会受继父的虐待，才处处阻挠她再嫁人，说是叫她留在关家抚养关小小，说是将来还要靠关家这个唯一的后代来延续香火。可是白兰兰心里明白，这话说出去谁信?谁不知道关小小天生弱智，还靠他来延续香火，那还不知又要把哪个女人给害了呢。

白兰兰现在才觉得，儿子关小小其实是她追求幸福生活的最大障碍，公公能把她控制一时，却控制不了她一辈子，现在不也死了吗?真正拖住她后腿的，还是这个傻儿子，如果儿子是个健康正常的孩子，十三岁该是个懂事能在生活上自立的孩子了，可关小小除过不停地要吃的外，屎尿照样还拉在裤子里，对此，白兰兰一点办法都没有。

儿子是白兰兰通向幸福的障碍。这个念头越来越强烈时，白兰兰再看自己的儿子时，目光里没有了伤感和怜惜，而变成了痛恨，这种痛恨使她内心里突然间变得对自己也恐惧起来。以前，公公用各种方式防着她起外心，阻止她改嫁，她也痛恨公公，心里一直想着怎么对抗公公，哪怕是在公公用自杀要挟时，表面上她妥协了，心里却仍没有断过抗争的念头，更没有过一丝恐惧，可现在，公公静静地躺在了棺材里，永远都不会再阻止她追求幸福，永远都不会再干涉她的事了，她却因为这样一个从小到大一直没有往心上放的儿子，而心生了恐惧，这是她绝对没有料到的。这还不算，更叫白兰兰伤感的，是公公入殓的这几天里，因为少了公公无处不在的监视的目光，白兰兰敢大胆地用眼光去看那些出出进进的男人了，可那些能用眼睛脱掉她衣服的男人们，对魅力十足的她垂涎的时候，只要一看到跟在她身后要着吃的傻儿子，眼光立马就像被电击了一般，迅速地闪开她，就连差点把她强弄到手的顾明娃，也是这副嘴脸。白兰兰这才明白了男人们的心思，她有这么一个宝贝儿子，男人愿意沾上她，可谁也不愿沾上她带的这个明显的拖累。以前，有驼背公公在，傻儿子还有个依靠，现在傻儿子当然只有依靠她这个妈了。白兰兰内心的恐惧是从这时候产生的。

有了这个恐惧，白兰兰的心情就再也没办法好了，在丧事后来的几道程序上，她满心忧戚，满脸悲伤，像一个真正办丧事的主人了。

五

十几年后，温特沃夫威信扫地，这是他帮助最多的姚栓栓家里的给害的。姚栓栓家的结婚后，肚子一直就没有闲过，一个接一个地生了八个孩娃，按说这是好事，姚栓栓家口兴旺呀，可是，姚栓栓的这八个孩娃长得却一点都不像他爹，一个个都越长越像温特沃夫，最大的都快成温特沃夫的翻版了。面对这么一群孩娃，姚栓栓倒没有生气，他的老岳父高二瘸子却受不了，一发现这个迹象，本想找温特沃夫当面去质问，可就是鼓不起这个勇气，一个人关在家里活活气死了，人们闻到了他尸体腐烂的臭味，才知道他已经死了好长时间。桑那镇的其他人看不过眼，有些年轻的愤怒者扬言要拆了教堂，把温特沃夫赶出桑那镇，但都被年老者制止了，因为教堂和温特沃夫都与神灵有关，他们还是不敢与神作对的。

但是，人们终于看清了温特沃夫的真实面目，他只不过是一个干瘪的老头，除过他的眼珠是青蓝色的外，与桑那镇的老头没有啥区别，从此，人们再不把温特沃夫当回事了，就算他可以代表神灵。

这些年，桑那镇也发生了翻天覆地的变化。先是外来人员的不断涌入，他们来桑那镇卖农具、衣服、食品、烟酒，甚至也卖淫，你看着那些理发的闺女，白天用手，晚上就用她们的身体，一刻都没闲着，大把大把地赚桑那镇男人的钱呢。桑那镇的男人还以为自己占了大便宜呢，给点钱就能多睡一个女人，还不用提心吊胆地防着这个女人上门来闹，这是多好的事啊。外来人员把沉闷的桑那镇给激活了，他们带来的外界信息，使桑那镇的人们慢慢地对温特沃夫构筑起来的神灵世界起了疑心，这么多年来，人们在温特沃夫的教化下，净干了些看不见摸不着的无影子的事，却没有得到什么生活实质，他们从外来人们的身上看到的外界变化，是真正的，具体的，能真切感受到的。虽然，当初温特沃夫也让他们看到了外面的世界，可那个只存在于温特沃夫的叙述里，存在于人们在叙述中的想象里，和温特沃夫口中的神灵一样，虚幻得让人怀疑。随着外来人员来桑那镇的越来越多，外来人员除过挣钱外，对人情世故的冷漠，还是影响到了桑那镇的人，他们慢慢地也变得冷漠和灰心，对姚栓栓家里的事就更懒得管了，人家姚栓栓自己都不管，别人管得着吗？温特沃夫在人们心目中的地位虽然一落千丈，但也没有人来找他的麻烦，是谁也懒得去找他的麻烦。温特沃夫失去了所有的信徒，可他依然能够平静地在桑那镇生活着。只是慢慢地，他很少像前几年那样穿着黑色的传教服，幽灵一般忙碌地穿行在镇街上，出入这家那户了。温特沃夫钻在教堂里，有时候一月半月的，很少能见到他的影子了。

再就是叶尔羌河，时不时地断流，有时候几近干枯。后来，桑那镇为了解决用水问题，干脆在河床里筑了一道大堤坝，修了一个大水库，存住仅有的那点水，用来浇灌田地。这下，姚栓栓的渡船就成了摆设，停靠在岸上，根本派不上用场了。人们可以自由自在地从干涸的河床里穿行，就是碰上了涨水的季节，大坝里的水太满了，从水闸里往下面的河床里放水，人们也可以绕道从大坝上过河，根本不用去坐船了。姚栓栓彻底地失了业，但姚栓栓早已经依赖上了摆渡为生的日子，这下断了收入，他又不是种地的好手，凭着种的那几亩地，广种薄收，日子过得捉襟见肘，甚至还不如收费以前的生活，谁都知道，姚栓栓家里的羊角风病没有被温特沃夫这个神的使者治好，却叫他的羊角风老婆给生了一大堆孩娃，这些孩娃咋看咋长得像温特沃夫，但他们却把姚栓栓叫爹，跟在他的屁股后头要吃的。为了填这七八张嘴，姚栓栓愁得把脾气都憋出来了，动不动就发火动怒，他不敢打他家里的，怕她犯病，只好把孩子们打得鬼哭狼嚎地在河滩里乱跑。羊角风老婆实在忍受不了姚栓栓对待孩子们的恶劣态度，有一天竟跳进了水坝里，淹死了。

姚栓栓老婆的猝死，没有引起姚栓栓的多少悲伤，但温特沃夫还是很伤心，他一个人躲在黑暗的教堂里哭了很久，这个实际上像他老婆一样的可怜女人，给了他多少肉体上的慰藉，陪他度过了多少个寂寞难挨的夜晚啊，并且给他生了一大群后代，虽然名义上都不是他的后代，但从长相上，无疑都是他辛勤劳作的结果。羊角风女人在温特沃夫失去人心的时候又死了，这个曾经红极一时的传教士连最后的一点慰藉都没有了。他在寂寞的冬天里，一个人窝在阴暗冰冷的教堂里，心里酝酿着一个又一个怎样挨过这种寂寞而清冷日子的想法。

当然，这时候的温特沃夫想得最多的就是寡妇白兰兰了。只要一想到白兰兰，那一瞬间，他的眼睛里会冒出闪亮的火花，全身激动得发抖，致使他坐卧不安。但白兰兰不属于他，自从他名声扫地后，桑那镇的人越来越不把他当回事了，偶尔他出去一下，总是像个黑色的影子一样在镇街上飘忽而过，他怕那种与尊敬和崇拜不一样的眼神，所以连在镇街上多停留一会儿都会提心吊胆的。白兰兰当然把这种情势看得很清楚，她也越来越疏远他了。他心里清楚，像白兰兰这样的女人，缺的是男人，她有满满的一腔欲望，只要是能给她快乐的男人，她才不会在乎名声不名声呢，只是她对别的男人还抱有幻想，比如老光棍顾明娃……温特沃夫不敢往下想了，如果自己再不去努力，今后，恐怕只有这样孤单单地待在教堂里了，他害怕这种孤寂的时光，他在桑那镇的这么多年，虽然没有一个女人真正属于他，但神灵让他没有缺过女人，这几年，他失去了光鲜的地位，受够了凄苦的日子，也受够了没有女人温暖躯体的凄凉日子。温特沃夫一个人时会常常想起白兰兰的胴体，那是一具散发着强烈欲望同样能够激起他强烈欲望的美丽躯体，只有她是他还能够把握的，他要把握住她。这一天，他鼓起勇气，从教堂角落里的床铺上爬了起来，略微收拾了一下自己，像个幽灵似的走出了教堂。

温特沃夫又出现在镇街上了，他不走人多的正街，专门钻进那些人少的小巷，躲藏在暗处，紧盯着白兰兰在镇街上行走的身影。只要白兰兰走到有男人的地方，温特沃夫总能把白兰兰的活宝儿子准确地带到那里，他准备好了足够引诱关小小的食物。对付关小小，温特沃夫显得比谁都有经验。温特沃夫用桑那镇最好的食物，使关小小在不该出现的时候，总会出现，总会发出他从生下来就一直固有着的饥饿声音。

对温特沃夫来说，这个声音就是对付白兰兰那些野男人的最好武器。

六

公公出殡后的第二天，白兰兰把办丧事剩下的活收拾完后，她按捺不住身体里狂躁不安的冲撞，不管别人用怎样的眼光看她，还去了镇子西头顾明娃的家，对这个老光棍直截了当地说，这下，你可以堂堂正正地娶我了吧。

老光棍对主动送上门来的白兰兰，激动得两眼放出灼灼的火焰，他从炕上跳下来，冲动地上前抓住白兰兰的双手，就开始手忙脚乱了起来。白兰兰关上身后的门，转过身来，积极配合着顾明娃，两人急不可耐地跳到炕上。已经急不可耐的顾明娃直奔主题，差点当场要把几年前想办的事办了，正在这时，关小小的声音不失时机地从门外面传了进来：“妈——我——饿——吃。”叫声像一把锥子似的，把顾明娃和白兰兰两人刚膨胀起来的身体一下就给刺破了，他们猛地同时把头转向门口，像怕冷似的全身发抖。顾明娃松开了抓白兰兰的手，结结巴巴地说道，我哪敢——要你！

白兰兰咬着嘴唇说，你是不想娶我了？

不是。顾明娃也咬着嘴唇，看了看他家的门，对白兰兰说，可我怎么——娶你？我……恐怕……不行……

白兰兰不顾儿子在门外尖细的喊叫，流着泪抚摩着顾明娃身上的那个物件，她努力了半天，也没有叫顾明娃坚硬起来，俩人折腾出了一身汗水，也没有整成事。最后，顾明娃像他的下身似的，似一团破布耷拉着，有气无力地卧在炕上，对白兰兰说，还是……算了吧。

白兰兰的心猛地沉了下去，脸一下子变得煞白，她瞪了顾明娃一眼，跳下炕，光着身子冲到门跟前，拉开门放儿子进来，伸手拽着儿子左右摇晃着，狠狠地对儿子吼道，为什么我走到哪里你都能找到，你是魂哪！是你爷爷让你跟着来看着我的是吧。好吧，我就跟你爷爷到坟墓里去，和他再接着闹，看你这个瘟神还能跟我到地下要吃的去！

白兰兰像拖一件沉重的物体似的把儿子拖回了家，一边发疯地哭叫着，一边乱砸乱打，哭累了，砸完了，像个泄了气的气球，瘫坐在地上，有气无力地看着被她砸得一片狼藉的家，看着躲在屋子角落里发抖的儿子，一边用惊恐的目光望着她，一边还在怯怯地向她要吃的，她犹如被架在了熊熊燃烧的烈火上，满心都是被焚烧的痛楚和绝望。此刻，她真不想活了，死的种种念头乱七八糟地攥住了她，可是，即使她在里面打着转，也选择不出来一个可以供她死的理由。凭什么要我死呢？这么多年我受了那么多的罪，难道就是为了要今天选择去死吗？那这么多年的罪我不就白受了？丈夫死了，公公死了，他们的死就是为了要我也死吗？白兰兰想着想着，突然一个念头在她的脑子里像一道白光划过，在儿子向她要吃的的黏稠声音里产生了。

把温特沃夫事先测好公公灵魂离开的时辰找了出来，白兰兰略微收拾了一下零乱的屋子，洗了把脸，挨家挨户地去通知邻居，到时别忘了躲避公公的灵魂。邻居们其实早就打听到了这个时辰，但主家正式来通知，也算是对他们负了责任，所以大家都很客气。白兰兰在一片感谢声中，开始筹备丧事的最后一道程序。

公鸡早就有人帮着买好了，圈在笼子里忘记喂了，给鸡喂饱了后，白兰兰下了厨。几天来，白兰兰第一次下厨亲手做了一顿可口的饭菜，和儿子吃着，她认为还是自己做的饭菜好吃，给丧事帮厨的那些人只顾自己吃了，做的饭菜就像猪食，再加上白兰兰的心一直在烦闷和忧戚中，就没有好好吃过几口，这下，她算是吃了个尽兴，也没有为难儿子，尽他吃，反正他吃多吃少都不知道饱，要不了多长时间还会要吃的，谁也改变不了他的这副蠢相。

到了这一天，白兰兰早早地把公鸡绑在自家屋门口，带着儿子离开家，到村庄外面的树林里去躲避公公的魂魄了。看着邻里的几户人家都走光了，白兰兰才突然想起什么似的，带着儿子匆匆地又回了一趟家，端出早就准备好的儿子最爱吃的食物，把儿子安置在离公鸡不远的地方，叫儿子坐在那里慢慢地吃着。她一个人急急地跑回了树林里。

挨过了那个难熬的时辰，白兰兰诚惶诚恐地回到家里，那只绑在门口的公鸡还是原样子，看不出失魂落魄的样子，儿子却已经回屋躺在炕上睡着了。白兰兰用手按着快跳出胸腔里的那颗心，不敢去看炕上的儿子，抖抖索索地杀了公鸡，把最后一道工序做完，心神不定地偷偷跑到公公的坟墓跟前，第一次给公公跪下，磕了三个响头。回到家里，白兰兰没有进屋子的门，她知道自己是不敢面对儿子的。就在柴房里和衣躺下熬了一夜又一个白天，在这一天一夜里，白兰兰在这十几年里，第一次没有听到儿子要吃的的喊叫声，她的心里却恐慌极了，一点都不踏实。熬到这天傍晚的时候，白兰兰觉得整个人都虚得站不起来了，她在柴房里实在熬不下去了，就心惊胆战地出了门，一路摇摇晃晃地来到了镇子西头的顾明娃家里，虚弱地对顾明娃苦涩地一笑，轻声说道，这下你可以放心了，我儿子他……他舍不得爷爷，跟着他爷爷走了，等过了百天，我就搬过来，和你过吧。

顾明娃一听，眼神怪怪地看着白兰兰，见白兰兰一脸的疲惫，也不知道究竟发生了什么事情，但白兰兰的话还是让他来了精神，他奔过去到门外瞅了瞅，确实没见白兰兰那尾巴一样的儿子。顾明娃犹豫了一下，顺手掩上门，抱住白兰兰就往炕上蹭。开始，白兰兰全身还处在紧张中，虚虚的，有些发抖，随着顾明娃把她的衣服像剥葱一样一层层地剥光，顾明娃的下身虽然软着，但还是像白捡了东西一样不顾一切地压到了白兰兰身上，白兰兰一下子就不抖了，她那压抑了许久的激情一下子爆发开了，浑身的每一寸肌肤都张开了她的渴望，她的身体在紧张和僵硬中变得柔软、温顺。

正当两人喘着粗气，都已经激情万丈，要更进一步动作时，外面传来了脚步声，接着是轻轻的敲门声。他们停下动作，屏住气息，等待着那个敲门的人听不到屋子里的回声而自动离开后再进行。可敲门声就像知道屋里有人似的，轻轻地、耐着劲儿，像一段戏曲里的唱腔，观众在拉长的声调里等着回落的那一刻，可是那声调丝一样细细长长，就是不断。顾明娃实在忍受不了在这种关键时候的这种无限度的等待，他气呼呼地骂道，外面是谁呀，敲什么敲，不知道我有早睡觉的习惯吗?

是——我！妈，我饿……。一声细细的、怯怯的、绵长的回答，却像利箭似的以迅雷不及掩耳之势地刺了进来，直刺进两具光溜溜的冒着热气的身体里。

顾明娃立马软了。白兰兰惊醒了过来，她的神经如同拉至极限却突然间崩断的绳索，她惨叫了一声，从炕上滚了下来，昏了过去。

之后，顾明娃再也没有了那个劲，白兰兰再来找他，他就全身发抖，全身软得像没有了骨头，任凭白兰兰咋样努力，都无法使他坚硬起来，进入它该进入的快乐之地。白兰兰手里攥着顾明娃，像攥着一团破布，咋捏也捏不出一个完整的形状来。

到了后来更严重，顾明娃只要一见到白兰兰，就像老鼠见到了猫，全身抖个不停。终于有一天，顾明娃给白兰兰摊牌，叫她不要再来找他了，任凭白兰兰怎么说她儿子没跟在她的身后，顾明娃都不敢再动白兰兰一下。从此以后，顾明娃总是躲着白兰兰。时隔不久，不知是顾明娃泄露了啥秘密，还是出于别的原因，全镇上的男人都开始躲着白兰兰了。白兰兰想去找别的男人，他们都用异样的目光看着她，就连脑子有问题的姚栓栓，都像躲瘟疫似的躲避着她，不管白兰兰的目光如何撩人，男人们都会神色惶恐，远远地就走开。

白兰兰本人也不再讲究打扮，丰盈的身子也明显地枯瘪了，俊俏的脸上像涂上了一层忧悒的蜡黄，没有了往日的光泽，头发也像秋天的一蓬枯草似的盖在头上，勾诱人的眼神也成了昔日的记忆，叫还有些同情心的人看了，都扼腕叹息。

七

温特沃夫悄悄地从镇街上走过，教堂自从失去了独有的吸引力后，温特沃夫自然也就不会有人再注意他了，他像一个死亡多年的故人，被人们渐渐遗忘了。但温特沃夫没有遗忘自己，他必须使自己振作起来，虽然他的意志已经日益衰弱，但他还有旺盛的生命力。为了这坚强的生命力，他像一粒野草籽，逃避了多少艰险，才来到了这个偏僻的小镇，扎根、发芽、生长。这十几年，是温特沃夫活得最稳定的十几年，也是他感受到生命最有活力的岁月，他要将这种充满活力的岁月延续下去。

没有人知道教堂里是多么寂静。这是多么可怕的寂静啊，自从桑那镇的人们不再信奉虚无的天主之后，这里便彻底被人们遗忘了，不再有人来，即使是经过这里，也很少有人会仔细地看一眼这座冷寂的似垂暮老人的教堂，更不会有人想到留给教堂里的寂静，就是昏暗和阴森，如果不是温特沃夫偶尔走动摩擦地板发出的声音，这里简直就像坟墓一样，冰凉、死寂。

温特沃夫在坟墓里待得太久了，他的心向往着人世间的喧哗，还有女人温热的身体。他不愿在坟墓里坐以待毙，他只有走出教堂，去为自己创造一个光明的出路。

白兰兰就是温特沃夫要创造的光明出路，一个男人的出路。

这时，正失落着的白兰兰，正处在一种没有边沿的痛苦之中，她心中有苦说不出，可也憋不住，她又无处可去，最后想到了被她暂时遗忘在记忆中的教堂，重要的是那个教堂里那个曾给她驱逐所谓原罪的男人温特沃夫，她跑到教堂里去找温特沃夫。不管怎么说，温特沃夫还是个人们公认的慈善的传教士，他又代表着神，不可能把苦难中的白兰兰拒绝在门外。白兰兰能够主动送上门，这是温特沃夫这几个月来不懈努力的结果，如果他不去努力，白兰兰就是找遍全镇最差的男人，也不会主动送上他的门来的。温特沃夫掩饰不住满脸的喜悦，激动地在胸前画着十字，迎了上去。无须任何铺垫，也无须任何语言来表述，他们都明白彼此需要什么，所以，他们几乎是急不可耐地直奔了主题。温特沃夫一点都不慌乱，他熟悉地上去抱住全身滚烫的白兰兰，有条不紊地脱起白兰兰身上的衣服，热辣辣的眼神，绝不像一个快五十岁的老人，倒像一个期盼很久的少年，欢喜地尽着自己身体上最大的力量，为白兰兰驱逐着身上的魔。可是，当他们躺到床上，刚进行到最关键的时候，关小小的声音却像个幽灵似的出现在教堂里。虽然温特沃夫早有预感，心里早有了准备，但他的身体还是无法抗拒这种结果的到来，他听着那个他听了无数遍的尖细的声音，无能为力了，身体急速地软缩了，他只好匆匆下马，从床上爬了起来，像病了一场初次站立起来似的，宛如缺少花瓣的残枝摇晃着，还用充满危机的目光盯着白兰兰。

白兰兰一脸的惊慌，她获得的与其说是悲哀，不如说是恐怖。她的心像一片暴晒在烈日下的草叶，在温特沃夫的目光里卷缩了起来，突然就提上裤子，像被一阵劲风刮走了。

充满灰尘的教堂，关小小的声音就像一只失去魂魄的傻鸟儿，振翅扇起了积蓄已久的往事，往事似灰尘一般浮现在现实里，却一直落不到现实里，就被可怕的寂静吞没了。

可是，关小小的声音却无处不在，像一段朴素却能断肠的音符，致使温特沃夫在这个春天的午后，突然间产生了耳鸣。无论他用被子还是用手捂住耳朵，关小小的声音都会在他的脑子里横冲直撞。这其实是温特沃夫自己铺就的痛苦之路，他现在体会到了那个可怜的顾明娃内心巨大的苦痛了。

但温特沃夫不是顾明娃。慢慢地，他就能从惊慌中恢复平静，这就是他超乎常人的本能，他能在寂静的夜里，一个人睁着眼睛煎熬一夜，任凭关小小幽灵似的声音折磨他一夜，他也不会退缩。他在清凉的春夜里，全身灼烫，实在受不了这种滚烫时，他就用一枝刚长成的红柳条抽打自己膨胀的身体，让红柳条落在自己身体上的声音与关小小的叫声抗衡着，就像拔河似的，他在身体的疼痛中得到愉悦，他认为是自己战胜了关小小的叫声。他得到了暂时的安静。同时，他在心里也设计着，要剔除自己苦痛的一个又一个的方案，然而到了天亮的时候，他又将这些方案像推倒一堵旧墙一样一一推翻。

天亮的时候，温特沃夫抚摩着自己身体上一道道红色的伤痕，他感觉不到疼痛，相反，心里却很自信，他知道，凭着他前一阵子艰苦卓绝的努力，白兰兰一定还会来找他的。在桑那镇，不会再有别的男人理会白兰兰了，他已经散布够了白兰兰专门摄取男人精髓的传言，没有男人再敢用自己的身体去尝试，做无谓的牺牲，顾明娃就是最好的例证。白兰兰只有来找他——温特沃夫，当然，那个令人恐怖的声音，就像白兰兰的魂魄，也会随着而来。

现在最关键的，就是想法把白兰兰身上缠绕着的魂魄斩断，不然，一切都是白费力气。因为不管他如何有足够的定力，在那细长的声音里，他还没有足够坚强的意志。

温特沃夫一次又一次地走出教堂的大门。他不再从镇街上走过，他绕来绕去，总是躲过人群，从窄小的巷道里钻到白兰兰家的跟前。他在注意白兰兰的动静，有几次，他都看到了焦躁不安的白兰兰从她家里走了出来，在房子外面的白杨树下走来走去。温特沃夫多么想冲上去，抚慰这个可怜的人儿，可他都用神的力量克制住了自己，他把自己隐藏在一丛丛红柳的后面，痛苦地抓着自己腿上的肉。他把腿上的肉已经抓得到处都是血痕了，但还是缓解不了他内心的焦虑。尤其是看到白兰兰一副不管不顾的样子，跑到教堂那里去找他的时候，他用最快的速度从另一条巷道里跑回教堂，试图接纳痛苦不堪的白兰兰时，关小小的声音就不失时机地跟了过来，像给他兜头浇了一盆凉水，把他心头的火焰适时地浇灭。

为此，温特沃夫都不敢从阴暗的树丛后面走出来，去见白兰兰了，他怕自己成为顾明娃第二，失去男人的武器。他终于可悲地发现，在他费尽心机地把白兰兰从其他的男人身边夺回来的时候，他也像顾明娃一样，不知不觉地败在了呆呆傻傻的关小小猎狗一样敏锐的感觉中了。

为了保全自己男人的身体，温特沃夫甚至想到了摆脱白兰兰的纠缠，但到了夜深人静的时候，他一个人躺在空荡荡的教堂里，只要一合上眼，脑子里就闲不下来，他也曾用幻想完成自己身体的需要，他抱住了白兰兰或者姚栓栓家的，他用手去抚摩那些柔软的躯体，他的身体也能硬朗起来，他腾出一只手抓住自己硬朗的那部分，心里念叨着：快快快。可是快到了到达顶峰的时候，不是姚栓栓家的不见了，就是白兰兰突然像被抽去了筋骨，肉体化成了一摊冰水，叫他触摸不到真实的人形。这时，只有关小小的那个慢慢吞吞的声音，真实地在他耳边回响着，把他从刚刚构筑的巅峰顶端推入无底的深渊中，那种无边无沿的来自身体深处的冲击力，使他痛苦不堪，他爬起来，还是用红柳枝条抽打自己，那种疼痛却再也无法缓解身体内部的痛楚。多么难挨的春夜啊，他面对着圣像也祈祷过，可伟大的神灵却没法帮他渡到对岸。自己的事情还得自己解决。

温特沃夫用一个又一个无眠的夜晚酝酿出的解决方法，却都无济于事。

八

天空是蓝的，太阳是黄的，风儿是暖的，吹到哪儿，哪儿的枯草就发青了。被红柳包围着的桑那镇，镇街上也长满了红柳丛，紫色的红柳花在枝条上开得一嘟噜一嘟噜的，正在争芳吐艳，整个桑那镇花团锦簇，芬芳四溢。蛰伏了一个冬日的人们，走出户门，来到田地，给大地松土，播种，忙碌着一年的生活大计。

这个时候，叶尔羌河里的水也多了起来，人们拦在河床上的堤坝里，水慢慢地高了起来，为了不把堤坝冲毁，有人打开了堤坝下面的放水闸，放出了一股流水，干枯了的河床，又成了河道，只是水少了些，像经受岁月的老人一样变得枯瘦和干瘪，但还是叫河，流走了桑那镇多出的余水，也流走了发生在桑那镇的无数辛酸苦辣或啼笑皆非的故事。

温特沃夫带着关小小来到叶尔羌河边时，河边被水浪冲击出的沙梁上，一丛丛的红柳花开得正艳，招引得几只蝴蝶飞来飞去地忙碌着，春天的河岸边就像个花圃，美丽而妖娆。但温特沃夫却无心理会这些，他的心境灰暗低落，在他眼里，这些花呀蝶呀的都蒙着厚厚的一层尘埃，一点也打动不了他。他们从花丛中穿行而过，来到水边上，温特沃夫阴冷着脸，关小小冬瓜似的胖脸上尽是欢喜，因为他看到了平静如镜的水面上，还有另一个自己，正在冲着他笑呢。同时，关小小也看到水里还有一个温特沃夫，这个经常给他食物的好人，却是一脸的凝重，但他手里的一大包花花绿绿的食物却像一张笑脸，正在冲着关小小笑呢。关小小不会去理会冷着脸的温特沃夫，除过食物，别的都不会引起他的兴趣。关小小扭头望着温特沃夫，一脸憨笑地盯着温特沃夫，把手伸了出来。

我——饿——饿——

温特沃夫躲开了关小小的手，他想着这里没有别的人，他要用食物引诱着关小小，好好地开导一下他，他把食物举了起来，看着关小小，认真地对关小小说，你能不能不说话？只要你不开口说话，不再跟着你娘，我就把吃的全给你，今后，还会给你很多好吃的东西！比你娘给你的还要多。

关小小依然目不转睛地盯着食物笑着：我——饿——饿——

温特沃夫脸上的肌肉痉挛着，他表情痛苦地扭过脸去。

关小小不笑了，他看着水里面的另一个自己也不笑了，这时，他却看到了水里面的一包食物。

那是温特沃夫因为气愤，扔到水里去的。

关小小向他最感兴趣的食物走去。

温特沃夫回过头来，看到关小小跳进水里去捡食物，意识到情况的严重性，他害怕了，吓得脸都白了，急得大叫起来，但他不会水，又不敢跳进水里去。关小小的身子太沉了，在他跳进河水中的时候，就已经在往下沉了，水淹没他那大大的脑袋时，那袋食物还悠然自得地漂浮在他沉下去的水面上。温特沃夫吓坏了，急得哭了起来。这时，关小小又从水里浮了起来，两手乱抓着向岸边扑腾着。温特沃夫赶紧趴下自己的身子，伸手去拉关小小。温特沃夫费了好大的劲，终于抓住了关小小的胖手，他用力要把他拉到岸上来。

但关小小的身体重得实在是温特沃夫没有想到的重量，干瘦的温特沃夫根本没有太大的力气把关小小拉上岸来，却叫在恐惧中力大无比的关小小把他拽下了水。两人在水里扑腾了起来。

九

叶尔羌河上的大坝被水淹了，水从坝顶上溢了出来，向河床里哗哗地流着。桑那镇的人们闻信赶了过来，抢救他们修筑的大坝。

白兰兰在河边堤岸上的人群里找到了关小小。关小小穿着一身湿衣服，站在人堆里，手里拿着一袋被水浸湿的食物，正有滋有味地吃着。看到白兰兰来了，关小小吞咽着嘴里的东西，还是大叫了一声：娘，我——饿——

天快黑的时候，人们终于找到了大坝被淹的原因，是下面放水的闸门被堵上了，会水的人们钻进水里去掏了几次，才掏出了堵住闸门的温特沃夫。

温特沃夫被水泡得膨胀了，卡在闸门里，好不容易才掏了出来。把温特沃夫像吹足了气的尸体抬到了河岸上。看着温特沃夫的尸体，谁也弄不明白，这个神的使者咋会堵在闸门里呢。有人说，他该不是追随姚栓栓家的去了吧，姚栓栓家的就是在这坝里自寻的短见。

又有人说，不会吧，姚栓栓家的死了都好几年了，这个人咋到了现在，才想起她的好处来……

白兰兰带着关小小正要离开，忽然关小小挣脱了白兰兰的手，跑到了膨胀的温特沃夫的尸体旁，嘿嘿一声傻笑，冲着面相恐怖的温特沃夫伸出他肥胖的手说：我——饿——饿——

早年里的人和羊

一把手和来凤离

一把手起得很晚，太阳把房子晒热了，他才爬了起来，懒洋洋地一边穿衣服，一边喝老婆来凤离早已经烧好的奶茶。一把手不是懒得起不了床，而是他晚上又喝多了酒，酒劲使他睡过了头。要是晚上不喝酒，他会起得早些，在凉爽的早晨去遛他的马。马是站着睡觉的，站了一夜，早上不出去跑跑，就像人早上起来不活动活动一样，一天里都没有精神。一把手的马是匹好马，高大壮实，一身的红毛，火焰似的燃烧着，如果一天不遛一下它，它就会显得萎靡不振，身上的毛软塌塌的，像烧败了的毛草，没有一点好马的雄壮威风的样子。而且萎靡不振的马一天里都会不听他的使唤。

来凤离不在房子里，奶茶却是热乎乎的。来凤离总会在一把手头天晚上喝了酒后，第二天早上烧一壶奶茶，用羊毛毡包裹好茶壶，让茶一直热乎着，等着一把手醒来喝。这样的奶茶喝了暖胃，还解酒。一把手喝完了一壶奶茶，觉得神清气爽，有了精神。这时候，来凤离已经替一把手遛了一圈马回来，看到一把手起来了，才叮叮当当地收拾屋里屋外，一切收拾利利索索了，见一把手还磨蹭着走来走去的，就说了句，羊在圈里叫呢。

一把手这才长长地伸了伸懒腰，说，急啥，天长着呢。

来凤离说，你吃饱喝足了，羊还饿着呢。

一把手不急不缓地说，急啥呀？这会儿有露水，草正在攒着劲往上长哩，待会太阳红透了，草不长了，长不动了，羊去吃，才能吃出滋味来，还能吃得多些。

天一直旱着，草旱得都打不起精神了，一把手一想到牧场上蔫不唧儿的草，就像被传染了一样，整个人也蔫了，一下子没了精神。

自从开春以来，天旱得没了章法，没下过一滴雨，牧场上的草凭着土地里的一点湿气，硬是发着狠发了芽，长到一寸高的时候，就被太阳烤得快死了。一把手在整个春天和夏天里心情一直不好，干什么都没有精神。

刚才的那壶热奶茶白喝了，一提到草和干旱，一把手、来凤离就是在奶茶里泡着，也提不起劲来了。

羊还得放，百十来头呢，挤在一起狂叫起来，能把脾气再好的人，吵得烦躁，总想发火。何况一把手脾气还一向不太好，尤其是天旱得地快裂口子了，他的脾气也像地一样裂了口子，心里的火像地下酝酿翻滚了千万年的泥浆，似要拥挤着从那裂开的口子喷涌而出，将这外面的世界淹没掉。为了控制自己随时都有可能迸发的脾气，他这阵子就拼命地喝酒，喝多了酒，最多就是动手将来凤离打上一顿，然后再迷迷糊糊地睡觉，一觉睡过去，一般的火气也都给睡没了。一觉起来，又得忙碌一天的放牧，不管多大的火气，也得生活，生活对他们来说是最真实也是最重要的。一把手尽量压制自己发火。

来凤离已经把羊圈的门打开了，羊群像决了堤的渠水，急不可耐地从羊圈里往外涌动，差点把来凤离掀翻在地，她生气地用手拍打着身边的羊，她的拍打是对待孩子淘气时的那种嗔怒，手轻轻地落在已显稀疏却依然满身柔软的羊毛上。羊们也没有把来凤离的拍打当一回事，继续急躁地往外挤。

一把手牵过马，拍了拍马的脖子，正要上马去放羊，来凤离却说，得留下一只羊，昨天他们来说了，这次祭天，该咱们家出一只羊了。

他们是谁？一把手来气了，恶狠狠地说，你就说是瘸子马前龙那个坏种不就行了，他断了一条腿，还嫌不够呀，又装神弄鬼地当神汉了，我可没有羊给这样的坏种。

祭天祈雨是神汉瞎子牵的头，你扯上马前龙干啥。来凤离这样说着，已经把一只走在后面的羊拦在圈里了，听一把手这么说，并没有要停下的意思，反而把圈门关上。羊圈里关住了一只羊。

一把手一看来凤离不听自己的话，就扔掉马缰绳，咚咚咚几步冲到羊圈跟前，伸手就要打开羊圈的门。来凤离紧抓着圈门上的绳子，不让一把手打开。

一把手火了。昨天晚上喝了酒压下去的火还是冲了出来。

我说不给就不给！一把手怒目圆睁，已经在喷着火在说话了。

来凤离手抖了一下，但还是紧紧抓住绳子不放。

一把手没有更多的话，用劲推了来凤离一把，来凤离猝不及防，一下子摔倒在地上，但手里却还是牢牢地抓着羊圈门上的绳子。

你放不放？一把手瞪着眼睛，凶凶地。

来凤离也不示弱，从地上爬起来，顾不得拍一下身上的土末，与一把手对视着说，你打吧，昨天晚上打了的不算，今天就是把我打死了，我也得留下这只羊，这次我可不能迁就了你。来凤离说得异常坚决。

一把手愣了一下。昨天晚上喝了酒后，一把手动手打了来凤离。一把手心里不顺的时候，就喝酒，一喝了酒，就爱打来凤离，经常打得来凤离只有躲避，没有还手的余地。一把手打完了，心里更烦躁，火气也更大，但此时酒劲也上来了，便倒头睡觉，再大的火气，睡一觉就全消了。来凤离习惯了被一把手打的日子，这次为了坚持留下做祭品的羊，她做好了挨打的准备。一把手愣了，不知道来凤离这次是中了什么邪，看着来凤离一副无所畏惧的样子，倒下不了手了。

一把手没有打来凤离，却用讥讽的口气对来凤离说，你倒是对马前龙还念旧情，就是对他骗人的把戏也言听计从啊。

来凤离身子抖了一下，被一把手的这句话击得没有勇气了，抓着羊圈门上的手松开了。

一把手恶狠狠地说，说到你的疼处了，你手软了吧。

来凤离气得身子一颤一颤地，却说不出一句话来，低头拍了拍身上的草屑，瞪了一把手一眼，走了。

一把手见来凤离不和他对抗了，突然觉得很没意思。自从干旱以来，一把手经常觉得很没意思，干什么都没意思。这会他解恨似的朝地上吐了口痰，一脚把羊圈的门踹开，把那只在羊圈里急得乱转的羊放了出来，看着羊欢快地跑进了羊群里。一把手打了个响指，对自己也是对走远了的来凤离说，我就不信，马前龙这样的坏种能把天感动得下雨。至于那个戴墨镜的瞎子神汉，一把手还不敢说什么，在塔尔拉，谁也不敢说瞎子装神弄鬼。一把手也摸不准瞎子，到底有多神。

说完，见来凤离已经进了屋子，一把手突然觉得没了一点意思，抬头看了看天，天上是越来越红的太阳，正可着劲儿往地上喷着热量呢，他收回被干旱晃得难受的眼睛，骂了句“他妈的这天，还不让我活了”。就跨上马，要赶着羊群走了。刚走了几步，一把手又把马勒住，跳下马背，扔了马缰绳，故意把脚步踩得很响地回到房子里，看也不看来凤离，就从炕头上抓了一瓶子酒，往怀里一揣，在来凤离低着头的余光中，走了。

牧场上的草都枯黄了，有了秋天的衰草苍凉的气息，也有夏天热辣辣的呛人味道，一把手的目光掠过这一切，心里很不是个味，把羊群随便往草场上一赶，从马背上就滚了下来，卧在了毒日头下气息奄奄的草地上，掏出怀里的酒瓶子，咯嘣一声就咬开了酒瓶盖子，和谁赌气一般猛往嘴里灌了一大口酒。酒液像一条火蛇，哧溜一下钻进了他的体内，将他的五脏六腑都点燃了起来，火焰旺旺地窜着，烧得他忍不住张开嘴，大口喘着气，但外面的空气同样是燃烧着的，他满心痛苦地闭上了眼睛。照这样的天气下去，没有一滴雨水，过不了一个月，太阳就会榨干草身上残剩的最后一丝水分，把草全晒死的，到那时，干草都不够羊吃几天的，就别说到秋天，储备冬草了。这些可怜的羊也许都过不了这个夏天的，眼见着这羊身上的膘掉的，前阵子都还膘肥体壮的，如今却一只只一天一个样地瘦下去，唉，也是“犹见可怜”呢。一把手想出这样一个词来，想着，心里的愁苦越聚越多，就一口一口地喝酒。不一会，一瓶子酒见底了，酒使一把手更加火烧火燎了起来，想着来时来凤离提到祭天的事，他就想到了马前龙这个坏种，觉得气不打一处来，尤其是来凤离那个犟劲，叫他越想越气，他喝完一瓶子酒后，那种想动手的欲望一下就越发变得强烈起来，但此时来凤离不在这里，就是在这里，他也不好大白天的动手打来凤离。虽然他脾气暴躁，可他还是很顾面子的。但这时的一把手实在是想在哪儿发泄一下，也好扑灭心中燃烧的大火。他从草地上爬起来，啊啊地喊起来，朝着枯瘦的干草猛跺，干草没有力气在他的践踏之后挺起身子来，就那样毫无抵抗力地趴着，趴出一片肃杀索然的气息来。一把手喊完了，却并没有觉得身上的火气熄灭了多少，他放弃了跺草，顶着炎炎烈日，在草地上狂跑起来，热汗像溪水一样在一把手的身上淌着，淌出一片黏糊糊的烦躁来。一把手停止了奔跑，看到自己的马低着头悠闲地吃着草，就庆幸终于找着了发泄的目标，他冲过去把马缰绳抓紧了，用鞭子对着马狠劲地抽打了起来。

马不是来凤离，没有那么温顺，也不懂得善解人意，虽然它不知道主人为什么莫名其妙地冲它发脾气，却也不愿无缘无故挨打，一鞭子下去，就嘶嘶咧咧地跳了起来。一把手想来凤离不听他的话了，怎么连马也这样跟他作对，于是更生气，接着抽打。马发起了脾气，梗着头，拖着一把手在草地上打起转来。一把手被马拖得没法动手打它了，倒被折腾得筋疲力尽，这时酒劲上来了，一把手一阵困乏，松开了抓着马缰绳的手，身子一歪倒在草地上，不一会就沉睡了过去。

一把手醒来时，太阳已经没了，天色暗了下来，他还以为是天变阴了，心头一喜，天阴了就会下雨了。往天上瞅了一阵，看到天空蓝得发亮，有几颗星星已经迫不及待地挂在了那里，他才知道原来是天快黑了，空欢喜了一场，心情很沮丧，昏头昏脑地爬起来，望着四下散得很开的羊群，赶紧跑到马跟前跨上去，四处去拢羊。

把羊群拢到一起时，天已经黑了，幸亏羊是白色的，一把手在夜色下数了羊数，这荒草野地，羊倒没有丢，一把手心里才踏实了些，赶着羊群踏着夜色往回走了。

远远地看到了自己的家，一把手看到自家屋子的窗户是黑的，他心里咯噔了一下，平时不管他回来得有多晚，那让他其实很挂念也很需要的家，总有温暖的灯光在指引着他，等候着他。这就是来凤离，他的妻子，不论他怎样对待她，她却从不计嫌，依旧给他一片温馨的灯光，一份真心等候他的家的感觉。难道今天来凤离不在家里，她能去哪里呢，不会回娘家吧？一想到来凤离不在屋子里，一把手心里倒一下又踏实了下来，来凤离不在家还好，她在了还不知和她怎么开口呢，一把手这时候还觉得自己没留羊是对的。他把羊赶到圈里圈好，在外面的夜色里站了一阵，才进了屋子。屋子里黑得很彻底，一把手在黑暗里抽了一支烟，才摸黑找到电灯开关，把灯打开。灯一亮，一把手吓得差点叫出声来，原来来凤离就躺在炕上，侧着身子，脸朝里，一动不动地，一把手一看就知道来凤离并没有睡着。一把手火气“噌”地就上来了，赌什么气，还不是为没给那个骗子马前龙留下一只羊？一把手心想着，我就是不愿把羊送给马前龙那样的人，你赌气也没有办法。一把手故意干咳了两声，想引起来凤离的注意，没想到来凤离还是没理他，一把手就不管那么多了，走到炕前，恶狠狠地对来凤离说，你倒享清闲呢，我放一天羊了，还没有吃一口饭呢。

来凤离动了一下，没有应答一把手。一把手更来气，又说，你是活着还是挺尸呢？

来凤离这回说话了，我要是挺尸了才好呢。

这是什么话？一把手闻到了一股气味，吸了吸鼻子，点上一根烟，说，你还没死呀，没死都得吃饭呀。

这回来凤离转过了身子，对一把手说，你想吃自己做去，你也长着手呢。

一把手还是第一次听来凤离用这样的口气对他说话，他不认识似的打量了一下来凤离，才发现来凤离是有点不对劲，来凤离脸上红红的，像刚打斗过的公鸡，一把手更强烈地闻到了那股气味，他又吸了吸鼻子，说，你喝酒了？

来凤离说，喝了，咋的？

怪不得呢？一把手干笑了两声，你也敢和我这样说话了，原来你是有酒壮胆了。

来凤离听一把手这样说，从炕上爬了起来，说，我干什么要酒壮胆？你是人，我也是人，你能喝，我就不能喝了？酒又不是给你一个人酿的。

来凤离虽然说得很有气概，一把手还是从来凤离的表情上看出了她的胆怯，一把手觉得有意思了，心头的火气在来凤离强硬的语言中却底气不足的外表下也褪下去了不少。来凤离毕竟还是惧怕他的。男人能让自己的女人从骨子里惧怕是很让男人徒生许多自豪的。

我没说你不能喝呀，一把手说，但你喝了酒，总不能光这样躺下，什么也不干呀？

来凤离从一把手语气里听到他降了不少温，反倒气壮了起来，便从床上跳了下来，冲着一把手说，你要我干什么，像你一样喝了酒打自己的老婆？你还把打老婆当成一种能耐呢。

一把手从来没有把打老婆当成一种能耐，他只是心里窝着一大团火，喝多了酒越想心里越气，自己没本事娶了个别人搞过不要了的女人，这也罢了，结婚四年了，才知道是自己的种子是瞎种，来凤离没有生下一个孩子来。一个男人不能使女人生孩子，还算个什么男人？一把手心里很窝火，但这种苦恼又不能像唠家常话一样和别人说，只有捂在自己的心里面发酵，只有打老婆出气。一把手觉得自己好歹也是个男人，是个男人又怎么会以打老婆为能耐呢，在草原上打老婆是最没本事的，别人都看不起，可一把手确是觉得自己心里苦啊。这会听来凤离这么说，一把手觉得很没面子，试了几次，想要揭来凤离的老底，捅一捅她的痛处，让她也感受一下他的苦衷，可张张口，却又怕把来凤离伤害得深了，不管怎么说，来凤离也是他老婆，给了他一个做丈夫的幸福，也给了他一个家的温暖。一把手半天没有说出话来，而来凤离喝了酒后，胆子大得厉害，一点也不惧怕他，眼看着还说不过她呢，一把手就找到酒瓶子，咕咚咚一口气就灌完了一瓶子，然后把酒瓶一扔，才说，你以为你喝了酒，就有胆了，就敢这样给我说话了，这下我也喝酒了，看我不收拾你。

说着，一把手就冲到来凤离跟前，揪住来凤离就要打。来凤离可能是喝了酒的缘故，一点也没有以前的逆来顺受，反倒是一把手的野蛮激怒了她，她和一把手撕扯了起来。一把手酒喝的太猛，酒劲上来的快，站都站不稳，来凤离这次又是带着强烈的反抗性质的，一把手这回没有打成来凤离，却叫来凤离把他几次推翻在地上。

一把手和来凤离自结婚后，第一次对打了一次架，第二天酒醒了，一把手回想一下，觉得自己吃亏了，想找来凤离的碴儿，来凤离却不在家了，只给他留了个条子，这回是真正回娘家了。来凤离走时，照样给一把手烧好了一壶奶茶，用毡子包着，热乎乎地放在那里，等着一把手喝了醒酒呢。

过了两天，来凤离才从娘家回来。一回来，来凤离就挑衅似的对一把手说，人家都出了祭天的羊，就剩下我们家没出了，别人都在骂呢。

一把手本来就没有好气，听来凤离一回来又提到祭天的事，气不打一处来：原来你没回娘家，是去会你的老情人马前龙了，马前龙那个王八蛋，我就不给他羊，让他骗不成人。如果你再和他有来往，哪天我非把他像宰羊一样宰了不可。

来凤离却不屑地说，你爱怎么摆弄马前龙，那是你的事，我管不着，但这祭羊我得出，你不怕天旱，我还怕天把我旱死呢。

一把手说，有我在，你就别想拿走一根羊毛。

来凤离冷笑道，我看你还不打个盹睡觉了，你喝了马尿睡死了，我就把羊赶走。

来凤离和一把手干了一次架后，似乎找着了强有力支撑似的，一点都不怕一把手了。

一把手气得全身乱抖，试了几次，差点动手，可没有喝酒的他，却是特别清醒和理智，尽管心里恼怒至极，但就是对来凤离动不了手。而且他看到来凤离也不像以前那么怕他了，肯定会干出他不愿干的事来。一把手为了防备来凤离，好几天晚上都不敢睡觉，酒也没喝。他知道，一旦喝了酒，迷糊过去了，他就失去主动了，来凤离一定会乘此机会把羊赶去给了马前龙，自己就更没面子了。

一把手这样过了几天，实在熬不住了，眼看着草场旱得一天比一天厉害，连草根都快要被羊揪出来了，再这样下去，羊很快就会没东西吃了，到那时，他失去的可就不只是一只羊了。一把手不想看到有这样的一天。一把手思前想后，决定卖掉这群羊。一把手没有征求来凤离的意见，就把羊赶到农场里，一只不剩地全卖给了羊贩子白化成。白化成把价钱压得很低，一把手讨价还价半天，白化成就是不松口，一把手气得和白化成吵了起来，白化成却一点都不生气，对一把手说，你来就这个价钱，不卖你可以赶回去等着羊饿死呀。在塔尔拉，谁不知道白化成心黑？一把手气得要把羊赶走时，白化成却一脸坏笑着说，我这收买羊的价钱，一天一个样，错过了今个，明天想卖这个价，除非你老婆来了才能卖今天的价了，当然得搭上你老婆才行……

行了！一把手断喝了一声，如果不是天旱成这样，他宁愿把这些羊群养到老，也不愿意把羊卖给羊贩子白化成呢。一提白化成这个人，一把手气就不打一处来，当年在娶来凤离这件事上，死了老婆的白化成硬是仗着有几个钱，和他竞争过。一把手小时候玩时，往生产队的粉碎机里塞草时，叫粉碎机给铡掉了一只手上的四根指头，只剩下了一只好手，残手倒没有影响他和正常人一样干活，但影响了他找媳妇，三十来岁了，还是个光棍。来凤离被马前龙骗失身，打了肚子里的胎后，身体也算残疾了，有人就给一把手撮合。一把手家里穷，来凤离的老爹财迷心窍，一心想把女儿嫁给白化成。来凤离吃过一次亏了，对有钱的羊贩子白化成没有好感，却看中了一把手的朴实和善良，坚持着嫁给了一把手，如果不是来凤离坚决，一把手恐怕难击败白化成呢。虽然胜了白化成，但一提到这个人，他心里就十分的不舒服，总觉得这个人靠着有几个破钱，就神气活现的。

但现在的情形容不得一把手生白化成的气了，羊价一天比一天低了，这个他知道。他犹豫再三，还是把羊卖给了白化成，这样总比把羊白送给马前龙那样的坏种强吧。

一把手卖了羊，拿上钱，买了几瓶子好酒，刚过了中午就回到了家里。来凤离奇怪一把手今天这么早就回来了，一看是他一个人回来的，羊群却不见了，心里有了些预感，便问他把羊放到哪里了。一把手不理会来凤离，把一个布袋子往炕上的毡子底下一压，用嘴咬开酒瓶盖子，就往嘴里灌酒。来凤离问得急了，一把手才轻描淡写地说了句：羊卖了。

全卖了？

全卖了！

一只没留？

一只没留！

卖给谁了？

白化成。

你怎么能卖给那个羊贩子呢，来凤离跺着脚说，他的良心早叫狼吃了，他能给什么价钱？

大羊八十块，小羊五十，像白送一样。一把手喷着酒气，解恨似的说。

天呐，来凤离叫了一声，你这个……都干了些什么呀？来凤离本来想说一把手是败家子的，但没有说出口。

一把手又往嘴里灌了一口酒，才说，我是败家子，卖这么点钱，是我没本事，你去，你去了，白化成说能给高价呢。

来凤离已经不计较一把手挖苦她了，她只是心疼那些羊，要不是天旱，在水丰草肥的时候，一只羊羔都要卖将近二百块钱呢。来凤离心疼得龇着牙，嘴里不停地抽着冷气，想和一把手大闹一场，可一把手已经喝得有点高了，歪在炕上快迷糊过去了。一把手有好几天没有喝酒了，正馋着酒，多喝了不少。

来凤离看着已经睡过去的一把手，先是泪水涌了出来，接着是在一把手的呼噜声当中，再也控制不住自己了，她放声大哭起来。

来凤离和白化成

来凤离是第一次在一把手喝了酒后，没有动手打她，却自己哭了起来。

来凤离被一把手每次打了后，心里恨死了一把手，越想越绝望，她一个人默默地垂泪，叹自己命苦。一把手打完后，睡着了，打起了呼噜，来凤离心里又慢慢地平静了，和一把手结婚四年多了，她没有为一把手生出个一男半女来，她知道这不是她的问题，她被马前龙骗过，肚子里装过马前龙的种，这证明她是有生育能力的。问题是出在一把手身上，她试探着劝一把手去治治，一把手碍着面子，坚决不去。来凤离知道一把手心里憋屈，自己老婆失过身，打过胎，全塔尔拉人都知道一把手娶了个破女人，这种事搁哪个男人身上不觉得压抑呢。一把手虽然从来没有在来凤离面前说过这些事，来凤离知道这是因为一把手的心地善良，害怕刺激和伤害到她，一把手在竭力表现他对此事的不在意，可他的行动上又往往泄露出他压抑着的不满来。一把手因为不能生育，慢慢和别人交往的很少，不是出去放羊，就是在家喝闷酒，酒喝多了，心里堵得慌，就动手打她。她心里有愧，因为自己和马前龙的事，觉得对不住一把手，在一把手面前，有一种愧疚，所以每次一把手打她时，她都默默地忍受着，心甘情愿地接受着一把手的暴虐行为，作为对自己的惩罚。一把手不是多出色多优秀的好男人，但他善良勤劳，在外面放羊，风吹日晒，操心这操心那的，还不都是为了把这个家营造好，让她过得舒心？生活嘛，怎么会那么完美呢？自己这样一个女人，也该知足了。便想通了一切，第二天又平心静气地给一把手烧好解酒的奶茶。

日头落下去时，来凤离才止住了哭泣，她看着已经睡得像死过去一样的一把手，冲过去，从一把手身下的毡子底下抽出那一袋卖羊的钱，提上就出门了。来凤离想把羊再赎回来。来凤离不是为了和一把手较劲，她是个能真实生活着的女人，她想就是为了不出那只祭天的羊，也不能把羊这么便宜卖了，那群羊无论对于她还是一把手来说，都是生活的希望，就算是上天不让他们的希望在草原上蓬蓬勃勃，他们也不能这样草率地将自己的希望如此低贱地卖给羊贩子。还是白化成那样的羊贩子。

再有，来凤离心里一直埋藏着一个想法，一个一把手还没有探到的想法，那就是她要积攒够一定的钱，到城里去给一把手治不育症。说到一把手的不育症，来凤离比丈夫还苦恼，自己原来被马前龙骗失了身，还受人嘲笑地未婚先孕，和一把手结婚后，可以正大光明合理合法地怀孕生育了，没想到男人却有问题。明明是一把手有问题吧，流言蜚语却是冲着她来凤离来的，说什么的都有，而最多的还是说她和马前龙胡搞得太多了，把“机器”搞坏了，不能生育。来凤离含着泪水，像做贼似的私下到处给男人找治病的偏方，每次按找来的偏方吃药，丈夫吃了后都没有见效果。一把手后来干脆不吃了，来凤离也没有办法，就存下心要攒下一笔钱，然后让一把手到大地方去治。她已经打听到了，在城里有专治男人的这种不育症的，但得需要一大笔钱。于是来凤离把所有的希望都寄托在这群羊身上，在草原，牧人的希望不在羊群上又能在哪儿呢？可天旱成这样，眼看着原本肥硕的羊一天比一天瘦了，来凤离心急啊。不管怎么说，羊瘦了还可以补过来，只要有了雨水，草能活过来，长得葱郁茂盛，羊就有救，就可以再次长得膘肥体壮。但天旱的没有一点章法，来凤离只有相信人虔诚的祈盼能让上天感动，所以她才寄望于瞎子神出鬼没汉和马前龙那样的骗子祈求上天播雨的做法，其实她又何尝不知道马前龙那个骗子的能耐呢，可病急乱投医，在这样的时候，她只有相信人与神在某个境界里的共通，不为别的，只为了求雨，为了她的羊群有鲜嫩的草吃，最终为了能够有钱治丈夫的病。可丈夫一点也不理解她的愿望，甚至不愿出一只祭羊，还赌气把羊全卖了。卖了这么低的价钱，把她来凤离的计划和愿望粉碎得几乎成了粉末，她的心里怎么能接受呢。

来凤离要去找羊贩子白化成。

天已经黑了，草原上的夜一黑下来，只要没有烈日的烘烤，马上就会变得凉爽起来。这种凉爽使烦躁不安的来凤离心里微微静了一些，她在白化成家门前站了一小会，在夜色中整理了一下自己的情绪，才走了进去。

正在吃晚饭的白化成一看是来凤离，一个女人在晚上来到了他家，他当即明白了来凤离来的目的，他没有表现出一点惊喜来，表情很淡然地对来凤离说，还没吃饭吧，要不要在我这吃点？

来凤离从白化成的表情和口气上，听出了他的冷漠，便说，我吃过了，你快吃吧。

白化成这才嘿嘿地干笑了两声，用一副知情知底的口气说，你吃了什么呀，今天你是吃不下饭的。

来凤离强忍着自己的厌恶和怒气，平和地说，不用管我，你吃吧，吃完了，我有事找你。

没事，你还能到我这里来？白化成冷笑了一下，得意地说，现在看到我的钱重要了，来求我了，你还真能拉下脸呀。

来凤离再也忍不住了：谁说我要求你来？我凭什么要求你？我只是要赎回我家的羊！

说着，来凤离把装钱的那个布袋子往白化成面前的桌子上一扔，气得全身都在发抖。

白化成想着来凤离只是来和他理论羊价的，没想到她却是来跟他说要赎回她家的羊。他愣了一下，便说，你这是干什么？

我这是干什么？来凤离说，你说我来干什么？你也太欺负人了，趁着天旱来赚昧良心的钱，用这么低的价钱来收我们家的羊，那是一群羊，是我们起早贪黑、辛辛苦苦才积攒起来的一群羊，你一只羊只五十块钱就把它们全拿走了，你以为是买羊骨头呢。

白化成这回听明白了来凤离的意思，不客气了：唉，我说来凤离，你这话是什么意思，谁欺负你了？羊是你家的一把手送上门卖给我的，钱多钱少，是眼下的行情，我怎么就赚昧良心的钱了？你也知道天旱羊不好养？这时的羊瘦得只有骨头，我这不跟买羊骨头差不多？你现在不卖，过上一段时间，行情会更低，你说我有什么办法？我是个商人，我只能根据行情来收购羊。别的我不管。

好了，我不跟你说了。来凤离说，你根据行情来收购羊，你有你的道理，我的羊只能值这么多钱，好了吧？但现在我的羊不卖了，我把钱还给你，你把羊还给我行了。

白化成冷笑了一下，说，来凤离，我说你还没糊涂到这个份上吧，你拉出来的东西还能吃进去吗？

来凤离觉得眼前一黑，差点气晕过去，没想到白化成真是无赖到这种地步了，这样的话都能说出来，但她是来赎回自己家那群羊的，不想和这样的无赖闹得太僵，闹僵了只有自己吃亏。她伸手扶在墙上撑住自己，声音很轻地对白化成说，就算我求你了，把羊还给我，好吗？那群羊对我来说有很大的用处。

白化成听着，哈哈地大笑道，来凤离呀来凤离，你还是求我了，嘴不要硬，人一辈子求人的时候多了，我还以为你一辈子不求人呢，尤其是求我这样让你看不上眼的人，你心里一定很难受是吧。难受着就对了，你想想，四年前我被你拒绝了，你骂我有几个臭钱就想娶你时，我心里是什么滋味，你现在应该感受到一些了吧。

来凤离被白化成这样羞辱着，心里的怒火早已被浇灭了，只剩下一阵阵的疼痛。她忍受着白化成的羞辱，有气无力地说，好，当初算我有眼无珠，现在你说够了吧，说够了就把羊还给我吧。

什么叫说够了？白化成说，我说这些，只是叫你尝尝什么是难受的滋味，你刚尝到一点点，就想叫我不说了，你这么一说，我就把羊还给你了？

你还要怎么样？

我不能怎么样，我只是不能把羊如数还给你。白化成说，一把手上午卖的羊，是上午的价钱，现在是晚上，价钱已经跌了，你拿来上午卖羊的钱就想把你家的羊一只不少地赶回去，这怎么行？我这买卖不是做跌了吗？

白化成，你……

我怎么了？你可以说我心太黑，可这些天的羊价就是这个样，如果你不来赎你家的羊，我连夜就倒手卖了，你这一搅和，今晚出不了手，明天就要少卖不少，明天的价和今天的价不一样你知道吗？

你怎么能这样？你……

我怎么不能这样？你别忘记我可是羊贩子！我不这样，还能叫羊贩子还能赚到钱吗？当初你嫌我的钱，今天又何必为了这点钱来找我？

这个恶毒的家伙！来凤离的心疼得一突一突地跳着，整个人都快虚脱，胸中的怒火在白化成阴险的笑容里几乎就要喷涌而出了，可为了她的那群羊，为了她不被一把手知晓和理解的愿望，无论如何，她也要咬紧牙关不能在白化成面前发作。谁让她的羊被一把手愚蠢地卖给了白化成这样的小人呢，说到底，谁让当初她与白化成之间有过那样一段恩怨呢？对白化成这样的人，来凤离又不能硬来。来凤离深深地吐了口气，让自己从那种浑噩得快虚脱的状态中走出来，换上平和的口气说，我都把话说到这个份儿上了，你难道就不能仁慈一点把羊还给我吗？以前——我说话是自傲了些，不好听，你就原谅了我吧……

白化成往地上吐了一口痰，声音很响底气很足地说，来凤离，你还真把你看高了，你以为你是谁呀，你不要和我说以前，以前怎么了，你现在不照样求着我了吗？就算我不把你的羊赎还给你，你又能怎么样？我反正也没做错什么。

你……真做得出来？

这有什么做不出来，要都像你这样，卖了羊再赎回去，我还能当羊贩子，还能赚成钱？白化成冷笑着说，想要赎羊，就只有按我刚才说的价钱了，你要不赎，过了今晚，还得往下压，你自己看着办。说着，他拿起筷子又要吃饭了，一副带理不理的样子。

来凤离站在那里，一手扶着墙，快软塌了似的，浑身一点劲都没有了，她用另一只手搓揉着自己的两个突突跳动着的太阳穴，一副不知该何去何从、茫然无助的样子。

白化成嚼完一口饭菜，回过头来，对来凤离说，不过……你也挺不容易的，嫁给一把手，没有钱不说，还不能生育——你要靠这群羊给一把手治病呢，是不是？

来凤离一听白化成口气变了，还以为他良心未泯，自己赎回羊群还有希望，就把身子挺了挺，听着白化成再说下去。

白化成却不说了，见来凤离不吭气，依然吃他的饭了。来凤离愣了一阵，才试探着问白化成，你是说可以把羊群原价还给我了？

白化成头都没抬地说道，我的意思你还不明白，你别忘了我是羊贩子呢，赔钱的买卖怎么能做呢，除非你——留下来叫我睡一觉。

白化成！来凤离终于按捺不住心头的怒火，骂道，你真不是个人了，看来当初我没跟了你是对的。你这个杂种！

骂完，来凤离被一股怒气支撑着，上去抓起桌子上的钱袋，转过身，头也不回地冲出了白化成的家门。出了门，来凤离整个人却一下子虚空了，像醉酒的人一样头重脚轻，还没等她找着可以扶持她的东西，就瘫在了地上。白化成还跟了出来，嬉笑着对坐在地上的来凤离说，干什么脾气这么大呀，我又没逼着你，这是双方自愿的事，你不愿意可以当我这句话没说。要走呢，也走得利索些，坐在我家门口多不好，要是走不动了，我可以送你。说着，他伸出手来，要拉来凤离起来。来凤离一甩手，打开了白化成的手，硬撑着站起来，摇摇晃晃地走了。

白化成和来凤离

白化成什么样的女人没有玩过，前些年老婆死了后，想续娶来凤离，结果来凤离却看他不上，他拿着一大把钱竟然输给了又穷又残的一把手，这很让他在人前丢面子。从此他也就打消了再娶女人的念头，倒不是他对来凤离一片痴情，对他来说，情又为何物？而是他突然间把婚姻看透了，干什么呀，娶个女人，有人管着，没有了自由，还得苦撑着一个家，不如一个人自由。自从他做了羊贩子后，在外面的世界闯荡的多了，他才知道只要有钱，什么样的女人不能搞？老婆没死前，他就和牧场上的姑娘媳妇胡搞多了，弄得他在塔尔拉名声很不好，那时候他还有所顾忌，后来他发现这些顾忌都是多余的，名声已经不好了，还顾忌什么？他只是慢慢地厌烦了塔尔拉的这些身上有一股子羊膻味的女人，把目标放在了外面，到城里去搞，城里的那些女人身上香喷喷的，并且一点也不像塔尔拉的这些女人，她们一点也不忸怩，并且花样还多，光在他身下的各种喊叫声，五花八门的，就比牧场里的女人有情趣得多。同样花钱，白化成肯定愿把钱花在那些爱喊叫的女人身上。

白化成有好长时间没有光顾塔尔拉的这些女人的身体了。

对于来凤离的到来，白化成是有绝对把握的。他从来凤离摇摇晃晃走去的背影上，已经看出，来凤离还会回来，主动送上门来的。所以他连房子的门都没有关，一听到敲门声，就说，门没关，我知道你会来的。

来凤离推开门，身子却不进来，把声音压得很低地说，你把灯关了吧。

白化成叭的一声拉灭了灯，在黑暗中说，就你事多。

等来凤离慢慢走到炕跟前，白化成往炕里面挪了挪，给来凤离让出点地方，才说，我可没有逼迫你，是你自己上了我的炕。

来凤离不吭气，在炕沿上坐下，垂着个头，望着黑暗处发了一阵子呆，才说，你说话可要算数。

就这点钱，我值得骗你吗。

你什么事干不出来。来凤离咬着牙说。

不信我，那你可以走呀，我什么样的女人没见识过。

来凤离开始脱身上的衣服。夏天的衣服脱起来容易，可来凤离脱得却很不容易，每脱一件，她的心就紧收一下，但她还是狠着心脱着，脱得只剩下背心和短裤时，她停下了。

白化成却等得没耐心了，要等来凤离这样磨磨蹭蹭地，他那点兴趣早就没了。他气呼呼地对来凤离说，你到底愿不愿意，又不是大姑娘第一回做这种事，你也不止经历过一个男人，都到现在了，还有什么好忸忸怩怩的呀。

来凤离咬了咬牙，狠狠地扯下了背心和短裤，由于用劲过大，差点把它们都撕烂了。那一刻，来凤离心抽得很紧，一股酸水差点就涌出了眼眶。但她强忍住了。

白化成对来凤离的身体已经谈不上有什么兴趣了，要是放在以前，他对来凤离凸凹有致的身体还会欣赏一番的，可是现在，他什么样女人的身体没见过，别说是来凤离，就是城里那些身材比来凤离好得多的女人，他摸上去感觉都是一样的，唯一不一样的，就是每次的体验有所不同罢了。白化成对躺在身边的来凤离没有一点过渡，伸手揽过来，就爬了上去，直截了当地进入了主题。

来凤离被突如其来的冲击撞得差点叫出声来，她咬着牙忍住了。她以为白化成会给她一些时间让她进入状态，但白化成没有，白化成仅仅是需要一个发泄的身体。白化成一下一下地撞击她，这种机械的撞击反而叫她的心不再抽得那么紧了，她放松了自己，不再像刚才那样紧张，把自己像根木头似的瘫在炕上，任由白化成复仇似的机械撞击着。来凤离目光空洞地看着白化成在自己身上晃动，晃出一片哗哗的响声。已经走出了这一步，来凤离什么也不用想了，还有什么要想的呢，都走到这一步了！她来之前就应该预料到会有这样的结果，但她赎羊心切，脑子里压根儿就没有空间去想这个问题。现在，现在——来凤离毫无激情地在白化成的身下承受着他毫无激情地撞击时，突然想到了一件事忘了做了，她便用双手往上推起白化成沉重的身躯，喘着粗气说道，等一等，等一等，你得想个办法呀，这样，我肚子里会有的。

白化成在激烈起伏的运动中，刚刚对来凤离木头似的身体有了点感觉，却又被来凤离推着进入不了，听明白了来凤离的意思，停了下来，坏坏地说，这不正好，一把手有毛病，我可以给他补上。

来凤离用手轻轻地拍了一下白化成的背，轻轻地说，你还让不让我活了？

这一拍，白化成身体竟然打了一个冷战，刚才还不怎么硬朗的下身竟一下子硬得像铁棍似的。他这才明白，这次身下的女人还是不同于别的身体，这是四年前不愿嫁给他的来凤离。他的兴致大增。但来凤离用腿夹着，不让白化成进去。白化成便叹了一口气，说了声“这倒不是什么难事，我是干什么的”。便起身从炕那头的褥子底下抽出一个套子来，给自己带上，复又上到来凤离身上。

来凤离这下放心了。白化成玩过了多少女人，在这种事上都快成专家了，在他对来凤离有了兴趣之后，自然不会让来凤离还像个木头人似的瘫在炕上不动，他使出浑身解数，上下翻腾，把来凤离刚才麻木的身体也给折腾得有了感觉。并且是从未曾有过的感觉。来凤离也开始发挥女人的特点，尽力迎合着白化成了。白化成折腾得更来劲了。但来凤离这次的感觉却不像白化成在报复她了，她也不仅仅是在被动地承受了，而像是在完成一件没有完成的事似的，和白化成配合得非常认真、默契。

自从和一把手结婚后，来凤离和一把手在一起，从来没有这么兴奋过，因为自己的失身，来凤离一直抱着愧疚的心情面对着丈夫，在丈夫的身下，她不敢有半点非分的想法，只是一味地承受，刚开始还有一点点的感觉，后来，丈夫知道自己不能生育后，情绪一落千丈，动不动就喝酒，喝了酒就打她，打完就直接睡觉了，说句实话，他们之间好长时间都不行房事了，就是偶尔行一次，不是半途而废，就是丈夫觉得没什么必要，是白费力气，自动放弃了，她又不敢提出要求，一直默默地忍耐着，慢慢地她也麻木了。

白化成却一下子唤醒了来凤离的身体。来凤离觉得自己又是女人了，她忘了自己是干什么来了，她不由自主地发出了欢快的呻吟，偶尔她听到自己的呻吟声，把自己都吓了一跳，她一下子清醒了，她怎么能这样呢？她是来和白化成谈赎羊的事，他们正在用身体交换条件呢。来凤离的意识一下子回到了现实里，全身冰冷了。

白化成有了来凤离的配合，正在兴头上，快达到高潮了，一下子感觉到来凤离冷了下来的身体，他满身汗水地停了下来，奇怪地问来凤离，你又怎么了，还有什么条件要在这时候谈呢？

来凤离知道白化成理解错了自己的意思，但她又不好把自己此时的想法说出口，便叹了一口气，顶上去，让白化成继续撞击。白化成却要问出来凤离到底想到了什么事。

你不是还怕我反悔吧？白化成这样问来凤离。来凤离摇了摇头。在黑暗中白化成也没有看清楚来凤离是摇了头的，继续说道，我不在乎那几个钱，我只是……只是……也不是为了得到你，羊贩子就得这样硬才能弄到钱。你说吧，还要什么，我都会给你的，比如再给你的羊加点价。

来凤离没想到白化成会这么说，他把自己当成那种女人了。一股屈辱的感觉涌了上来，从眼睛里流出来的却不知道是辛酸还是屈辱的泪水。来凤离心里疼了一下，她在心里想，这是干什么呢，本来就是和人家用身体交换的，她恨死了自己的身体，这么不争气，还觉得有什么屈辱不屈辱的？既然白化成在她的身体上面，一直想的是和她在谈一笔交易，而且他们现在也正在交易，她还有什么犹豫的。来凤离就是这时候才想到还欠一只祭奠用的羊呢，从一把手那里得不到羊，在白化成这个羊贩子这里就不一样了。来凤离抹了抹脸上的泪水，恶狠狠地对白化成说，除过我家的羊外，我还想问你多要一只羊，你给不给？来凤离反正想着现在是交换，已经到这种地步了，也没有拉不下脸的，该谈的条件此时不谈，等他从自己身上下来了，就晚了。

白化成一听，挪动了一下身子，像一台歇了口气的机器，又开始运作了起来，边运作边喘着气，对来凤离说，我以为是什么大了的事，不就一只羊嘛，给你就是了，来凤离，你能像刚才一样兴奋起来，我快活了，给你两只羊都成！

来凤离却再也兴奋不起来了。泪水再一次地模糊了她的双眼。她也曾试图使自己的身体亢奋起来，迎接白化成，自己也快活一次，可身体这会儿偏不遂她的心愿，一点也激动不起，硬邦邦地在白化成的身下挺着，像一具僵尸。

白化成气狠狠地终于把全身绷紧了，在来凤离身上停顿了一阵，非常不满地说了句“你可没有听我的话，我只能给你一只羊了”，便翻身下来了。

第二天，等来凤离把羊赶走了，白化成才望着来凤离的背影骂了句，塔尔拉的女人都这德行，没啥搞头。

马前龙和栗玉兰

马前龙以前是塔尔拉农场里最帅的小伙，凭着爹妈给的一副好脸皮，把农场里的姑娘媳妇逗得神魂颠倒。来凤离没结婚以前也不例外，还被马前龙勾引着失了身，马前龙却没有要娶来凤离的意思，眼看着来凤离的肚子一天比一天大了，来凤离的老爹从女儿嘴里得知是马前龙下的种，去找马前龙论理，劝他娶了来凤离。马前龙不但不娶来凤离，还信口胡说来凤离的肚子不是他搞大的，他没必要担那个责任。来凤离的爹看威逼不成，就带人把马前龙的一条腿给打断了。马前龙的爹死得早，只他和一个五十多岁的老娘过日子，他成瘸子后，不但再没女人喜欢他了，连下地放牧都不利索，家里穷得一年不如一年，又穷又瘸的男人，自然娶不上媳妇。马前龙常常后悔自己当年不该仗着有一副好脸皮，在女人堆里挑肥拣瘦，却没有趁那时候娶个媳妇。他把来凤离的肚子搞大后，不是他不愿娶来凤离，主要是来凤离身子上有一种味道，他闻不惯来凤离身上的那股味。再说了，牧场上的女人哪个身上没有味呢，整天和羊在一起，没有别的气味，也有羊身上的骚味，马前龙凭着自己的小白脸，心高气傲，才不愿和一个有气味的女人在一个炕上躺一辈子，他受不了那味。和来凤离有那档子事时，来凤离是主动的，马前龙那时候正在女人堆里红着，却没有一个女人主动脱了衣服让他睡的。来凤离是第一个，他经不住性的诱惑，就强忍着来凤离身上的味道，在一个干草垛里，和来凤离把事办了。没想到，只办了一次，还不是弄得太成功，来凤离肚子就大了，他后来自己都难以相信，来凤离肚子里的货就是他马前龙的种，因为他想着，来凤离能主动把身体给他，照样可以给别的男人。所以他死活不承认来凤离的肚子是他搞大了，为此他付出了一条腿的代价，他现在委实很后悔，要是当初承认了，娶了来凤离，闻不惯她身上的味道，可以晚上堵上鼻子和她睡觉，用嘴呼吸就行了，也不至于打光棍。当然也不会断一条腿了。断了这条腿，也断送了他马前龙的风流前程。

马前龙后来常常为自己的当年感叹不已。

断了一条腿的马前龙也曾立下毒誓，一定要报断腿之仇，无奈心比天高，自己一瘸一拐的，连走路都不利索，报仇无疑是鸡蛋碰石头，慢慢地就打消了去找来凤离她爹报仇的念头。但马前龙又不想落入了寂寞的低谷里，他是一个不安分的人，他妈又管不住他，整天无所事事，拖着一条断腿，到处闲逛着，偷鸡摸狗，净干坏事，比以前更不务正业，大家见了，都怨来凤离她爹心软，下手轻了，没把这个坏种的命要了，也算给塔尔拉除了一害。

马前龙虽然名声不好，还残了一条腿，但他的脸皮没残，依然英俊，身体上别的地方也好好的，还是一个正常的男人。他的腿被来凤离她爹打断后，年轻的姑娘媳妇嫌马前龙是个瘸子，离他远了，可也有人不嫌。这个人便是守了八年寡的寡妇栗玉兰。栗玉兰的男人得脑溢血死了，给她留下了一个患有先天性咳嗽的儿子，儿子从一出生就开始咳嗽，一直没有停歇过，栗寡妇想尽了法子，也没有把儿子的病治好，她守寡的日子都是在咳嗽声中度过的，所以她一年四季都像生活在夏季的燥热里，非常的烦躁。当然，栗玉兰也想过趁年轻再嫁个男人过日子，她托人介绍了几个死了老婆的男人，人家一听她带着一个从早晨咳嗽到晚上的儿子，谁也不愿揽下这个拖累。为此，栗寡妇没少在深夜里一个人哭泣，守寡八年的女人多么需要一个男人的抚慰啊。就是在这个时候，栗寡妇盯上了没人理的马前龙。

在马前龙眼里，以前就从没有过寡妇栗玉兰这个人，现在他落魄了，整个塔尔拉人都讨嫌他的时候，寡妇栗玉兰的出现，无疑对马前龙是个莫大的慰藉。沾过女人的马前龙和守寡八年的栗玉兰一拍即合，马前龙第一次到栗玉兰的家里，栗玉兰就把患咳嗽的儿子用芝麻糖哄到了另一间小屋子里安顿停当，自己和马前龙在大屋子里就上炕了。马前龙在栗寡妇的儿子从另一间屋子传来的咳嗽声的伴奏下，又一次感受了女人。不一会，栗玉兰的呻吟声就盖过了她儿子的咳嗽声，到关键时候，她还喊了起来，她的成熟和老练，引导着马前龙左冲右突，叫马前龙大汗淋漓，第一次真正尝到了女人的滋味。马前龙在栗玉兰的身上气喘吁吁时，才知道自己以前真是没劲透顶。他和来凤离算什么呀，简直是小孩子过家家，一点都不深刻，还为此付出一条腿的代价，一点都不值。他此时面对的才是真正的女人。

马前龙被栗玉兰的呻吟弄得神魂颠倒，第一次完事后下来，在栗玉兰身边躺下时，不由自主地对栗玉兰说了句，你真好！

栗玉兰听了这话，感动得连气都换不及地回问了一句，你说的是真的？

真的。

比你弄过的那些女人呢？

简直不能比，马前龙说，我其实没搞过什么女人，就一个来凤离，还……出事了。

那么来凤离呢，她和我比呢？

来凤离怎么能和你比。

我才不信你的话呢？

我只是背了个搞女人的名声，你从我的笨拙上还看不出来？

栗玉兰扑哧一声笑了，她心里这才信了，把马前龙搂紧了，问道，来凤离不好吗？

来凤离一点都不好，马前龙一提到来凤离，牙都咬紧了，说，来凤离算什么东西？她身上还有股难闻的味道呢，能把人熏死。

栗玉兰心里满足了，身体却又不满足了，她抚摩着软下来的马前龙，喷着热烘烘的气息，说，你是个好男人，怪不得那些姑娘媳妇以前都围着你……

我好什么呀，马前龙叹息道，现在臭得没人理了。

女人就是贱，好男人到什么时候都是好男人，我就觉着你好呢。

只要你觉着好就行，马前龙说，我觉着你也好哩，真好！说着，马前龙又硬了起来，翻身上去，把栗玉兰压住了。

栗玉兰马上迎合着，呻吟着说，有个男人真好！她说出了一个寡妇的心里话，在马前龙的撞击下，喘着粗气又对马前龙说，我以前的那个死鬼男人……

马前龙神经质地在上面停下了，问，他怎么了？

他第一天夜里要了我七次，但都不如你这么好，他笨死了。

马前龙一听，来劲了，又开始了动作，比前面更猛烈起来。一阵猛烈之后，他才对栗玉兰说，只要你觉着我好，我今夜里就来八次，超过他！

马前龙的生活从此有了新的开始。

干柴也有烧成灰的时候。马前龙和栗玉兰经过一个多月的燃烧，栗玉兰被马前龙滋润活了，她守了八年寡，终于又尝到了有男人的滋味，这种美妙的感觉叫她想着过长远的生活了，这天她对马前龙说，你干脆娶了我吧。

马前龙被栗玉兰的这句话吓了一跳。他从来没有想过这个问题，一下子面对这样的难题，他才觉得自己面对的是多么严峻的现实。栗玉兰的儿子在隔壁屋子里的咳嗽声大了起来，马前龙被那种快要把肺咳出来的声音击得心里一颤一颤的。他咽了口唾沫，心里很怯地望着栗玉兰，没敢说出一个字。

栗玉兰从马前龙的沉默里，得到了答案。这个答案是她早就知道的，只是她没有证实过，还有点不死心。现在死心了，她心里倒踏实了，她没哭，也没有闹，只是默默地躺了一阵，才生硬地对马前龙说，我也不能叫你白快活呀，你总得给我一个说法呀？

马前龙不能再沉默了，想了想，才咬着牙说，我想办法把你儿子的病治好吧。

你有这个能力吗？

我会想到办法的。马前龙从栗玉兰的炕上跳下地，仓皇地提上裤子，走了。

栗玉兰才不怕马前龙提着裤子走了，没有下文呢，她有十分的把握，马前龙需要她，确切点说，他需要她的身体。她已经把他的身体调教得离不开她了。

果然，过了两天，马前龙又来到栗玉兰家里，他先告诉栗玉兰，他已经打听到有一个神汉，可以治百病，像咳嗽这样的病症，只是小菜一碟。马前龙说完，就急着要上栗玉兰的炕，却被栗玉兰推开了。

栗玉兰冷冷地说，你还是先把那个神汉找来，治好我儿子的病，再上我的炕吧。

马前龙愣怔了好半天，才一瘸一拐地走了。过了几天，马前龙就把那个神汉带到了塔尔拉，直接去了栗玉兰的家，对栗玉兰说，大师（神汉）给你带来了，他治病有个条件，说是治孩子的病，先得治孩子他妈的病，我都替你答应下了，你就叫大师治病吧。说完，马前龙用诡秘的眼神看了一下栗玉兰，就悄悄地退出去走了。

神汉是个瞎子，戴着个墨镜，一副成竹在胸的样子，在栗玉兰家里住了下来，说是要从孩子他娘的身上找孩子的病因，当天夜里就和栗玉兰同睡在一个炕头，长夜彻谈孩子的病，一晚上和栗玉兰没有停止折腾，第二天早上一起来，大师很疲惫地打着连串的哈欠，开始给栗玉兰的儿子治病了。他装神弄鬼地在栗玉兰家跳着大神，折腾了三天，才给栗玉兰的儿子喂了一种像鸡屎一样黑乎乎的药丸。这种药丸有种很难闻的气味，栗玉兰的儿子每天捏着鼻子，被硬逼着吃大师的药丸，半个月后，栗玉兰儿子的咳嗽就明显减轻了。这完全出乎马前龙的想象，但他看着栗玉兰的儿子病情有了明显好转，也觉着对得起栗玉兰了，像个功臣似的，在栗玉兰面前晃来晃去的。可栗玉兰对马前龙不怎么正眼看了，每天只和大师搅和在一起，专心地治她儿子的病。

马前龙有一阵子非常失落，在心里恨上了他带来的神汉。也恨栗玉兰。

半年后，栗玉兰儿子的咳嗽基本上治好了，神汉却没有要走的意思，栗玉兰也没有要神汉走的意思。只是有天，栗玉兰主动找了马前龙，没有把马前龙带到她家里去，因为家里有神汉在，就在一个干草堆上，让马前龙饱饱地把她压了一回，算是对马前龙的犒劳。毕了，栗玉兰对马前龙说，你又没有娶我的意思，神汉有，但他老了，身体不如你，你想要了，我还可以给你，但没有以前那么随便了。

马前龙这才明白自己干了一件引狼入室的丢人事，但事已至此，他也拿栗玉兰没有办法，只好这样了。

过了不久，栗玉兰对马前龙说，别看神汉眼睛瞎，却是有些本事的，不如利用他的本事，在塔尔拉干些治病救人的事，算是个营生，也可以挣点钱。栗玉兰的意思，是要和马前龙合作，挣的钱大家分，这样也算是给马前龙一个挣钱的活路。马前龙觉得栗玉兰没有把他当外人看，非常感动地答应了。

从此，马前龙和神汉两个人伙到一起，一个瘸子，一个瞎子，干起了治病医人的行当。

瞎子神汉又装神弄鬼，神神道道的，到了这年天旱，马前龙在栗玉兰的策划下，又干上了祭天祈雨的勾当。

塔尔拉的人们明知道马前龙不是个好东西，可瞎子神汉不但治好了寡妇栗玉兰儿子的咳嗽病，而且这两年或多或少地也治好了塔尔拉一些人的病症，这年天旱得过分了，牧人们都盼望着天降大雨，滋润滋润牧场的草地，能使自己的牛羊有牧草吃，不受损失，所以对马前龙他们的祭天行为，都持着宁可信不可疑的虔诚态度，不敢说三道四，就任凭马前龙他们折腾。

来凤离和一把手

其实，一把手那天从羊贩子白化成手里接过卖羊的钱时，他已经后悔了。羊卖得太便宜了，辛辛苦苦四五年时间才发展到百数来头的羊群，就换了这么点钱。接过装钱的那个纸袋子时，他的心像被刀子一片一片切割了似的，那种痛是无法形容的。他捏着钱的手一直在发抖，整个人就像被架空了一样，轻飘飘地毫无知觉。他想把钱退回去，不卖羊了，可一想到天旱成这样，草场里一片枯黄败落的景象，羊群散落在草场里中四处寻觅时的烦躁，他要把羊群赶回去的念头就像烈日下的蒸汽，瞬间便无影无踪。他看看被白化成聚拢的羊群，眼泪慢慢地渗了出来，咬咬牙，狠狠心捏紧了装钱的纸袋子，转身走了。

一把手不是为了和来凤离赌气，也不仅仅是为了不出那一只送去祭天的羊，才要去卖羊，主要还是考虑到羊的生存问题。天旱下去，没有让羊群生存下去的条件了，他用什么来养活这群羊，他怎样让这群羊度过它们生命中的非常时期？天旱得草都快死光了，羊也一只只比着瘦下去，塔尔拉的人都在卖羊，不要说让羊能够肥硕健壮起来，他有什么能耐让他的羊在这恶劣的环境中生存下去呢？在他正焦虑地思考着这个问题时，来凤离提到祭天求雨的事，他其实对此事和牧场的其他人一样，是持宁可信而不疑的态度，问题是操办祭天的这些人让他反感。尤其是马前龙这个人在操办祭天的事，一把手心里就不舒服了，马前龙有什么本事去操办祭天这样的事？凭什么自己要把羊送给马前龙这样的坏种去祭天呢，他这样丧尽天良的人不遭天谴就很不错了。

一把手才不理马前龙呢。他只是后悔自己太冲动，不该把羊卖给白化成这个羊贩子，白化成真不是个好东西，乘机压价，那么一群羊，就给那么点钱，如果卖给别的羊贩子，可能会得的钱多点。第二天酒醒后，一把手越想越后悔，他来到羊圈旁边，羊圈空荡荡的，一把手摸着羊圈的栅栏，似乎看到一群洁白的羊云层一般拥挤着，在他的视线中幸福而舒缓地向草地上流淌，淌向遥远的满是芳草翠绿的地方。一把手走进羊圈转了几圈，偌大的羊圈里没有落下一声羊的叫唤，只有羊群的气味还浓烈地存着，给一把手回想的感觉。就在一把手正满心的责备和痛苦反省的时候，他忽然听到了羊的声音，是真实的羊叫的声音。一把手忽地转过头来，看到来凤离赶着一群羊由远而近地向他走了过来。

一把手看到自己家的羊又回来了，竟激动地冲了过去，紧紧抱住最前面的一只羊不松手了。半天，他才回过头来惊喜地问来凤离，你把咱们的羊都赎回来了？

来凤离没有回答一把手的话，躲开一把手亮亮的目光，赶紧走开了。她怕一把手的目光。其实一把手的目光里，只有对羊群失而复得的惊喜，但来凤离连这点惊喜都怕。来凤离抹了一把汗，到屋子里去喝了口水，镇定了一下自己的情绪，又走出屋子，来到羊群跟前，看着一把手痴情地一只一只抚摩着他的羊，她深深吸了一口气，对一把手说，今天我去放羊！还没等一把手反应过来，来凤离已经牵过马，一跃身上了马背。

平时羊都是男人放的，草原上很少有女人去放羊的。一把手站起身来，对来凤离说，还是我去放吧。

来凤离抽了马一鞭子，马走出几步了，才回过头来，很坚定地对一手把说，我说我去放，就我去放，你去，我还不放心呢。说完，她对着羊群甩了几个响鞭，羊儿像听到号令似的，相随着来凤离走了。

留下孤零零的一把手，站在羊群踩踏起来的土尘里，半天没有回过神来，直到看不见羊群的影子了，一把手才收回目光，毫无目的地踢了一脚地上厚厚的一层浮土，心想，这个女人变了。

来凤离是变了，昨天晚上去找羊贩子白化成没有赎回自家的羊，她恨死了白化成，也恨一把手，气恨恨地回了娘家，半夜都没有睡着觉，她一直在想着自己要不要变。这个问题折腾得她实在难以入睡，最后她终于想通了，她也做出了决定，她得变了，再不变都不行了，不变她的羊群就没了。来凤离本来是想着没赎回羊，赌气回娘家住几天的，可一想到那群羊，就没心思住了，并且连一个夜晚都住不下去了。她半夜爬起来，给娘打了个招呼，说她突然想起一件很重要的事没办好，得回去，她娘迷迷糊糊地不知是什么事，来凤离已经穿上衣服轻轻地走了。

来凤离毫不犹豫地，目标坚定地去了白化成的家。

走出这一步，来凤离觉得自己似乎不全是为了赎回自家的羊，但却是为了赎回自家的羊才做出返回白化成家的决定。做出决定去白化成家的那一刻，来凤离突然觉得自己已经远离了和一把手安心生活的那个来凤离，而在一步一步向以前的那个来凤离靠拢。以前的来凤离其实是很勇敢的，有一股为了追求美好的生活而不管不顾的劲头，比如她主动委身于马前龙，她是想勇敢地追求到自己的幸福，她那时以为能得到马前龙，和马前龙结婚便是幸福，可没想到最后结局却那么惨，惨得她对自己一下子失去了信心，对生活丧失了描绘的勇气。但她还是在嫁一把手还是白化成的问题上，已经不勇敢了但还固执着自己的意愿。嫁给一把手后，她想唤回自己的勇敢，可底气不足啊。她像一团脏了的破抹布，被一把手抓在手里，刚开始还揉搓了几下，后来就扔来扔去的，她被扔了四年，四年呐，在这四年里，她是怎样寂寞地打发着自己的日子，她就像一朵被风雨摧毁过的山花，凋零着花瓣，萎靡地数着岁月从她身边走过的每一个脚步。她曾想过，如果能有个孩子，她心里还可以有点寄托，她的日子或许会变得生动和鲜亮一些，可一把手有问题，她生不了啊，她的苦只有她自己的心能一点一点地品出。她一直是用一种愧疚的心态对待一把手的，她觉得作为一个女人没有给自己的男人最动人的东西，和男人没有得到自己的女人最让他心动的东西都是遗憾，来凤离把这遗憾都算到了自己身上，所以她才对一把手忍气吞声，逆来顺受。其实来凤离知道，一把手也挺不容易的，虽然经常打她，骨子里却是疼她的，从来不拿以前的事情来打击和伤害她，只是她的以前让他不能没有一点芥蒂，这才有他用酒来麻痹自己，借酒意来发泄内心的痛苦。不论他们之间的关系是以什么样的方式表现出来，来凤离知道，一把手还是很顾这个家的。可自从一把手知道自己有问题后，越来越不像个男人了，几乎把打她当成了夫妻之间的愉悦形式，尤其是在这个旱年里，一把手表现得越来越古怪了，半年多了，没有要过她一次，来凤离是个正常的女人呵，但她即使守着这样的活寡，也毫无怨言，默默地忍受近乎变态了的一把手。来凤离可以忍受一把手的一切，但她忍受不了一把手在大事上的胡作非为，比如卖羊的事，她就忍无可忍了。于是，她大胆地第一次和一把手开始正面冲突了。

来凤离不让一把手去放羊，是怕一把手数羊时，会发现多出一只羊来，这只她忍辱含垢用自己的身体换来的羊，她是一定要把这只羊交给那个瞎子神汉去祭天的，而不是交给马前龙，她这一辈子最恨的就是马前龙了，如果是马前龙一个人搞什么祭天祈雨的事，她绝对不会送羊给那个坏种的。但祭天主要是那个瞎子神汉做法，大家都出了一头羊，她家不出，说不过去，而且还会让人看扁的。

现在羊有了，可怎么才能躲过一把手，把羊送过去呢？来凤离不可能在放羊时，赶着一群羊去找瞎子神汉，也不能叫一把手去放羊，自己把那只羊留下来。来凤离想不到更好的办法，只好每天坚持去放羊，不让一把手沾羊的边，想着再找机会。

这样过了几天，来凤离一直没有找到送羊的机会，却突然感觉到自己的身体出了问题。她的下身隐隐发痒。开始她以为是个人卫生没有搞好或蚊虫之类叮咬的，没有在意，可却一天比一天厉害。这天，来凤离趁在外面的一个山谷里放羊时，躲在羊群里脱了裤子一看，发现自己的下体长了不少红癍，红得吓人。来凤离惊坏了，赶紧提上裤子，不敢再看了。这时的来凤离还没有往别处想，只当是天气炎热，她又骑马，捂成这样子的。当她痒得受不了，再次察看自己的下身时，发现那里的有些红斑已经破了，正流着黄水，肮脏得让她不敢细看。这下来凤离吓坏了，一屁股跌坐在地上，发起了呆。她这才怀疑起自己是患上了男女之间的那种不洁的病了。

来凤离一下子就想到了病的来源，肯定是白化成传染给她的，她早就听说白化成到外面胡搞女人哩。她恨死了白化成。可她能把白化成怎么样呢？她还能去找白化成理论？白化成不把这事搞得大家都知道才怪呢。她还能承担一次和男人胡搞的罪名吗？

来凤离在干枯的草地上打着滚，号叫着，撕挖着自己的下身，哭得死去活来，她张开巴掌，使劲扇着自己的嘴巴，骂自己下贱，想把自己咬碎撕烂，可解决不了实际问题。她也曾想到了死，但这个念头一出来，她就打消了，想想自己够不幸的了，为了追求属于自己的幸福却遭遇了被人抛弃；好不容易生活得平静了，却要在寻找另外一种幸福时付出自己，结果又被染上这种肮脏的病。为什么她有追求美好生活的信念，却总要被生活击倒？为什么世界之大，不幸却总是一而再再而三地降落到她的身上？

来凤离哭着、号着、滚着，内心却是十二万分的不甘。

来凤离和马前龙

这天夜里，来凤离突然劝一把手喝酒了，弄得一把手很莫名其妙。自从来凤离把羊赎回来，一把手发现来凤离变了后，十几天来，来凤离和一把手连话几乎都没说过几句。一把手窝着一肚子火气，喝醉过几次，还是照例打了来凤离，可这几次喝醉打来凤离，一把手也不知是怎么回事，心里竟然是清楚着的，他还担心，来凤离会像上次一样反抗他。可来凤离没有反抗，照旧让他打，但被打的时候整个人像没有了神经似的，不躲不叫，一把手就觉得没有多大意思。这天，来凤离主动劝他喝酒，他不知道来凤离想干什么。但一把手看着来凤离也喝开了酒，就想着是不是来凤离喝酒，壮了胆后，还要和他对打一次。上次就干过这么一回，一把手想着这样或许还有点意思，总比这样死气沉沉的强。一把手就喝了。

一把手喝醉了，来凤离喝的却不多，她把一把手扶到炕上躺好后，就来到羊圈，把圈门打开，放出了圈里的羊。

来凤离把百数来只羊连夜赶到了白化成的家里，包括那只她用身体换来的还没有送出去的做祭品的羊，她要把这些羊一个不剩地再次卖给羊贩子白化成。

白化成又要起了无赖，来凤离知道白化成想干什么，这次她没有犹豫，也毫不扭捏，以最快的速度把自己扒光，跳上了白化成的炕。

完事后，来凤离拿上和半个月前一样的羊价钱，提上裤子就熟门熟路地摸黑赶到了马前龙家，躲开马前龙老娘睡觉的窗户，悄悄地叫醒了马前龙。马前龙不知道来凤离趁着天黑来找他干什么，怕她还为以前的事报复他，不给开门，后来在窗口观察了好长时间，确定来凤离是一个人来的，想着一个女人家也不能把他怎么样，而他们之间的事，时间又过去了那么久，他也为当初的事付出了一条腿的代价，该了结的都已经了结了，他一个男人怕什么，他就开了门。

来凤离一闪身就进了他家的门。

以前，来凤离就这么进过马前龙家的门，现在她又这么进来了。

马前龙压着嗓子问来凤离要干什么。

来凤离也压着嗓子说，本来，我是要给你送祭羊来的，可我没法从家里弄出一只羊来，想来给你说说。

马前龙没有吭声。

来凤离突然哭了，哭得很伤心，又说道，你把我害了，可我也把你害了，我们早已两清了，但你不知道我心里有多苦吧，嫁给一把手，连一只羊都弄不出来……

马前龙这才说，弄不出来，就算了，你家不出就是了。

来凤离却说，你知道的，一把手不是个好东西，他就不是个男人，你知道吗，我就像这鬼天一样，一直都——旱着，我想呀，我是女人啊，是想要爱的女人啊。

来凤离不哭了，没等马前龙反应过来，以最快的速度，几下就把刚穿上不久的衣服，又脱光了，还说了句“我一直都念着你，我要你呀！”就光溜溜地扑进了马前龙的怀里。

马前龙愣了一下，身上就热烘烘的了。送上门的肉，不吃白不吃，马前龙抱着来凤离就滚到炕上了。

自从有了瞎子神汉，马前龙十天半个月才能和寡妇栗玉兰在一起一次，每次都匆忙了事，没有一点情趣，这阵子正憋得慌呢，来凤离把自己送上门来，比送来一只羊要好得多。他来不及多想，就轻车熟路地上了来凤离的身子，忙乎开了。

毕了，马前龙才觉得还是来凤离好，来凤离比栗玉兰年轻，虽说怀过孕，可没有生过，没奶过，该挺的都还挺着，该紧的都紧着，不像栗寡妇该挺的挺不起来，该紧的地方松松垮垮的，虽然栗寡妇在炕上花样多，都是她摆布的马前龙，不像来凤离，都是马前龙在张罗。男人还是喜欢自己张罗。

马前龙还想再来一次，来凤离已经穿好了衣服，跳下了炕后，脸色才变了，恶狠狠地对马前龙说，你毁了我，还想再来？找你娘去吧。

说完，没等马前龙弄明白来凤离怎么又生气了，来凤离已拉开门，走了。

来凤离和她自己

塔尔拉的夏夜一点都不安静，由于天旱，羊儿都吃不饱，夜里饿得不停地乱叫唤着，羊的叫声把塔尔拉的夜晚搅得异常烦躁。来凤离在这个闷热烦躁的夜里，离开了塔尔拉。

没有人知道来凤离去了哪里，也很少有人知道来凤离为什么要离开塔尔拉。但最后总会有人知道的。

塔尔拉还笼罩在没有尽头的干旱里，不知这干旱还要延续多长时间。

白雪季

一

二叔离开旱塬村那天是腊月一个有九的吉利日子。那天阳光不太好。二叔临走时在塬边回头留给村人的是嘴角挂着血、一双泪眼的狼狈样子。村人的印象里那是二叔第一次流泪。

接近年跟前的腊月一直没有一个好日头，挂在冬日天空中的那轮白色的太阳懒懒的往旱塬村洒那些不太辉煌的光辉，尽管在接近有九的吉利日子的前两天老天爷洋洋洒洒地飘过一场大雪，但旱塬村地势高，四周又无遮拦，夜里一场黑风一刮就把土地上三分之二的雪刮走去充实塬下的沟沟坎坎了，塬上只留下一层薄薄的雪，白白地覆盖着麦地和村庄。可惜塬下的麦地不属于旱塬村，所有旱塬村的老人就觉得很吃亏，就像往年一样站在塬边，看着身边塬上没有被雪覆盖住的冬麦，看着前面塬下白纸样的田野，老人叹口气，就骂狗 × 的老天……

旱塬村的年轻人不把雪薄雪厚当回事，他们不骂天，可他们骂地，旱塬上剩下的三分之二的雪被冷风踩过，贼滑。

二叔是不属于骂天的年纪 ，本来二叔也是不骂地的那种人，可那场冷风刮过之后，腊月十九的早晨，二叔早早就起来了。二叔一出门就滑了一跤，于是二叔就骂了地骂了雪，还骂了风。二叔爬起来拍了拍屁股上的雪还要骂什么的时候，二叔想起了他这天有事，这天是个吉利的日子。

二叔这天结婚。

二叔起的不算早了，比二叔起得更早的是那几个给二叔操办婚事的厨子、帮工。二叔是被帮工们操作声弄醒的。

二叔把屁股拍得山响表示对雪的愤恨的时候，帮工厨子走了过来。厨子是本村人，厨子点着头哈着腰到二叔跟前叫了声“二爷”问了声“早”。

二叔没有答厨子的问候，只把目光在胖厨子的脸上定了定，就把目光移开了。

“料都备好了？”二叔问。

“备好了，二爷。只是……”厨子说。

“只是甚？”

“只是没有肉。”

“没有肉？！”二叔稍微一怔，二叔想起自己没顾上这些琐碎事，二叔把目光移至厨子胖脸上。厨子刚放松的脸又慌作一团忙迎二叔的目光。

“没有肉！”厨子说。

“狗肉，行不？”二叔过了会才说。

“只要带肉腥。”

“就一只狗。还瘦。”

“只要带肉腥。”

“狗肉上席面？……”二叔说。

“只要是带肉腥味！”

二叔想了想，又说：

“还是八大碗？”

“还是八大碗！”厨子说。

“那你烧滚水。等着。”

二叔说完不看厨子就走了。

厨子还没烧滚水，二叔就回来了。二叔手里倒提着一条瘦瘦的黄母狗，奇怪的是黄母狗狠劲地挣扎着却不叫唤。

二叔提着狗看见厨子连水都没烧滚，就看了一眼厨子，看得厨子的胖脸抽动了一下。二叔就在厨子惊恐的目光里把那条黄母狗抡在空中然后使劲摔在地上。那狗与雪地相撞时没有发出一声叫，只有那狗瞪圆的眼珠与血一同喷出落到雪地上时，那狗的嘴里才发出一声叹气般的响声。狗血把白白的雪染红了一大片。

厨子是用眼睛瞪着二叔的脸从二叔手上接过死狗的。二叔的脸上有一点雪沫。

二叔说了句“剥皮”后才弯腰从地上抓起一把雪，二叔用雪搓手上粘的狗毛和溅在手背上的几滴血，二叔把雪搓成淡淡的粉红色后才狠狠地甩了甩手，然后二叔去安排接新娘的轿夫们动身。

二叔催促轿夫备好轿后，回屋穿上那件藏青色的长棉袍，头上扣上锅底一样的黑礼帽，二叔坐上接新娘的轿到塬下接新娘去了。

二婶是塬下人，这是二叔两年前就相中的。二叔相中二婶后，就带着两个伙计去二婶家求亲。二婶的爹娘用二婶已定亲来推辞二叔的求亲。二叔就不多说话，二叔的两个伙计就出去了。二叔一直在二婶家坐到天黑，直到天黑二婶定亲的那个小伙子家人哭着来告诉亲家，他们的儿子腿断了来退亲时，二叔才让早已回来的两个伙计丢下一大堆礼物背着手走了。二叔一直没有对二婶家一个人施暴，二叔还经常给二婶家送些粮食。

二叔虽然是个土匪，但无论村人怎么想，二叔却没有在那年腊月十九结婚之前把二婶怎么样，村人不相信二叔会让二婶保持着黄花闺女。

但四叔信，四叔比谁都信。

二婶直到结婚时还是黄花闺女，村人的确难以置信，土匪帮里的二叔可是个二爷，世上的坏事二叔没有一样没干过的。随着形势的发展，二叔的土匪帮也穷途末路作鸟兽散了，于是二叔想着把二婶娶过来，二叔想钻在乡村里过日子。这时的二叔已经到了结婚连肉都没有的地步了。二叔当了一场土匪，却没有在旱塬村窝边干一件缺德事，相反二叔还救济过几个即将饿死的村人。所以村人中还是三分有二的人来参加二叔的婚礼，尽管大多数村人为的是来吃这一顿饱饭的。

太阳已经升到一竿高了，还不见二叔和迎亲队伍的影子，村人们就傻傻地站在雪地望着太阳下的塬边。太阳光把村人的影子斜斜地印在雪地上，村人们身上基本上都打着补丁的衣衫在腊月的风中起起落落、很有些节奏。

终于等到二叔和迎亲的队伍在东面塬边上出现的时候，太阳已经升到了头顶。旱塬上的雪野首先冲出一声“嗞啦”的唢呐声才唤起村人的兴奋和饥饿即将解除的激动，村人在当头的日光下挪动了一阵脚步，把短短的人影子不留情地踩在脚下。

看着这么多村人迎候着满脸堆笑的二叔和抬着新娘的轿子在场屋前停下时，抚养二叔和四叔长大的三奶从人群中冲了出来，三奶扑向二叔，嘴里大骂:“你挨千刀的贼，狗肚里还有一窝崽哩。你挨千刀的。”三奶是闻着狗肉香找到这里的。三奶和二叔早已没有了来往，三奶和黄母狗过着日子。

二叔微微怔了怔，就招呼刚放下轿子的四个轿夫把三奶架走。四个轿夫愣着，二叔就骂了句“吃愣球长大的”。二叔就瞪着眼推开三奶，四个轿夫就上去把三奶架住。三奶在四个轿夫的簇拥下悬空身子踢腾着那双尖尖的小脚被架走了。

三奶的骂声被二叔请的吹鼓手吹出的音响搅烂，随便地掉在雪地里让等着吃喜席的村人踩在脚下，发出“吱吱”的叫唤声。

二叔不顾许多，二叔只吩咐请来的帮工们布置桌凳准备在雪地里拜堂成亲，然后开席。

待一切布置好，其实就是摆个桌子、凳子。二叔在主持婚礼的人的高唱下从轿子里拉出二婶开始拜堂成亲。那时，天空中乳白的太阳似乎跳动了一下，不太强烈的太阳光线正好照在二婶的身上。二婶按农村嫁女的打扮穿着一身红袄裤，头上盖着红盖头，人们看不到二婶的面目。村人把目光投在太阳正好照着的二婶身上，二婶身上的红棉袄像一团火，也燃着了村人的目光。二婶穿的这件红袄是二叔早年从远村一个地主出嫁女儿身上脱下来给二婶备下的，二婶家穷没有能力备上这么鲜艳这么崭新的红绸袄裤。红袄很合身的紧绷在那年已成熟的二婶身上，二婶胸前就顶起两座像天上太阳一样圆的包，只是没有太阳那么大，却比太阳红。村人中有不敢看二婶胸前那两个太阳的上年纪的人，村人中更有热烈地把目光往那两个太阳上黏的上年纪和没上年纪的人。村人的目光最终黏得二叔来了火，二叔是在那些往二婶胸前黏的目光尤其是上了年纪的人的目光里动气的。二叔扫了一眼破烂装束的村人，二叔就把火放在了也用目光黏二婶胸前两个太阳的主婚人身上："看你娘做甚？"

主婚人梦中醒来一般慌了慌，随即扯开嗓门，像公鸡一样唱着：一拜……二拜……三拜……

四叔就是这个时候出现的。四叔身后跟着四五个和村人一样装束的人，与村人不同的是这些人肩上都挎着一杆枪，枪在雪天的旱塬村里出现很耀眼。更何况那枪上还有和雪一样亮的刺刀。

村人一见耀眼的枪，身子就往后缩。

这时狗肉的香味早已开始弥漫在这个没有围墙的大院里，并无限地往旱塬雪野的每个角落漫去。好多年没有这么浓这么香肉味的旱塬村被突如其来的肉香熏出了异味，那是村人在看到四叔身后有背枪的那些人后闻到的。

四叔抽动一下鼻子深深地吸了一口香气，四叔将吸进的气吐出后才说出那句让二叔心冷冷地抽动了一下的话的。

"魏保财，你跑不了了！"四叔是这样说的。

四叔这句话虽然使准备入洞房的二叔心抽动了一下，但二叔毕竟不是干过一般职业的人，二叔自听到这个出自他亲兄弟熟悉的声音心抽动了一下之后，二叔就在心里估量了一下眼前将会出现的情形，二叔就想起了早上刚睡起来滑的那一跤，二叔也就想到了自己的处境，二叔就在村人的缝隙中搜寻脱身的目标。那年已是新中国成立后的日月，不同于以前。二叔脑子里迅速闪过一个念头之后，就顾不得揭开二婶的盖头看一眼还没来得及入洞房的新娘。二叔就拔腿往村人堆里窜。

四叔和那几个背枪的人大概早就防备着二叔的这一手，他们把肩上的枪取下枪栓拉得"哗啦"响的同时已一窝蜂上去将二叔围在中间，几条枪同时顶在了二叔的脑袋上。

将二叔困住后，四叔才一心一意醉心于好多年没有闻到的肉香味中。四叔还没顾得上把肉香味吸进鼻子好好品尝一下。这时的四叔就非常有劲地深吸了几口香气，让肉的味舒坦了肺部及全身，四叔在肉味中感觉突然肚子很饿，四叔强烈地压抑住肚子的饿劲，得意地扬起头看了一眼愣站着的村人，四叔的心在村人的目光里得到满足后，才很“大义灭亲”地说了一句：“魏保财是土匪，政府抓他。”

四叔说这话的时候不看二叔，却多看了几眼蒙着盖头的二婶。四叔就只看到二婶胸前那两个太阳，四叔看到二婶那两个太阳时喉头忽地热了，四叔就闻不到肉香味了。

二叔毕竟见过大场面，二叔在枪的威逼下很稳重，二叔看到四叔的目光不住地往二婶身上扫，二叔就在枪口下咬了咬牙，二叔咬牙的声音很响，村人都听见了，但四叔没听到。

四叔得意地扫了一眼二叔，四叔往人堆外一指：“那就是政府。”

村人包括二叔都回头一看，有一个穿着长礼服的人站在雪地里，人们只注意了眼前发生的一切没有想到“政府”一直站在后面。

“政府”是在四叔的话音落后才走进人堆里的，“政府”站在二叔跟前盯了二叔一会，才问：“你叫魏保财？”

二叔不语。

二叔这时的目光很吓人，村人没见过二叔的这种目光，人堆里有村人畏惧二叔这样目光的就悄悄退了，几个二叔请来的帮工也慢慢往人堆里退，他们想退得离二叔越远越好。

“政府”看了一眼村人，“政府”又问二叔：“你是土匪？”

“知道还问？”二叔是盯着“政府”说的。

两个背枪的人上去就给了二叔几枪托，有一枪托砸在二叔的脸上，二叔的嘴角涌出血后，二叔半个脸才紫青了。

“政府”挥了挥手，制止住两个背枪的再动手。“政府”把目光往二婶眼前搁。“政府”毕竟是“政府”，只看到红盖头就收回目光搁在二叔半个没紫青的脸上。

“抢的？”“政府”问二叔。

“娶的！”二叔说。

“霸占的。”四叔说。

“政府”看着很平静的二叔点了点头。

四叔见“政府”点头，四叔就又说了一句：“霸占的良家妇女。”

背枪的就上来推二叔。二叔反抗，背枪的就上去踹了二叔一脚，背枪的看了看二婶，看到红盖头，背枪的上去又踹了二叔一脚。

二叔不顾背枪的踹，二叔冲过去冲到二婶跟前，二叔伸手揭了二婶头上的红盖头，二婶就很耀眼的亮在了冬阳下。二叔及村人还有四叔都看到二婶的脸上挂着泪，泪在冬阳下闪着光流动。

四叔呆了呆，在呆过之后上去推了一把二叔。

“走！”

二叔就这样被四叔带着“政府”和背枪的人带出了旱塬村。

二

四叔是天擦黑才回到旱塬村的。

旱塬村还被狗肉的香味笼罩着，四叔闻着狗肉的香味把雪踩得“吱吱”响着就站到了二叔的场屋前。

四叔大声唤了一下像狗一样守在煮狗肉锅边的厨子。厨子吓了一跳，惊怔之后，厨子马上往脸上堆笑。

“四掌柜的。”

“叫我村主任。”四叔说，“我被‘政府’任命当旱塬村村主任了。”

四叔是那个被四叔称作“政府”的人任命当村主任的。当时四叔不太信有这样的现实，直到“政府”写好公文在上面盖上那个鲜红的官印后四叔才呆了。四叔知道官印是最有用的，但四叔没想到政府会让他当村主任。四叔从“政府”手中接过写有自己大名有官印的公文后，四叔手抖了抖。四叔没忘了问“政府”一句话：

“那有奎的村主任？”

“免了。”“政府”说：“罗有奎没你有功劳。”

那年月正是清匪搞土改的时候。

四叔一个后晌就当上了村主任，四叔就知道抓二叔抓对了。此时四叔就掏出那张公文纸，在厨子眼前一晃，很宝贵地收了装好后，四叔才说：“新中国成立几年了，我们也该管家了。”

厨子不识字，也没在四叔那一晃间看清那张纸上写些啥，厨子只是见有一个红圈在眼前一闪，厨子就抽了一口气，他明白那是官印。“村……长，狗肉给您老留着。”厨子说。

四叔早就被狗肉味熏得肚子发烧，这大半天没吃东西，先前的饿一下显得更厉害。四叔急急往锅里投去目光，厨子手忙脚乱地就捞肉。四叔就势往地上一蹴，接过一根狗后腿狠狠地啃了一口。

“咸了。”四叔咽下一口肉时说。

“咸压腥。狗是母狗，肚里有崽，腥浓。”厨子说。

厨子说话时心跳得一点都不正常，狗肉咸是厨子在二婶下轿后他只顾看新娘，看得手心发烧就不由自主地多抓了把盐丢进了狗肉锅里。

四叔嘴里塞满了肉，四叔顾不了许多，咸对于四叔来说不重要，重要的是四叔要狠劲地吃。待四叔啃完一根狗后腿开始啃第二根的时候，四叔想了想，便吩咐厨子捞几块狗肉给三奶送去。四叔说不要捞后腿。四叔说肉煮得很烂。

厨子去了，过会就端回肉说三奶不吃，三奶看到狗肉就不住地流泪，三奶流着泪还骂了二叔一句：“挨千刀剐的。”

四叔停了停啃嚼，就说：“不吃，省着。你也吃。”

“不敢。”厨子对村主任说。

“叫你吃你就吃。”

厨子才抓过一小块肉吃了再不吃。四叔再叫吃，厨子就说“还是您老吃。”其实厨子早就啃了一个狗腿，厨子是在二叔被带走村人散后吃的。厨子当时庆幸没有人来抢狗肉。但是厨子吃得一点都不开心，厨子吃狗肉时心一直颤颤的。

厨子说：“有酒，是二爷……不，是那个土匪留的一坛酒。”

四叔兴奋了，连说拿过来、拿过来，吃狗肉喝酒，天上神仙的日子呢。

厨子就去里屋抱出一个土陶罐来，给四叔往碗里倒酒，四叔接过碗一口将酒喝干，四叔全身热热的。四叔满足地舔了舔嘴唇。

四叔见厨子这么忠实于自己，四叔更肯定自己是村主任了，四叔一兴奋，就又干了一碗酒，四叔就把一块舔尽肉的狗骨头往地上狠劲一扔，说：“以后就跟着我。”

厨子就差点没跪下，厨子把头弯到裆部连声应答着。

以后，厨子就跟了四叔，跟在旱塬村村主任的身后。

四叔先前曾投奔过二叔，四叔不会做农活，四叔看上了二叔随吃随喝随嫖的日子。二叔没要四叔，二叔知道四叔好吃懒做不是个下苦力的坯子，四叔就骂了二叔一声“土匪”，二叔就甩了四叔一个巴掌，从此四叔就怀恨二叔。四叔也不照管日见衰老的三奶，到处游逛混日子，四叔混得不如意就越发恨二叔。

四叔咽下两条狗腿外加一个狗舌头后，灌进肚里的三碗散白酒烧得四叔全身燥热像洗热水澡一样舒坦，四叔从没这么舒坦过。四叔连打了三个喷肉臊气的饱嗝后挤出四个硬屁，四叔才拍了拍鼓胀的肚皮，四叔说真他妈的过瘾。

厨子再劝四叔喝酒的时候，四叔没有理厨子，四叔站起来踢了一脚地上的狗骨头，踢得厨子又是心一颤。骨头挪了个地方发出尖利的脆响，像铁器一样。

四叔很渴。四叔站起来身子有些摇晃，四叔不断地站在原地倒着碎步子才站得稳些。四叔被初次酒肉充足的生活滋润得发晕的时候，连骂了几句“他妈的”，四叔骂过之后，热乎并不减退，四叔被热渴折磨得痛苦又快活。四叔睁圆眼问厨子：“新娘呢？”

“一个人在洞房里。”厨子说。

村人实在，嫁女如泼水，收不回去，二婶是嫁到旱塬村做二叔新娘的。

四叔说：“亏了她了。”

厨子说："嫁出的女，没法，得顾妇道。"

四叔就越发渴，四叔就咬着牙骂了二叔一句："驴日的老二。"

四叔骂二叔的时候，并不觉得轻松，四叔只觉得吃饱喝足了人还有痛苦，四叔不想被这种痛苦再折磨，四叔就有了想法，四叔思虑着想法的时候很得意地一笑。

四叔笑过之后就走到雪地。此时天已全黑，天空没有月亮，只有几颗不太亮的星星挂在冬夜的空间里看着雪地上热乎乎的四叔。

四叔就向二叔的洞房那边晃去，四叔晃了几步就停下，四叔剜了一眼跟在身后想扶他的厨子，四叔问："做甚？"

厨子说："村主任喝多了。"

四叔骂了一句："放你娘的屁。"四叔还要骂想起自己是村主任了，四叔就不再骂。四叔于是就对厨子说："明天你到塬下买个铜锣，越大越好。"

厨子傻看着四叔。

四叔上了火："傻 ×，明后晌要敲锣唤村里大小聚合，我宣布政府的任命书。"

厨子才慌忙点头。四叔说了声："去吧。"四叔没醉，四叔只是很渴很热。

三

四叔踏进二叔的新婚洞房。四叔摇晃着身子。

二婶坐在柜子前打盹。跳动的红烛光把二婶的身影印在墙上，一上一下地晃动。二婶依然穿着那件红袄，红袄紧紧地裹在二婶身上。

屋子有些凉，四叔却热得全身冒汗。四叔进屋后没顾得上别的就是先揉了一下迷糊的眼，揉过眼之后四叔就把清楚的目光投到二婶脸上。

二婶哭过。二婶两眼熟透落地的烂桃似的。四叔就更渴更热。四叔从二婶脸上的红眼窝里看到了二婶撩人心魄的力量，四叔还看到印在墙上二婶的影子一上一下地晃动，晃动得四叔心里发慌。四叔还看到二婶胸前两个红红的山包，四叔喝的酒就直往头上涌，涌到了顶端没路了就活活折磨四叔。四叔全身心不舒坦，四叔把二婶往眼睛里装满装足后他的身心就越发难受。四叔很渴，四叔很热。四叔受不了，四叔被身体折磨得想死想活。

四叔终于抵制不了身体中折磨人的那股力量，四叔像在沙漠中渴极了的狼见到泉水一样扑过去，就用两臂紧紧箍住了二婶，四叔知道二婶能解渴，二婶会像冰一样吸收他身上的热量，可以使他解除他眼前难以煎熬的痛苦。四叔大张着嘴把自己能贴的地方都往二婶身上贴。

二婶在惊恐中本能地挣扎着，二婶像被网住的鱼一样挣扎着，但二婶总也挣脱不了四叔的网。二婶撕扯着网，二婶用牙咬着网，二婶最后还是被网的主人撕开了美丽的像鱼鳞一样在烛光下闪亮的红袄，二婶那时就没劲了，二婶就什么也不知道了，二婶又在梦中睡去。

四叔任意摆布了二婶完成了他的想法。四叔有些仇恨地摆布二婶，四叔又有些复仇的快感摆布二婶。当四叔在摆布二婶发现二婶流血时，四叔就清楚了许多，四叔在惊怔之中找到血源，四叔在得意过后的那一刻感动了。四叔就忘了那年投奔二叔时被二叔打的那一巴掌。于是四叔也就有了新的想法，四叔感到该过日子了，四叔想到自己是村主任了该有个知冷知热的家过日子了，反正二婶也没有做过二叔的人，二婶又是用轿子抬到魏家的。四叔是这样想的。

四叔在这样的想法里舒坦地过了一夜。

二婶是快天亮时才醒来的，二婶醒来后把梦中的故事回忆了一遍，二婶看到眼前的事实，二婶就想去死。 二婶是乡间女子，知道乡间女子该咋活。

二婶没死成。二婶被一夜守在屋外窗下舍不得离开的厨子救下了，二婶是光着脚跑出屋子去跳院落里的枯井的，辛苦一夜的厨子如梦初醒冲过去抱住了二婶，厨子抱二婶抱得很紧，厨子冻了一夜的身体一下热得发烫。

厨子抱住二婶在井台边的时候，四叔睡得正香。四叔是被二婶悲凄的哭声叫醒的，四叔从舒坦中惊醒提着裤子冲出屋，四叔看到眼前的情景才舒出一口气，四叔就一手提着裤子一手在厨子的胖肩上拍了拍。四叔这样拍厨子，厨子很感动，是当村主任的四叔轻轻地拍了拍，厨子守了一夜的冷冻、焦渴被村主任的轻轻一拍化解了一半。

四叔和厨子把二婶弄回屋子，四叔一直劝到二婶不哭不闹，四叔才说:“跟我过吧！”

二婶不语，二婶的身子一抽一抽地动，二婶的眼窝更红。

厨子说:“四爷如今当村主任了。”

四叔瞪了一眼厨子:“新社会，叫爷？”

厨子见四叔并不发怒就连说:“叫村主任，叫村主任。”

二婶不语，只是二婶的身子没先前抽得厉害了。

四叔说:“昨黑。怪我。酒烧的。跟我过，日子不会亏。乡间，咋也是过。”

二婶不语。

四叔又说:“好歹我也是村主任了，日子顺些。”

厨子说:“村主任是政府任命的，有红官印。”

四叔看了厨子一眼，目光里满是赞许。

二婶就看了一眼四叔。四叔看到二婶眼睛更红。四叔一看到红，四叔就全身冒热气。

厨子又说:“二……不，魏保财是土匪，叫政府带走了，政府还能饶他？”

四叔就看着二婶，看二婶脸上的颜色。

二婶就又看了一眼四叔，二婶碰上了四叔的目光，二婶就低下了头。二婶惶惶地看到四叔长得也周正。

四叔见二婶又看了一眼，四叔就看到了昨黑的生活，四叔看到昨黑自己被感动，四叔就想着一定要把这生活过下去，一定要过下去。四叔就又有了想法，四叔知道二婶能够又看自己一眼就有可能过上这日子。

四叔就对厨子说:“你就当村上的民兵连长吧，管些事。”

厨子傻了傻，随即领会了四叔的意思。厨子两腿抖得没一点劲，软软的就要往地上跪。

四叔就瞪了一眼厨子:“新社会，还民兵连长呢，管武事呢。”

厨子就站直，像个管武的一样，挺了挺胸。厨子心里不亏，昨个狗肉伺候的好就成了村主任跟腿的。今个抱住了跳井的女人，就当了村里管武事的民兵连长。厨子有些梦里一般，虽然昨晚一夜受冻，但厨子心里知道他不吃亏。

四叔让厨子当民兵连长时，二婶又看四叔一眼，四叔见这样，四叔便有了更新的想法。

四叔就对厨子说：“立马宣布政府公文。”

厨子说：“我跑着到原下买铜锣。”

四叔说：“买个 × ？这时光。”

厨子看了看天，天才大亮没多久。

四叔思谋好，就说：“民兵连长，你留下，照顾她。”

四叔让厨子看着二婶，怕二婶还想不开。

民兵连长明白自己的任务后，觉得和村主任贴近了不少，就问四叔：“唤村人，用什么敲？”

四叔说：“你只在这，我找个破盆子敲敲就成。”

四叔就看了一眼二婶，给民兵连长使了个眼色，民兵连长心领神会没先前笨了，因为他知道自己是民兵连长了。

四叔去寻盆子，二叔的场屋里没有能敲的铁盆子，二叔只备了一些吃食。锅灶和一些简单的柜柜箱箱，二叔还在屋里盘了一个大炕。灶间只有一些土陶盆罐之类，四叔抓起一个土陶盆，用昨黑啃过的狗腿骨试着只敲了一下，陶盆就碎在了脚下。

四叔再寻不到能敲响的盆子。四叔也不好这会就去问前村主任罗有奎再要那面铜锣，四叔就想起了三奶的屋里有一个铜盆。那铜盆还是二叔有一次打劫了一个地主，二叔的手下提来了铜洗脸盆给二叔当尿盆用的。后来二叔一次心发善就把那个值钱的铜盆给了三奶洗脸用。三奶洗刷过也是洗脸用，后来三奶嫌铜盆太亮洗脸时能照出人脸，不如陶盆忠实，三奶就也用铜盆做了尿盆，反正是在晚上用，天黑。四叔找到那个铜尿盆时，三奶睡着还没起来，三奶的屋里像坟墓一样静。三奶年轻时就死了男人，三奶没生娃，她就把饿死和病死爹娘的二叔四叔拉扯大，但二叔四叔长大后没一个和三奶过日子，三奶就养了黄母狗一起过日子。二叔当土匪那阵，有时还打发手下给三奶送些粮食，三奶就和黄母狗没饿死一直活着，黄母狗被二叔摔死作喜席，三奶气闷伤心就一直睡着没起来。

四叔进屋，三奶醒了也不理四叔。四叔到炕前从地上端起盛有尿的铜盆就走，三奶却问："做啥？"四叔不答出门就把尿泼在院子里的雪地上。尿把雪地上染了一大片黄色。

四

四叔提铜尿盆用狗腿骨在村子里敲了三遍后，村人就拉开院门看着四叔耍猴的一样。有个村人手里提着裤子从门缝里探出头问了一声四叔："做甚？敲这响？"

四叔底气很足的才喊："都到村头大槐树下聚合，政府有话。"四叔没当过差，这才想起该喊，前面白敲了三遍铜尿盆多吸了些尿臊气，村人这么一问，四叔才开始一面敲铜尿盆一面喊着："都到村头大槐树下聚合，政府有话。"

村人好不容易才聚集。村主任有奎也在村人堆里。有奎见魏家老四没经他同意便敲盆聚合人很生气，有奎手提铜锣上前质问四叔。四叔从衣袋里掏出昨个政府写的公文递过去。有奎伸手欲接四叔没给，四叔只拿在手上让有奎瞄了一眼，四叔也给围上来的村人瞄了瞄，四叔就把公文叠好装袋里怕人抢似的用手捂着衣袋。有奎已经拉下脸背过身走了，有奎分明是在雪地踩出"咚咚"的响声而没有一点踩雪的音响走的。

四叔就看了一眼有奎的背影，四叔不管有奎踩雪的声音怎样往耳朵里钻，四叔就又提起铜尿盆用劲地敲了几下才大声说：“政府任命我魏有财当村主任了，以后有甚事便寻我。”

村人哗然，但有围上去的村人瞄到了四叔公文上那个鲜红的官印，村人还是信的。

四叔不会发表就职演说，四叔也不想多话，四叔提上铜盆狗骨就走了。

四叔心里想着二婶。

四叔回到屋前。四叔老远就闻到了屋里飘过来一股肉香味比昨个还迷惑人，四叔就看到了昨黑，四叔就慌乱地把雪踩得乱叫着进了屋。

四叔进屋看到炕边上放着一陶盆冒香气的狗肉，四叔就看二婶，二婶就把目光避开了，四叔就看民兵连长，民兵连长早已从炕边沿上挪开了屁股。

二婶看了一眼四叔，二婶说了话：“回来了，吃饭。”二婶说完就拿碗忙手上的事了。

四叔惊怔地站着，四叔看着二婶的背影。四叔喜不自禁，四叔全身呼的一下热了个透，四叔有些冲动了。

二婶就成了四婶。

二婶是在四叔敲响铜尿盆时想通的，二婶想通时流了一串泪。二婶是个女人是个普通的农村女人，二婶是二叔用花轿抬到旱塬的，二婶自二叔那年求婚打伤定亲的小伙子并经常接济自己家里使自家没饿死一个人时已认了女人的命，二婶也从拜过花堂男人却被抓走没入洞房而又让四叔破了身寻死不成中认定了村女的命，二婶从四叔敲铜尿盆的声音中认了重新往下活的命，二婶从这间小屋和在这小屋头一夜的时间发生的一切中认了在这间小屋活下去的命。二婶从娘家嫁出了不可能再回去。二婶从第一眼正眼望四叔时就看出了四叔要比二叔强些，从一个是土匪一个是村主任中认定了人活着的日子。虽然二婶知道四叔是咋当上村主任的。

二婶就这样认了做四婶。

四叔也吃出了那天他宣布完自己当上村主任后回屋吃的狗肉比民兵连长煮得有味的多 。四叔平生吃了一回那样有味的狗肉。四叔太满足了。

五

四叔最后一次见到二叔是腊月完了，四叔真正过了一个舒坦的正月年后。

那时地上的雪化得只剩下背对太阳的阴坡地里发白了。旱塬上雪薄，虽然冬日的阳光没有几丝热量，但近一月的日头也就把雪慢慢吞吃了。过了正月大年，风不再冷，但无遮拦的旱塬上风却凉，村人们大都窝在屋里还享受着过年的气氛，那时日的年没甚过头，可村人看重过年。四叔过了一个好年，四叔当了村主任也吃上了白米细面，四叔也有了四婶知冷知热知饿知饱的伺候着，四叔平生第一次过了个年也就过出年的滋味。

起先，村人也咬过二婶变四婶的舌头，也咬过四叔变村主任的舌头但没有咬得比四婶的响。村人咬舌头能咬出村人一生的命，村人看着四婶像个村妇一般里里外外操持一个家，也不见四婶阴着脸的时候，四婶见了村人也唤声伯哥婶嫂之类，唤着和四叔一样的辈分，四叔又是村主任，村人说四婶也是村主任的女人呢，村人也就自然不再咬舌头了。只是过年时，民兵连长在自家招待村主任和村上一干人在家喝酒时，一个和四叔同辈的组长开玩笑说起四叔四婶。那是他们喝了酒后，四叔也就趁着酒兴说二叔被抓走四叔当上村主任关键性的那夜黑的事，四叔说得几个人全身燥热，四叔着重说了四婶那夜才见红的事，大伙全不信，四叔就说原先他也不信二叔那土匪甚事不干，还能让四婶嫁成黄花闺女，四叔说可四婶是真的，那夜里四叔没喝多。大伙看着四叔说四叔有福相，白捡了个舒坦的日子过，又是四婶那样俊俏的女人，四叔就合不拢嘴地笑。但那个小组长仍不信四婶是黄花闺女嫁过来的，四叔越强调小组长越不信，四叔就上火了，四叔后来就作为一个村主任掀翻了酒桌。

过后，村人中传开四婶是黄花闺女嫁过来和不是黄花闺女嫁过来的闲话。四婶听到耳朵里伤心地哭过一回，四叔就开了个会撤了那个小组长的职务。

四叔见到二叔是在县上召开公判二叔等一干犯人的会上。四叔本参加不上那样的会，四叔是作为大义灭亲的典型代表被邀请参加的。那时四叔实在不想见到二叔，四叔不是觉得愧，四叔是想着有二叔那样的土匪哥哥丢他村主任的面子。

二叔被抓走后一直在县监狱。四叔见到二叔时是在公判大会的台子上，二叔很像个人地站在台子上，四叔差点没认出来。那时候的公判大会多，旱塬村离县城一百二十多里地村人是没有闲工夫跑去看公判大会的。四叔是典型代表还坐在台子上。

二叔被宣布判了无期徒刑押往新疆劳改。二叔接受完宣判和台下一片打倒呼声之后回头看了四叔一眼的。

四叔是县长让大义灭亲的典型上去声讨二叔罪行的，四叔站在二叔跟前站在万人的公判大会台子上讲了二叔当土匪的种种劣迹，四叔没有忘记给二叔的罪名加上霸占良家妇女和摔死三奶黄母狗办喜席的罪行。如何霸占妇女的恶劣行为是四叔临时编的，那时四叔已当了近一个月的村主任，四叔会讲话了。四叔讲了如何虐待四婶及四婶全家而没讲二叔接济过四婶的全家，没讲四婶是个黄花闺女嫁过来的。

四叔讲完。在台下人堆愤怒声讨声的掩遮中，二叔小声对四叔说了句:“你嫂子是好人。你要……”

二叔没说完，四叔就骂了二叔一句“土匪”。本来四叔准备还要给二叔一巴掌还了那年投奔二叔当土匪时挨的那一巴掌，可四叔没打，四叔知道政府不允许打人。

四叔没想到公判完二叔一干犯人后，二叔被解放军推着下台时又回头看了一眼四叔，二叔的目光没有一丝恨意，四叔就听到自己的心猛地很大响声的又跳了一次。

二叔就这样走了。二叔去了新疆劳改。

那年二叔二十八岁。

剩下的是四叔和四婶过日子。

村人的日子是早作晚息，整天都为了填肚子而在这个世界上忙碌着，没啥规律而言。

四叔是村主任。四叔整天背着个手春夏秋冬都是把衣服披在肩头在村里各个小队里转，四叔后面跟着当民兵连长的厨子，厨子也学会了当民兵连长，只是民兵连长没事可管，他就每天跟在村主任屁股后头转。

四叔从村里走过，村人碰上都和他打招呼，村人问声“村主任来了”或“村主任吃了”，四叔便答“来了”或“吃了”，四叔答的很简单。有年长的村人见了四叔便问“有财来了”或“有财吃了”，四叔便不高兴，四叔便甩一下肩把披的衣服抖一抖，四叔嘴里只“嗯”一下走过。四叔身后的民兵连长却要说一句“村主任是来检查收成”或“村主任是来检查播种的”，民兵连长把“村主任”两字咬得很重，不管村人怎样看他，民兵连长说完就跟上四叔走。

四婶贤惠，成为四婶没几天，四婶就把三奶的灶合在了一起。四叔四婶仍旧住二叔的场屋，三奶住原来的家，相隔几步路。三奶每天待在场屋里吃饭做些小家务活晚上回家睡觉，也是四婶每天早早过去给三奶烧好炕铺好被直到伺候三奶睡下。三奶起先不愿合灶，三奶抚养二叔四叔长大却没有得到他们的报答，三奶已和二叔四叔没关系了，但三奶老了，三奶经不住四婶的软磨，就合了灶。三奶过上了日子，四婶也有了说话的人，四婶很少和四叔说话。

过了一年，四婶生了个女孩娃，女孩娃取名菊花，是九月菊花开时生的。三奶像当年爱二叔四叔那样爱女孩娃菊花。

四叔有了村主任的派头后，早已不用那个铜尿盆聚村人，四叔让民兵连长到塬下买了个大铜锣，大铜锣不用时就挂在民兵连长的胖屁股上，一走一响。那个铜尿盆被四婶用草木灰刷了五遍送回三奶屋里给三奶当尿盆，三奶看着闪着黄光的铜盆说不用了，三奶已换成了土陶盆盛尿，三奶说铜盆尿水响声太大太亮就把铜盆给四婶菊花用。四婶看着铜盆当尿盆可惜，四婶就当洗脸盆用。每天早上，四婶洗脸时，亮亮的铜盆上便闪着四婶姣好的面容，这时四婶心里就一阵难受，但四婶一直用铜盆洗脸。

政策下来，农村不再搞互助组。政策下来，农村不再搞合作化。政策下来，农村开始搞人民公社。那时四叔还没当上几年村主任，四叔就叫民兵连长敲锣在村头大槐树下聚合，四叔一次次宣布政策。后来四叔改成村主任，本来大队要设大队支书，四叔不是党员，旱塬大队又太小就先不设，旱塬大队还是四叔说了算。村人好说话，政策说咋干就咋干，四叔不用费劲就把旱塬村大队从合作化搞到人民公社，搞得有声有色，四叔觉得搞这些不费一点劲。搞公社开始，收锅收粮，办食堂，大家像一家人一样在一个锅里吃饭，在一起种地收割，倒也红火。那时四叔的权势大增，连村上的老辈见了四叔也不直呼四叔的大名了，村人们见了四叔都说“村主任来了”或“村主任吃了”，那时的四叔一般不作答了，身后的民兵连长就答“主任来了，检查工作”或“主任吃了”。如果哪个村人问四叔时是叫的“主任”，四叔便会作答的。这时的四叔很满足，叫个主任和公社主任县政府主任一样是主任比村主任好听。

四叔认为旱塬大队甚事都好办就是划阶级成分的事不好搞，四叔把全旱塬村大队新中国成立前的地主全划成地主还不够数，旱塬村原来的地主和扛长工的日子差不了多少，旱塬村靠天吃饭，旱涝都没好收成，只有老天和气才能不至于饿死，旱塬村有年干旱没收成，有个小地主还饿死了老娘。要划阶级成分，贫农、中农好划，就是地主、富农不好划。四叔完不成公社下报的地主富农名额，四叔就想到了前任村主任罗有奎，罗有奎下台后一直不听话，一直顶着四叔。四叔一提罗有奎划地主，民兵连长支持得不行，民兵连长被罗有奎当面骂过狗腿子。民兵连长在四叔提出要划有奎地主时不说有奎骂过他狗腿子，却说有奎骂过四叔这个主任。四叔问咋骂的，民兵连长说：“骂主任，骂主任当村主任是……”四叔不叫民兵连长再往下说，四叔摆摆手说：“划！罗有奎地主。”就这样报到公社。原来那个让四叔当村主任的“政府”现在是公社主任，公社主任在旱塬大队划成分报表上批了字打了回来，公社主任说有奎怎能划地主，有奎的爹在抗日时是支前模范后来在解放战争时还要当模范可叫炮弹给炸死了，不能把地主划到罗有奎头上。四叔到公社说实在完不成地主名额了，公社主任就大笔一挥免了旱塬村大队还剩的两个地主名额。

四叔带着民兵连长在旱塬村大队又转了几年，四婶没间断过就生下了大壮、桃花、二壮、杏花、梨花和三壮。四婶生下这一堆一个比一个矮一头的孩娃后，“大跃进”开始好几年了。为了跃进，大炼钢铁，修大寨田，靠天吃饭的旱塬村大队的几个大食堂的大锅里一天比一天稀了，一天比一天绿了。几年光景下来，四婶参加生产队劳动修大寨田，又一连生了七个孩娃还要顾七个孩娃的饭食，又吃食堂饭，虽然四叔是大队主任，可四叔不顾家，四婶顾家顾老人三奶顾七个孩娃，四婶生了七个孩娃少了许多精血，四婶又辛苦又劳累，四婶瘦了一半，可四婶依然很耐看，只是四婶胸前的两个像太阳一样隆起的包像没有装东西的布袋一般再也没有太阳的殷实、饱满和辉煌了。

后来旱塬村大队饿死了一些浮肿的老弱病残，大食堂就办不下去了，各家又吃各家的饭，但并不见得谁家的锅里就稠些。本来四叔家锅里能稠些，可四叔家孩子娃多，嘴多，四叔家锅里照样稀。

四婶早就被卷进了锅里的稀稠里去了，四婶把当年嫁过来的琐碎事搅在了每天打发三顿的稀稠里了。四叔有时还得意，还躺在炕上看着身边躺着的四婶，就想起那年那个冬雪季的那个夜晚，但四叔也想的不那么细致了，四叔被满炕的人和满屋各种各样的呼噜声搅碎着回忆，四叔还要带着全大队人抓革命、促生产、兴修水利、垒大寨田。

那时的四叔已把村主任当得相当熟练了，但四叔的旧毛病老犯，四叔光想着吃好的，四叔是村主任不用干活，他就想着吃好的。四婶没法给四叔伺候好的，四叔就不是前几年的四叔了，四叔当了村主任、大队主任，四叔有了脾气。四叔脾气一上来，有时就动手给四婶几下教训，四婶也像别的村妇一样，很女人的挨男人的打然后委屈得哭一场，然后照样下田出工照样顾锅里的稀稠。后来四婶挨了四叔的打也回过一次娘家，四婶到娘家没住上半天，一串七个孩娃就来找四婶要饭吃，四婶就哭着回来，四婶又开始操持锅里的稀稠。

四叔的恶习隔日见涨，四婶受的委屈就越多。三奶看不惯四叔对待四婶的行为，三奶不怕四叔，三奶看不惯有时就和四叔吵。三奶总吵不过。

又一个冬雪季，只是雪不厚，收成越来越不行，还能吃饱五谷杂粮的四叔想起了好多年没吃过的狗肉了特别是四婶做得像那年那个冬雪季的早上四婶做的狗肉了，四叔越想就越想吃那个味。四叔就带上民兵连长在满村子里寻狗。那年月人都吃不饱，狗就更瘦得不成样子，四叔和民兵连长在塬边一个小队人家的屋后寻到一条黄狗时，那狗已连走路都费劲了。四叔叫民兵连长用枪打。民兵连长胆小，看着那狗的目光不敢开枪，四叔就一把夺过枪骂了一句“尿包”，四叔就举枪打狗。四叔看了《地道战》

《英雄儿女》电影有十三遍，四叔也知道枪咋打，可四叔打了三枪也没打中狗。那狗也跑不动每次枪响都只是发一下抖却不闭眼地看着四叔他们，四叔不再打却冲了上去用刺刀捅那狗，第一刺刀上去捅到狗的肚子上，那狗走不动路了竟叫了一个很大的声音，那叫声吓了四叔一大跳。四叔连着用刺刀捅，那狗后来就一声不叫了，四叔就看到刺刀捅过的狗身上红红的血往雪地上流，四叔看到血就一下看到了那年冬雪夜二婶的血，四叔全身就热了，四叔就叫民兵连长提上狗留下一路的血滴回家。

那年月，四叔提条狗回家，全家欢喜，四婶的脸上也有了光。四叔吩咐民兵连长剥狗皮，准备柴火，叫四婶赶快煮狗肉，四叔要四婶煮出那年那个冬雪早上的肉味。七个孩娃也都充满希望地围在锅边，四叔不停地来锅边看肉，孩娃碍了四叔的路，四叔就没有像先前那样踹上一脚，四叔心情很好，四叔只想着狗肉的味。

四婶把狗肉煮好，民兵连长也回家拿来一壶白酒。四叔就又看到了那年那个冬雪夜和那个早晨的美好。四叔抓过酒壶，四叔不顾烫从锅里捞出一条干瘦的狗后腿就啃，四叔啥也不顾，四叔只用劲地撕扯着狗腿上的肉。四叔好不容易撕下一块肉急不可待地吹着气大嚼起来。四婶、民兵连长和那七个孩娃咽着口水把目光都聚在四叔的嘴上。

四叔没有把那狗肉咽下，四叔是在众人的目光里把那口肉狠狠吐到地上，四叔吐掉肉脸上不透亮了。大家吃了一惊，四叔是在大家惊讶的目光里上去给了四婶一脚的。四叔在这个冬雪季没有尝到那年冬雪季的味，四叔的美好感觉没有了，四叔上火了，四叔就又踹了一脚四婶骂了一句:“驴日的，想毒死老子。”

四婶跌坐到地上，用手捂着腿疼的地方流下了一串辛酸的泪。四婶为了节省，连狗胆也煮上了，四婶想苦胆也是肉，四婶在四叔的催促中将苦胆和肉煮在一起了，四婶先前想着苦胆和肉分开煮的，但四叔催得紧，四婶忘了把苦胆和肉分开。

七个孩娃不懂事，他们在四叔骂四婶时围上去就捞锅里的肉吃，他们不嫌苦，他们肚子缺食，何况这还是一锅飘着香味的肉。

四叔见七个孩娃抢肉吃，四叔气极，四叔上去一脚就踢倒了近处的大壮。四叔见大壮倒在地嘴里上还不停地嚼肉，四叔上去又踢了大壮一脚。

三奶就是那个时候死的，三奶躺在炕上想着自家的黄母狗伤心，三奶又见四叔踢倒了四婶骂四婶，三奶还见四叔踢倒了大壮又踢了两脚，三奶就骂四叔和土匪二叔一样是该“挨千刀剐的”。四叔就骂了一句三奶：“老 × 活够了！”三奶一口气上来，一口痰堵在喉咙，死了。

三奶死后，天上又落了些雪，旱塬就刮风，风把新落的雪三分有二的刮到了塬下，旱塬的老人小伙都骂了天：狗 × 的天。

六

旱塬村人没骂错老天，来年天旱得果然没多少收成。收成不好锅里就稀清，几乎每家都可以看到锅底的斑斑锈迹。旱塬村浮肿的病人一天比一天多，四叔却在公社主任来大队检查工作时汇报说，粮食收成不太好但营养好。

村人对四叔都有了看法。

四叔是一夜之间被推下台的。

推四叔下台的就是那年被四叔接替了村主任职务的罗有奎，四叔最终的失败也结束了旱塬大队的权威职位，此时的有奎比当年的四叔有力量的多。全国搞运动，搞“四清”，搞“破四旧”，四叔是被有奎清理出来的四类分子。有奎带着一帮青年人闯进四叔家站在四叔面前的时候，四叔刚睡觉起来还不明白啥叫“四类分子”。四叔提着裤子问有奎要公社的公文看，四叔根本不信公社会任命有奎当村主任。有奎就掏出一张纸也像那年四叔在他面前一样晃了晃，四叔就看到了官印，血一样红，但这次四叔看到血一样的官印没有一点激动，四叔的脸白了。

世道不一样了，世道变成了有奎一夜之间把四叔推下台，有奎成了旱塬村大队革委会主任。并且这个革命委员会主任一上台就把当年推他下台的四叔定为四类分子。

有奎召集村人宣布他当大队革命委员会主任的时候和批斗四叔的四类分子是一起进行的。那是秋庄稼长到可以藏住人的季节，那年天旱，旱塬村的秋庄稼不如塬下的好，可塬上所有的村人还是寄希望于这些秋庄稼过下半年日月。村人对运动和谁当大队主任或者村主任没多大兴趣，村人只对收成感兴趣，学了几年大寨，收成一年不如一年，锅里的一年比一年稀，村人对四叔先前也有了看法，可这回掺着野菜度日的村人却对批斗四叔来了兴趣。

直到批斗开始好长时间，四叔才真正弄清自己的罪行。四叔的罪行与二叔有关，二叔当过土匪是劳改犯，四叔是土匪劳改犯的贤弟孝亲。四叔就接受村人的批判，村人全把锅里越来越稀与自家几人得了浮肿病死掉与四叔联系起来。村人想起有奎十几年前当村主任时日子过得还能填饱肚子，眼下有奎又上台，村人就有了吃饱肚子的希望一般都拥护有奎，对批判四叔就更有兴趣。村人中也有激昂者，陈述了四叔好多年前去投奔二叔也要当土匪虽然没当上但总是想当过，四叔原先就是个土匪的料，还有亲兄长二叔就是土匪。旱塬大队出现了一场罕见的批斗会。

四叔被批斗后，四叔从此就成了每次开会的开场白。那时会多，四叔根本顾不上四类分子被监督劳动改造，四叔每天有应付不完的会有作不完的开场白。四叔有时开会还要接受贫下中农的拳头，四叔有时被打得三天直不起腰。经常执行押送四叔的是四叔提的那个民兵连长和几个基干民兵。民兵连长本来是有奎上台后当不成了，可民兵连长给有奎跪下哭了一次，并且还当场批斗了四叔，民兵连长就又被有奎用了，并且由民兵连长升成了民兵营长还兼着大队革委会保卫组副组长。民兵营长的手下都是些精壮小伙，动手打人也很实在，四叔有时低头认罪时头低了高了都要挨打，四叔有时被打得没一点人样。

四叔从那天早上被有奎带人带走后，就很少回家，真正苦了的是四婶，摆在四婶面前的是七张嘴和七个永远也填不满像无底洞一样的肚子。

四婶为了维持这些生命，四婶把所有的办法想尽后，就带着大壮求到了娘家。四婶娘家在塬下收成比塬上稍好点，但四婶娘家也是一大堆人，那年月人际关系都叫粮食给疏远了。四婶一进娘家门，四婶的几个成家的和没成家的兄弟们都躲开她，谁都知道旱塬的日子比别地方的日子更不好对付，不回娘家的四婶在每家锅里日见稀的时候带着儿子回家，兄弟们再明白不过。四婶为了七个孩娃，四婶看着兄弟们的白眼每个礼拜和大壮到娘家吃上两顿饱饭，然后四婶的娘背着几个儿子媳妇给四婶装上三四升杂粮，四婶娘像地下工作者一样先到门外侦察一遍，然后四婶和大壮才猫着腰冲入夜幕。四婶和大壮背着比乞讨来的质量要好点数量要多点的粮食回到塬顶时，六张嘴已在大丫菊花的率领下早就等在塬边接应，每次都是星星或者月儿挂在半空的时候，这群人才接上头。接上头，大丫菊花就问四婶“几升？”

四婶没有大壮嘴快，大壮说：“四升”或者说：“三升”。

如果大壮回答说是“四升”，那六张嘴就会发出吃东西一样的“啧啧”声，如果是“三升”，六张嘴也有“啧啧”声，只是声音小些。

四婶带上大壮回娘家背一次粮，回来掺上野菜就可以对付一个礼拜时间。四婶每次到背粮时都发愁，每次都是厚着脸皮赔着笑脸进娘家的门，背回粮在塬边与六张嘴会合后，四婶才在黑暗里在孩娃们或大或小的“啧啧”声中流一通泪。四婶的悲苦只有四婶一个人心里明白，四叔是无法知道的，那时的四叔是根本不顾家的。大壮也是十三岁的小学四年级的人了，大壮也能够看懂别人的眼色了，大壮也不愿背粮了，大壮跟上背粮能在外婆家吃上两顿稠些饭食的好差事也不想干了，大壮一直被姐弟们羡慕背粮吃好饭，可大壮不愿去背粮了。四婶就在大壮说不再去背粮时打了大壮一巴掌。大壮挨了一巴掌却不哭，四婶看着大壮却哭出了声，四婶一哭，全屋就有了八个哭声会合在一起用各种音调哭这日子。大壮哭过之后就又跟上四婶去背粮，只是大壮再到外婆家就寻个角落里不出来，除非吃那两顿饭和背上粮回家时才离开那个阴暗的角落。

四婶的娘每次只能给几升粮，四婶娘怕一次给多了让儿子们发现了一下子断了四婶全家的粮路，四婶的娘知道那年月为了粮食人可以不顾亲情，但四婶娘说不能看着那几个外孙活活饿死。

四叔当四类分子也当出了经验，只要革委会主任有奎或民兵营长甚至某个贫下中农随时喊一声“魏有财”，四叔不管干什么都会停下答一声“到！”，同时把身体绷得笔直。那时的四叔就一直紧绷着每根神经伸长耳朵到处捕捉“魏有财”三个字，四叔怕挨打。不过四叔的日子也过得下去，大队给四类分子管饭，虽然是半饥半饱，到开会时当开场白还有饭吃不用去想下顿能不能揭开锅，四叔还希望多开会就可少干粗重活，反正也有饭吃，四叔的四类分子倒也当得滋润。

七

四婶和儿子大壮背粮的历史终于在一个中秋的礼拜天晚上结束了。

四婶最后一次背粮是四婶娘装上粮刚出门被四婶的二哥碰上后断了粮路的。虽然四婶娘还去门外侦察了一番才让四婶和大壮背上三升杂粮出门的，可四婶的二哥冲出来从大壮肩上夺过粮袋时说他早就怀疑上了。四婶的娘当即被二儿子大骂了一顿昏了过去。大壮一把夺过粮袋把粮食往地上一倒拉上四婶走了。那年大壮才十三岁，大壮觉得他长大了。

四婶哭过后头有点疼就睡了一天。四婶头一直疼着想再睡已是不可能了，四婶跟前围着七张嘴，十四只眼睛都饥饿地看着四婶。四婶爬起来带上孩娃们去挖野菜，四婶只有这个办法了。

野菜维持不到一个礼拜的日子，先是桃花再是二壮开始全身浮肿，四婶又哭了一场，四婶把两个孩子摆在炕上，四婶看着两个孩娃哭个不止，四婶只能哭了。

这期间四叔回来过一次，四叔一年回不了几次家，四叔每次回来都要装一肚子四婶和孩娃锅里稀绿的饭才走。这次四叔回来照样先是揭开锅盖看了看锅里，四叔看到锅洗得很干净，连锅里的几点锈斑都洗得透着红红的颜色。四叔失望了，四叔也愤怒了，四叔把锅盖狠劲地摔在锅上。四叔本想发作，四叔看了看躺在炕上两个“胖胖的”孩娃和一旁垂泪的四婶，四叔就啥也没说走了。

四婶被揪出来批斗是四婶家断了粮路不久。四婶是为了两个孩娃菊花和大壮挨批斗的，菊花和大壮是为了全家这么多空空的肚子挨的四婶的巴掌。那夜很黑，菊花和大壮看着愁苦的四婶和两个弟妹浮肿的样子，还有全家人都空着肚子，大壮悄悄叫上菊花趁夜色进了生产队的玉米地。大壮在这堆孩娃里最懂事，因为大壮跟着四婶背过粮食。仲秋时节的玉米棒上还是些排列有序的嫩玉米芽芽，但也可以充饥。大壮和菊花就用背粮的口袋装满一袋嫩玉米棒子回了家。大壮和菊花在油灯下打开一整袋吃食时，全家人没有像原来四婶大壮从四婶娘家背来三升杂粮那样嘴里“啧啧”，全家人的眼睛里都放射出一种灿烂的光。四婶也是，四婶当时眼睛里只装了一袋能够填肚子的嫩玉米棒，四婶身边正躺着两个浮肿的孩娃。

四婶眼睛里见到粮食的光是在油灯突然灭了之后和灯光一起消失的，菊花再点灯时，四婶满眼的只是惊恐，四婶一把夺下已抓起嫩玉米棒就啃的杏花手中的玉米棒，那时四婶的手在发抖。四婶就把目光盯在了有功劳一般泛着红光的大壮、菊花脸上，四婶盯了好长时间才说了一句：“说，是谁叫你俩去的？”

四婶说这句话的时候是不平常的音调，大壮和菊花和所有的孩娃都吓了一跳。大壮和菊花脸上的光就不见了。

大壮怯怯地说:“是我，娘。”

四婶就给了大壮一巴掌，大壮的脸上就红了起来，只是大壮脸红得无光，大壮不哭也不说话。四婶愣了愣，四婶就给菊花也甩过去一个巴掌，菊花捂上脸就哭了。

四婶哭了。四婶哭得很凄惨。

四婶哭了一阵之后，四婶就在脸上抹了一把泪水，四婶就点上火，四婶和孩娃们有两天没吃东西了。四婶用刀把玉米棒连芯子剁碎，煮了一大锅糊糊，四婶招呼孩娃们喝得肚子都滚圆。四婶需要粮食，四婶像没男人的寡妇一样操持着这个家。

四婶是顶替自己的孩娃被抓去批斗的。四婶家那晚熬玉米棒粥的粮食香味被开批斗会回家来的民兵营长闻到了，第二天一早革委会主任就带着民兵营长和基干民兵闯进了四婶家，那时候四婶的一堆孩娃们还饱着肚子睡大觉。

剩下的小半袋嫩玉米棒子在灶间的柴火堆里被民兵营长寻了出来。四婶的孩娃们全醒来惊恐地看着四婶和民兵营长手里的小半袋玉米棒子。

四婶看了看民兵营长，民兵营长是原来跟着四叔的民兵连长，四婶就不再看任何人，四婶只盯着那小半袋嫩玉米棒子。

革委会主任问:“是谁偷的?破坏革命的反革命分子处处出现。”

四婶说:“是我偷的。”

“谁叫你偷的?”

“自己。”

四婶没定为反革命。四婶脖子上挂上了一个纸牌，牌上写着“现行反革命窃贼郭改改”，在“郭改改”三个字上画了个大红叉。四婶叫郭改改，村人都不知道，是从生产队社员名册上查到的。

四婶拉着一个大架子车，上面堆着山似的玉米秸和那小半袋嫩玉米棒。玉米秸是民兵营长派基干民兵砍来的，连别人偷了棒子的也砍了来。

四婶拉着一架子车绿绿的玉米秸在民兵营长和基干民兵地押送下到各个生产队游行，民兵营长提个大铜锣一路敲着。

四婶游行时心里装着七个孩娃的吃食，四婶就屈服了民兵营长让她喊的“我是反革命，我是贼”。四婶这样喊着心里着急，四婶在各个生产队转了一圈到天黑，四婶也没有一点力气，四婶想着早点回家看饿了一天的孩娃，四婶就求民兵营长放她回家。民兵营长看了看天，民兵营长看到的是没有月亮只有几颗不太亮的星星挂在天边的夜空，民兵营长说：“可以。”就让基干民兵先回家，然后叫四婶把架子车上的东西搬到大队仓库房里就让她回家。

四婶是用尽全身的力气一脚蹬开压在她身上的民兵营长后才跑进黑夜里的。民兵营长是在那年那个冬雪季的夜里他还是个厨子在四叔让二婶变为四婶的那夜他在屋外挨冻焦渴了一夜就有了想法的，只是他一直没有机会。

民兵营长没达到目的还叫四婶蹬了一脚。第二天民兵营长又拉上四婶批斗时就给加了两条罪名“土匪姘头”和“破鞋”。

四婶胸前的纸牌子换了一个更大的，四婶的脖子上还挂了一双臭脚汗味很浓的破胶鞋，四婶还拉着一架子车玉米秸到各村游斗。那次游斗不像第一次那样只是喊喊，那次游斗是每到一个村庄就叫社员们停工开四婶的批斗会。游行到那年四叔当村主任时在民兵连长家喝酒争执四婶是不是黄花闺女时撤掉的那个小组长所在的队时（那个人如今又当了队长），批斗四婶就最厉害。那天四婶的脚站肿了。

批斗四婶是土匪魏保财的姘头时，村人才想起了那年那个冬雪季，才想起四婶原来的身世，村人已忘了四婶还有过那么一段故事，于是村人在开批斗会之余就回忆了那段往事又互相补充了一下各自遗漏的细节把那段故事尽量说得圆满、正确。

四婶在村人的回忆中才记起了自己的一切，饥饿的日子使四婶只顾眼前，一想到过去和眼前自己日子的艰难还有四叔对她及一堆孩娃的态度，四婶真真切切地流了一通酸酸的人世悲苦泪。四婶流过泪后，就麻木了，像木头一样被基干民兵推来推去拉着大架子车批斗，四婶不知道天黑天明，四婶也像木头一样叫民兵营长在一个也无月有几颗不太明亮的星星夜里实现了他的想法。

四叔在四类分子当得很顺当时看到四婶也挨斗时，四叔只对四婶后两个罪名申辩了几句。四叔申辩的结果是叫基干民兵痛快地踢了几脚。

四婶回到家是看到死去的孩娃桃花紫青的脸才清醒的，四婶看到桃花可怕的脸，四婶才从麻木中走了出来。四婶如梦醒一般怪叫了一声就昏死了过去。

四婶醒来时，四婶首先闻到了玉米糊糊的香味，四婶看了四周围一个个把糊糊喝得很响的孩娃们时已是深夜。四婶接过大丫菊花端来的一大碗玉米糊糊没问是从哪来的，四婶就急急地喝了。四婶喝了一大碗糊糊后便有了点精神，四婶就看到了很多……

四婶看到了一条路，四婶看到只有那么一条路，那就是死。

四婶啥也不顾了，四婶只想死。

四婶想到死的时候四婶含着泪看了看喝玉米糊糊的每个孩娃的脸，四婶没看到她很想看到的那张脸，那就是大壮的脸。四婶大吃一惊，四婶失声问菊花大壮呢？菊花说刚还在，大壮弄回玉米棒后菊花只顾熬糊糊了。四婶问不出大壮的下落，四婶的神经一下就绷紧了，四婶刚松弛了的神经绷得快断了，四婶丢了魂一般。

四婶看到推门进屋的是她的孩娃大壮，四婶跳下炕扑了过去就把大壮紧抱在怀里。大壮惊恐地在四婶怀里说玉米棒是他偷的，大壮说是他一人偷的这次没有菊花。四婶失声痛哭起来。

大壮见娘一下哭得这么伤心，大壮也就哭了，大壮哭着说："娘，你打我吧，我偷了玉米棒子回来，我还去等在玉米地里，给往回走的民兵营长后脑勺上一砖头。"

四婶听大壮说，四婶惊愕地看着大壮，看着大壮四婶哭得更惨，四婶咋舍得下这么个儿子和这一大堆孩娃呢？

在那一刻四婶放弃了死，四婶看到死去的桃花，四婶看着全在哭的一堆孩娃，四婶搂着能给民兵营长一砖头的大儿子大壮，四婶就不想死了，四婶想着要活下去，四婶搂着大壮想一定要活下去。

当四婶得知民兵营长头被打破住院后，四婶吊着心守着大壮在屋里不出来。待大队革委会主任罗有奎查了一阵谁打破民兵营长的头没查出也就不查了，四婶才把心放回肚里，操心一家人的吃食。

日子在苦难里过得缓慢。但日子还是一天挨着一天过去了。

运动斗争不再激烈时，四叔回家了，四叔还是四类分子。

四叔回到家和没回家一样，这个家都是四婶带着孩娃们操持着吃食，四叔回到家只是多添了一张嘴。

八

二叔是在一个飘雪的冬日黄昏回来的。

二叔回来的时候全国已没有了运动。

二叔回来的时候农村已饿不死人。

二叔回来的时候，刮着风，旱塬村在无遮拦的风中，风把飘在空中和落在地上的三分有二的雪刮到了塬下，旱塬村的老人看着塬上塬下的雪薄厚不一就骂：狗 × 的老天。

二叔在飘雪的冬季里提着一个大提包站在了场屋前，二叔在飘雪中看着破旧的场屋，二叔也把二十三年前发生在这个场屋门口的事看得很清楚。二叔手摸着下巴上的胡须，二叔听到下巴发出和风一样的声音，二叔就听到了他自己的悲凉一世。

当四叔的大儿子大壮长得跟四叔一样的身体站在二叔跟前时，二叔才把二十三年的往事收回。二叔就看到了一个二十三年前那个冬雪季带着政府来抓他的年轻的四叔站在面前。

二叔愣了。

“你找谁？”大壮问二叔。

“我是……魏保财。”二叔说。

“问你找谁？”

“这场屋是我的！”

二叔说这话的时候，二叔就看到从屋里走出一个女人，二叔照了那个女人一面，二叔就两眼发直，二叔就直勾勾地看着菊花。菊花长得像四婶。

大壮看到陌生人用那种眼神看姐姐，大壮就上去推了一把二叔。大壮要赶走这个人。

二叔从梦中醒来一般。二叔叫了一声：“改改！”

二叔的叫声在飘雪的场院里有些特别的响了一阵。四叔和四婶就是那个时候奔出屋来的。

四叔、四婶也认不出二叔了。

二叔也认不出四叔、四婶，二叔只认出了菊花是他二十三年前用花轿抬来的也是他在新疆劳改时一直没忘记的改改。

二叔能叫出一声“改改”，四婶就突然想到了是谁。但四叔想不起来，四叔认不出二叔，也不会想到能是二叔。二叔走了二十三年，二叔眼下已老得像一个将死的村中老人，虽然二叔站在飘雪的场屋前时才五十一岁。

四叔是在二叔讲了几次自己的名字后四叔才十分不相信地认出二叔的。

这是一个不好处理的场面。二叔、四叔和四婶都站在雪地里任雪在各自的头上飘过，但事实总是飘不到这三个人的现实里来。面对这样的场面，四叔也不请二叔进屋，二叔也不好当着已拥出屋的一大堆孩娃面进屋。四婶最为难，四婶不看二叔、四叔任何一个人。

还是大壮懂事，大壮把二叔、四叔和四婶请进了屋。

二叔进屋看了看屋里的杂七杂八，二叔看了看一屋的孩娃，二叔就悲凉地看了一眼四婶，四婶也看了二叔一眼。二叔从四婶脸上看不出二十三年前的那个改改，二叔就把目光搁在了四叔脸上，二叔就看出了四叔脸上的许多颜色但二叔没有愤怒，二叔看到的是二十三年后的四叔，二叔没法愤怒。

二叔就把目光扯回来搁到四婶脸上，二叔没看到多少颜色，二叔眼前有些黑。

二叔再看屋里的孩娃姑娘小伙一堆，二叔就说："这是我的屋。"

四叔不语，四叔过了阵才有气无力地点了点头。

四婶就看了看二叔，四婶却看出了二叔脸上的许多颜色。四婶就流泪了。

四婶再看看四叔，四婶也看到了四叔脸上的许多颜色，四婶的泪就更多。

二叔也流了泪，二叔看到四婶的眼泪顺着四婶多皱的脸往下慢慢地走着，二叔就想到二十三年前和他拜过花堂的改改，二叔就心酸地流了泪。

二叔流够泪后，二叔就对四叔说："这是我的屋，你搬出去。"

四叔不语。

二叔又说："这是我的屋。"

四叔这才看了看屋，四叔就看到了二十三年前的那个冬雪夜。四叔从那时一直就占有了这个屋，四叔没想到会有今天。四叔就看了看二叔。二叔也看了看四叔。四叔就看了看屋里一堆孩娃。二叔就看了看屋里的一堆孩娃。二叔的目光不凶，但二叔的目光收不回说过的话，二叔的话在目光里写着。

四叔就搬了出去，四叔全家搬到了三奶的屋里去住。

四叔腾出了二叔的屋，二叔就对四叔说："人都走？"

四叔说："都走！"

二叔说："改改呢？"

四叔说："孩娃都一大堆了。"

二叔说："不行！"

四叔说："都老了。"

二叔说："改改是我用花轿娶的。"

四叔被二叔的话咬了一口，四叔脸上颜色很重地低下头。

四婶随孩娃们搬走了。

九

二叔请人把场屋整修了一遍，把场屋二十三年的痕迹全部除去后，二叔就开始往大队、公社跑，二叔要政府判四婶跟他过日子。

村人都知道二叔回来了，二叔带回来两千多块钱，村人说二叔到新疆劳改还发了财回来，这世道。村人说二叔那年是被判的无期徒刑，咋就回来了？还带回那么多钱，这世道！

二叔不多说话，二叔见了村人也不打招呼。和二叔一起长大的人现在都站在塬边看着塬上塬下的雪薄厚不一骂："狗 × 的老天了。"二叔像原来一样不骂天。

二叔落上了户，但二叔提的事没人管。二叔就买了烟酒大队、公社的送上去。二叔的事就有人管了。先是大队支书管，大队已在运动结束后换了领导，原革委会主任罗有奎随着运动的结束也就结束了他的权威。新支书是年轻人，高中生，公社重点培养的接班人。支书吃了二叔从新疆带回的葡萄干说"好吃"，二叔让支书拿了一大包，支书就看了看二叔布置好的场屋。支书问二叔："听说你有两千块钱？"二叔说："没那么多，一千二。都是那时打土坯一分一分攒的。"支书问二叔那钱咋用，二叔说想拾掇个家。

支书说："是该有个像样的家，年龄大了该有个照应。"

年轻支书很会当支书，二叔很感动。

"不过，"年轻支书说："孩娃都一大堆了，人也老了，先前没个婚约，这事要四婶拿主意。"

二叔一愣，急了，说："我把改改用花轿抬来的，拜了花堂。"

支书说："这个不好说，不像现在有政府的结婚证。"

二叔就很悲惨地低下了头不再说话。二叔在新疆劳改了二十三年，二叔拼命干，二叔用汗水换来减刑，从无期到有期，从大数字到小数字，二叔为的是能再回到旱塬村。二叔想的是能和二十三年前拜了花堂的新娘入洞房。

二叔就又去找公社，公社书记到旱塬大队检查冬麦长势时来了二叔的场屋，二叔很感动，二叔热情接待。

公社书记吃了二叔从新疆带回的葡萄干说了声"好吃"后才说："这件事好办，大队支书都给我汇报了，过去村人没有婚约的多了，相互愿意成亲就是夫妻，你和郭改改同志拜了花堂，现在她和你亲弟弟过日子，又生了一堆孩娃，这件事你做哥的就让吧。"

"不行！我这多年为的啥？"二叔又激动了，二叔说："那年老四硬说我霸占的民女。"

公社书记说："就那个年代了。"

二叔说："我没霸占，我是求了亲、请了媒婆是用花轿把改改从黄花闺女抬过来的。"

公社书记过了会问："一定要郭改改？"

二叔说："一定要！"二叔说这话时二叔又看到了那年那个冬

季拜了花堂的改改。

公社书记就说："那就让郭改改同志拿个意见。"

叫来四婶、四叔。公社书记把情况一说，四叔急了，四叔看着四婶急急地说："一大堆孩娃要过日子。"

四婶听四叔这么说，四婶的眼泪一下冲了出来。

公社书记说："郭改改同志，你拿个意见？"

二叔急道："我为了你在新疆流了血流了汗，我为的就是和你过日子。"二叔看着四婶。

四婶眼泪更多，四婶在公社书记的催促下抹了把泪说："我都老了，孩娃也大了。"

二叔急问："你的意见？改改。"

四婶不敢看二叔，四婶惶惶地说："我和孩娃们在一起，孩娃们成家了，我给他们抱孩娃。"

二叔跳了起来："你看看我，你再看看你，过的啥日子？"

二叔这么一说，四婶就痛哭了起来，四婶就看到了这么多年的日子，四婶看到了那年那个冬雪夜，四婶看到了四叔踢她也踢他们的孩娃，四婶看到了饿死的桃花，四婶看得最清楚的是四叔吃了苦狗肉连踢了她两脚连踢了大壮两脚，四婶就看到她为了吃食和大壮去背粮看的白眼和断粮路的情景，四婶就看到她挂着有三个罪名的大牌子被游行批斗，四婶还看到民兵营长压在她身上，看到大壮给了民兵营长一砖头，四婶看到了这二十多年的日子……

四婶痛哭不止，四婶没听到过谁说她过的啥日子，四婶只有为了过日子而操劳受委屈。

二叔蹲在地上哭了，二叔脸上的沟沟坎坎里蓄满了泪。

四叔站一旁斜眼二叔，四叔露着胜利者的目光。

公社书记劝了二叔，又劝四婶。公社书记要四婶拿好主意。

四婶就止住哭，四婶走到二叔身边，说：“我和他过了。”

二叔和四婶到公社领了结婚证，也没举行仪式，四婶搬回了场屋。

四婶变成了二婶。

二婶的几个孩娃也愣过一阵，大壮菊花懂事，他们看到娘为了他们挨四叔的打、受舅们的白眼、受大队的游行批斗，想到娘过的日子，就都不怨娘，却把四叔疏远了。

村人在背后咬二婶的舌头，村人想到二婶这么多年的光景，村人叹口气不再咬舌头。

二叔二婶过上日子，二叔有钱，置了些家当，二叔给二婶扯了衣裳，但二婶还是老了。二叔找不到那年那个冬雪季的改改，只有眼前的二婶。但二叔完成多年的想法入了洞房，二叔也待二婶新娘一般好，知冷知热。二叔有了家，二叔实现了多年的想法，二叔二十三年的凄凉就没了，二婶还是操心着一大堆孩娃，但二婶日子好过了些，二婶也渐渐胖了。

来年，二婶生了个男孩娃。那年二婶四十六岁，二叔给他的孩娃取名留根。

二叔有了家也有了孩娃，二叔会过日子，二婶少操了不少心。

政策变了，地又分到户，日子也越变越好过。旱塬村人都可以吃饱肚子了。

二叔种着责任田，二叔回家抱上留根到村里地头转，外村人来旱塬村走亲戚，见了二叔还以为是爷孙俩。二叔不在乎外村人的目光，二叔照样逗着留根叫他爹，留根就叫了，留根叫得二叔化解了二十三年的苦难。那时二叔的身体已一年不如一年。

四叔恨二叔，四叔整天喝酒，但四叔已喝不出二十多年前的那份舒坦，四叔不顾地里庄稼，大壮和菊花弟妹们也把自家地里弄得有好收成。

二婶操心着孩娃们，孩娃们大了，二婶就四处托人给菊花找婆家给大壮、二壮寻媳妇。二婶有了留根的第二年，菊花出嫁了，菊花嫁到了塬下，大壮二壮也都相继订了媳妇。这些都是二婶一人操劳着，二叔有些心疼二婶，二叔却不拦二婶，二叔只顾抱着留根。

二叔最后躺下不能起来是二叔在一个雪天里不小心滑了一跤后就再也没起来，二叔的腿不能走路了，二叔的腿劳改前叫别人打过。

大壮懂事，大壮带上弟妹就给二叔地里做活，大壮也常到二叔的场屋来帮二婶干这干那，大壮也抱留根，还逗留根叫哥。二叔躺在炕上听了也高兴。菊花回娘家看二婶，每次都先来二婶家，给二婶送吃的补的。菊花常忘不了给留根好吃的，菊花有时也给四叔买一两条烟但不给酒，菊花的男人买个汽车跑运输，菊花过的好日子，但菊花常操心着娘，菊花知道娘不易。

二婶很受孩娃们的尊重，二婶在村里也有脸面。

十

那年腊月，落了一次雪后，旱塬村的地上三分有二的雪像往年一样被没遮拦地刮到塬下，旱塬村老人站在塬边看着塬下冬麦地里的雪比塬上冬麦地里的雪厚，塬上的冬麦露着头颅在雪外张望，旱塬村的老人照样骂一声：狗 × 的老天。

但旱塬村有收成，旱塬村人把地侍候得好，干旱也有收成。

腊月好日子，大壮在一个吉利的有九的日子结婚。大壮媳妇就在塬上。

大壮打扮一新，大壮也像其他村人结婚一样用汽车接新娘，菊花男人开上“东风”卡车给大壮接亲。

二婶操办大壮婚事，留根跑过去拿根竹竿挑一串鞭炮迎新娘。大壮把二叔背过去放在檐下火炉边的藤椅上，二叔坐那里看大壮拜花堂，二叔的眼里不知不觉就有了泪水，二叔看到了那年那个冬雪季也是腊月吉利日子的自己。

四叔在人堆里走来走去，四叔想得最多的是那年那个冬雪季他所做的一切，四叔想着那些看着眼下心里不是滋味。

拜完花堂新人入洞房后，人们开席忙吃的，大壮结婚杀了一头大肥猪，肉多，村人都吃得满嘴闪光。

那一个叫声是在人们只顾吃喜席时听到的，其实人们都把目光盯在桌席上，但那一声叫有些异样，人们就惊奇地寻叫声望去。

一只白母鸡站在院子的一颗枣树上，白母鸡站着的那根树枝细，树枝就颤颤地抖着，白母鸡却站得很稳。那声叫是白母鸡打的鸣，不伦不类，人们才停住看的。

二婶觉得奇怪，上去赶那母鸡，二婶嫌不吉利。

二婶赶白母鸡，白母鸡不动，白母鸡伸长脖子又打了一个不伦不类的鸣，比先前的声音还长些。

四叔的几个孩娃也上去帮娘赶那鸡，还有别家小孩都赶。白母鸡就是不动。

留根放完鞭炮，手中一直拿着挑鞭炮的竹竿和一群孩娃闹着玩。留根见娘和哥姐们赶树上的白母鸡不动，留根喊着“打”字冲过去就用竹竿去赶母鸡。留根一竹竿抡过去就打在了白母鸡的头上，白母鸡一头栽了下来躺在雪地上。那根白母鸡站过打鸣的树枝狠劲地晃动着。

那年留根六岁。留根用的是六岁孩娃的劲。

人们看到留根一竹竿打下了白母鸡，人们也不觉得奇怪，人们就开始把目光收回搁到喜席上。

这时，四叔走过来一看，一缕红血从白母鸡嘴里流出淌到雪地上，白母鸡和雪地一样白。只有那一缕红红的血很新鲜的淌到雪地上。四叔惊叫：“死了？！”四叔一看血，四叔就看到了一个很远的雪夜里的故事，四叔全身呼的一热。四叔看着留根和留根手中的竹竿，四叔说：“真土匪的种。”

四叔一句话，吃喜席的人皆惊，人们去看屋檐下的二叔。

二叔听到四叔的那句话，嘴里冲出一口血，那口血落在雪地上，很红。二叔怪叫了一声，同藤椅一起栽在雪地上。

二叔死了。

过后人们回想说，二叔那声怪叫像那白母鸡打鸣的声音。

那年二叔五十八岁。

十一

二叔死后，过了一年，四叔过来，四叔看了看二叔整新过的场屋，对二婶说：“合了吧？”

二婶说：“不了，我和留根过！”

在路上

一

常明社是个颇有医术的乡村医生，方圆几个村子，没有人不知道他的。常明社是个很重医德的医生，碰上没钱看病的主，他从没为难过病人，先看病，钱啥时候有了，再给也不迟，实在连药费也掏不起的，他从没催要过。在始原，常明社有很高的声望。村人中有个啥事，都愿给常明社讲，拿不定主意的，要听一下他的意见，连家庭闹矛盾，都要请他给断个理。常明社行医多年，见多识广，又知书达理，总能把人说得心服口服。平时，他的诊所里人来人往，有病没病的，都到那里坐会儿。常明社的人缘好，小小的“明社诊所”成了始原村的中心。曾有一次，始原村的支书赵志录犯病毒性感冒，连续在诊所打了三天针，目睹了常明社的人缘，眼红地说：“明社，瞧你这情形，我那个村委会倒成了冷宫，你才是始原村的人物哩。”

明社边往支书的屁股上扎针，边说：“我算个鸟人物？我只是个看别人屁股是黑是白的医生，哪能跟你比，好几千人的父母官。”

针扎到支书的屁股上，他“哼”了一声，龇着牙，心里却很舒坦，说：“啥呀，当这个烂支书，官不官，民不民的，一摊子烂事，受洋罪哩。哪像你，救星似的，大姑娘小媳妇的屁股，主动叫你摸了，她还得谢你哩。”

常明社笑笑，拔出针头，用酒精棉在他的屁股上擦了一下，说：“看你大支书说的，眼红我了，就干这个扎屁股的事，放在过去，是下九流，没人愿干。”

支书说：“咋没人愿干？占大姑娘便宜的事，还落了这么好的人缘，我想干，还干不上呢。”

常明社说：“可不能这样说，你要是干了医生，谁当支书呀？”

支书说：“支书谁不能当？可就是这个医生，想当还不好当呢。”

常明社说：“这话说得不对，支书哪能随便当？”

支书说：“谁当不了？要你常明社当了，说不定比我好哩。”

常明社说：“我只能当医生，别的还真干不了，更别说当支书。”

正说着，有个小媳妇来打针，常明社忙着换针头。配好药，叫小媳妇脱裤子往床上爬。小媳妇见支书在，提着裤子不肯往下脱。支书笑着说：“我得走了，你的专利，我享受不上。”几句话羞得小媳妇脸红得像布。支书临离开，又说了句：“我得给我老婆说声，以后不到你这打针了，尽叫你小子白占便宜。”说完，大笑着走了。

话是这么说，支书老婆来“明社诊所”的次数还和以前一样，而且有个头疼脑热，偏要打针，说打针好得快。常明社对她开玩笑道：“赵支书不是说了，不叫你到我这打针吗？你一脱裤子，我可啥都看见了。”

支书老婆笑嘻嘻地趴在床上，说：“听那老鬼的，他光想着乡卫生院的女医生给他打针，人家拿个给牲口用的粗针头，他也不嫌疼。”

常明社的日子过得很滋润，他心里明白，就是他干的这个行当，使他比别人的日子好过得多。一到农忙季节，他关了诊所的门，去种那几亩地，农事一完，就到诊所坐诊，虽在乡间行医，挣不了几个钱，可细水长流，收入不薄，比那些没手艺，一到农闲就四处打工的人家强上百倍。看病这个活，永远失不了业不说，是别人来找你，按有些村人的话说，是别人给你送钱，坐等着的事。常明社不这样认为，他把医治病人，解救他人痛苦，当成一项职业，也当成了生存的条件。他很珍惜这个职业。他没利用医生这个职业，刁难过任何人，他理所当然地成了村里最值得信赖的人。

就因为这个信赖，村委会要他当始原村的调解主任。常明社心里清楚，没让他当调解主任前，他一直担任着业余调解主任角色，大家信任他，平时请他评个理，讲个道理都很正常。可现在，要他当调解主任，专门负责调解，他认为，这个调解主任他不能当。

来给他谈话的赵志录奇怪地问：“为啥不当？”

常明社说：“我干不了！”

支书说：“你一直在干着调解的事，咋说干不了？”

常明社说：“以前大家愿找我商量个事，说个理，是信任我，我也乐意做这个人情。可现在，叫我真干这个，我干不了！”

支书说：“正是大家信任你，村委会才推举你，现在名正言顺了……”

常明社打断支书，说：“我是医生，是给人看病的！”

“这不影响你看病。”说到这，支书又开玩笑道，“你还怕失去摸人家大姑娘小媳妇屁股的专利？”

常明社说：“话是这么说，可我怎么能去当调解主任？我看病看得好好的。”

支书说：“还是当吧，看病、当主任两不误，每月还有六十块钱补贴呢。我知道你不看重这点钱。”

常明社望着支书，思忖道：“我总觉得心里不踏实，我一个医生，当啥调解主任。”

“说白了，调解也是给人治病呀。”

“我总觉得心里别扭。”

“别扭啥？调解主任又不是个啥官。连我也不算个官，乡长都不是。县长才算个官，最末等的七品芝麻官。”

“官不官的，倒没啥，就是觉得不伦不类。”

“当上了也就有伦有类了。”

几个来诊所看病的人也说，明社你推托啥呀？大家都信你，你当这个调解主任，最合适。

常明社望着众人，再没推托。

支书说：“就这么说定了。你不当也得当。”

常明社很无奈，叹了口气。

支书说：“调解主任也管事哩，你当上就知道了，能管上点事，比不管事强。”

常明社不好再推托了，回到家里一说，儿子建章一拍大腿，跳起来道：“老爹你也当上官了，今后得给咱家办些实事。”常明社白了儿子一眼，没好气地说："就你事多。"又叹口气说："调解主任哪算个官？还不是个磨嘴皮子的差事。"

老婆说："支书叫你干，你就干，平时不当这个调解主任，还不照样给人家处理这些难缠的事？当上了，调解起来，就名正言顺了。"

女儿说："每月还有六十块钱工资呢，白给的不要白不要。爸，这月的工资发了，先给我买条裙子吧，别人都有四五条裙子换着穿呢，可我一共才三条。"

常明社听老婆孩子们这么说，在心里定了音：干吧。

没想到，一直坐在炕上像花猫似的眯着眼睛的七十岁老娘却说："明社你也要当官了？"

常明社坐到炕边，对娘说："什么官呀？大家信任我，让我给评个理，说个公道话。"

老娘微睁开眼，把炕边贪睡的花猫抱到怀里，抚摩着猫说："不是官就好，咱祖上没给后人积下这份德，不要乱了章法。"

建章伸过头来说："奶奶，你真糊涂，什么祖上积德不积德，章法不章法的？要不是把我生在这戈壁滩，我非乱了这章法，给你看看。"

常明社吼一声儿子："滚一边去！没用的东西。"他对儿子很失望。儿子初中毕业，连高中都没考上，叫他跟自己学医，儿子还看不上，整天七混八混，还说好男儿志在四方，也没见混出个人模狗样来。

建章往一边滚时，丢下一句："刚当个调解主任，就这么大脾气！别忘了你是调解主任了，今后听奶奶的花猫念经，也要有耐心。"

花猫爱睡觉，永远睡不醒似的，还爱打呼噜，一阵高一阵低，常明社的老娘常说，哪是花猫在念经，她常给大家翻译出一些花猫的“经文”，可谁也听不懂。

二

常明社认为，既然自己接手了调解主任，就一定得干好。他是个认真的人，医生的职业决定了他的性格，他对自己有信心，大家信任他，就不能叫大家失望。

这时候，正是春季，戈壁滩上的春风刮得正猛，从远处刮来一股股沙尘，铺天盖地，昏昏黄黄一片，如果不是正在泛青的麦苗，恐怕连天地都分不清。人走在沙尘里，像走在浓密的黄雾中，有种切入尘世的茫然，感觉就出生在这种环境里，有走不出的悲痛，可是，也只有承受。

每逢这种季节，始原人痛苦地憋在家里，等待这个季节远行。什么春天的美丽，花儿开放的词语，真的就似词语似的，离始原人很远，远得叫人不敢想象。

等风一停，过上几天，沙尘才落下来，麦苗叶上覆盖了一层黄沙，像枯死了一般。这时，始原人走出屋子，要干的第一件事，是给麦苗浇水，让水漫过麦苗，冲刷掉上面的黄沙，给麦苗一个良好的生长环境。地很肥沃，麦苗长势不错，可叫沙尘一盖，叫人看了心里不是滋味。大家都忙着给自家地里放水，水有源头，是从很遥远的地方引来的雪山水，水量有限，争执的事经常发生。

这天，常明社正和儿子建章在给自己家麦地浇水，村主任有财慌里慌张地跑来，喊他去调解争水发生的纠纷。常明社正忙着，一时没反应过来。往年，也有争水的事发生，争执的双方都是边吵边来地头找常明社评理的。

常明社说，谁和谁呀，没见争水的人呀？

有财说："你得去现场处理，你现在是调解主任。"

常明社说："你还是村主任哩。"

有财说："我算个啥？摆设！始原是赵志录说了算。你快去吧，张三和李四家为争水快打起来了，这是你分内的事。"

常明社放下自家的活，去处理张三和李四的争水纠纷。

常明社到张三和李四家地头一看，两家都没浇地，渠沟被挖开了道缺口，水往一个荒沟里白流着。张三和李四两人满身泥水，在渠边上推来推去，任水白流。

常明社一到，两人都争着要给他诉说。常明社不让他俩说，他心里清楚，这是两家分水不匀，赌气干脆谁也别想浇，让水自流。他抓过铁锹，跳进渠里去堵缺口。缺口太大，水流得急，不好堵。常明社对张三李四喊，先堵住水再说。张三去折些树枝过来，垫到缺口上，李四帮常明社填土，三人好不容易将水渠缺口堵住。常明社到两家分水口，将水分匀。张三李四才说，只要是明社哥分的水，肯定公平，也不争了，各自去浇地。

常明社想走，又怕水流起来一阵阵的，分水口难免又出偏差，两家再闹起来，白浪费水不说，真干起架来，他这个调解主任可就失职了。他干脆不走了，在分水口站下，一会堵堵这边，一会又堵堵那边，把一渠水分匀。这样堵了半天，没回自家的地，晚上回家儿子埋怨他，他也不生气，他想他是尽自己应尽的职责。

第二天，却没这么简单。绪林和拴平家的地多少不等，绪林家地多，水应该分多点，拴平家的地少，水分少。拴平硬要把水分匀浇地。这种季候，是抢苗保丰收的火候，谁的风格也没那么高。绪林和拴平为分水不公，在分水口争吵起来。

常明社赶到现场时，绪林和拴平已经动起手了。他非常生气，这种关头，还有时间打架，比平时严厉几分，说了几句气头话。没想到，得理不饶人的绪林竟较上了劲，他说你常明社当上了官，学会训斥人了？

常明社说："我是来调解的，也不是官，这不是训斥！"

绪林说："不叫训斥叫啥？你来调解也不问清楚是非黑白，上来就发火，算什么呀？" 常明社更加生气："这种时候，不管谁对谁错，不好好浇地，只顾打架，你们都是错的。"

绪林说："打架还要选个时候？我的地多，分的水却少，还要受你的训斥？你是谁呀？"

"我是常明社！"

"大家都说你讲公道，"绪林气呼呼地说，"可如今当了调解主任，却不讲公道了。"

"我咋不讲公道？"

"你也不问问是谁的错，好坏不分，上来就骂，这也叫公道？"

"我肯定要问，"常明社说，"可你们俩在这打架，首先是不对的。"

绪林跳起来，吼道："我的地多，分的水少，还要受他拴平的气不成。"

常明社说："这个我知道，可你们不好好商量，打架就是不对！"

绪林骂道："商量他妈个 × ！"

拴平接上绪林的话，俩人又骂起来，并且又往一起凑，还要动手。

常明社冲上去，把两人隔开说："还有劲打！麦苗快叫沙子捂死了，你们俩真是……"

绪林和拴平在两边一边骂，一边推他们中间的常明社，推得常明社一肚子火，他跺着脚吼："够了！你们别吵了，把分给我的水给你们浇行了吧，你们还吵个 × 呀！"

常明社让步，却苦了自己，生一肚子气不说，自家地没浇完，儿子埋怨他当个破调解主任，竟然大公无私给别人让水。气得他差点动手打儿子。他想不通，往年这种事，只要他出面调解，都和和气气解决了。今年，自己当了调解主任，名正言顺，却调解不了。往年碰上这种事情，他也会埋怨双方，可今年咋一埋怨，绪林就跳了起来？是自己说的不对，还是当了调解主任就不该这样调解？

常明社没弄明白。他认为这个调解主任不好干。想着辞掉这个调解主任，他不愿让村人把他当作调解主任的角色来处理他们之间的矛盾。

常明社不想干调解主任的想法，还没给支书村主任提出来，一件非得他出面的事情找上门来了。

这是一桩很难以处理的"退婚案"：王继发的儿子王进军在部队当兵，突然提出要退掉他当兵前定的婚。女方是邻村甘子泉的程文莲，她坚决不同意退婚。

王继发来找常明社，想叫他从中做做工作。常明社不想管这件事，退婚的事很头疼。要放在以前，他会出面调理这事。可自从当上调解主任，特别是调解绪林拴平争水打架的事后，他认为调解别人的纠纷，是个出力不讨好的事，并且，他已经定下心，不再干调解主任。

王继发却苦苦地对常明社说："我是看在你的声望上，才来找你处理这件事，我就没把你当作调解主任。"

话说到这份上，常明社不好再推托，他问王继发，他儿子为什么要退婚？

王继发哭丧个脸说："我要知道这个狗东西退婚的原因，就不丢这份脸了，乡里乡亲的，我咋给甘子泉的人说呢？"

因为没有原因，这婚退得比较难。

常明社跟王继发到甘子泉程文莲家里时，人家已经草木皆兵。但一看王继发身后的常明社，人家还是给了面子，让座倒茶，他们得看常明社医生的面子。

程文莲的舅舅、姑夫来了一大堆，都板着个脸。在农村，女方叫男方退了婚，是很没面子的。不用说更多的话，程家等着王继发有个合理的退婚理由。

常明社开口就说："这事王家理亏，但是，程家愿不愿听我说一句话。"

程家的人听常明社这么说，脸上松活了一些，毕竟是人家先认了错，又是四邻八村有名的医生常明社开的口。

程家的人说："常医生你说吧，我们都知道你是个讲道理的人。"

常明社说："大道理不用讲，谁都懂，现在到这种地步，王家父母自知理亏，今天是来请罪的。可话说回来，是王进军提出退婚，他父母很为难，现在双方父母都在当面，还有这些舅舅、姑夫的长辈，你们说说，该咋样对待王家的父母？”

程家的父亲说：“按理说孩子们的事，不能怨父母？可这不明不白的，说出去，叫我家文莲今后咋见人呢？”

常明社说：“既然这样说，咱们两家父母就不要发生矛盾，这事好办。”

程家的人问：“你说咋好办？”

常明社说：“我想单独和咱家的文莲说几句话。”

程家的人互相望了望，本来要给王家父母一点颜色看的，这下也不好给了。又听常明社把自家闺女说成“咱家的文莲”，心里舒坦了不少。程家父亲说，那当然，我这就叫闺女过来。

唤来程文莲，常明社却不当着众人面，把程文莲叫到另一间房里说：“你有啥想法，给叔说。”

程文莲不吭气，脸像个苦瓜，憋了半晌，才说：“他说退就退，没这么便宜！”

常明社说：“你说说看。”

程文莲气狠狠地骂了一通王进军，也没说出个所以然。

常明社等她骂够了，才说：“你把王进军骂得一钱不值，那你还图他个啥呢？他出去当兵，心逛野了，咱还稀罕他啥呀？你是个明白人，他没良心，现在趁早断了，总比以后闹僵了要好。婚姻大事，人一旦不愿意了，你把他用绳子绑上，他也不会回心转意的。”

程文莲一听，低着头说：“理是这个理，可我总觉得亏，如果他是在部队提了干，不要我，不就便宜他了？”

常明社说：“你吃啥亏了？他耽搁了你几年，可你没有吃一生的亏，不然，像他那种品德的人，今后就是在一起生活了，你才亏呢。另外，他提不提干，连他父母都不清楚，就是他提了干，部队上迟早也不会重用他的，自古以来，有歪心眼的人最终走不上正道。”

程文莲低头不语。

常明社接着说：“别以为他退了婚，你就没面子，其实没面子的是他，你又不是嫁不出去，离了他，世上的好男子多的是。要不，叔给你留意，有好的小伙子，给你介绍一个？”

“我又不是嫁不出去！”程文莲说。

常明社说：“这就对了，你是个聪明的闺女。”

常明社将程文莲同意退婚的意见给大家一说，程家的人不好再说什么。只是程文莲的舅舅说，咱文莲给他耽搁这么久，就没点说法了？

王继发明白程家不想退彩礼，就连忙摆摆手说：“是咱娃亏心，以前咱两家的事就不提了。”

常明社忙打圆场：“那点彩礼钱，老王也不能要了，算是给咱文莲买了些穿的用的。咱庄户人家闺女，都是好闺女啊。”

事情就这么结了。常明社为自己处理了这么一件“退婚案”而感到欣慰，他的心情好了起来。过去，他常常为自己能说服一些人，处理掉一些矛盾而高兴。可一想到自己所从事的医生职业，在村人心目中的位置，一直很好，现在却出现“调解主任”这个角色，他心里就没了往日的宁静。

他想，一定要辞掉这个调解主任。

三

常明社做梦也没想到，他会被村民们推选为村主任候选人。

常明社去找支书赵志录，要辞掉调解主任时，支书赵志录说：“可以。你就等着当村委会主任吧，也就是村主任。”

常明社说：“我啥也不当，就当我的医生。”

支书笑道：“到时正式投票选举后，乡上有了正式文件，你不当也得当，谁让你是中华人民共和国的公民呢？我知道，你是舍不得摸人家大姑娘屁股的机会。没关系，当了村主任，你照样可以摸。在始原，这是你的专利。”

常明社一本正经地说：“我是干不了，我只会给人看病。”

支书说：“由不了你！群众推选你，上级一任命，你不干都不行。”

常明社的心里乱急了，好好地开着诊所，过着舒心散淡的日子，却要搅进当村干部的旋涡里。他对自己目前的生活还算满足，在整个始原，他是独一无二的医生，他的日子比别人过得殷实，他再无所求，四十多岁的人了，再过一年半载，给儿子建章成了亲，他就等着抱孙子。这是一个农民的生活方式，守着土地，生儿育女。

常明社这么想着，把推选他当村主任的事当成了烦心事，给人看病时，难免出差错。给一个大男人把脉时，竟问人家几个月了，差点脱口说出怀着几个月的娃。大男人不明白他问什么几个月，他突然回过神来，脸上挂着尴尬的笑，忙改口问大男人不舒服有几个月了。大男人说，还敢几个月？肚子疼了这几天，已经够受了。常明社这才认真给病人诊断，在看病上，他从来不敢马虎。

几个来诊所闲聊的人，开起玩笑问常明社：“等你当上村主任，还给我们看不看病了？”

常明社坚定地说：“我才不去当村主任！”

有人说：“哪有不愿当官的？有人都用钱买官当呢。”

常明社说：“我就不愿当！”

“到时你当上了村主任，可别像那些王八蛋胡日鬼就行了。”

常明社急了：“你们到时不要投我的票，我真不愿当村主任。”

三天后，始原村举行村民选举大会。选举结果，常明社票数最多。

常明社也参加了选举会，他望着会场前面的黑板上，自己名字后面的一长行“正”字，心里更乱了。

过了几天，乡上的文件下来，任命常明社为始原村副主任。原村主任张有财，继续被任命为主任。乡上的意见是，常明社没当过村干部，一下子任命当主任，有点不妥，就任命他当了副主任，仍然保留张有财的主任职务。

这些都是支书赵志录给常明社说的。常明社当时就说：“不管是正的副的，我都不干！” 赵志录说：“不干已经不行，红头文件都下了。”

常明社说：“支书你给乡上说一下，我的能力有限，换成别人吧！”

赵志录说：“说啥呢，这是小孩子过家家呀？不过，我劝你还是当吧，你的群众基础好，大家信任你。”随即，支书又压低嗓门说，“你看有财，大家都不投他的票。这次，肯定又是他捣了鬼，不然，咋会挤了你的村主任，还让他干呢？有财这个人，深不可测呵！”往下，赵志录不说了。

常明社听着心里更烦，早就听说支书和村主任尿不到一个壶里，没想到他们关系这么复杂。他更要推托，不愿当这个副村主任。

赵志录长叹口气说："别推了，推不了的！我本想着，你在村里威望高，咱俩伙着村里这点事，给大家办点实事。可这世道，官场上……"

无奈之中，常明社进了官场。

他的儿子建章为老子当个副村主任愤愤不平，扬言要找乡长理论，中国还算不算讲民主的国家。

常明社大骂了一通儿子，儿子还不服气。

女儿说："老爹，你可不要当黑官，要不，得挨多少人的骂呀。"

常明社叹口气说："这算什么官呀，放在过去，要算官，才算到县长。"

老婆用夫贵妻荣的口气说："村主任也管几千号人呢。"

常明社摇着头，内心的苦衷，只有他一个人知道，他就是再怎么解释，也没人信，只会说你得了好处，还要卖弄呢。在家人面前，他更没法说，家人对他当上副村主任，都高兴呢。

只是常明社的老娘，卧在炕角里，自言自语道："乱了，乱了，没章法了！"那只懒花猫，最近"念经"的时候越来越少，动不动会从梦中惊醒，一改往日迷糊的样子，眼睛明亮得吓人，也不见它去捉老鼠。每当这时候，一直微闭着双眼的老娘，会睁开眼睛，一巴掌过去，将花猫打回被窝里，不让它出去。花猫一到晚上趁人不注意会溜出去，站到房顶上，一声比一声凄厉地叫着。这是在叫春哩，它每年都要产下一窝猫崽。

四

始原村新的领导班子组成，照例要开个见面会。

常明社死活不愿去开这个会。支书打发会计叫了四次，最后，支书亲自上诊所来叫。常明社还是抛下两个字：不去！

支书做了让步，叫过一个来看病的村人，去村委会把村主任会计几个人叫过来，在“明社诊所”里开了这个见面会。

会议内容很简单，支书郑重地宣布了一下新班子成员，说几句今后团结好好干的话后，新上任的干部得表个决心。新班子没啥变动，就常明社一个人是新成员，常明社得讲一下。

常明社不愿讲。支书说，扭捏啥呀？现在不愿讲，以后讲起来又刹不住了。

常明社说，我以后也不会讲。有啥讲的，大家都熟，我只挂个名，照样看我的病。

村主任有财笑着说：“你可得对得起这六十块钱，有句话好像叫‘在其位谋其政’，你得谋呀，不谋，光想挣钱可不行。”

常明社说：“钱不钱的，这样一说好像做生意，不好听。”他本还想说一下谋其政的事，却咽下了话头，心想，你张有财就知道个谋呀，本来该是我的村主任都叫你谋去了。心里这么想，觉得奇怪，自己怎么对这事也有了想法，本来很不在意的，张有财一个“谋”字，使他突然想到支书说的，张有财捣鬼，弄掉了本该是你常明社的位子。有财这么一提，自己反而来了气。他的脸色变了。

会计看情况不对，赶紧顺着话题开玩笑：“你明社当然嫌钱难听了，当医生的，旱涝保丰收。现在又当了村主任，拿双份。

不行，我有意见哩，你今天得表示一下，请我们的客，不喝你的酒，我心里难受。”

常明社见话题变了，脸色缓和了一些，望着会计说：“凭啥喝我的酒？”

支书说：“喝你的没错，你当上了村主任，连顿酒也不喝，不像话嘛。”

几个人三言两语闹将起来。常明社见推托不掉，站起来要回家准备，被支书拦住，说就在村头小饭馆喝，你想省钱，没门。

到村头饭馆，点了一桌菜，喝了起来。常明社不怎么喝酒，他是医生，知道酒多伤身，硬叫会计他们灌了几碗，头都晕了。

吃饱喝足，常明社去结账，却被会计一把推开，说这里有村委会记账，签个字就行。

常明社硬要自己付账，支书红着脸过来说：“咋能叫你掏酒钱，今后，你把村委会几个人的药费免了顶酒钱吧。”

几个人大笑，酒嗝打得一个比一个响。

村里事情不多，平时不用到村委会去，遇到乡上来人，或者催交公粮时，村委会几个人才凑到一起，接待乡上来人，或者到各小队去催交公粮的事。常明社本来对村上的事不闻不问，当上副村主任后才发现村委会只是个摆设，就专心看病，每月到会计那里白领六十块钱，回家交给老婆，这钱是白捡的，干脆由老婆掌握这项财权，乐得老婆每月一到领工资，都合不拢嘴。农村妇女大多没有财权，又是自己老头当副村主任的工资，她舍不得花一分钱，都叫女儿软磨去买了花裙子，在村里姑娘堆里显摆，说是她老爹的工资买的。

常明社在诊所看病的所有进项，只有他一人知道，给老婆也没交过底，老婆也不过问，常明社是当家的。在始原村，他家是独一无二的，收入像溪流似的，不急不缓，却源源不断，别人为生计，为油盐酱醋发愁，他却一次又一次地翻盖房子。他家的房子已经是一砖到顶，在始原是数得着的。可在农民心里，永远只有一个概念，一生都在不断地修建自己的安乐窝。

这年夏天，县教育系统给村里拨了一笔专项经费，重新修建村小学。始原村在这个暑假期间把校舍重新翻修起来。

同时，村支书赵志录也给自家盖起一座两层小洋楼。

始原村终于有了楼房。

村主任张有财来找常明社时，诊所里只有一个病人。

常明社将病人处理完，问有财哪里不舒服？

有财龇牙咧嘴地说："上火了。"

常明社拿些牛黄解毒片，交给有财说这个败火。

有财说："药已经不起作用，这次上火，到心上了。"

常明社说："猛火攻心？干脆打两针吧。"

有财摇头，一副痛心疾首的样子，弄得常明社莫名其妙。常明社望着有财，心想，他肯定遇到什么堵心的事了。他不说，常明社也不问。多年来，常明社在他的诊所里已经养成一个习惯，绝不追问别人心里的事。一个人心里有事，会主动倾诉的，不追问，他也会说的。

果然，有财叹一阵气后，开口道："这年头，人心黑呵。"

常明社一副不知所以的样子。

"你还不知道吧？"有财神秘地说，"你我都被蒙在鼓里。明社，你不觉得赵志录给自己盖的洋楼有问题吗？"

"有啥问题？"

有财冷笑了两声："你没听到一些说法？"

常明社望着有财诡秘的眼神，他没有开口。他不能说没听到这方面的传言，他的诊所是全村传播信息的中心，但不能给有财说，他听到赵志录家盖楼用的是盖校舍的材料。这话如果从他嘴里说出来，别人会咬定是他常明社说的。

常明社在有财的催促下，只好说，那些都是流言。

"你不相信？"有财说，"明摆着的事嘛，谁都知道赵志录利用职权，贪污了学校的建筑材料，给自家盖洋楼。可没人给上面反映。"

常明社心里明白，有财是要他一起检举支书。他心里打了个忽悠，这是个头疼事，弄不好，自己会陷进他们的斗争之中，到那时，他恐怕就不会这么清闲了。

"我不参与这事！"常明社权衡了利害关系，直率地说。

有财一愣，不咸不淡地说："你别忘了，你现在是始原的副村主任，对始原村负有一定的责任。"

常明社没有责任感地说："我不稀罕当这副村主任！"

有财没话说了，吭哧半天，没找出能说服常明社的理由来。两人都不言语，刚好有个人来买感冒药，常明社给病人看病取药，打破了僵局。

病人一走，有财站起来，想走，又不甘心的样子。常明社打破沉寂，说："反正我不愿干这种事，啥事都放到桌面好，仅凭几句流言，还是不要信为好。"常明社表示了自己的态度。

有财说："你的意思是说，我干的见不得人的勾当？我知道，明社，你一直认为我占了你村主任的位置，群众选举的是你，可任命的却是我。这件事，我早就想给你说一下了，可没机会。"

常明社急道："我不是这个意思。有财，你知道的，我可不愿干什么村主任。"

有财眨巴着眼睛说："想不想当，是你的事。今天说起这事，我就实话告诉你吧，是支书赵志录不让你当村主任，他要让你当副的，因为你群众基础好，威望太高，会到时不听他的话，他给乡上说你没当过干部，没经验，还让我继续干村主任。因为我听他的话。"

常明社一听，心里"咯噔"一下，怎么又成了这样？到底谁是谁非，他本不注重这事，可没想到会这么复杂。他的心里很不是滋味。

有财又说："你以为赵志录是什么好东西！你还不检举他的行为，让他胡作非为，坑害群众？我给你说，明社，这次咱决不能放过他！"

见常明社不言不语，有财说："就这样吧，我走了。"

四天后，乡上来工作组，调查支书赵志录贪污小学校建筑材料给自家盖楼房的事。领头的是乡上的肖副书记，带着文教、纪检专干，还有财政所的人。他们一脸肃穆，大有惩治腐败、弘扬正气的势头。他们不听任何意见，一竿子插到底，对小学的建筑材料项目清理、查对、核算，对赵志录家的楼房也进行了成本核算。结果，没从小学的建筑材料中查出任何问题。把赵志录家楼房核算出结果，与赵志录说的价格相符，他们算得相当精确，两层楼房，各种费用加起来约五万块钱。纪检专干问赵志录，这五万块钱的来源。赵志录说，我可以不告诉你。

于是，紧绷的弦在一场大笑声中，松弛下来。

肖副书记还是找到常明社。他说是找常明社想看一下老毛病，可一开口说的却是，村级班子很关键，一定要搞好团结，别动不动就互相拆台，还怎么为群众办实事呢！

常明社不明白肖副书记的话。

过后，常明社才弄清楚，村主任张有财检举支书贪污小学建筑费时，是以始原村正副村主任的名义，代表着广大群众的。

在当时，常明社想把肖副书记话里的意思弄明白，可肖副书记不说了，他谈起自己的病。

肖副书记的病是腹泻，有五六个年头了。他一说起来很痛苦，什么药都用过，都没治好这个顽疾。常明社问了一些症状，说他的这种病是假性肠炎，其实是胆囊壁增厚，也可以说是胆囊炎，抑制肠道曲张，造成长期腹泻的炎症。

肖副书记说，他的确有胆囊炎，做B超做出来的，吃了不少利胆片和别的药，可腹泻照旧。

常明社给肖副书记开了些利胆片和甲硝唑片，并且告诉一个土方子：将大蒜用醋泡上，一周后开始食用，每顿饭吃四到六颗，坚持一月，准会见效。

肖副书记一听，不以为然地说，那就试试吧。他一边读着甲硝唑片上写的治滴虫病的用途，又说，我哪有滴虫呀。不置可否地笑笑，走了。

一个多月后，常明社到乡里开三级干部会，肖副书记笑呵呵地过来抓住常明社的双手摇个不停。原来肖副书记不在意常明社的土方子，给老婆随便说了一句，他老婆偏偏要试试，硬逼着他每顿饭吃醋泡的大蒜，竟然腹泻有了好转，现在基本上好了。肖副书记笑着说，还没吃那个治滴虫的什么甲种药呢，一定要吃，没想到你常明社还真有两下子。

会后，肖副书记又把常明社叫到他的办公室单独谈话，让常明社写个入党申请，先加入组织，对今后发展有利。

常明社讲了他不愿当干部的苦衷。肖副书记冷了脸说：“这话只在我这说，不能出去说了，当干部是为人民服务，为群众办实事，不是个人的事。领导听这种话都会生气的，领导都希望每个干部不要把个人利益放在第一位，要以工作和群众的利益为重。”

说到这里，肖副书记又缓和了脸色说：“听说你在村里威望高，群众基础好，这说明你是个群众拥戴的好干部，大家需要你来服务，你就不要再有别的想法了。先入党，今后好好干，凭你的能力，我相信，你会干出个样来。”

骑虎难下。常明社心想，那就好好干吧。

真叫常明社动了想好好干村主任念头的，还有他妹妹的一件事，给他震动很大。

常明社的妹妹，早嫁到邻村，因夫家兄弟闹不到一起，分家后经常打打闹闹。为此，他妹想申请一个新住宅地，搬出去单独住，可就是申请不上，村上说什么也不给批，说是土地紧张。常明社的妹妹没办法只好找她哥想办法，常明社拒绝了，他又不是邻村的副村主任。在那次三干会上，他碰到邻村的村主任，突然想起妹妹的可怜处境，就贸然给邻村村主任说了这事。没想到邻村村主任竟满口答应，还说咋早不说这层关系，咱都是村主任，这个忙必须帮。末了，邻村村主任还神秘地对常明社说：“老常，看肖副书记对你的亲热劲，今后可别忘了咱兄弟，适当时给咱也美言几句啊。”他看到肖副书记拉着常明社摇手的情景。

没几天，常明社的妹妹来告诉他，村主任给她家批了住宅地，是村里最好的位置。村主任还说今后有啥事，直接给他村主任讲，你哥我们都是熟人。

从这一刻起，常明社心想，自己当个副村主任看来还是有点用处的，今后就当好这个副村主任吧，按肖副书记的话说，为群众服务吧。具体怎么服务，常明社还摸不着头脑，只是愿意到村委会去了。突然间去村委会，会计觉得奇怪，就还不到发工资时间，你咋来得勤了？

常明社在诊所里，没病人时，脑子里思考村里的事。始原村地理位置一般，土地比较肥沃，不太缺水，但村民们除了种庄稼，没别的副业收入，农闲的时候多，要想增加收入，只有发展种植业。前几年，村里也想着种果树什么的，可村民大多都不愿意种，因为种果树要两三年后才能见到成效，村人嫌耽搁几季粮食。另外，还是投资问题，几年不见收益，先要投资，又不是个小数目，农人大多只顾眼前。常明社想着，如果村里出面投资，技术由村委会负责，种植果树，再承包给村民，可能会行得通。他把自己的这个想法在村委会一说，支书赵志录笑呵呵地说，明社你不光会摸大姑娘的屁股，还有别的招数呀，这个提法很好，完了咱们议一议，具体怎么搞，得有个章法，比如说钱，村委会从哪里出，是个问题。

不管怎么说，第一次提个想法，得到支书的赞赏，这对常明社来说，是个欣慰的事。尽管会计后来给常明社说过，他的这个想法原来村委也提过，后来没人再管，都混日子呢，也就那么混过去了。常明社却认为，自己提出来就要当个事，把这件事做好，绝对是给村民办了件好事。

五

乡里的朱乡长给始原村出了个难题，要在始原村给他儿子找个对象。按说这是好事，乡长让给他的儿子找对象，是攀人家高枝呢。可朱乡长的儿子有点毛病，痴呆，还是先天性的。

赵志录把这事推个干净，说朱乡长是给村主任有财说的，有财负责办理吧。气得有财在背地里骂赵志录不是个东西，关键时刻把他往火坑里推。会计在没人时给常明社说，支书躲这事是有道理的，因为支书的儿子德宝也有点傻乎乎的不太正常。

“他们呀，”会计说，“我是指乡长他们，平时坑害百姓，坏事干得太多，生个傻儿，报应啊，老天有眼哩。”

常明社一直认为支书的儿子德宝不算太傻，高高的个子，粗粗壮壮，看上去很健康。有次，德宝到诊所来看病，常明社说了句，就你这身体，还害感冒呀，这么高大，都把感冒吓跑了。

德宝却说，长得高大了不好，我妈说我没用，我也觉得，长得高大，光费布，比别人做衣服买的布多！

当时，德宝的话把在场的人都惹笑了。常明社觉得这小子说话还挺有意思，可没想到，就支书这个费布的儿子，不久到村小学校去当教师了，专门给小学生上体育课，别的他也不会。就为支书的儿子到村小学去教体育，村主任有财也把他女儿弄进小学当了教师。有财的女儿小学三年级没读完就回家了，现在倒给四年级教语文。村民意见很大，可没办法。

给朱乡长儿子找对象的事，愁坏了村主任有财。为此，有财来找常明社，让他帮忙。

常明社说这事可帮不上。

有财说:“你上次不是帮王继发退了甘子泉的一个姑娘吗?”

常明社说:“那姑娘可是个好姑娘。”

有财说:“你人缘好，帮着说一下吧。”

常明社一口回绝:“这种伤天害理的事，我不干!”

有财气得干瞪眼。

常明社对有财心里有气，上次检举支书赵志录，没经他同意，扯上了他，弄到后来，他倒成了影响团结的因素之一。虽然赵志录没说啥，可他心里明白，赵志录肯定对他有气。最后又没查出赵志录贪污小学建筑材料问题，表面上没说啥，可他能感觉到，赵志录用胜利者的目光已经扫过他无数遍。赵志录做事藏而不露，就说盖楼的事，绝对有问题，可查不出问题来，人家做得很干净，找不到一点证据。常明社心里明白，赵志录可不是一般的人。

常明社还是写了入党申请书，肖副书记都催问他好几次了。他把入党申请书交到村党支部。当时，赵志录接过他的入党申请书，一笑，说:“明社，你终于觉醒了，这就好。”

私下，村主任有财给常明社却说:“你绝对入不了党。”

常明社问为啥。

有财神秘地一笑:“赵志录咋会让你成为党员?”

常明社再问，有财只笑不说。

过了一阵，常明社又给赵志录交了一份入党申请。赵志录接过，说:“没想到你对加入组织这么热切，好，组织就喜欢你这样的人。”

常明社总觉得有希望，他入党又没什么个人目的，不是肖副书记催，他还真不这么热切呢。回到家，将入党的事一说，儿子说："老爹你快点入上党吧，说不定还能混上个大支书干呢，到时候，也能给咱家办点实事。"

常明社问儿子想办啥实事。

儿子说："村上也没啥实惠，要不，你把我也办到小学吧，我去当教师，每月能领上一百多块钱呢，你也不会看我是个废物了。"

常明社说："你想得倒好，你没好好念书，还想教别人！"

儿子强辩道："我再不行，也上了两年初中，你看张有财的女儿，只上到小学三年级，现在教四年级的语文。还有那个活宝德宝，整天领着一帮小学生在操场乱跑，跟疯子似的。"

常明社说："我可不能这么干，当干部整天叫群众背地里骂，丢先人脸哩。"

一说到先人，常明社望了一眼炕角上的老娘。老娘这回倒没说胡话，眯着眼睛，用手摸着花猫的肚子。花猫肚子很大，显然有了崽，整天只睡觉打呼噜，就是老娘说的念藏经。

这几年，水利工程抓得很紧，又开始搞改水工程，解决乡村吃水问题。县水利部门把农村饮用水试点放在了这个乡。乡上动手抓改水工程，要求各村要把饮用水都改成自来水。戈壁滩上打不出地下水，始原村有几个过去打的干井，没一滴水。这次改水，要全部统一实行自来水供水，只有把河水引来，抽到蓄水塔里，然后经管道供水。铺设管道的材料是上面水利部门免费送来的，各村自己负责工程。

这样，村委会工作量一下子增大。修建水塔，挖埋水管的渠沟，还得给不愿装自来水的人家做工作。不愿装自来水的人家，嫌今后吃水收钱，他愿吃免费蓄在水库里的水。

因为是上面的政策，村委们全部出动，工作不太难做，不到一个星期，全村人工作全做好，连管道沟都挖好了。

要往管道沟里下水管时，却有了不同意见。

始原村这地方，土壤碱性大，铁管埋下去，腐蚀太厉害，用不了几年，铁管就不能用了。这时，村主任有财建议，把铁管换成塑料管子，塑料腐蚀性小些。

这是个长远的打算，是个好建议。

村委会几个人商量，将这事报给乡里，乡里同意，因地制宜，没有错。

有财负责带上装铁管子的车，去县城换回一车塑料管子，并且拿回两千块钱差价。塑料管子比铁管子便宜。

始原村很快装好了水管，修好水塔，吃上了自来水。

自来水里加有漂白粉，杀菌的，水质比以前好得多。但始原村吃惯了蓄水的人们，一下子接受不了自来水，一大部分人吃自来水后，开始拉肚子。

常明社的诊所里全是治拉肚子的人，专治拉肚子的几种药也卖完了，常明社照料病人，叫儿子去乡卫生院取药。这个一向不喜欢医药的儿子，在诊所混了几天，竟对他老子说，这医生也挺好当的，拉肚子都吃黄连素、泻立停，我也会给人看病了。

常明社瞪儿子一眼："就凭你不学无术的样子，干啥都干不好。"

儿子不服气："你别小瞧我，你让我当个官试试，我绝对干得不比你差。你当几天副村主任，给自己儿子连个村小学教师都办不上，你这个官根本不称职。”

常明社很生气：“你以为当官，都是为自己呀？”

儿子说：“不为自己的官才不是好官，所以，你就当个副村主任，正的当不上。”

半个月后，常明社却当上了始原村的正村主任。

事情发来得很突然。在始原村人吃自来水拉肚子，抱怨自来水时，乡里来工作组调查村主任有财贪污公款的事。说张有财贪污的款项，就是铁管子换塑料管子的差价。

乡上的工作组在村里调查了两天，没查出什么问题，就到县城去找换水管子的那家单位。结果发现，发票上做了手脚，铁管子换成塑料管子的差价应该是九千二百块钱。可有财只交给村里两千块钱。

张有财贪污了七千二百块钱。

乡上将张有财带走，说要进一步审查，还要追回贪污款。

赵志录对村委会的几个人说，一开始他就发现张有财在这件事上有问题。

“张有财把我们当猴耍呢，”支书说，“他还嫩了点。”

常明社心想，这次检举有财的人，肯定就是支书赵志录了。也只有他，才把这笔差价账算得这么清，也只有他，才能不动声色地让有财操办这事，最后，烂到这事上。

乡上文件下来，撤销张有财的村主任职务，同时任命常明社为始原村代村主任，等来年选举后再正式任命。

赵志录对常明社说：“乡长早对有财有看法了，上次，乡长让给他儿子介绍对象的事，有财就没办，乡长很生气。”

常明社说：“乡长的儿子也确实……”他没把话说完，突然意识到，支书的儿子也属于那一类人。

赵志录却说："乡长的儿子咋了，再咋样人家也是乡长的儿子，和别人不一样！"

常明社无话可说。他只在心里说，现在已走到这条道上了，就得接着往下走，前面的路什么样子，谁也不知道。只要自己认真去走，没有邪念，就是前面有悬崖，自己也会停住，不会轻易跳下去的。

六

常明社家的花猫在一个月黑风高夜，产下了一窝似猫非猫，似鼠非鼠的崽子。从这些小崽子的头部看，是猫的头，却是老鼠的嘴，是猫的身子，却是老鼠的尾巴。

这是一桩离奇古怪的事。常明社是医生，当然明白什么种类交配，就会产下什么后代，这是亘古不变的自然规律。难道，花猫产下这些崽，是和老鼠交配的结果？

常明社一家人很恐慌，当即将一堆非猫非鼠的怪物扔掉了。全家人还瞒着常明社的老娘，想着怎么处理这个花母猫。打死它，又不忍心，养了它三年，还是有点感情的。最后，家人一致决定，丢弃这只母猫。 这个重任落在建章的肩上。建章把卧在奶奶身边"念经"的花猫抱上，丢到离村庄很远的戈壁滩。建章完成重任后，到村口的小卖部买包烟，说了几句闲话回到家里，他看到在他奶奶身边的炕上，花猫已经睡在那里"念经"了。他奶奶醒来摸摸花猫肚子，发现肚子已经瘪了，四处找猫崽，没有找到，她不停地念叨："乱了，全乱了，没有章法了！"

常建章没忘自己的重任，趁奶奶不注意，把花猫装进口袋，这回带到更远些的乡街上丢弃，认为这次花猫没看到路，肯定回不来。

第二早上打开门，花母猫已经等在了家门口。

不久，常明社经过选举，正式当上了村主任。他可以理直气壮地为村里做些实事，又提出投资种植果树的事。赵志录很赞成，可村里没这么多资金。

常明社想，实在不行他自己搞投资，先开个头，反正，他开诊所，手头有些钱。可他舍不得自家的那几亩地，种果树要耽搁几年粮食，在这一点上，他和其他村人一样，心疼粮食，再说全家人也得吃饭呀。他把自己家先种果树的事给赵志录一说，他很高兴，说，这个头带得好，全始原村，就你一家有这能力，村委会支持你先搞起来。

常明社把地的事也说了，他想承包几亩地。赵志录同意，还说包不包的，是给大家带好头的大好事，村上应该支持。当即决定，把刚废弃不用的水库无偿三年给常明社种果树。别的地都种着庄稼，确实可惜，通自来水后，水库反正没用了。

除过不能动的老娘外，常明社带领老婆、儿女，去把水库里的水排干。库底干透后，翻一遍土晾晒，准备冬天种果树。

村人见村主任要开垦水库种果树，并且是三年无偿使用，意见很大。都说水库是块好地，凭啥给村主任无偿使用，别人为啥不能种？

常明社听后很生气。赵志录给他鼓劲："明社，干你的，这些鸟人不用管，他们见不得别人干正经事，尤其是村干部，犯有眼红病。"

常明社说："要不，我这三年给村上交点承包费。"

赵志录说："村委会研究过的，不交。咱也是一级组织，还能没个章法！"

常明社心想，反正他又不是贪污，他是带头给村里闯一条致富的路子。他想通了，要想别人不说闲话，就干脆啥也别干。从这件事上，常明社还是对村人有了看法，他常明社可以拍着胸口说，他对得起始原村所有的人。

挖好树坑，常明社带上儿子到县城去联系果树苗时，建章还没忘记自己的另一项重任，将自家的花猫用布袋子装了，带到县城附近丢弃掉。结果和以前一样，当他们在县城联系好树苗，耽搁了一天，回到家时，花猫已经卧在炕上"念经"了。常明社全家人惊诧不已，难道这个花母猫成精了不成？竟能先他们一步准确无误地返回家来，实在叫人难以置信。

一时间，花猫成了常明社家人的心病。

七

这年冬天，支书赵志录提议，免去原村主任有财的女儿教师职务，原因是群众呼声太大。有财的女儿的确胜任不了教师工作。为下一代着想，村委们都同意这个提议。

很快，有财的女儿被通知停课，回家种地去了。

常明社未过门的儿媳妇，也就是建章的对象程英私下给建章说，她想去村小学当教师。程英是初中毕业生。

建章回家给他爸一说，常明社不加思索地一口回绝了，他不想自己当上村主任，就让自己儿子的对象去顶这个缺，何况又是前村主任女儿的缺。赵志录听说了这事，竟然同意建章的对象当小学教师。常明社坚决不同意，这个缺绝对不能让儿子的对象去顶，否则，他将落下一个骂名。

村人们还是知道了这事，尽管常明社没同意儿子的对象去当小学教师，可村人们还是把村主任常明社看扁了。

“明社咋变成了这样？”

“明社当上村主任，比有财更黑！”

流言使常明社非常恼火，他没想到，大家会这样看待他。儿子还生着他的气呢，儿子的对象程英见了他，当作不认识躲开走。弄得他里外不是人，一向注重自身形象，用医德换来的威望，在这件事上坍塌了，这使常明社非常痛心。多年来，他苦心经营，将心比心，他对得起始原的所有人，因为当了村主任，最终却落了这样的结果，为此，他几天吃不下饭，睡不着觉。他苦苦想了几天，也没找到能够解释这种处境的理由。倒是他几天没去诊所，不断有人找到家里来看病，儿子建章将病人拒之门外，声称他爸病了，也想找医生看呢。并且，建章气狠狠地对那些病人说，有病了知道找我爸，没病了就说我爸心黑，你们找不心黑的医生去吧。

常明社在里屋里听到儿子的话，心里有点感动，他感慨万分，像真得了一场大病似的，全身困乏，没有一点劲。经过这几天的思索，常明社对人有了新的认识。

从此，常明社改变了他做人的原则。

到乡里开会时，肖副书记再一次催促常明社入党的事，他从心底已经有了入党的愿望。可支书赵志录每次都是那句话，等支部召开党员大会时，得讨论通过。

党员大会迟迟不见开，不是这个不在，就是那个病了，总召集不到一起。赵志录说，这事不能急，得经过这些程序。当然也只是走过场，入党是好事，党不会把热爱他的人拒之门外的。

这话对常明社是个安慰。他没忘记有财给他说过关于入党的话，但他没把有财的话当回事。他心想，赵志录这样说，又有肖副书记督促着，加入党组织不会是啥难事。倒是他家的花猫成了一件难缠的事，这个产了一窝怪胎的花猫成了不祥之物，是家人的一大心病。在这期间，建章还将花猫托人带到二百公里以外的北屯丢弃。北屯是一个规模不小的城市，可花猫竟不留恋大城市，在四天之后回到家里。也不知道它是怎么回来的，它的超常举动，惊人地恋着这个家，给这个家蒙上了一层厚厚的阴影。

常明社也曾产生过宰杀这只猫的想法，可没人执行，连一向声称什么都不怕的儿子，也不敢动手。常明社的老婆更甚，说花母猫已经成精，绝对不敢动这个念头，只有再想办法丢弃它。

花猫搅得常明社心烦意乱，好长时间，他都没心思去诊所，来家里找他看病的人也慢慢地少了。女儿说，村里流传着父亲自当上村主任后，不给人好好看病了，人一旦当上官，就不是他自己了。

常明社对这个流言，没当回事。他把心思放在种植果树上，现在不再谈给村民们带头，他只想干个具体的实事。

水库已经干了，用拖拉机又翻了一遍，常年淤积过水的土质肥得流油，在这种地里种上果树，过上三年，绝对不错的收益。

这年冬天，天出奇地暖和，没有下雪，土地也没冻结。常明社带着老婆、儿子，成天活动在水库，平整这片肥沃的土地，很少再去诊所，倒把诊所荒废了。

八

有人通过各种途径，为自己多弄一块住宅地，已蔚然成风。村支书赵志录的大儿子连对象都没有，也划了一院住宅地，大家看着眼气，凡是有两个儿子的，都申请住宅地，大多数都想办法如愿以偿。反正土地是公家的，你能占，我也能占。

近来听说，从明年起，农村的住宅地要实行新政策，说是新批的住宅地要交地皮费，一个住宅地，最少要交三千多元。

有天，开完村委会，赵志录说："干脆，给你们每人也批一块住宅地，别到时收起地皮费，就划不来了。"

常明社说："我就一个儿子，要那么多地方干啥？"

赵志录说："你嫌地方太宽敞？"

会计说："你不要，别人也不会说你正派。反正，我要，我可没这么多钱等着交地皮费。"

常明社没吭声。

赵志录说："其实别的村在住宅地上，比咱村更放得开。有些人的孙子还没满月呢，住宅地都给弄好了。咱农村人住宽敞点还是好。"

常明社说："那——我想想吧。"

会计说："还想啥呀，过这村可就没这个店了。"

常明社回家把这事给家人一说，全家人都愿再弄块住宅地。儿子建章还说："不弄白不弄，你不弄，等以后不当村主任，还不好弄了。反正，没人会说你是个清官。"

常明社写了封申请，没几天就批了，给他划了一院新住宅地。

村里的闲话自然免不了，但这样的情况多，又不是村主任一人多占块住宅地。常明社心想，村主任也是人，凭啥不能多占？

没想到，快年底时，上面突然发通知，要对土地进行一次全面性清理，为珍惜耕地，对个人多占的土地要追回。乡里专门给各村派了工作组，进行土地清理。

土地清理其实也没多严格，政策还是放得比较宽，对家有两个儿子和住宅确实紧张的，没收回多占的住宅地；对只有一个儿子，住宅还宽敞的，得收回多占的地。

按规定，常明社新划的住宅地得收回。他非常生气，刚划还不到两月，就要收回，他不肯交。赵志录有两个儿子，不用交回，没他的事，他却叫常明社和会计都占着，先不交。村委会的干部，有这个特权。清理土地的工作组也没硬收常明社和会计的住宅地，可他们回到乡里，却如实给乡领导汇报了情况。

常明社受到乡里的通报批评，并且明文规定必须交回多占的住宅地。

他没想到，会受到组织的通报批评，心里很慌乱。赵志录念完通报，等别的村委走了，对常明社说："这种通报，你不要当回事，又不是处理你，别担心，没事。"

常明社被通报弄得心里不舒服，支书这么说，他也没当回事，反正通报的又不是他一人。

乡里却不是这么想，通过这次土地清理，发现好多村干部私心太重，不坚持原则，还和上面顶着干。为此，乡里做出决定，新的一年开始后，第一件事就是整顿村级干部班子。

常明社到乡上开会时，听肖副书记对他说，要整顿村干部班子。肖副书记对常明社多占住宅地的态度，批评了两句，说这样不好，乡上对各村的干部通报批评，是严厉了点，可你不能硬顶，得注意点影响。

常明社心想，看来这事硬顶下去不好。

肖副书记又说："乡里没撤你们这几个村干部的职，放了一马，算是给面子了，可下次整顿，是对你们有想法的。不过，还是会讲民主的，到时还要通过选举，你常明社群众基础好，该有信心。对了，你入党的事，还得抓紧点，加入了组织，你就懂原则了。"

常明社想了想才说，这入党的事，他都写六份申请了。

肖副书记说："现在的基层党组织有些问题，不过，你还得走这个程序，只要支部上报，批的事，有我哩。"

常明社回去又写了第七份入党申请交给赵志录。他这回说，过了元旦，说啥也该开个党员大会，不能再等了。

刚过元旦，赵志录召集全村党员开会。有些党员没到，会却开了。

常明社不是党员，参加不上会，会后，他问赵志录。他说，会议内容可不能给你说，这是原则。但我可以给你说一点点，这次党员会是研究你们几个人入党的事，至于结果，就不能说了。

常明社心想，不说就不说吧，只要研究过，哪有通不过的，自己好歹也是个村主任，赵志录以前不是说过，只要研究，哪有通不过的。

九

元旦过完不久，村委会按照上级通知精神，选举村干部。

始原村村主任人选定了两个，一个是现任村主任常明社，另一个是三小组的组长刘纪强。

选举前，赵志录对常明社说，刘纪强只是个陪衬，选举法规定，得走这个程序。

赵志录还说："村主任还是你的，你先干着村主任吧，等人了党，我也该退位了，到时，该你上了，始原村最终是你的。"

常明社连连摆手："我哪能当支书，当个村主任已经力不从心。"

赵志录笑道："按照常规，都是支书退，村主任上，还能叫我当一辈子支书？"

选举的结果，常明社落选。

他绝没想到，始原村的选民们会这么没良心。事实上，没良心的始原人，能把常明社推举成村主任，也能把他拉下来。

这种结局，对常明社是一个沉重的打击。从不愿干村主任，到现在他适应了，可这个门却向他关闭，把他拒之门外。更无情的是，常明社从村主任位子跌下来不久，他儿子建章的对象程英却如愿进村小学当上教师。当然，程英和建章断了关系。程英认为，建章的父亲当村主任时，她当不上教师，现在她能当上教师，没必要还和建章保持那种关系。

会计神秘地在常明社下台后，来告诉他，元旦那次开党员会，研究入党人选时，赵志录根本没提常明社的名字。会计痛心地说："明社，你还不懂啥叫政治，你不想想，赵志录怎么会叫你入党？你比他强，群众中威望高，对他是个威胁。我现在后悔入了党，不然，不会一直叫我当会计。我如果不入党，说不定，村主任是我来当。"

常明社吃惊不小，回想起有财的结局，有财和其他人过去说的一些话，常明社相信会计说的是真的。可他闹不明白，如果这些明里暗里的事，归结到一起就叫政治的话，那也只是始原村的政治。真正的政治，肯定不是这样。

常明社像做了一场梦，陷入困惑之中。如果不接触始原村的政治，他是一个遵守医德的好医生。可现在，他落个什么下场？连一个受人尊敬的医生都不是了！从此以后，他再不会受村人的敬重。当然，他也看清楚了这些村人，以前，他对村人还不完全了解。常明社的心里像一片废墟，一缕缕痛楚在他心里缭绕。他想干点什么，可他干啥呢？他甚至认为再去诊所行医，都没法面对病人了。在始原村，他已没一点脸面。全家人的心情都不好，尤其是建章，对象和他吹了，他的心情坏到极点，谁都不敢和他说话，动不动他就发脾气。倒是常明社的老娘，却显得比过去平静，她竟清醒地说，祖上没积这个阴德，出不了当官的，硬要当，会乱章法的。她听说孙子的对象吹了，埋怨常明社，说他乱章法，伤天害理。

常明社把目光投到花猫身上，这个猫自产怪胎后，他竟遭到这么多不幸，都怪这个害人精。得想办法把它处理掉。

十

春节到了。

常明社发愁，这个年怎么过？一看见儿子建章的那副样子，常明社心里恨过年。可日子不管你的情绪如何，该来的一样会来。

常明社考虑，这样下去不行，一家人哭丧个脸，过的什么年？为缓解家里气氛，他叫儿子出去散散心，儿子有个舅舅在油田工作，建章一直想去。这会儿建章却没心思去，常明社逼他去，最后，建章同意去油田舅舅家。临走时，建章没忘记他的重任，带上了花猫，要丢掉这个害人精。

这回，花猫不会再回来了吧，始原距油田有五百多公里呢。

儿子不在，这个年过得很沉闷。常明社在家闷得慌，这天出门想在外面走走。一出家门，他担心碰上人，他现在怕见村上的任何人，想着干脆到诊所去看看。

路过村小学时，常明社竟碰上儿子以前的对象程英，她和支书赵志录的儿子德宝一起从小学出来。小学已经放假，显得很安静。常明社本要躲着人走，冷不丁碰上这两个人，自认倒霉，心里奇怪这俩人也能混在一起，肚里的气直往上涌，狠狠地看了他们几眼。

常明社的目光叫赵志录的儿子德宝看到了。德宝其实不算太傻，他粗着嗓门问常明社："你想做啥？那么狠，想吃了我俩？"

常明社一愣，想这娃咋能这么说话？没好气地说："你这娃，咋说这话？"

德宝说："这样说话咋了？你狠啥呢？你有啥权力？你已经不是村主任了，我告诉你，程英是我媳妇，我爹让她当上教师，已经不是你儿子建章的媳妇了！"

常明社的血往头上涌，全身的肉都在颤抖，他想冲上去和德宝评个理，可他克制住，嘴唇哆嗦着，瞪着眼睛，却说不出一句话来。

程英红着脸要拉德宝走，德宝偏不走，气冲冲地说："你想干啥？还能抢了我媳妇不成？"

常明社气蒙了，失去理智，冲上去要和蛮不讲理的德宝理论。

曾说过身高费布的体育教师德宝，只推了一把，就把常明社掀倒在冰冷的地上。

常明社当场气晕过去。

常明社被村人送到支书赵志录家。他躺在地上被过路的村人看到，大家要送他回家，他求村人把他背到支书家。他说他被支书的儿子打坏了，他躺到赵志录家炕上。赵志录家的炕很暖和，常明社不理向他道歉的赵志录，转过身面向炕里，竟睡着了。不久，他被吵闹声吵醒，他的老婆女儿来到支书家，哭哭啼啼要赵志录给个说法，引来不少看热闹的村人。

常明社坐起来，赵志录过来问道：“明社，你好点了吧。”

常明社开口大骂：“好你妈的 ×！”

支书脸上挂不住，说：“明社，看你咋这样？咱兄弟俩还有啥不好说的？”

“谁和你是兄弟，你这个黄鼠狼。”常明社只是骂，很解气。

旁边人劝说着，听上去不太真心。会计来了，有财也来了，都劝常明社，叫他别骂了，有理在，还是说理吧。

常明社依然骂道：“到哪说理去？哪里还有个理呀？”

赵志录会做人，当场叫过儿子德宝，当着众人的面，打了几巴掌，才对常明社说：“明社，你也是懂道理的人，咋和德宝一般见识？你还不知道，他脑子不够用。”

常明社说：“你现在才承认你儿子脑子不够用？”

赵志录的脸上一阵红，一阵白，也生气了：“明社，我知道，你对我有气，可我又没动手打你，你别冲着我来。我不管了，你看着办，想咋办就咋办。”

挨了巴掌的德宝哭着说："谁打他了，我推了他一下，他要赖……"

赵志录回身又给儿子一巴掌，出门走了。

会计劝常明社："明社，差不多就收场吧，再往下，丢你的人哩。"

他的老婆女儿也劝。常明社又骂了一阵，算出了一口恶气，想着今后还得做人，就回了。

路上，有财对明社说："告他××的，纵子打人，没王法了。"

常明社没好气地望了有财一眼，说："我还傻呀！"

正月初十这天，常明社家的花母猫风尘仆仆地回来了。一回来，它像往常一样，跳上炕卧到常明社老娘身边。老太婆愤怒地将花猫一把拨到炕下，骂道："你这个妖精，还知道回来，我建章孙都没回来哩，你倒回来了，你把我孙带到哪儿去了？"

花猫在地上翻个身，又跳上炕。老太婆又将花猫拨到炕下，骂："你肚子的崽呢？你是个妖精，你肚子的崽咋不见了，你把我孙子带得见不着影子，你还有脸回来？你走，我不要你了！"

大家望着全身肮脏的花猫，听着老人的话，都说不出话来。花猫这次能返回来，给大家带来的，不光是恐惧。

常明社恶狠狠地想，宰了这猫，实在没办法了。他心里都长刺了。他想着这次自己动手，可心里总是不敢，弄得他夜不能眠，食不甘味。他脑子里装不下别的事，只有花猫的影子晃来晃去。

常明社被折磨得痛苦不堪。

这天夜里，下着不小的雪。天上地上一片白，常明社抱着他家的花猫，来到村边的一眼枯井边，毫不犹豫地将折磨他半年之久的花猫丢进枯井里。

撕心裂肺的猫叫声，从枯井传出来，很响亮地缠绕在始原这个有雪的夜晚里。

猫的叫声整整吵了始原人九天。不明真相的人都骂，是谁狼心狗肺把猫丢到枯井里，可没人下去救猫，枯井边围了不少人，井太深，看不清，只听到猫叫，像小孩哭一样。

枯井边上的雪地，被村人踩得稀烂。

十一

开春时，常明社和以前一样，到他的诊所里看病了。

常明社脸上很平静，好像什么事都没发生。只是，常明社给大姑娘小媳妇打过针后，她们私下说，常明社手生了，打针没以前好，并且医药费比以前贵了。有人竟当面问他，药怎么比以前贵了，他笑着解释，这年头啥不涨价？一副不求别人的样子。病人们很生气，生气也得看病，还得上人家诊所。

赵志录的老婆病了，要打针，这回叫常明社打了一针，疼得龇着牙回到家，对丈夫说，常明社变了，狠了。

赵志录冷笑一声，没吭气。

常明社的诊所还是原来的样子，闲人慢慢又多起来，只是，再没人找他处理家庭矛盾纠纷了。大家私下都说常明社这人变坏了，对病人不像以前热情，药费还贵。始原就这么一家诊所，要到乡卫生院看病，路太远，收费更高，没看病就得先交五毛钱挂号费。大家还是找常明社看病，他的医术还不错，虽然现在欠他的医药费不像以前那样，可以长期拖欠，但常明社还是比医院好说话。

没想到，常明社还能出次大名。

邻乡有个老头，儿子在铁路上管货运，别人给他送了两箱“人参蜂王浆”，他扛回来给老爹喝。他老爹嫌小瓶喝起来不过瘾，几支倒在一起，喝糖水似的，没补成身体，却落下腹胀，茶饭不思，儿子带着他到省城大医院去治，花了近万块钱医疗费也没治好，回来后打听到常明社，来碰运气。常明社只给他开了几副泻药，他其实也没把握，心里没底，抱着试试看的态度。没想到老头吃了常明社的药，拉肚子拉得昏天黑地，十天后，腹胀竟然好了。老头的儿子特意做了“神医再世”的锦旗，外加两千块钱，声势浩大地送到始原。

常明社出了一次大风头，名声又好起来。来找他看病的人慢慢多了，而且大多都是外地慕名而来。常明社诊所的生意又红火了。

有时，他一个人忙不过来，叫儿子过来帮忙。建章竟同意到诊所。常明社对儿子说，你还不愿学我的手艺，行医这行当，到啥时都是个好行当。

儿子不吭声，也没说从此要学医。

常明社对儿子说：“我打算，过上两年，咱家把房拆了，盖个三层楼，始原第一。到时，给你在三楼收拾好新房，给你以后结婚用。”

儿子平静地点点头。

这一刻，常明社才觉得儿子上路子了。

后　事

天成他妈咽气的时候，再有两天就立夏了。立夏就是真正的夏天了，在此之前再滚烫的日子，也只能算作暮春。

暮春的日头挂在高空，天上异常的洁净，只有望不见影子的灼流填充了天与地的空间，像一张没边没沿的稠网，裹着浓绿的田野和破败的村庄。村庄溺在热流里，似水中孤岛，寂寞得如坟岗一般。生者的气息似乎已经远离村庄，在遥远的地方消失，等待夏天的来临。

是一声沉闷的吼叫撕破了灼热的稠网，叫声在气流里冲来撞去。出门一打听，才知是天成他妈去了，难怪天成像狼一样嚎呢。村里顿时慌了，杂乱的脚步踩得热浪翻滚，没有了一点秩序。

天成哭过，瞪着红枣似的双眼，望着聚了满院子的村人，过了许久，才对他爹宝太说："不准报丧，不准打墓，不准封棺。"

宝太愣着，慢慢蹲到墙根下，只顾一个劲地抽烟，没搭儿子的茬。天成望着他爹，泪糊满了两眼。他抹了把眼窝，转身出门走了。

前来操心丧事的村人问了宝太半天，问不出一二，互相用眼神询问，终没答案，也就散了。村庄又恢复了往日的沉寂，却没了先前的气息，终是死了人，不一样了。

天成到了乡里，没见到乡长、书记。乡里正在开夏收准备会。天成被挡在会场外面，心里火燎一般，站着蹲着都是一身汗，在乡政府门前走来走去，走出满口的干渴，也找不到水喝，心里越发焦躁，一想到死去的妈，泪又涌了出来。无奈，天成蹲在墙根抱着头痛哭起来，哭声压抑得像从石缝中挤出的泉水一样，沉闷而又艰难。

好不容易熬到会散，日头已经偏向西山，热量却不减，天成像从水中捞出来一般，一站起身，汗水和着泪水噼啪往地上甩。一见到乡长，天成像见到救命恩人一般，没张开口，泪先止不住，一串悲伤的抽泣把乡长弄得莫名其妙。

好不容易劝住天成，乡长听了他没头没尾的述说，脸阴了：“你是说你妈是叫村主任踢死的？”

天成说：“他张双安不踢我妈，我妈能死？”

乡长说：“得是？”

天成说：“就是！”

天成说得咬牙切齿。

乡长说：“他村主任啥时候踢的你妈？”

天成说：“一个多月前。”

乡长说：“他村主任踢在你妈啥地方了？”

天成说：“他张双安想踢我妈屁股，我妈刚好转身了，就踢在我妈腰上。”

乡长气呼呼地说：“村主任为啥要踢你妈？”

天成怒火满胸地说：“我家的牛吃了地里的麦苗，那是德山叔家的地，不是他张双安家里的，他张双安用棍子捅了我家牛的沟子，我家的牛是怀了牛娃的，牛娃就没了。我妈去找张双安，他就踢了我妈。”

天成说着泪水又挂了一脸。

乡长听着，看起来很生气，说：“他张双安村主任是当到头了，没了章法哩，混蛋东西！”

天成说：“他张双安有钱有权，还有啥章法？”

乡长说：“这跟钱和权没有关联。”

天成说：“有，就是有！没有才怪哩！”

乡长不语，默了半晌，才问天成：“你找乡里，想咋样？”

天成说：“要他张双安偿命！”

“偿命？”

“我妈不能白死！”天成把牙咬得咯咯响。

乡长想了想，说：“事有事在。”

天成说：“我找你乡长，就是问你这事咋弄呀？”

乡长说：“我想问你，你妈是啥时候殁了的？”

天成哽咽着说：“今天早晨。”

乡长惊道：“今天早晨？”

“你是说你妈被张双安踢了腰，一个多月后的今天才没了的？”乡长又说。

“就是。”

乡长说：“这样的话，我们得调查一下，这事还复杂着呢。”

天成说：“不复杂。他张双安不踢我妈咋会死哩？”

乡长就说：“这娃，你先回去。”

“我不！”天成说，“我看你乡长咋处理他张双安。”

乡长说："这得有个过程，得把事情弄清楚，才能处理。"

天成说："我妈人都殁了，还要过程？他张双安非偿命不可！"

乡长说："你看你这娃说的，啥事都得弄清才能下结论，不弄清咋处理呀？"

天成见乡长说着话没了前面的怒气，心有点凉了，火却大了："反正我不会就这样回去的！"

乡长劝说道："看这娃，你先回去忙丧事，事有事在，是他张双安的事，他就逃不脱。"

天成不回。等到天黑，乡长又叫几个人来劝，天成死活不走，有人就劝说，家里老人殁了，不急丧事，却待在外面，做儿子的忍心？

天成光是哭，后经不住众人劝，又质问了一番乡长，得不到明确答复，无奈，只好哭着回了。

天成回到村里，走到家门口停住不进了，他怕看到他妈，看到那个把他养大每天伺候他吃，操心他穿，忙了家里忙地里的妈。尽管在天成的意识里，还没有把他妈的死同今后的日子联系起来，但他一想到妈的死就很可怕，一下子就像失去什么似的，比如他妈唤他的声音，再也不会有了。就是他妈被村主任踢伤后在炕上躺了一个多月，他也没想过他会失去妈。这样一想，天成心里疼得厉害，同时他也狠了心，一定要替妈出这口气！

夜已经深了，不是太热，村庄静得出奇，像一片没有人烟的荒野。天成一身的汗和泪，淹得他透不过气来，他脱掉身上仅有的一件白衬衣，用衬衣擦了擦脸上的汗和泪，那热是从心里冒出来的，酸酸地蒸着他，他却骂了句狗 × 的月亮。连月亮也有热量了。天成心里难受，一时很难舒畅，抬头望着半个发热的月亮，哽咽着又哭了起来。哭了一阵，才进了家门，天成见爹还蹲在原来的墙根，也没抽烟，两眼呆呆地望着进门的天成。天成没对他爹说话。几个门子里(比较亲近的同姓)的叔伯婶娘守在他家里，一见天成回来了，忙围上来，却不知该说什么好。天成没理会他们，竟自进了里屋，看到炕上的娘已叫人用被单盖了，他没敢揭开被单看他娘，他全身发冷一般抖着。和妈相处了二十六年，今天他却不敢看妈的脸了，他心里害怕，怕看到永远闭上眼的妈。

天成面对着炕上的妈，直直地跪了下去，一时难以抑住，失声痛哭起来，直哭得夜晚的村庄恓恓惶惶的。天成的哭声很干燥，叫人听上去是那种猫抓铁皮的直挠人心的哭声，天成被婶娘们两边架了，拖到屋外。天成像塌了的一袋粮食，放哪瘫到哪，瘫倒在一把椅子上发呆。

天还没亮，村主任张双安被一阵急促的拍门声惊醒。昨晚睡得迟了，似刚睡下没多长时间就被弄醒了，他很恼火，见老婆没动静，气狠狠地踹了两脚："还不去看看！"老婆极不情愿地爬起来，在持续的拍门声中穿了很长时间的衣服，才下地出屋。随即打开院子的灯，白光一下将院子照得比天亮了还要清楚，村主任老婆的脚步声下得楼来，响得惊人。过了半天，才听到院子大铁门被打开的脆响，却没听到问人的声音，村主任竖着耳朵听不到来人是谁，想续上的睡意顿时消了，赶忙爬起，刚披上衣服，听到杂乱的脚步声已上楼，震得整个楼都在晃动。村主任穿上鞋子正要出房门，老婆已进来，身后跟着一个身影。

村主任眯起细眼一瞭，没事似的说了句："来了。"

天成没搭理，只是望着村主任。

村主任没把目光移开，也望定了天成，半晌才说："知你会来的。"

天成无语。

村主任说："坐吧。"

天成没坐，愣站在村主任对面。村主任把目光移开，对老婆说："给天成拿烟。"随即打了个哈欠，伸伸懒腰，一副懒散的样子。

村主任老婆给天成递烟，天成不接也不理，见村主任哈欠连天的样子，天成火从心起，但还是克制了，压了一阵，才对村主任说："到外面说吧。"房子里又闷又热，天成被房子里的热气憋得胸闷。

村主任无所谓地跟着天成到了阳台。空气清新得叫人舒畅不少。

天成说："我妈死了。"

村主任说："我知道了。"声音很小，却在寂静的黎明前很清晰。

天成说："知我来做啥吧？"

村主任说："我心里也不好受，明说了吧，你家日子艰难，昨晚我想了半夜，你妈的寿棺我出了，上好的松木……"

"放你娘的屁！"天成没容村主任说完，怒吼道，"你还轻松了？"

村主任说："你还要咋？"

天成说："一命偿一命。"天成说得咬牙切齿。

村主任说："我是踢了你妈一脚，可没致命。"

天成说："可我妈死了！"天成的音量很大，震得窗上玻璃微微作响。这时，村庄里有了咳嗽声，有人起来了，村庄彻底醒了。

“我说过了，”村主任也咳嗽了一声，但不自然，“你妈的死与我没关联。”

“×× 你个祖宗。”天成怒道，“我 ×× 你的祖宗。”

村主任被天成骂得火起，却始终没发火，尽量平和地说：“你 ×× 去吧。但你妈的死，与我真的没关联。”

“你再说没关联？”天成瞪圆了眼，向村主任逼近了一步。

村主任说：“你这娃要讲理呢，大清早来我家骂我，我没恼。我知你记恨我哩，可你要讲理。”

天成说：“我不讲理？还不知哪个狗 ×× 不讲理，把人命都弄下了，还说没关联。”

村主任说：“就是与我没关联！跟谁说也是这个理，你天成还想咋着？”

天成说：“我不想咋着，我要你抵命！”

“你说抵命就抵命？”村主任的口气一点也不软。

天成吼道：“我今天就要你抵命！”说着就扑向村主任来。村主任一闪，天成扑了个空。

村主任老婆冲过来去扯天成，天成一甩胳膊挣脱开，又向村主任扑来。村主任边闪边喊：“天成你别乱来！我不想把事闹大。”

天成喘着粗气说：“我更不想把事弄大，可你狗 ×× 不说人话。”天成吼着已抓住村主任的胳膊，村主任和老婆与天成扯到一起。

楼下有声音传来，是村主任家楼后面住的玉石爷。

“是天成吧？”玉石爷喊道，“你这个愣娃做啥呢？”

天成喘着气说：“玉石爷你就别管了。”又去撕扯村主任。

玉石爷绕过院墙，气喘吁吁地爬到村主任家楼上，硬往开拽天成。

“天成你没出息的，撇下你娘不管，逞啥能呢？”玉石爷说。

天成说：“他狗 × 的张双安说，我妈的死与他没关联，我要了他的命给我妈偿命！”

玉石爷气道：“看把你天成能的，会给你妈申冤了。你给我回去吧，崽娃子，越长越没用了！”

天成被玉石爷骂得性起，可又没法还口。玉石爷在村里是最讲道理，也最有威望的老长辈，天成再气，再恼，也没敢回骂玉石爷一句。

这时，已有几个村人闻声赶来，硬把天成和村主任两口拆开。天成气得浑身发抖，被几个村人架住，挣脱不开，破口大骂着村主任，被拉出了村主任家。

天亮了，太阳还没露脸，却能感到热浪滚滚，热流已将村庄一夜的凉意和宁静舔去，到处都是毛毛糙糙黏稠的汗腻味。

天成回到家里，死气沉沉，他爹还蹲在墙根，一夜没合眼，呆呆地望着天成。天成望了一眼爹，本不想理的，可这一眼却使他的心猛地一抽，眼泪不由人地涌了出来。爹一天一夜间竟苍老了许多，那样蹲着像一个没有生机的糟老头子，头发乱得像一团毛草，还染上霜一样，胡子拉碴地占满了下巴，完全不像一个五十四岁的人，倒像接近七老八十的棺材瓤儿。

天成的爹宝太是个懦弱的人，一向没主见，这些都是小时太依靠天成他爷所致，成家立业后，很自然地依靠上了老婆，凡事都由天成他妈做主，落了个“假婆娘”的外号，是个主不了事的男人，常常是村人们当作笑料的角儿。连天成都认为爹活得窝囊，平时也气他，顶撞他。这时看到爹的模样，天成怪伤心的，走上前去唤了声“爹”。

宝太望着儿子，没有吭气。天成去扶他爹起来，竟拉不起，他爹像散了骨架的一摊肉。几个村人过来帮忙，将宝太扶起，他已站立不稳，扶到凳上坐了，有个婶子给端来一碗热水，他推开不喝，两手颤抖地摸着烟点上，嘴抖动得抽不了。天成看着心如刀绞，止不住又痛哭一番，哭着竟软在地上昏了过去，叔伯们将天成就地放倒，给他身下垫了塑料布，让他睡了，又来和宝太商量丧事。坟该打了，丧该报了，棺材该定了。虽然叔伯们有了合计，可主家没有发话，坟地没有选定，报丧得由孝子去报，天成是独子，别人顶替不了，棺材是定做还是买现成的更没有个准信。问过宝太无数次，他都说不出个一二三。这回问得急了，宝太看看这个又看看那个，半天才吐出一句话来：“等天成定吧。”气得几个叔伯兄弟真想把宝太痛打一顿才解恨，可也只能说一句：“宝太你这人活得，真能把人气死。”

宝太不恼不怒，只是一脸“我又做不了主”的回答。待天成醒来，已到晌午，门子里的人谁也没想着回家吃饭，都为这摊事犯头疼。

给天成灌了些热水，看他清醒了，又问天成主意。天成还是“三个不准”，气得几人真想不管不顾了。

到了后晌，玉石爷来了，他早上来过，见天成睡着，问了些事又走回了。玉石爷一来，先问天成这样算是做啥？天成说：“就这样埋了人，算什么？不明不白的。”

玉石爷恼了："你这个娃，咋这德行？你妈没了，就你一个孝子，你这样子，算啥孝子？"

"我妈不能白死！"天成坚持说。

玉石爷说："这会儿不说这些，丧事第一。也不等你这个崽娃发话了。"玉石爷当即唤过天成的几个叔伯婶娘，具体安排，叫去请风水先生看坟地的，叫去准备天成他妈缝制老衣的，叫去扯孝布的，唯一的棺材一事没法安排，就问天成咋办。

天成说："这些事应该叫他张双安办。"

气得玉石爷又骂："都啥时候了，还说这话？你个崽娃，你妈白养活你了。"

"我妈是他张双安踢死的。"天成又来了。

玉石爷说："事有事在，顾不了啦，你滚蛋吧，别碍了大家手脚。"

玉石爷把天成推开，唤几个小伙子来："去把我的寿材抬来，先给宝太家的用吧。"

天成上去说："爷，你……"

玉石爷一把推开："滚一边去！你要有心，就给你妈报丧去吧。"

天成自知一下子拿不出多少钱来，一点积蓄，恐怕给妈做老衣和扯孝布都有点紧张，才知趣地向亲近的叔伯去借钱置买。

待孝布扯来，婶娘们先给天成赶制了孝衣、孝帽，给他穿戴了，劝他去报丧。天成在日落的时候才去报丧了。

到此，天成他妈的丧事才开始了。天成到亲近的舅家去报丧，孝子不能进别人家门，站在门外面喊了半天，才喊出舅舅来，却遭到了舅舅的怒斥。天成低下头听着舅舅斥责完，又去了一次乡政府，找乡长问处理张双安的事。乡长、书记都去县里开会了，只有一个副乡长值班，副乡长说他拿不了事，把天成打发了。无奈，天成只好回家料理他妈的后事。

一过立夏，就是夏天了。

天热得人透不过气来，地里的麦子大部分已经扬花，天热地旱，麦子正是需要水分的时候，却没有一点雨水。始原村是靠天吃饭的塬上，没有灌溉的水源，村人只有眼巴巴地望着灼烫的天空，期望老天赐些雨水。可天空如洗过一般，不见一丝云彩的痕迹。

于是，已经被干渴的土地榨去水分的老年妇女们，又开始了祈雨的行动。她们不辞辛苦，挨家挨户收些粮油，几人背着抬着，向百里以外的老君山开进，去那里的深山老庙祈雨。

往年，遇到干旱，天成他妈也是求雨队伍中的一员，并且是一员干将，天成他妈才五十出头，算年轻的，脚力和干劲比老太太们大，是每次求雨队伍里必不可少的一员。

可是，天成他妈过早地离开人世，使得祈雨队伍弱了许多，祈雨的老太太们比往年更加悲伤，谁也不愿提天成他妈的名字，因为天成他妈的结局其实离她们要近些，谁也不想把内心的悲伤流露出来，今年的祈雨队伍显得孤寂而可怜。天成见祈雨的老太太们又要按她们的想法去祈求苍天了，这支队伍里再也不会有他妈了，陡增了他的悲伤。想起以往他妈要祈雨，天成阻止不了他妈无谓的行动，就说风凉话气他妈，现在想来，真是后悔。就在祈雨队伍出发的那天，他在他妈的遗体前跪了一夜，望着永远也不会再坐起来去远行祈雨的妈，哭得死去活来。

村主任张双安在立夏的第二天，买了一副上好的松木棺材，用汽车拉到了天成家。却被天成轰了出来，拒绝要他的棺材。

村主任很难堪，找玉石爷说话，想劝天成收下棺材。玉石爷一脸不高兴，村主任还要说，玉石爷恼了："你是叫我把借出去的寿材再抬回来？"

寿材借出再抬回来，这是最大的忌讳。弄得村主任脸红脖子粗，最后托人说合，将他买的这副棺材算天成家还给玉石爷的，玉石爷坚决不要。

"我借给天成他娘的，至于天成以后怎么还，是他天成的事。我拿你的算啥事？"玉石爷说。

村主任说："天成的家境，你是知道的。"

玉石爷说："这我不管，到时我用时，哪怕天成给我还一卷草席，我也没二话。"

天成冲过来说："张双安，你别假惺惺了，我看这棺材你还是拉回去，留给你自己用吧，反正你用得着的。"

村主任望着天成，强忍住怒火没有发作，叫人把棺材拉回自家。村主任回家后对老婆说："天成是硬朗人哩，不像他爹宝太的崽。"

村主任老婆说："你还夸他呢，他不会和你这么算了的。"

"我知道，天成不像他爹宝太。"村主任这样说时，一副忧心忡忡的样子。他没当村主任前，就找准了一条路子，给一个矿山贩运支撑矿井的矿柱，成本不大，买些山里的硬杂木，加工成矿柱，挣成倍的钱，一夜暴富，顺理成章地又当上了村主任。

气候不等人。还不到"头七"，天成他妈的遗体有了很大的味。

七天为一个祭祀，在此之前，天成不同意将他妈的遗体入殓，一直放在临时搭起的灵台上，腐味扩散得很大，和着闷热的气流，简直成了灾难。

天成有他的想法，他想叫乡里出面，给他一个答复，他才安埋老娘，不然，埋了人就没有证据了。天成又去找乡政府，乡长刚开会回来，听天成一说，惊讶天成还没埋葬他妈，很不高兴，说事情是事情，埋人是埋人，怎能拖着不埋人？

天成固执地要乡长派人去看了遗体，他才能埋。乡长被缠得没法，答应派人去看。天成才回了。

看好的祭日要到了，可是乡长派的人还没来，天成不让草率埋人。眼看遗体已放不住了，急得叔伯亲戚火燎眉毛一般，天成却硬拖着，气得大家都想和他吵架，他却和谁也不想吵。

就连几天来没说过几个字的宝太也给天成说："要不，先把你妈埋了吧？"

天成说："不行！"

"遭罪呢，"宝太说，"你妈在遭罪呢。"他没法说服儿子，去求玉石爷给天成说说。

玉石爷说："天成这娃是咋了，这么犟？"

天成只认一个死理："等乡里来人验了，再埋吧。"

玉石爷气道："乡里要是一年不来，你还等一年？"

天成说："我妈死得冤呵！"他的泪涌了出来。

玉石爷说："再冤也得埋人呀。"

天成说："我妈是他张双安踢死的。"

玉石爷说："死了就得埋。"

天成说："我妈死得太亏了。"

玉石爷说：“不埋就更亏了。”

天成说：“我妈今年才五十四岁。”

玉石爷说：“这种天气怎敢拖呀。”

天成说：“我要乡里处理他张双安哩。”

玉石爷说：“这是以后的事。”

天成说：“我要他张双安偿命。”

玉石爷说：“娃呀，你犟啥呀，就是他张双安偿命了，你妈还能活过来？”

天成说：“可他张双安还活着。”

玉石爷说：“你这个崽娃呀，你如果是你妈生养的，去看看你妈都成什么样子了？你妈就是到了那面，没了好躯体……你心安吗？崽娃子，你妈养下你这个没良心的！走！去看看你妈。你去看一眼就行了。”

玉石爷硬拉着天成来到灵台前，把他推到前面，一把掀去盖布。

天成的眼花了，他真不敢信这就是他妈的脸，眼珠已经不见，留下两个黑洞望着他，他全身一颤。接下来，天成还看到一种特别耀眼的白色东西从他妈的鼻子里钻出来，他惊得张大嘴巴，随即，看到他妈的嘴巴那里，也有一团白色的东西在蠕动、爬行……

一股酸酸的东西从天成的嘴里喷涌而出，他控制不住，甩开玉石爷的手，丢下玉石爷，转身冲出了灵堂，在外面撕心裂肺地干呕起来。

丧事正常进行。祭奠的日子都是看好了的，不再改动。大家分头行动，买菜割肉，请厨子，借碗筷。只是到了要不要请吹鼓手的问题上，叔伯们做不了主，请示玉石爷。玉石爷思量了一阵，才说：“按说不是寿终，宝太家的大限未到，不是喜事，不该请的。”

宝太听了，过来说：“他爷呀，请了吧。天成他妈亏哩。”

玉石爷说：“这与家里不好，响的不是时候。”

宝太说：“还顾啥？请吧！”做不了主的人，一旦做回主，是说死了的，没有商量的余地。

玉石爷环顾了一下天成家的三间土房，说：“那就请吧。别亏了宝太家的，叫她到了那边，不至于太寒酸，上路也不能太孤单。”玉石爷唤个年轻后生，安排他立马去请吹鼓手。

这时，天成竟然凑过来说：“爷呀，请梨树沟张家的吧。”

梨树沟张家的吹鼓手名气大，方圆几个村没有人不知道的。

玉石爷说：“我心里有数。你早该这样，你妈就你一个崽。”

天成想做解释，玉石爷摆摆手，说：“你别说了，赶紧忙去吧！”

先将天成他妈入殓。几个叔伯连同婶娘们都找了酒来，往脸上、手上、身上洒了。酒味刺鼻，能冲淡腐味。终究尸体搁时间太长，又不是停尸的季节，尸体都没法动了，几人屏住呼吸，多垫了些布，硬将尸体折腾进棺材里放好，几人已是汗水滚流，喘气如牛，晚饭都没能搁在肚里，吐得一塌糊涂。尸体入棺，单等祭奠后盖棺，然后上路了。

祭奠这天，天成都晕了头，从天微明开始，他就守在棺前，与前来祭奠的亲戚友人同声悲啼。天成他妈就天成一个孩娃，还没娶妻生子，缺了贤孙，只有天成一人陪哭。起始，天成倍感悲伤，妈死了，连个陪哭的贤孙都没有，她死得多委屈！后来，天成陪哭次数一多，也顾不上想了。一场陪哭下来，刚被婶娘劝起（其实是形式），泪还没擦掉，又听到户外村街上已有哭声一路走来。哭声跟唱一般，念念有词，都是晚辈，人没到哭声要先起。哭声就是命令，梨树沟张家的响器班有专人负责吹迎宾客的曲，觅哭声到外面去接，唢呐夹着哭声一直接到灵堂，灵堂里的唢呐接了，一起奏出高潮。天成与宾客跪了，放声大哭。哭过，宾客马上换一副面孔，与熟人打招呼，寒暄几句小家常，然后由人领去吃早席。这些大多是女宾客，男宾客大多溜了，不愿进灵堂，在院门外面赶紧系条孝布，也没人追查是否已过了哭关。天成哭过一场，接着又是下一场，绝对离不开。也没人劝他去吃早饭，连吹鼓手都换了一轮休息，他却是没人换的，也不可能换的，就一次接着一次地哭，很是机械。后来连哭声都短了，天成很觉对不起他妈，可他实在哭不长了。他是尽了全力的，一个上午，来回折腾了二十多回，天又闷热，他早累得跪下就全身发抖，汗水又把他全身淹透了，黏黏的使他连喘气都不是那么匀了。灵堂里腐味很浓，尽管不停地洒酒，但压不住，也驱不散，吹鼓手交换得很勤，天成看不惯了，又不好说人家，他自己来回折腾，已闻不到什么腐味，只觉头晕沉沉的，快挺不住了。到了晚上，轮上本村的人来祭奠时，天成都盼快点结束，好歇口气了。他一整天了只吃过一次饭，又困又饿，早受不了了。天成期盼祭奠尽快结束时，隐约看到村主任的老婆也来祭奠了他妈，烧了纸，哭过走了，天成也没了力气赶走村主任老婆，况且这个时候也不能那么做。

祭奠终于结束，到盖棺时，应该是关键的时刻，因为这一盖，就再见不上亲人面了。可天成实在是太劳顿了，没有在这一刻把孝子的绝对亲情表达完整。倒是天成他爹宝太，在看老婆最后一面时，竟失声痛哭起来，哭得在场的人心都酸酸的。望着宝太一下变得苍老的脸，还有那悲痛欲绝的哭相，大家都掉了泪。过后都说，这个家因为女主人的离去，塌了。

盖过棺后，商定明天出殡的事。诸事都已议定，唯有撩土的事没法确定。撩土是待埋好人后，众人散了，在中午时分，由主家的儿媳妇去坟堆上，抓些土用衣服兜了，一路撒着回家，这是给死人的鬼魂引路，让死人再“回”一次家，这叫“还魂”。还魂的具体时间由看风水定祭奠的先生掐算出来的，一般都在埋了人后的七日之内的某一时刻，如果条件不具备，往后硬拖也行。这一时是不能在主家的家里和周围有活人的，否则会撞上鬼。据说还魂这天，在主家的窗台上撒上草木灰，鬼魂是从窗口出入的。过后可以看到这家已死的人下世转为何物，草木灰上会留下脚印。

天成的妈是没有人撩土的，天成没有媳妇。未过门的媳妇也可以担此重任，但天成连未过门的媳妇也没有。天成家贫，没有提成亲事。撩土的事一时定不下来。

议了半夜，玉石爷最后说：“撩土的事就往后拖吧，待埋完人后，去问风水先生，他掐定了再说。”

只好这样。没有撩土的人，天成他妈就出不了鬼，天成再伤心也没有办法，他又顶替不了撩土的人。

浓浓的夜幕是被一声尖利而悠长的唢呐声划破后徐徐拉开的。天色微明，开始出殡了。一切都是准备妥了的，出殡都选在太阳升起之前完成，不能让棺材见到阳光，死人得走阴路，否则死人会到那边受罪的。

前面是梨树沟张家响器班的吹鼓手开路，唢呐朝天吹得清晨乱颤，后面是四人抬的棺材，踩着一地的唢呐声吱吱叫着慢步走着，棺材后则是一大片白色的送灵者，天成拖着缠有白纸的柳木孝棍紧随棺后。一路哭声，唢呐声不断将哭声压下去，又升上来，终是梨树沟张家的响器班，哭声是抗不过的。

一曲《百鸟朝凤》吹罢，又吹流行歌曲，像《走四方》《黄土高坡》吹得甚是激越，赶来围观的人中，已有年轻人随着唢呐音调唱着“我家住在黄土高坡，四季风从坡上刮过”。

一曲《黄土高坡》尚未吹完，已出村到了第一个十字路口，唢呐戛然而止，整个始原村顿时都静了，渐渐明亮的天色仿佛也停了一下，凝在众人脸上，送灵队伍停住了。

天成拖着柳木孝棍走到棺前，已有人递过土陶孝盆。天成将孝棍夹在腋下，接过孝盆，举过头顶，满眼含泪，双手用力，将孝盆摔在地上。孝盆的破碎声提示人们，天成他妈走过十字路口，从此到另一个世界去了。

唢呐声骤起，送灵队伍又动了，一片白色刚过处，围观的人群“轰”地拥了过去，抢拾摔碎的孝盆陶片，拿回家后放在醋瓮后面，说是可以做出香醋的。有拾到碎陶片的孩娃，高举着呼爹唤娘，一番报喜。那没拾到的，在地上跺着脚，满脸失落。

太阳露脸之前，天成他妈入土为安了。在向阳的坡地里，一片坟堆边，一座高出其他坟堆许多的新坟落成。新坟土是虚的，时间长了，土塌下去，就和别的坟堆一样坚实了。

埋了天成他妈，始原村像完成了一件大事，许多人长舒了一口气，思量了前前后后，很快忙各自的事了。天成却舒不出一口气来，憋闷得难受，也因劳累过度，回家后顾不上收拾局面，爬上炕躺下，流着泪迷糊着了。

出殡的第二天，天上飘了些云来，云不是太黑，一路往南缓慢走去，看来是有雨了。有“云往南，水成潭”之说。果然，晌午前后天阴下来，滚烫的太阳终于歇了，有阵风刮过，并不凉爽，却比没有风强。

到了午后，天上落了些雨点，将地上润湿，土腥味很浓，气温降下一些，土腥味不太浓时，雨正式下开了。淅淅沥沥了一天一夜，地里湿透了，土路上也有了水潭，孩娃们戴个草帽，穿着宽大的显然不是他本人的雨鞋，去踩水潭。大人也不管，却在一起议开了，有说这场雨是天成他妈祈来的，她活着时就常去祈雨的，她入土了，也没忘这事，一下就来了。

这可是场及时雨！是今年夏天的第一场雨。

雨过天晴，天成去坟场看他妈。站在他妈坟前，望着已小了许多的坟堆上他亲手插上去的柳木孝棍上缠的白纸被雨冲刷烂了，心里很酸，撕心裂肺地哭了一场，觉着有些事要办。哭过，天成直接去了乡里。

乡长刚好在。天成找到乡长，问乡长咋样处理村主任张双安。

乡长正为这一场雨高兴，先问了天成安埋他妈的情况，乡长给天成倒茶递烟。天成不喝也不抽，只问咋处理村主任张双安。

乡长说，他已叫人调查了这件事，村主任张双安的处理意见还没有定下。

天成急了，问为啥不定。

“张村主任确实踢了你妈一脚，但那一脚没致命啊。”

“我妈死了。”

“不是踢死的。”

“就是！张双安不踢我妈，我妈怎会死呢？”

乡长没有回答，起身去唤来民政王助理，叫王助理将调查情况讲给天成听。

王助理拿了许多纸片，边指给天成边说：“你妈被村主任踢后，躺下病了，你拉到乡卫生院看病了，对吧？”

“对。”

“这里是卫生院的病历，记着你妈的病情，写着你妈心律不齐，有先天性心脏病。就是说你妈原来就有心脏病。”

“这个我不信，医生说我妈身体不好，心脏病是气出来的。”

乡长接过来说：“先天性就有，心脏病是很严重的。这么说，你妈就不是张双安踢死的。”

天成生气地说：“他不踢我妈．我妈能死？”

“当时踢了，你妈没死，是一个多月后死的，不能算踢死的。”

“这样说，我妈是气死的？”

“我没这样说，我只说你妈不是张双安踢死的。人踢一脚，又不是致命处，能致死吗？”

天成咬牙切齿地说：“你这样说，他张双安就没责任了，他害死了我妈，就不用偿命了？”

“你这娃，动不动就偿命偿命的！张双安有责任，但不至于偿命。”

天成就问：“那你乡长咋处理他张双安？”

乡长就说：“先叫张双安负担你妈当时的一些费用，他说了，他愿承担你妈看病的费用和安葬的所有费用，然后再定……”

天成跳了起来，吼道：“我不要他张双安的臭钱，我只要他偿命。”

“你这娃犟得像牛，张双安不够偿命的责任。”

天成说：“我知道，你们官官相护，我就要他张双安偿命。”说完，天成要走。

乡长追出来说：“你这娃，可不能胡来，你妈尸骨未寒，你别闯乱子。”

天成头也不回地走了。

回到家里，冰锅冷灶，没有了妈的操持，这个家不像个家了，杂七杂八的衣物堆得到处都是，啥东西看着放的都不是地方，没有妈活着时收拾得顺眼。天成望着这个本来就寒酸的家，心里很难受，如果妈活着，再贫穷还有个家的样子，现在乱糟糟的。天成也不想收拾，心里空荡荡的，总想干点啥，又无从下手。他心里只想着他妈活着时的许多好处，转眼间，他妈就没了，一个好端端的人被埋在黄土下了。一想到妈的死，天成就恨张双安，恨得要死。可张双安却没事似的照样住在他的洋楼里，天成气恨得真想炸了张双安的洋楼，或者一刀劈了张双安，才能解恨，才能报了他妈的仇。

天成他爹宝太彻底垮了，自埋了老婆后，躺下起不来了，问他也不多说话。天成不会做饭，只能做些糟得不能再糟的疙瘩汤，给爹端去，他爹也吃不下，有时硬喝点稀汤，又躺下睡了。天成担心他爹，拉上他爹去乡卫生院检查，医生也没查出什么病，只说他爹身体虚弱，要补营养。天成不会给他爹补营养，想买些啥做给爹吃，办丧事钱花得一干二净，就是有钱买，他也不会做。但他还是找亲戚借了些钱，买了些奶粉、罐头之类的东西给爹吃，他爹勉强能吃上点。天成硬把他爹从炕上扶下来，到院子走走，他爹气色稍微好了些，他心里才踏实了些。

天成能放心下爹了，心里又想起咋样整治张双安，不整治张双安，他咽不下这口气。但凭他的本事，想整治张双安，不是容易得手的。

天成先选择了晚上，他躲在张双安家附近，手里提着一根棍子，随时准备将张双安痛打一顿。可守了几夜，找不到下手的机会。天成缺乏耐心，心里急躁却又下不了手。天成也痛恨乡长，他只想着乡长是护着张双安，但他又找不到复仇的机会，就去找玉石爷。

玉石爷是很受村人尊重的老人，他处理过许多村人之间的纠纷，却对天成家的这件事没办法处理。

玉石爷听了天成述说乡长的话，思量许久也想不出个主意来，玉石爷想到天成上次找上村主任家门的那件事上，担心他胡来，说："事到这个地步，可千万不能胡来呀！"

天成说："爷，我不会的。"天成说这话时，望着别处，目光却是凶凶的。

玉石爷看出来了，对天成说："你这崽娃，心里想事哩。"

"没有，爷。"

"你要胡来，理亏的可是你，不是人家张双安了。本来咱占着理的，事已出了，你不要再傻了。"

"不会的。"

"这样就好。你也不小了，得为死去的你妈和活着的你爹想想，看你爹现在这样子，家全靠你撑哩，你要叫你妈在黄土下放心你。”

天成泪涌了出来，心想妈死了，连个撩土的人也没有，到现在连“还魂”都没过，还不知她老人家多难过呢。这样想着，天成心酸得厉害。

玉石爷见天成又哭了一通，可怜他苦日子还在后面呢，人又犟，如不把他妈的死弄出个结果来，这娃不会罢休的。可又想不出好办法，玉石爷思量来思量去，这事真不好办。沉思了半晌，玉石爷才说：“要不，找人代写个状子，咱告他张双安到县里，乡上不管，县里会管吧？人命关天哩。”

天成一听，来劲了：“我这就去找人写。写好了，我去县里送状子。”

玉石爷说：“你送啥？到时寄去行了，县城百十里地哩，你去了，一时递不进去，家里咋办？你爹还病着呢。”

“我不放心寄，我想当面去找县长，把事说清。”

“写清就行了，寄啥县长呀，县长又不管这事，得寄给县法院才对。”

天成同意寄了，却不同意寄法院，要找就找比乡长大的官，才解决问题。

天成立马去邻村找了一个能写的教师，将他妈的死因及张双安的罪状写了五页纸，看了几遍觉得够清楚了，才用挂号寄走。天成还是寄给了县长，他想人命关天的事，应该由县长处理才对。

寄走状子后，天成开始盼回音，每天都在煎熬中度过。除过家里的事，他就去村小学等回信，整个村里的信件，都是邮递员送到村小学的。天成不知道，邮递员每个星期才来一次始原村，他的盼望，只有每天落空了。

天成在等待中，几乎近于疯狂。几天时间，天成感到了岁月的凄凉，活人的艰难。他把希望寄给了县长，等待的是非常难熬的日月。在这种等待中，天成对希望失去了再等待下去的信心，他似乎在煎熬中看到了自己的稚嫩。“世事艰险呵！”他在心里说，“但我还去相信县长会给我主持公道呢。”

天成一脸苦相，自嘲地面对滚烫的苍天发出了冷笑。

天成还是坚持走自己解决问题这条路。“我现在只有靠自己了，要想讨个公道，谁也靠不住。”天成对自己说。

他又开始了另一种等待。

这种机会对他来说，也是艰难的。他知道正面交锋，是没有成功可能的，只有选择从背后下手，才有机会报仇。

天成还是有些好运气的。

这天，他直到天黑还没看到张双安回家，他是看着他午后骑着摩托车出门的。这是一个千载难逢的好机会，天成绝对不能放过。他赶紧采取行动，提着棍子在夜色掩护下摸出了村。

这是一条唯一通往村里的大路，天成顺着大路走出离村六七里地，也没见到一个人影，根本没碰上张双安，也没有听到摩托车的响声。

为了做得神不知鬼不觉，天成又走了两里多地，在路边的麦地里躺下。这里离始原村远，离别的村子近，到时如果得手了，也不可能一下子怀疑到他。他想自己还是有脑子的，就是心里乱得很，怎么也静不下来。他躺在已经扬花的麦田里，被海一样的麦子淹没了，隐蔽得绝对严密，他无暇顾及别的，比如麦穗花的芳香，以及没有月亮的夜空上闪动的星群，他只思量着即将要发生的一切，自己要采取的进攻方式。麦田里闷热难耐，蚊虫开始行动了，由于心里紧张，他全身是汗。蚊虫袭击得很猛烈，他忍了，心想着要给妈报仇，尽他最大的孝心了，激动得顾不了别的。

天成在麦田里躺了有三个多小时，夜已经深了，还没一点动静，他的心凉了半截，做了各种猜测，担心张双安今晚不回来，但他又不愿放弃这个机会，鼓励自己耐心地等下去。

四周静得出奇，天成却一点都不害怕，连怕的念头都没有，一时他竟对自己生出佩服来，关键时候，自己还是行的。

那种声音对天成来说，是一次展示自己的力量的希望。当摩托车的响声从远处传来时，天成听着像是远在天边，他被那种声音激起了莫名的兴奋，全身心都为此而颤动起来。他屏住呼吸竖着耳朵听起来，除了越来越响的摩托车声，还有自己心跳的声音。心跳声甚至压过了那个声音。

摩托车声越来越大，天成抬头看见一丝微弱的光亮，似从地底下窜出一般地飘来，他注视着那丝光亮，心情紧张到了极点，手里抓棍棒的地方，滑得都吃不上力了，但他使劲抓着，用上全身的力。

骑摩托的人绝对是张双安，别人没有闲钱去骑那玩意儿，村里自行车都很少，上塬下塬的，骑自行车不方便。

一瞬间，天成从地上跃起，猛冲过去，双臂使出浑身的劲，抡圆了向雪亮的灯光处扫去。天成只听到了一声脆响，他的双臂被那声脆响震得麻木，棍棒飞了出去。

天成顾不上细看结果，天太黑也辨不清，他拔腿跑了。

不择方向地跑了一气，天成才喘不匀气地停下辨了一下方向。好不容易才辨清自己的所在位置，待气喘匀后，望着漆黑的田野，他心却缩紧了。他慢步向坡上走去，本想到阳坡坟场里去，他想把报仇的事告诉他妈的，可他越走头皮越往紧里缩，心跳得厉害。虽然是去见他最亲近的妈，他却没有了一丝勇气，腿是软了。

第二天，张双安依然出现在村里，只是他走路时，腿不利索了。村主任瘸着腿对碰上的村人说，昨晚酒喝多了，骑摩托回来时，骑到了阴沟里，摔的。村主任一点都不沮丧，说话时似乎比以前更爽朗了些。有些村人在心里说，咋不摔重些，不死也残了多好，谁让他有那么多钱呢。

天成得知张双安只受了点伤，没有致命，痛恨自己失手了。其实，昨晚他一直睡不着，心里后怕张双安真死了，查出是他干的，那可就糟了。他熬了一夜第二天听说张双安还好好地活着，他像泄了气似的，打不起精神。天成憋在屋里什么也不想干，连饭也懒得做，没想到他爹却有了点精神，唤天成给他去买烟。天成见爹有了好转，赶紧去买烟。走出院子，却觉得不太自然，莫名其妙地生出一份怕见任何人的心思来，拣了没人的空巷，避开人到村上的杂货店里给爹买了包劣质烟，赶紧溜回了家。

天成心想，我怎么了？倒怕见人了。他待在屋里几天不出去，闷了和爹说说话。他爹能起来抽烟，下地走动了，天成多少天来竟第一次有了点踏实感。

这天早上醒来，天成被爹唤去，说是有话要说。他爹是难得的主动。天成心想爹快恢复正常了。

爹对儿子说，他昨晚梦到你妈了。

“你妈苦呵，”宝太对儿子说，“昨晚她还对我说等牛下了崽，卖了给你订媳妇哩。”

宝太流下了泪。天成更是控制不住自己的哭了。宝太继续说:“你妈多可怜，这个家没她真不行哩，她昨夜还给我做了酸汤面吃了，我吃了两大碗，觉得精神多了。”

天成哽咽着说:“我妈她在那边，还好吗?”

宝太说:“不知道，梦里没有说。”

宝太摸出烟盒，剩一支烟了，点上，吸着，吸到实在不能再吸，才将烟头拧灭:“我思量着，你妈到了那边，也是苦命人，她太老实了。三七都过了，她还没还魂呢，肯定受人排挤，转不了世呀。”

天成说:“是我没用。”

宝太说:“怪爹。现在不说了。咱还是想法把你的亲订了，啥人都成，只要能给你妈撩土引路就成，快叫你妈转世，咱也心安。你说哩?”

天成没吭气，心里难过，二十多天了，昏头了，竟把妈还没还魂的事给忘了。现在想起来，天成就头疼了，这可是个难题。

父子俩谁也不说话了，默坐着。好久，宝太去摸空烟盒，终是摸不出东西来，就把烟盒拆了，撮出一撮烟丝来，又将刚拧灭的烟头也拆了，聚在一起的烟丝不多，他撕了个纸条，却想卷支烟抽。烟丝在纸条上响着，那种声音划在天成心上，丝丝作疼。天成起身，说声我去买包烟去，抹了眼窝的泪，走了。

天成买了烟，心很重，压得他走路都低着头，往回一路走着，想的事多，却没有头绪，正闷着头，听到有人唤他。天成停住，回头一望，头就大了，血往上涌。

张双安瘸了上来，唤天成说话。天成欲走，他却追着，说:

“天成，你该知道我腿是咋瘸的吧。”

天成不语。

张双安说：“我知道是你，明摆着的。”

天成还不语。

“我知道会有这一天的。以前，我是小看你了，天成。”

天成仍不语。

“算我命大。天成你得知道，如果我真死了，你跑得脱吗？”

天成这才开口说：“我要你偿我妈的命。”

“天成，你还这样说，我承认我踢了你妈，你妈扑上来抓我脸呢，我气得踢了她，可不是我踢死的。”

“就是！你是该死的！”

张双安冷笑道：“我死了，你娃才要偿命哩。”

“就你的狗命？”

张双安说：“你看嘛，我说的没错。”

“只要你死，偿命我天成认了。”

“我说你这娃就缺道理。”

“有没道理，轮不上你说。”

“我说你还傻哩，气盛会害了你自己的。”

“你是怕你的命吧？”

“不要命是假的，命比什么都重要。”

“我就看你的命不重要。”

“你还年轻。别胡来了。”

天成气恨恨地说：“你管不着，你还是顾你自己吧。”

天成撂下这句话，走了。他把地踩得很响，滚烫的阳光也在他脚下躲了。

县上来人的时候，已是盛夏了。

那天，阳光非常焦毒，把灼热的气流从天上泻下来，烫得地上直冒黄烟，呛得人喘气都很困难。

小麦已临近收割了，满原满坡的浓绿中泛出了淡淡的灿黄，一派丰收在望的景象。村人们已经开始做收割前的准备，平时闲散出去打临工的人也回来了，心慌慌地等待着一年中最大的收获时节。

县上的人乘坐的深蓝色“213”吉普车上到始原村时，已近中午。车身后拉起了一溜黄尘，在热流里迅速腾起，似一条迅猛正在膨胀的河流，把淡黄色的麦田切割成两半，不一会儿，尘土落了，麦田又合二为一，恢复了原来的样子，却惹来了村人的目光。

村人不明白，这是做啥呢？该不会是促三夏抢收吧，可还早呢，十天半月后的事了，这几年没见个来促三夏的领导了。小汽车在村头的大槐树下猛地刹住，一条趴在树下阴凉里的黑狗，被惊得跳起，拖着血红的舌头，一股黑烟似的跑了。把一处绝好的凉爽留给了小汽车。

有人从小汽车里下来，唤过一个大些的娃娃，问村主任家在哪。

孩娃用手一指：“南头的楼房，就是村主任家。”

“你带我们去吧。”

“我不去！”孩娃说，“好找得很，全村就村主任家一个楼。”

“谁家孩娃，看懒得，叫你带个路都不去。”

孩娃说：“我不是懒，我不能去，我们的张老师在家哩，我见了她还得问好哩。”孩娃跑了。

村主任的女儿是村小学的教师。

晌午饭后，张双安带着几个人来到了天成家。天成认出几个人中有一个是乡长。

张双安对天成父子说：“县上来人，调查那事的。”

天成让县上的人进屋，叫爹倒水。县上的人说在院子里谈吧，搬几把凳子在院子树下坐了。村主任没坐，天成没给他凳子，张双安在一边站着。

天成没想到县上还会来人。

县上的人说，是县长将诉状转给法院，法院调查那事来的。

天成生出了许多感动，将他妈的死因给县上的人讲了一遍，内容和诉状上的一样。

张双安在旁边辩了几句，与天成又斗上嘴了。天成见有县上的人在，硬气了许多。

县法院的人说：“你们别吵了，吵没有用，要用证据说话，法律是认证据的，谁说了也不算。”

天成住了嘴。

乡长说他代表乡上先说一下。乡长取出了天成在乡上民政助理那儿见到的那些医院病历。县法院的人都认真看了，又问了天成，他妈是不是去医院治疗过。

天成如实说了，却一口咬定，如果不是村主任踢他妈一脚，他妈就不会致死。

县法院的人说：“这得取证，空说不行。”介绍另外一个人，说是法医。

“咋取证呢？”天成问。

法医说："只有开棺验尸了。"

天成和他爹都跳了起来。

这咋行？人埋了都一个多月了，再挖出来，天大的事哩。

院里很静，能听到太阳晒得头上的树叶吱吱地响。天成和他爹一身的汗水。

过了半晌，天成才问："没别的法子？"

法医说："没有。"

县法院的人说："只有这样，才能得到最有力的证据。"

天成说："人……可能都化了，咋取？"

法医说："骨头在就行，可以技术鉴定，是不是致伤的。"

宝太说："这不行吧，他妈刚安埋下，要挖开，心不安哩。"说着去望天成。天成哭了。

县法院的人又说："这是没办法的事。"

宝太说："挖坟不行吧，天成？"天成不语。空气沉闷，热得难熬。乡长起身，在院里走动。几个人都在院里走动着，思量这事。乡长看到张双安走路一拐一拐的，问他咋瘸了。

张双安说："前阵，骑车栽到阴沟里，摔的。"说时，他望了一眼天成。

天成听到了，不语。

县法院的人催促道，这案子有出入，只有挖坟开棺取证，才能确定谁是谁非。

宝太急了："坟不能挖呀，天成！"

天成见爹泪流了一脸，说："坟，不挖，行不行？"

县法院的人想了想说："那就得认定医院的病历。"

天成说："他张双安不就没责任了？"

县法院的人说："医院的病历很全面。"

天成放声大哭。

县法院的人劝天成："法律是公正的，只认证据。"

宝太说："坟是挖不得的。"

天成止了哭，闷着头不吭气。

县法院的人说："那就尊重医院的病历吧。"

天成还是不吭气。

过了一会儿，县法院的人才说："那就请你们在诉状上签字。"说着递给宝太。

宝太捏着诉状，半天，才对天成说："天成，你签吧。"

天成不接，等了好长时间，才说："明天再签吧。"抱头蹲在了地上。

第二天，天成在诉状上签了字。

玉石爷来天成家，对天成说："崽娃，这回才不傻了，没干对不住你妈的事。"

天成说："挖坟绝对不行，但不能放过他张双安！"

玉石爷骂道："崽娃，又傻呢。赶紧想办法把你妈的事做周全了，叫你妈安心吧。"

宝太说："他爷，这事难办呀，咱这家境。"

玉石爷说："难办也得办。前几天，我托人给咱天成说亲，有人给找了一个，是寡妇，不行的。"

宝太急问："咋不行？"

玉石爷说："寡妇太大了，我给人说急着哩，就找了个这，还拖着个娃，咱天成，不行的。"

宝太说："大点，没啥。只要是女人。一个娃，咱养。"

玉石爷说："再想法吧……"

天成却说："我同意娶她。明个，我就去下塬村找风水先生，给我妈看还魂的时日。"

天成找风水先生掐算日子，"还魂"时日掐在割麦后，七月初七子时。

天成回来着手准备和寡妇定亲的事。家有丧事，年内不能娶妻，可以定亲，定了亲，就能撩土还魂了。

玉石爷不愿天成和寡妇定亲，一时又找不上别的，无奈，就托人再去说。这下，寡妇却不愿意了，说是一会儿要一会儿不要，她不是别人耍的。

天成接到回音，正窝着火，村上的林全婶却上天成家来了。林全婶是始原村有名的媒婆，前几年天成妈托过她，她却没说成一个，使她失了不少面子。

林全婶进门就嚷嚷，说这回她的说媒鞋是穿定了。

媒说成了，媒婆会得到一双千层鞋，算是跑路用的。

天成父子心一下热了，赶紧泡茶，备坐，像来了贵人。

林全婶坐好，卖起关子："你们福到了，是个好闺女哩。"

宝太竟听得僵了。天成问是哪一家。

林全婶说："就是村主任家的俊芳。"

天成全身一颤，大夏天的，他竟冷得抖了一下。

宝太连话都说不出来了，望望林全婶，又望望天成，半天，才自言自语地说："这是啥话呀？"

林全婶说："是村主任亲口给我说的，村主任说咱天成有闯劲，时下这样的孩娃难得呢。"

宝太说："啥话呀？是你赞的吧？"

林全婶说："是村主任说的，是他嫁闺女，我赞咱天成也没用。"

宝太说："咋会呢？人家咋能把闺女给咱呢？"宝太看着自己的家，自从天成他妈走后，这家就没有样子了。哪能摊上这等好事哩。

林全婶说："你看你，咱就把咱看低呢，咱天成不比谁差。村主任还说了，咱天成就是太犟了，心眼实哩，缺了教养，调教一下，是个好娃。"

宝太又去望着天成。天成一语不发，宝太再没话说了。

林全婶望着父子两个，站起来说："他叔，别想那么多了，天成他妈走了，再回不来啦，先顾眼前吧，你父子思量吧，明儿个给我个话，我这走了。"

父子俩愣着，忘了送林全婶。两人原样坐着，谁也不说话。宝太试了几次，想和天成说点啥，见天成那副模样，没敢开口。

天成心里乱得一塌糊涂，这事来得太突然，他怎么着也像是听故事哩，但故事却与他有关。天成怎么着也没法与现实中的自己联系到一起。他脑子里一直在思量，张双安葫芦里卖的啥药？越思量越理不出头绪来。

天黑了，天成也不觉得饿，也不想动，就无声地坐着。宝太见天黑了，望了望天成，唉声叹气地走出屋子。屋里很黑，天成也不开灯，也不想问爹去干啥，只静坐着，一个人好好思量思量。

不一会儿，宝太将玉石爷叫来了。玉石爷进门，一打开灯，强烈的白光刺得天成心抖了一下，见是玉石爷来了，他才起身，给玉石爷让坐。

玉石爷没坐，拍了拍天成的肩膀：“你爹给我说了，好事哩！”

天成望着玉石爷，半天没话说，却给玉石爷去泡了茶。

玉石爷说：“好事嘛。我听了高兴哩。你爹也想不通，我骂了他。你个崽娃该想通哩。”

天成这才开了口：“爷，我思量这事，他张双安想做啥哩？”

玉石爷说：“管他做啥，他愿嫁女，咱就娶。”

“我们有仇哩。”

“天成，你灵醒点吧，啥仇不仇的，你妈去得亏，是与张双安有关联，可不是直接的。你心里也有数。”

“他不踢我妈，我妈就不会死。”

“话是这么说，事实却与张双安责任不大，你知道的。”

“我娶他家俊芳，对不住我妈呀。”

“到这地步了，对不住也就对不住吧。”

“我妈就我一个儿子，我对不住妈，心里不好受呀。”

“我信你妈会谅解你的，父母都盼儿子活得好哩。”

“我妈要是活着……”

“没有十全十美的事。你妈有你这样的儿子，知足了。”

“可我妈死了。”

“人死活不了。”

“我妈要是活着……”

“你妈不去，人家也不会嫁给你闺女。”

“……”

“我思量，张双安心里有愧哩，要弥补。听口气，也是看你这个娃可靠哩。”玉石爷说。

“他是怕我要他命，他才不会心愧的。”

“你这崽娃！”

“他怕了！他张双安怕了！”

“你崽娃傻哩！”

“他张双安也想得出。”

“天成，”宝太插话说，“你要为你妈想，就想通了。你妈的事还没办完呢。”

天成望着爹，爹又老了许多，爹今后得靠他了。天成觉着自己一下子沉重了许多，还有东西往自己身上压呢，他只有承受的份，没有躲避的可能。往哪躲呢？就这点天地，属于他天成的不大，只有往他身上搁，他只有喘着气顶着。夜热，浓稠的黑色硬把夏天的热量往屋子里挤压，也就屋里的空间还能搁些热量吧，别的地方都满了，盛不下了。玉石爷要走了，摸着天成的头说：“通了吧？天成，其实也是为你妈好。”

天成不语。

“你妈养你个孝子，不亏。”天成还不语。玉石爷最后说：“别思量多了，就这样定了吧。麦也快黄了。坡地的麦这两天要开镰了，今个我听到‘算黄算割’(一种鸟。叫声像唱‘算黄算割’)叫了，割麦搁不住，割完了定亲吧，离你妈还魂还有些时日，早早准备吧。我得走了，明儿个，叫你爹给人家回个话吧。”

第二天，宝太买了包点心，提着去给林全婶回了话。

眼看着麦黄了。先是坡地，比塬上的黄得早，先开了镰。“算黄算割”鸟飞了上塬，叫得急了，声音都变了。说是有“算黄算割”叫得嘴会流血，也没见过，每家都割麦时，将带的水倒在碗里，放在地头上叫“算黄算割”鸟喝，也没见它喝过。

坡里的麦还没割完，塬上的忽地一下也黄了，一两天时间，地上铺了层金子一般，照得天失去了光亮，夜也不黑了。这种时日，村人没有分清哪是白天哪是黑夜，饭是孩娃送到地里吃的，累得实在睁不开眼了，提两捆麦立在麦茬地里，往那点阴凉里一歪，待晒醒了，阴凉已移走，也算解困了，对着滚烫的日头打个哈欠，提上镰又开始割了。一年里也就这几天要人命呢。

天成家地不多，今年麦好，稠得很，割起来费人费镰，天成家又少了他娘，割得很吃力。往年，天成他妈割上一晌，回家做饭，提来一家人吃了再接着割，今年没人做饭了，饿肚子时候多，天成让他爹回家做饭，他爹又让他回家做饭，常为做饭争执几句，末了，还是他爹回去做了饭，提来给天成吃。饭不可口，心里难受，每口饭都难下咽，天成觉得嗓子眼里有一种东西，先得把这东西咽下去，可一咽下去又泛了上来。天热人乏活累，容易躁，起始天成给他爹几句，他爹也不还口。看着爹青筋暴突的额头上不断渗出的汗珠，脸上全是愁苦，天成心里愧疚，后来就不说了，肚子饿了吃啥都一样。只是每到吃饭时，天成总想起往年他妈做的饭，心里更不好受，端着饭碗流泪，他爹见了，一个劲给儿子又加饭，不敢作声。

麦终于割完了，拉到各家的麦场里堆了，山似的，一家不挨一家，却望着那山是不是比自家的高。

麦堆起来，要放两天，让麦秆死透，碾起来利索，也碾得干净。这两天时间，人能松口气了，只收拾碾麦的场地，联系碾麦的事，先到有拖拉机的人家，去挂个号，定个日子，好让人家给排上，提前预订好，到时别叫人抢了先。

这天晚饭后，天成去预订碾麦的时间，到几家有拖拉机的人家里问了，人家都排满了，只有往后推。天成不想推，可又没法，回家给爹说了。宝太一听，说推不成的，碾完麦还有定亲的大事哩！宝太叫天成买包烟，拿上再去问问。天成到小卖部买了包好点的烟，去了有拖拉机的人家。人家不要他的烟，只打开抽了一支，却思量了好久，答应给他提前排了，说是天成家碾麦，今年得照顾一下，把别人家往后挤一下吧。天成心里很感激，知道人家是看在他妈去世的份上，不然，不会让的。天成心里不是个味，尽管碾麦的事定下了，却是他妈没了，人家照顾下的，他能想成了是他妈死了才换下的，一下又联想到自己的亲事，是他妈死了给他换来的，心里越不是个味，拿了手上人家不要的烟抽。天成原来不抽烟，现在一抽，很不好受，可他还是想抽，抽着烟一路走，也不想回家，反正是睡不着的。天成心里很乱，想去看一下他妈，去了阳坡坟场。天不算黑，月亮白得跟面饼似的，地里麦割了，麦茬还是金黄色，地里像秃头，没了看头。天成到了阳坡坟场，心里一点都不害怕。他越走越快，直到走到妈的坟头，他才停住，双膝颤抖，太阳穴直跳，突然想起那次袭击完张双安，却不敢来坟场，可能是怕张双安那么死了，心里空呢。天成想不通他竟也担心那夜张双安会死，人真怪。

在妈的坟前，天成直直地跪下，默看了半天妈的坟堆，用手摸了坟堆上的土，温热得暖手。天成像摸到了妈的体温，眼泪涌了出来。哭了一阵，想着给妈说阵子话，家里的事没啥说的，想要给妈说一下自己的亲事。将张双安嫁女儿的事给妈说了。

毕了，天成又对妈说："你别怪我，妈，你就我一个儿，到现在没给你还魂，咱没办法，时下日子掐算好了，就缺你媳妇给你撩土了。我只有订这门子亲了。你不会怪儿吧？”

天成摸着坟堆，坟堆还是热的，他又给他妈说：“妈，不管你怪不怪，我订这门亲了，但我不会忘记张双安是仇人的。”夜深了，气温降了些。天成趴在他妈的坟堆上，似趴在妈的怀里一般，快迷糊过去了，感到背上凉了些，知夜深了，但他趴过的坟堆还是温热的，心想着他妈是不怪他的，一直暖着他哩，要是怪他，就不会还热着。

天成又流了一通泪，跪好，给妈磕了三个响头，才站起来，不舍地往回走了。

天成走在回家的路上，又抽上了烟，烟熏得他头都晕了。总有他妈用死给他换了门亲事的念头，咬着他的心，他一路就走得很沉重。

接近村庄，走过各家麦场时，天成到自家麦场上转了一圈，不会有人偷的，他只想转转。转过，却不想回家，他知道回到家里他也睡不着，心里乱，再累也睡不踏实。

天成转着转着到了一个麦堆前，他望着这山比他家的山要高、要大，天成一直望着这山。夜深了，麦香很浓，刺鼻子呢。天成鼻子痒痒的，想打喷嚏，又打不出来，摸了支烟点上抽着，要丢掉火柴棍时，火还没熄。天成望着手上的火越燃越小，在他眼里，火跳荡着，像一个临近灭绝的生命。天成的心随那火跳荡了一下，将快要熄灭的火柴棍随手扔进眼前的麦堆。那么一点点火，却惹得眼前的山像发了怒似的，哄地着火了。

天成望着眼前的火山，像似自己在烧着一般，干得没有一丝水分，还噼啪作响呢。

碾麦是农家最喜悦的时候，收成接近了尾声，要见诱人的结果了，不喜悦才怪呢。

天成按预订的时间，与爹将麦摊开，已是中午了，爹回家做饭，天成在麦场边候着人家的拖拉机来碾麦。

张双安就是这个时候来的。

天成知道张双安会来找他，很镇定。

“好呵，天成。你碾麦哩。”

“该碾了。”

“我家的麦不用碾了。”

“你又不愁吃。”

“今年的新麦是啥味，我尝不上了。”

天成不吭气。

“你天成应该知道吧。”见天成还是不语，张双安又说，“你烧了我家的麦堆，你忍心？你个崽娃，心里就不思量思量，这是一年的收成啊。”

天成这下开口了：“该思量的是你，我还死了妈哩。”

“都说清了，你还拿你妈的事扯我，你个崽娃，不得了。”

“你以为把俊芳说给我，就清了？”

张双安脸上有了颜色，说：“这是两回事，可你……”

“我咋了？我妈就我一个儿。我不为她，谁为她呀。”

“你个崽娃，犟啥哩。”

“我妈死了！我妈死了，给我换媳妇，我能不难受？”

“胡说啥呀，我嫁女给你，不是换的。”

“你是为了换你的命！”

“不是，我只看你为你妈那劲，会顾亲人，我才让俊芳嫁你，以后，她有得靠呢。”

“屁话？你这个当爹的，拿闺女换命，值呵。”

“你再胡说，看我不打你的嘴。”

张双安只是说，没有动手。天成望了他一眼，不说了。两人僵着，半晌，张双安打破僵局：“我没想到，你会烧了我的麦，我没想到。”

天成说：“现在想到了，让不让你闺女嫁我，都在你。”

张双安给戗得说不出话来，半天，开口了，话却变了：“今年新麦吃不上了，我问你要哩，看你个崽娃，给，还是不给？”说完，不等天成的反应，他扭身自顾自走了。走了两步，又站住，回头给天成丢下了一句：他已被乡上免了村主任职务。头也不回地走了。

天成愣怔着，一直望不到张双安的影子了，才醒过来似的，在心里骂道：“早该免你了，张双安，还能叫你当一辈子村主任？”

碾完了麦子，天成想着该为他妈办还魂的事了，可他到现在还没定下亲事，张双安那边没有了反应，他又不好去问。他去找林全婶，想请她去给问问，可林全婶整个收麦过程全在闺女家给带孩子呢。

天成心里很焦急，实在想不出办法。最后，他想着自己直接去找俊芳。说不定张双安反悔了，不愿嫁女儿给他，故意不给他回话。还有可能俊芳压根儿就不同意嫁给他，是她爹为了他自己逼她呢。天成这样想着，心里很烦躁，又抽起了烟。

天成心想，这样等着，还是直接去问一下俊芳，看她是什么态度。反正他在内心深处没有想着能和俊芳成为真正的夫妻，与其这样疙疙瘩瘩，还不如把话挑明了，心里有个底。

天成到村上小学去找俊芳。小学正在上着课，他不知道俊芳在哪儿，便叫一个孩娃帮他去找，他自己在学校外面的一棵树下等着。

不一会儿，俊芳来了，见是天成，愣了一下，毕竟是做老师的，俊芳很快镇定下来，问："是你找我？"

"是我。"天成的语气很冷。

俊芳说："你找我做啥？我已经知道你娘还魂的日子了。"

这回，天成愣神了，过了会儿才说："我想来……问你心里是咋想的？"

俊芳硬硬地丢下一句："我还能咋想？做女人就这个命。虽然我爹把我嫁给你，并不是为了化解你对他的误会，他说你是个重情义的男人，靠得住，但我一点都不觉得。我宁愿把这理解成，我嫁你是我为了救我爹的命！"

天成听着，心里疼了一下，说："你爹也是这个想法吧？"

"我爹是我爹，我是我！我会听他的话嫁你，但我不会像我爹那样欣赏你。我只想着尽早结束这场纠纷，不想再这样一直闹下去，闹下去，对谁也没有好处。"

天成听出了俊芳的态度，他感觉所有的事情都落到了他身上，触及他心的却是这样的结果。他应该清醒地对待这个结果了。

"那你准备怎么办？"天成这样问俊芳。

俊芳说："我不是说了，我嫁你，给你娘办还魂的事吗？你还想怎样，还嫌闹得不够吗？"

这下，天成在俊芳面前低下了头，半晌，才抬起头说：“这样吧，俊芳，我们俩心里各有疙瘩，看来是难沟通的，我也不想沟通。不如，我们来定个协议好不好？”

“什么协议？”

“你为了你爹，我为了我妈，眼看着我妈还魂的日子快要到了，你就作我天成名义上的媳妇，给我妈办了还魂的事。了结这件事，然后我们各走各的路。”

俊芳惊道：“你会这么通情达理？”

天成点点头，说：“我其实不是你想的那么固执，只是我妈……”

泪水涌出天成的眼眶，他哭泣着仰头对着天上说道：“妈，你儿要对得起你呀！”他的声音显得有些破碎，在天上飘飘荡荡，最后，跌跌撞撞地落在盛夏的空气里。